U0647971

王春瑜／著

王春瑜杂文精选 上册

人民出版社

作 者 像

丁聪老爷子绘作者漫画像

高莽老哥速写作者像

叶春旸老搭档绘作者漫画像

时间是把杀猪刀

（代　序）

　　时间是什么？古今有各种解释。笔者上中学时，读鲁迅杂文，得知老人家说过，"时间就是生命。无端的空耗别人的时间，其实无异于谋财害命的"。读罢不禁悚然而惧，自己的时间浪费不得，更不能浪费别人的时间。吾已垂垂老矣，至今一不打扑克，二不动麻将，出版过不少书，却从未麻烦别人作序，便是明证。童年乡居，看草台戏淮剧《吴汉三杀妻》，戏中奸臣王莽的女儿王玉莲唱道："王玉莲，泪涟涟，手捧香烛进花园。早上看花花打朵，晚上看花花又鲜，花开花放花打朵，人老何曾转少年。"唱词感叹韶华易逝，通俗上口，故七十多年过去了，我至今记忆犹新。

　　其实，这样的感慨，古人早已发出先声。先秦时期，庄子曾感叹："人生天地之间，若白驹过隙，忽然而已。"（《庄子·知北游》）唐代大诗人李白，在名文《春夜宴从弟桃李园序》中，满怀惆怅地写道："夫天地者万物之逆旅也；光阴者百代之过客也。"我曾两度到安徽当涂凭吊李白墓，缅怀这位伟大的浪漫主义诗人，想起唐代另一位大诗人白居易《李白墓》的诗句"……可怜荒垅穷泉骨，曾有惊天动地文。但是诗人多薄命，就中沦落不过君。"一千多年的光阴逝去，云荒雨隔，仍然隔不断人们对李白悲剧命运的深深叹息。

最近看世界杯足球赛，当上届卫冕冠军西班牙队与荷兰队对阵，大败而归时，担任实况转播的讲解员刘建宏评论道："时间是把杀猪刀！"听罢，颇有振聋发聩之感。不是吗？世界上没有永远不败的球队，也没有永远风光的人。《西游记》中动辄自称"俺老孙"的孙猴子悟空说得好，"皇帝轮流做，明年到我家"。一部二十四史可以充分证明，在历史的长河中，多少皇帝随帆去，风月秋怀一篷知。应当说，这皇帝，也包括足球皇帝。

我个人的切身经历，更是对"时间是把杀猪刀"有刻骨铭心的体会。1967年，我在上海复旦大学参与策划"炮击张春桥"的"一·二八事件"，张春桥派上海警备区某部政委徐海涛率兵包围复旦，进行镇压。事后，张春桥曾在公开场合说，"拥护我的不一定是好人，反对我的不一定是坏人"。但在背后，却磨刀霍霍，准备秋后算账。1970年冬，他利用所谓：打击现行反革命、反对贪污盗窃、反对投机倒把、反对铺张浪费的"一打三反"运动，通过其走卒徐景贤等人将我打倒，并以莫须有的罪名，由上海公检法军管会给我戴上"现行反革命分子"的帽子，监督劳动，直到1977年4月，由上海市公安局平反。在这近七年的丧失自由的屈辱日子里，我一直不服，相信历史会宣判我无罪。1976年10月，"四人帮"被捕，我贴出大字报，要求复查，并在家中写了《一份惊心动魄与"四人帮"的前哨战——1·28炮击张春桥的前前后后》，长达一万两千多字的大字报，请学生抄了五份，分别贴在上海中百一店橱窗及复旦、华东师大、上海一医、上海师院、襄阳南路的墙上，观者如堵。《解放日报》向中央发了内参，以苏振华、倪志福、彭冲为首的中央工作组，派人对大字报拍照、摄像。师大党委首先宣布给我平反，随后按程序上报，由上海市公安局发文给我平反。审判"四人帮"时，张春桥装死，一言不发。漫画大师华君武在《人民日报》头版发表了《死猪不怕开水烫》，把张春桥画成猪头、猪爪状，真是大快人心。"时间是把杀猪刀"，在这里得到了最生动的体现。

目　录

论语新编

子曰:三人行必有博士导师焉。

子曰:三博导行必有国学大师焉。

子曰:三国学大师行必有文化昆仑焉。

子曰:学而时习之,不亦憨乎!

子曰:未见好色者如好权者也。

子曰:唯女子与小人好养也。饫其膏粱,盈其钱囊,偿其权狂,纵令其头磨尖穿过针眼,亦可也。

子曰:唯"日放一屁"文盲与专写"知名不具"匿名攻讦信者难养也。前者张牙舞爪,后者居人寰而行若鼠蜮。

子曰:恶电视剧之乱历史也,恶武侠热之乱少年也。

子曰:其人也皆愚昧,而好犯上者,鲜矣;不好犯上,而好作乱者,未之有也。盛世至矣。

子曰:仁者安仁?悲夫!

子曰:知者常惑,仁者多忧,勇者日惧,悲夫!

子曰:弃心官、闭嘴,近能。

子曰:有权者必有言,有言者必有德;权之门,仁义存。

子曰：群居终日，言不及义，好行小慧，虽据要津，欲不朽，难矣哉。

2002 年 10 月 27 日

西瓜皮词典（上）

江浙民谚："脚踏西瓜皮——滑到哪里是哪里。"

北京童谣："老面皮，偷了人家西瓜皮。"

惭愧：脸不红、心不跳的简称。例一：某君填申请高级职称表格时，在"学术专长"栏赫然写下四个大字：文、史、哲、经。例二：某人名片上的头衔是"世界名人"。例三：略。

"三人行必有我师焉"，孔夫子的神奇预言。例一：马路上三个人中就有一个研究生导师。例二：某研究所的一、二、三、四把手都是博士导师。例三：不久，三个学者中就有一个国学大师。

从头越：即从文化巨人头上"呸！"的一声后腾空飞越。例一：有人睁着眼说鲁迅的杂文已经过时，没有文学价值。例二：有人闭着眼说郭沫若"剽窃""没有学术道德"……

睁眼：即看见苍蝇时的眼睛。

闭眼：即看见老虎时的眼睛。

学会：即学习只要会做官，即使学问平常，甚至不学无术，照样也能当学术团体头面人物之所在。（注：指相当一部分。）

剽窃：雅称文抄公，对"你的就是我的"哲学，学养最深，是梁山不杀人放火的好汉时迁哲嗣在文化领域的杰出代表。

　　教授：熬到此头衔即不教课授徒者。（注：部分人士。）

　　姜太公新式钓鱼：你敢不上钩！

　　广告：姜太公的摩登钓鱼处。

　　孙子：伪造老祖宗兵法的天才。

　　聪明：拍领导马屁而又不过分肉麻者。

　　相声：在胳肢窝呵痒精英大赛中成绩优异者的专利产品。

　　臭豆腐：腐而不败。

　　秦香莲：糊涂妇女。她根本不懂维护陈世美同志领导威信事关全局。

　　　　　　　　　　　　　　　　　　　　　2002 年 4 月 12 日

西瓜皮词典(下)

江浙民谣:"脚踏西瓜皮——滑到哪里是哪里。"

北京童谣:"老面皮,偷了人家西瓜皮。"

博导:虽不博学,却擅长博取学术美名,并引导弟子也能博取美名者。

杰出史家:能将王国维、董作宾、郭沫若做梦也想象不出的传说年代说得煞有介事者。

文化名人:诸如谦称家中藏书不多,仅有《四库全书》(按:共3460种,7854卷)、《古今图书集成》(按:共10000卷)之类的著名文化(?)人。

孔小二:孔乙己的隔山兄弟,辩称学术剽窃不属学术腐败者。

美女作家:西施东邻、着三点装、惯用皮肤写作,视肉麻为大雅的文坛不是公的做秀家。

花子拾金:新上演的老戏,国足侥幸冲出亚洲(因未与日本、韩国队交锋)后,该剧到处上演,空前火爆。

评奖:凭权、钱关系往往能拿到大奖的快乐活动。

古道西风瘦驴:当今艺人的神来之笔。

仲夏夜之梦:无数国人共同创作、演出的莎翁同名剧。剧情梗概：国足打入世界杯十六强，轻松得汗都没出。

电视连续剧：由赵公明元帅担任制片，可任意连下去、续下去的电视剧。

相声：相信正常人很难发出笑声。

2003 年 1 月 16 日

《学风大辞典》举隅

买空卖空:原指商业经营技巧之一,现指极便捷的治学门径。例一:某人对李自成之死素无研究,至今无一字问世,但却能挥笔题词种种,博得欢呼声四起,誉之曰:"明史学界的最高权威",并将之与章太炎、阿英并列,何其风光也。例二:略。

侯之门,学问存:即官大学问大。例一:某出版社出版一套丛书,冰心老人、王蒙等名流均文华辉映,但有一位则名不见经传,实乃某有司主管也。例二:试看各种名片,凡带长字者,高级职称何其多也,三、四、五、六均从略。

作家:即在家胡编乱造"你爱我,我不爱你"之类作品,且自我感觉极好者(注:部分人士也)。以及"全都换"、"鲁太愚"麾下"分田分地真忙"者。

三国专家:熟知五虎上将姓名,并知张飞字翼德、马超字孟起者。

红学家:能将荣宁二府故事的冷饭炒得红透发紫者。(注:非全体也)

学者:并无多大学问、更无著作传世者。(注:虽非全部,却屡见不鲜)

新国学大师:对儒学经典《十三经》一经也不精者。

博导:即博士导师。其中某些人并未博览群书,也无像样著作,却以博得导师名义为快乐者。

署名:名利地盘。例一:某传记丛书,均学者著,但封面均赫然印上主编大名,经考证,始知此公乃出版该书之出版社总管也。例二:石景山人有曰:名欲天下先,赶快当主编。

文化掮客:能穿过针眼,在文化、图书市场呼风唤雨、腾云驾雾者。

歌星:能按五线谱唱歌的寥若晨星。

1999 年 8 月 17 日

新编《孟子》

孟子见梁惠王。王曰:"叟不远千里而来,亦将有以利吾国乎?"

孟子对曰:"为政慎之,以不变应万变,不变者老皇历也。"

梁惠王曰:"寡人之于国也,尽心尽责矣!然民怨仍多,诽谣流布,何也?"

孟子对曰:"王每自颂,何必?路有饥民,群臣竞争夸盛世,史官更闭目鼓吹盛世修史,民甚厌之耳。"

孟子曰:"为政不难,不得罪于巨室。巨室之所言,皆恭听,连称重要;巨室犯法,不与民同罪。"

孟子曰:"人之患,在好为导师。"

万章曰:"尧以天下与舜,有诸?"

孟子曰:"否,天子不能以天下与人,故仍执国柄。"

告子曰:"食色,性也。"

孟子曰:"侯之门,仁义存;执权柄,食色兴。"

孟子曰:"权,我所欲也;钱,亦我所欲也。二者不可得兼,舍钱而取权者也。有权而无钱者几希。"

孟子曰:"尽信国史则不如无国史。吾去伪存真,仅得二三而已矣。"

　　孟子曰："说大人，则藐之，勿视其巍巍然，像煞有介事。"

　　孟子曰："天欲降大任于斯人也，必先厚其脸皮，饿其肚皮，自颂不疲，九死无悔。"

2003 年 4 月 16 日

动 物 语 录

狮子：

一想到老祖宗，俺的心头就滴血。五千年前古埃及的狮身人面，何等巍峨、肃穆！传到中国，俺爷们的形象成了脖子上挂着响铃，追逐绣球的小玩闹，这比割掉俺下边那命根子，更让俺气闷。现在更甭提了！让俺在动物园长期关禁闭，简直就是无期徒刑。人啊，咋的恁缺德？

老虎：

世上最坏的动物就是人！他们住高楼大厦，却破坏森林，几乎把群山剃成秃子，咱饥寒交迫，被逼无奈，只好流浪到动物园、马戏团瞎混日子。区区毛猴，算什么东西?！居然在山上称大王了！还煞有介事地检阅，獐、獾、鹿、兔、阿猫、阿狗齐声高呼"大王好，大王辛苦了"。真是岂有此理！

猴子：

想当年，咱的老祖宗"齐天大圣"孙悟空，在花果山上称王，威风八面，英雄盖世，叱咤风云，连玉帝老儿也闻风丧胆。看看咱现在，不过是在"大圣"的光环下，坐享其成罢了，惭愧，惭愧。有个叫盐城王三爷的人，在花果山看到咱这副嘴脸，竟嘲笑是"齐天大碜"，有这么寒碜人的吗？气死咱了，咱严重抗议！

猫：

听明史专家说，四百年前，咱有个祖宗，人称猫王。哪怕是在笼子里睡觉，附近的老鼠见了也有当场吓死的，没死的都垂头闭眼，连大气都不敢喘。现在倒好，咱一个个肥头大耳。偶尔叫两声，还被老鼠大骂："这狗日的，叫得有气无力，丢人现眼，还不如死了算了！"九斤老太骂咱是一代不如一代，咱不见怪，没的说。

狗：

知我者，汉高祖刘邦也。他称功臣宿将为"功狗"，何其荣耀！元曲里的包青天自称"俺便是看家的恶狗"，咱多有面子！现在很多人倒好，将我辈视为玩物，有的女主人还与公狗睡一张床，真他娘的不知害臊！

蜂鸟：

别看咱只有蜜蜂那样大，但起飞自如，在空中想飞就飞，想停就停。看看人造的飞机，多笨重！他们想要造出像咱这样灵巧的飞机，起码还要一百年。人，牛个啥？

2004 年 1 月 7 日

古本《老子》今译

虽无道,经常道,即成道;虽无名,经常鸣,即成名。

——成道成名章第一

恍兮惚兮,其中有象;煞有介事,装模作样。

——牛屎章第二

老子天下第一。

——发昏章第十三

有就是无,无就是有;有是小有,无中生有是大有。

——有无章第十四

平平贼贼平平贼,贼贼平平贼贼平。

——盛世章第十八

舌头咬不动蚕豆,牙齿嚼豆咯嘣响,何故?

舌头软弱,不好意思;牙齿死皮赖脸,硬挺。

——硬撑章第十九

看君有无帝王相,就看脸皮厚成啥模样。

——薄脸皮无用章第二十三

儿女是妈养的,厚脸皮是自己长的。

——伟大章第二十六

天地不仁，以万物为猪狗；圣人不仁，以万姓为猪狗。

——舵手章第四

死而不亡者寿，未死而亡者臭得不如一屁之长久。

——不朽章第三十二

圣人无心，以百姓心为心；政客有心，假借百姓之心为心。

——为民章第四十九

信言不美，美言不信；空头支票最炫百姓。

——信用章第八十一

2004 年 3 月 25 日

尊重历史

当前历史题材创作中存在的一个突出问题,就是不尊重历史。

历史是客观存在,它是昨天的昨天、前天的前天发生的事。是的,就像流水无复东向西,历史不可能还原。对于任何一个古人,不管怎么样给他贴金,马屁拍出老茧来,或者任意嘲笑、丑化他,他都不可能从九泉起而抗辩。但是,历史毕竟有踪迹可寻。在我们中国,从殷商起,甲骨刻写历史,青铜铸造文明,更不用说其后大量文献——实录、正文、野史、碑刻、家谱等的出现,而且从未间断。因此,史学家通过种种努力,是可以恢复历史的本来面目的。既然如此,历史题材的创作,就应当尊重客观存在,也就是尊重历史事实,而不是天马行空,任意编造,歪曲历史的本来面目。

严重歪曲历史的作品,莫过于影视界的戏说。香港的一些影视剧,开口闭口"杨贵妃女士"、"高力士先生"之类,让人笑掉大牙。明中叶好端端的画家、诗人、不与宁藩同流合污的大丈夫唐寅,成了武艺超群、动辄打斗的流氓。雍正皇帝成了手执利器、飞檐走壁的侠客。诸如此类,无一不是对历史的嘲弄。香港以搞笑为能事的娱乐片,有其特殊的产生、滋长的土地,这里不予置评,以免枝蔓。我们这儿的戏说之风,是从 20 世纪 80 年代刮起来的,而且有吹过林梢，越过江河，呼啸之声不绝于耳之势。究其人文背景，是对十年"文革"实行的封建文化专制、对历史人物的评论动辄遭来迫害、甚至是杀身之祸的反动。吴晗因歌颂海瑞成了"文革"的祭旗者，是尽人皆知的一例。在那个人人自危、噤若寒蝉的年代，谁要是骂秦始皇，就会成为反革命。1970年冬，我因触犯"四人帮"被打倒，在华东师大历史系劳动改造。有人在大字报上写了一条"打倒秦始皇"的小标语，我便成了怀疑对象，有司找我查对笔迹，当然跟我无关。后来追查风声越来越紧，从党总支书记起，人人被迫写同一行字，查对结果是一无所获。物极必反。诗歌领域对于"文革"中那种"文化大革命就是好！就是好！"赤裸裸、歇斯底里式的所谓诗句的反动，是朦胧诗的出现，但这种诗体很快就从诗坛消失。作为对文化专制中评说历史人物成了严酷的政治地雷区的反动，影视作品中历史题材的戏说，至今仍愈演愈烈，应当引起评论界足够的关注。尤其是鉴于电视屏幕极高的覆盖率，受众太多，对戏说的负面作用切不可低估。

　　戏说乾隆、戏说纪晓岚之类，我是难以接受的。在这类作品中，刻苦治学、为修"四库全书"而卖掉献县田产的纪晓岚的高尚人格不见了；他主持修"四库全书"时助纣为虐，大搞文字狱，删书、烧书的丑恶一面更不见了。展现在我们眼前的纪晓岚，成了一个嘻嘻哈哈、油腔滑调的老油子。而乾隆皇帝则成了多情多事的老痞子。这对历史上真实的乾隆爷、纪文达公来说，根本是面目全非！好在此类作品并不蒙人，公开标榜是戏说的，闹着玩的，不可当真。但不要忘记，那些识字不多者，尤其是少年，哪里管戏说不戏说？他们以为这就是历史，不啻喝下蒙汗药。

　　不过，公正地说，打着历史小说或正剧的幌子，实际上在戏说的作品，其危害性更比戏说作品大得多。因为它假正经，更炫人耳目。写项羽火烧阿房宫、荆轲刺秦王的影视剧，都是大制作，导演更是名震遐迩。但是，被司马迁盛赞为"位虽不终，近古以来未尝有也"的灭秦盖世英雄项羽，被丑化成为了女人而残暴至极的丑类。荆轲这位为抗击暴秦而义无反顾、勇刺秦王的英雄，被篡改成敬佩秦始皇的巍巍功绩、临阵退却的愚夫，纯属扯淡！是的，这类作品并没有戏说类作品中的油腔滑调。但是，却随心所欲地编造历史，与戏说类作品的信口胡编，并没有本质的不同，应当揭开其假面，仍然将之归类为戏说作品，免其招摇过市。

不尊重历史、严重违背历史真实的历史小说，及据以改编的电视剧，论其影响之大，莫过于某作家的康、雍、乾三朝小说及电视剧《康熙王朝》《雍正王朝》。这三个皇帝主政的封建王朝，虽然"清承明制"，继承了明王朝的家业，并消除了明朝末年加剧社会矛盾的种种严重积弊，促进了社会发展。但是，人民的反抗却从来没有停止过，小规模的农民起义不断。在中国历史上堪称空前规模的文字狱，严重窒息了知识分子的思想，他们被迫把精力耗费在皓首穷经、考证草木虫鱼的死学问上。而同一时期的西方世界，已开始工业革命，乾隆五十年（1785年），英国建成了第一个蒸汽机制造厂，轮船已经航行在海洋的茫茫波涛中。而康、雍、乾三朝，继续闭关锁国，以天朝自居，妄自尊大。无论是经济、政治制度，还是意识形态，已经全面落后于西方，脱离世界潮流，为近代中国落后挨打，埋下了祸根。清代的御用文人，及当代品清代御用文人的余唾而津津有味的流俗史家，居然说康、雍、乾三朝是盛世，可见是患了政治色盲症的结果。看一看历史上的盛世"文景之治"、"贞观之治"，那是一个开放的、没有文字狱的、百姓安居的时代，康、雍、乾时代岂能与之媲美？所谓的康、雍、乾盛世，不过是人造的幻景而已。而通观该作家的小说及其改编的电视剧，充斥着对康、雍、乾的歌颂，一而再，再而三地宣扬皇帝意识、草民意识。这两种意识，恰恰是国人现代意识的顽敌。这两种意识不荡涤干净，中国就难以成为现代化强国。该作家的小说、电视剧，从上到下拥有大量观众，这是历史的悲哀、文化的悲哀。

管窥所及，中国文学有讽刺的传统、丰富的丑角艺术遗产，但与戏说不能混为一谈。西方也有发达的讽刺文学传统，但并无动辄拿历史、历史人物随意开涮的戏说。任何一个屹立于世界民族之林的民族，莫不以自己民族的历史为荣、为傲。不能严肃对待自己历史的民族，肯定是没有希望的民族。

作家、艺术家们：请尊重历史！

风雨同舟的异类朋友

　　干校的生活单调、乏味，所幸养了几只动物，给人们带来不少欢乐。

　　常言道"狗撵鸭子呱呱叫"。我所在的连并未养鸭，尽管那儿并不缺水，小河里也有的是小鱼、小虾、螺蛳这些鸭子爱吃的美味，也许是缺少咸宁"五七"干校陈白尘先生那样的养鸭高手。不过，我们连养了一只又高又大的鹅。它全身羽毛洁白如雪，声音洪亮。它的亲密伙伴是一只块头比它小多了的黄狗。白天，黄狗经常与它嬉闹，撵得它嘎嘎叫着，张开翅膀在打谷场上飞跑。这时，一只瘦骨伶仃的母山羊，总是静静地卧在打谷场边，默默地注视着。它始终眯缝着双眼，面无表情，俨然是一位大智若愚的女哲学家在思考着什么。它有时也"咩咩"地叫上两声，谁也不知道它对眼前狗、鹅的闹剧是批评还是表扬。"秋尽江南草木凋"后，天色黑得很早。入夜，海风阵阵，熄灯后的干校在苏北平原上显得分外宁静而又孤寂。在黑暗中，有一支奇特的队伍走来了：黄狗领头，母羊居中，白鹅随后，在干校的房前屋后巡逻着，一圈又一圈。狗并不叫唤，母羊偶尔轻轻地叫两声，或许是感叹，或许是抚慰同伴。白鹅虽然默默无语，但它宽大的脚掌落地时，发出重重的"叭嗒"、

"叭嗒"的声响……除了风雨交加的夜晚，这支小小的动物巡逻队总是这样走着，走着，直到黎明前才散去。谁是这支巡逻队的组织者，或是教练？根本没有。那么，这三位无声的朋友中，谁是发起者或组织者？可惜"问天天无语"，永远成了谜。在和煦的阳光下，在万籁俱寂的黑夜里，这三位动物朋友给干校人带来多少温馨、慰藉！孤独的我，每当看到这几位异类朋友的身影，听到它们的叫声，一阵暖流便涌上心头，深感它们比我的那些人性迷失的同类，不知要真诚、善良多少倍！

更使我难以忘怀的是那只有着特殊身世的牛。1946年夏天，"土改"运动中，有户地主把家中的几头牛赶到海滩上，然后逃亡到上海。这些牛在杂草丛生的海滩上栉风沐雨，迎霜斗雪，一代又一代地繁衍，由家养牛还原为野牛，脾气暴躁，凶狠好斗，奔跑速度甚快。有一天，体育学院的几位年轻教师发现了它们，逮住一只小公牛，经过精心驯养，一年后，它居然能够拉着牛车干活了。但是，它毕竟野性难改，眼神中总是流露着不肯就范的异样光芒。我就吃过它两次亏。一次，我与老实、厚道的王承礼先生，赶着装满芦苇的牛车，在被一些人歌颂为"五七大道闪金光"然而我从未感到金光在何处的干校大路上，慢腾腾地走着。经过下坡路一座小水泥桥时，这头牛也许是想到了《老子》的《发昏章第十》忽然狂奔起来，我拼命拉紧缰绳，但毫无用处。牛车最后翻到水里。从水中爬起来一看，牛正在水中挣扎，它的眼神异常惊恐。我赶紧解开辔头，费了好大劲儿，才小心翼翼地把它牵上岸。它大口大口地喘着气，疲惫不堪。幸好它没有跌伤，若是残疾了，我这个已被上海市公、检、法、军管会宣布戴上"现行反革命分子"帽子者，是难逃干系的。我与承礼兄费尽九牛二虎之力，才把芦苇和牛车搬上岸，等重新套起牛车，已是傍晚。萧瑟的秋风阵阵吹来，精疲力竭的我，遥看落日，这才真正体会了什么叫"夕阳西下，断肠人在天涯"。不久，我驾着牛车去大田里拉割下的晚稻。想不到装好车，它却抬着头，注视着东方，一动不动，不管我如何吆喝、叱责，它就是纹丝不动。一位"五七"战士见了，大怒，拿起我手中的皮鞭，在它身上猛抽，它仍然不肯挪动半步。一位副连长见状，说此牛岂有此理，操起扁担在它的屁股上狠打了几下，它仍旧是我行我素！无可奈何，我只好奉命给他解开辔头，把它牵回牛棚。走在路上，我注意到它仍不时看着东方。莫非它看见了海滩上的同类，想起了自由自在的往昔，因此用拒绝驾车的方式向人们抗议，还它以自由？看来，向往自由不仅是人类的本性，又何尝不是动物的本性？

此后不到两年时间，这些动物一个个都下场悲惨：山羊被宰，剖开肚子后，才发现它已是"身怀六甲"。许多人奇怪附近没有公羊，它是和谁"恋爱"并"暗结珠胎"的，总不会是外星人所为吧？白鹅成了盘中佳肴，黄狗遭到同样命运。那只眷恋海滩的牛，被卖到远方。它们在被宰、被牵走时，肯定风雨如晦、哀鸣不已。今天，当我临窗走笔，想起32年前曾一度与我风雨同舟的这几位异类朋友，不禁掷笔长吁，我为你们哭泣！

2003 年 10 月 15 日

说《新世说》

　　1996年初夏，我在上海。当时《文汇读书周报》的主管请我吃饭，并送我几份报纸。常言道：吃了人家东西嘴软，拿了人家东西手短。于是我当场灵机一动，说："我在报上辟一专栏，名《新世说》，每篇几百字，采用梁启超式的文体，即半古文，评判世相。时下五花八门、千奇百怪的事层出不穷，让人叹息不止，因此就具笔名金生叹吧。我没有金圣叹的才气，但有的是看不惯丑恶现象而生的闷气，就让它发到《新世说》里，省得憋在心里难受。每篇配一幅漫画。"赏饭者说好。我又说："倘读者哪天不喜欢这个专栏了，我立即取消。"我生平最讨厌言而无信。返京后，我很快就将稿件寄出。由沪上一位漫画家配上插图，在这年的6月1日刊出。"六一"是儿童节，儿童是花朵，是未来。我很高兴，《新世说》开张大吉。

　　转眼间，《新世说》已进入第八个年头。它的先后两任责编何倩女士、朱自奋女士都很负责，按时寄来样报，并附笔写上一段话，问寒问暖。从第二篇起，由徐良瑛女士介绍，漫画家叶春旸先生为我插图。叶兄比我年长，为人木讷，言谈举止毫无幽默感。但他的漫画却很幽默，有不少插图，看了让人捧腹，使我的短文增色不少。显然是由于人为的原因，一度《新世说》的版面越排越小，插图成了尾花，这使我与春旸兄不快。但近年来，则有明显的改进。

本来，我打算每月写两篇，但很快就打消了这个念头。这不仅在于我在治史之余，还在别的报刊上辟有专栏，真的很忙。更主要的是，我以为，这样的文章还是少而精为好，写多了就难免降低文章的质量，也就是批评的分量。当然，这里说的少而精，只是努力的方向，不是说不才如我，每篇文章都是少而精。老实说，有的文章是我深有所感，深思熟虑后写的，较有深度。有的文章，是偶有所感，匆匆写出的，就比较肤浅。七年多来，《新世说》只有三篇文章因故未能刊出（好在后来又在别的报刊上"起死回生"），其余都风调雨顺，平安无恙。

感谢海峡文艺出版社为《新世说》的短文结集出版。当然，收在这本集子中的文章，也有一小部分是发表在别的报刊，性质与《新世说》相近的。《新世说》问世后，产生了一定的影响，文坛有人猜测金生叹是谁？林东海先生曾当面问我："是不是何满子？"韩石山先生也曾当面问我："是不是你？"后来我在出版《续封神》这本杂文集的后记中，坦承金生叹就是我。何满子先生年过八秩，是古典文学界及杂文界的老前辈。林兄居然认为我写的短文，似乎是何满子老先生写的，如此抬爱，我屁股上的尾巴简直有蠢蠢欲翘之势。正是基于这种缘分吧，我请何老为本书作序，感谢何老很快写好寄来，使我受宠若惊。当然，我毕竟也快68岁了，久经沧海，尾巴至多是欲翘，而不会真的翘起来，敬请何老与读者宽心。

我也要感谢小丁老爷子聪先生。他已88岁高龄，仍然终日作画不辍，在百忙中为我画了漫画像，使我这个平头百姓，立马风光不少。还需要说明的是,本集中《阿Q千秋》的插图,是漫画界的另一位老爷子方成先生画的,一并叩谢了!

2004 年 3 月

钟 馗 大 笑

钟馗画像,历来狰狞恐怖,幼儿见之瑟瑟。

近日老友漫画家叶春旸兄为钟馗画像,乃捧腹大笑者,甚异。据鬼才某透露:钟大人捉鬼余暇,博览群书(按:是否想弄个在阴间更是多如牛毛之教授甚至博导当当? 不得而知)。某日读魏晋志怪小说,见有奇士将鬼变羊,售于市,沽酒痛饮,不禁拍案叫绝,连称"善哉"!遂下令严打,恶鬼一个不杀,由老钟亲自用特异功能,逐一呵其卵脬,使之变羊、变猪、变昏官、变阔太最宠之巴儿狗、变驴鞭、变海马、变伟哥之弟牛哥。在鬼市倾销,旬月之间获利无数,顿成阴间首富。

地下亦风行阳间一加一等于三之法则:"男人有钱就变坏,女人变坏就有钱。"

钟大人建16层楼豪宅一座,包了72个二奶,以潘金莲为核心,终日笙歌鼎沸,玉盘佳肴,左拥右抱,沉醉花丛。

钟哥财大气粗,谁也不放在眼里,连阎王老子见之,也主动打招呼:"钟老板,鼓捣猫腻!"钟馗没事偷着乐,安能不差点笑死乎!

壬午和风拂柳时于牛屋

2002 年 4 月 7 日

学术乎？魔术乎？

近日看到一本史学著作，封面署名是某某二人"等著"，但看书中，署名第一者未写一字。但立刻有拍马者著文报端，称二人为"主编"，为本书叫好。未写一字，竟能在封面上列名第一，至报纸，又摇身一变，化为"主编"，真个是"眼睛一眨，老母鸡变鸭"，确有变魔术的本领。何以如此？无非此人乃学官，能申请到经费，自有人奉承，自己亦有脸不红、心不跳之过硬功夫，故能泰然自若。某社科研究机构，今春给研究人员评津贴补贴，有一级、特级。这使人想起 20 世纪 50 年代给教授评级。以史学而论，复旦历史系仅周谷城教授为一级，历史地理学泰斗谭其骧教授、经学史专家周予同教授、思想史专家蔡尚思教授、世界史专家王造时教授、耿淡如教授，及战国史专家杨宽教授、明清史专家陈守实教授等，均名重当世，但都评为二级。北大历史系仅翦伯赞教授、向达教授评为一级（按：向达教授 1957 年被打成右派后，降为二级），余如著名学者邓广铭教授、周一良教授、齐思和教授等，皆二级、三级。而某史学机构，不仅评出多名一级研究人员，其中不乏学术平平者，与当年之一级教授，不啻泰山、土块之别。更使人惊异者，"特级"应指学术上有特别重要贡献，故评"特级"。但即使用天文望远镜搜索，也难觅其特别重要贡献之踪影，说穿了他们不过是曾任学官，至今仍能上下其手而已。如此这般，与魔术、空手道有何殊异？史学界甚至有公然剽窃他人著作当上学官，领导科研，甚至当上大学副校长，育人子弟者。看来，离给史学界发病危通知书之日，不远矣！正是：

　　学术变魔术，
　　如此怎了得？
　　官大学问大，
　　何尝有史德！

2004 年 8 月 18 日于拍案斋

拉 郎 配

　　曾几何时，"拉郎配"式之闹剧，已在学术界频频登台，并历久不衰矣。写武侠小说的作家，摇身一变，竟成中外关系史、隋唐史之专家，并任博士导师，是其一例也。某湖南青年农民，因手头紧伪造铜片"奉天玉诏"，说乃李自成遗物，卖给县博物馆，该馆竟如获至宝，购后邀请京中鉴定字画、古书专家者流，居然得出此乃国家二级文物结论，并发给证书，何其荒唐！笔者因接到当地知情人揭发信，深知内幕，故在一次学术会议上，提出一千美金"打赌"，与会之湖南有关人士无人敢赌，因彼辈心虚也。近日某有司声称组织七位一流明史专家审查一部明代题材之电视剧，会后始知，有几位名不见经传，无著作行世，岂能称一流？有位教授乃教中国近代史者，与明史无关。会上除个别学者意见平实可取外，其余所述多半乃风马牛。显然，此乃又一出"拉郎配"闹剧也。正是：

　　　　拉郎拉到天尽头，
　　　　可怜学术亦被踩。

瞎七搭八何时了，

歪风处处使人愁。

2004 年 9 月 20 日于大观楼

保卫战

　　笔者在抗日战争、解放战争的烽火中度过童年,对斯大林格勒保卫战、四平保卫战等,耳熟能详,心甚佩之。及长,尤其近几年来,每见另一种保卫战——保卫学术剽窃,心甚厌之。20世纪50年代初,东海舰队水兵赵莱静(1955年考入复旦中文系)作词之《远航归来》,风靡一时。但不久音乐杂志《园林好》及某报揭露此歌作曲乃抄袭苏联作曲家之作品,以原作曲谱对照,如出一辙,铁证如山。但偏有青年学子,著文为抄袭者辩护,说他是青年,应予以理解云云,理由荒谬。"保卫"之结果,是此歌再无人唱,从歌坛消失。两年前,北大王铭铭教授抄袭美国学者著作东窗事发,又偏有其友人、弟子纷纷在网上、报上著文,曲为之辩,打了一场保卫王铭铭之战,结果自然是枉费心机,可见自有公道在。但亦有另一种情形在:剽窃者后台强悍,死不认账,居然将"保卫战"打胜,弹冠相庆,将公道丢进垃圾桶。如某历史研究所提拔一名所长助理,被学人揭发,其论文抄袭北大历史系教授阎步克著作,不仅在网上闹得沸沸扬扬,且刊于《新京报》。按理说,所长助理乃蕞尔小官,既然道德水平低下,免去助理即是。但此人在后台坚决"保卫"下,任凭风吹浪打,"我自岿然不动"。至今仍助理照当,可见学术腐败已日甚一日矣！正是：

> 保卫剽窃竟不败，
> 说是奇怪也不怪。
> 只要腐根不铲除，
> 邪气必定处处在。

2005 年 11 月 1 日于冷眼庐

恶 病

环顾学界,患历史健忘症者大有人在。最近某学者为当年清兵入关大肆叫好,说由此导致"康雍乾盛世"。这固然是老调重弹。早在20世纪80年代开始,即不断有人为清兵入关评功摆好,说清兵不入关,中国将陷于长期内战。其实,无清兵入关,李自成肯定统一中国。又有人全面为引狼入室的吴三桂翻案。其实,他早已钉在历史的耻辱柱上,为其翻案,使尽招数亦枉然。现在有人摆出"康雍乾盛世"迷魂阵,窃以为亦属白费心机。汉代"文景之治"、唐代"贞观之治",因其社会安定、思想宽松、经济繁荣,人称盛世。而康雍乾三朝,虽然经济发展,但闭关锁国,文字狱横行,知识分子横遭屠戮。人们噤若寒蝉,反暴政农民起义不断发生。凡此,岂能目为盛世? 如硬说此即盛世,亦属可憎、可鄙之盛世。清兵入关南下,距今亦不过361年。清人以落后的生产方式,征服先进农业文明之中原,必然带有民族压迫、野蛮掠夺性质,"扬州十日"、"嘉定三屠"等烧、杀、抢的残暴行径,难道能从历史上一笔勾销? 后来之"逃人"、"圈地"、"迁海"等倒行逆施,使汉族地区生灵涂炭,难道可以视而不见? 颠倒历史是非,将严重误导年轻一代。更有甚者,北大某教授公然著文,为"文革"翻案,极尽评功摆

好之能事。倘国人均与此人一样,忘记"文革"惨祸,有朝一日,
"文革"或类似"文革"之浩劫,即有可能卷土重来。正是:

　　　　百病之中有恶病,
　　　　患上历史健忘症。
　　　　史实斑斑血泪在,
　　　　岂能是非皆不问!

　　　　　　　　　　2005 年 2 月 20 日于拍案斋

破 头 先

江南乡间有"破头先"之说，稗史中亦偶见之，今人多不解其意。查清中叶青浦王有光著《吴下谚联》卷三"破头先"条谓："劈头得一不祥语，谓之破头先，世多忌之。"并举例：传说明朝一代忠良于谦问终身祸福于嫂，嫂骂"天杀"！后果然在英宗复辟后被杀。显见"破头先"语含晦气、倒霉之意，故遭世忌。此语流传渐稀，但另一种"破头先"现象却随处可见：学而劣则仕，某些庸才、劣士、鄙夫、陋儒夤缘攀附，竟成了一些单位的头头或带头人，于是该单位很快晦气重重，无异倒八辈子邪霉。一些国营企业破产后，往往挖出蛀虫，原来企业乃被破头儿贪污、挪用、挥霍殆尽。北京某出版社乃拥有金字招牌之老出版社，从后门进来对出版仅一知半解的王伦式人物当头后，强项被砍，人才流失，负债累累。南方某报原领导谢世，新任主管乃不读书之辈，编辑千方百计约来名家之稿，竟遭其白眼，不入流之地方人士文章充斥版面，如此搞文学地方保护主义，何其愚也！正是：

挥之不去破头先，
时下晦气更蔓延。

何日庸劣尽下野，

"九州生气恃风雷！"

2005 年 3 月 7 日

鼓捣猫腻

　　不才曾写短文《钟馗大笑》，谓钟馗用妙法成为阴间首富，风光无限，连阎王爷早上见之，亦主动打招呼："钟老板，果得猫腻（Good moming）！"漫画家方成先生看后，笑曰："应改成'鼓捣猫腻'，现在到处都是瞎鼓捣！"方老之言何其精辟、幽默也。即以文化、学术界言之，瞎鼓捣、搞猫腻可谓层出不穷，弄个工程妄图造就一千个学术大师者有之。难道章太炎、梁启超、王国维、胡适等大师，系某工程所培养乎？何其荒诞！时下书商春风得意，雇人抄袭、剪贴，拼凑出多少"金玉其外，败絮其中"之劣质图书？近日"凤凰卫视"名嘴窦文涛即公开坦承：20 世纪 80 年代时，书商给他 2000 元，他即熬了三夜抄袭出一本书，故具名"熬夜"，甚可哂也。如此等等，不胜枚举。正是：

　　　　到处瞎鼓捣，
　　　　猫腻随时见。
　　　　劝君需提防，
　　　　切勿受其骗！

　　　　　　　　　　　　　　　　2005 年 5 月 16 日于灯下

稿 费

　　近日，漫画家方成老人告诉我，20 世纪 50 年代，他一幅漫画可得稿费 20 元，宴请 10 个朋友足够。其时小学教师、合作社营业员月工资仅有 18 元，照样养家餬口。不才正上大学，每月伙食费 12.50 元，第一篇史学论文发表，得稿费 30 元，够用两月。现在如何？方成漫画，一般一幅仅百元，连一人下馆子都不够。漫画家丁聪告诉我：上海某晚报曾转载其漫画一幅，半年后寄给他 4.52 元，岂非见鬼乎！以不才而论，单篇文章稿费再高，也不够半月花销。多年来，我为数家出版社主编过十几种文史类著作、文丛，主编费数千元至一万元不等。待遇最差者乃两家古籍出版社。可见古风不在，斯文确已扫地矣。民间相传清初金圣叹老先生曾发牢骚曰：

　　　　前世未曾拜佛爷，
　　　　今生被罚结文缘。
　　　　乌龟王八全涨价，
　　　　就是文章不值钱。

休想封杀

读了《文汇读书周报》2005年7月8日头版新闻《戴逸：欢迎批评，但休想封杀〈中国通史〉》，听戴逸说："参加编写此书的同志们做了很大的努力，取得了很好的成绩。"他曾断言《中国通史》（彩图版）是一部好书，休想封杀。笔者认为，诚然王曾瑜对戴逸、龚书铎主编的《中国通史》（彩图版）之批评严肃、尖锐，但王曾瑜并未说要封杀此书。再之，王曾瑜无权无势，想封杀也封杀不了。

问题在于，《中国通史》真的成绩那么大？"是一部好书"？否，该书问题成堆。一、中国通史、史话、历史故事，结构、写法向有定势。戴逸主编的《中国通史》无纲无目，无章无节，实际上是插图本中国历史故事，却堂而皇之标榜为《中国通史》，无非卖狗悬羊。二、历史普及读物不等于降低历史科学之标准。唯其普及，影响面大，更应注意历史知识之准确性。王曾瑜所指该书宋代部分的问题确系事实，戴逸强辩不仅徒劳，而且说民间故事对于"历史普及读物，不能完全绕开不提"，恰恰表明其普及历史知识时，降低了历史科学标准。三、《中国通史》插图甚多，选图者自有一份辛劳。但所有图片均未注明来源，有不少是国家历史博物馆、故宫博物院珍藏品，如注明，对读者也是普及历史、文物知识之重要环节。何况已构成侵权，该书图片几乎全部用的二手、三手资料。有的重要图片，必需选者亦未选。如正德初年绘明代全国行政区域图《舆地图》、《南都繁会图卷》等。四、不少论断似是而非。如说明代宦官专权始于英宗，事实上永乐后期即已开始；说明人服饰之剧变始于"晚明万历以后"，事实上弘治、正德时，南北服饰已大变，被不满者斥为"近服妖"，如此等等。五、淡化封建专制淫威。清代文字狱时间之长、手段之残忍、后果之严重，为历代之冠。但该书清代部分，轻描淡写。吹捧"《四库全书》的编定，是中国学术文化史上规模空前的一项盛举"，只字不提大肆抽毁、全毁书籍，致使"纂修《四库全书》而古书亡"（鲁迅语）。从乾隆三十九年至四十七年，乾隆皇帝连续下令烧掉的书达 13862 部之多！对此暴行，戴逸为何视而不见？！《中国通史》这样一部平庸之书，竟打着中国史学会旗号，居然还得图书大奖，不能不是《二十年目睹之怪现状》之一。曹邺有咏李斯诗，甚有味，节录如下：

> 一车致三毂，本图行地速。
> 不知驾驭难，举足成颠覆
> ……
> 难将一人手，掩得天下目！
> ……

2005 年 7 月 18 日于"以渺小为虚大"斋

不识泰山

最近汤学智研究员在《社会科学报》上著文《建议取消"博导"称谓》，以遏制学术腐败风。不亦快哉！但恐难以实行。博导滔滔天下皆是，成了名利代名词，彼辈甘之如饴（其中学官尤其如此），谁肯放弃？再之，博导有龙虎狗之别，不宜一刀切。余最厌恶者，尚非博导称呼，乃评博导中之官本位、宗派作风。蔡尚思教授年逾百岁，是史学界唯一健在的曾当面向梁启超、王国维、章太炎等问学者，其研究思想史领域之成就，更众所周知。但20世纪80年代复旦向上申报蔡老博导资格，竟未获通过。其时谭其骧教授在京还特向有关人士打招呼，谓："他是史学前辈，如博导通不过，我如何向复旦交待！"听者竟置若罔闻。近读《史学家茶座》上兰州大学张克非教授谈其业师赵俪生教授文，得知该校亦曾上报赵老申请博导，竟遭有司否决，使该校历史系蒙受巨大损失。赵老博古通今，文史兼备，著述不辍，是中国农民战争史之拓荒者。其高足孙祚民、孙达人，更为史学界熟知。冯其庸教授乃中国古典文学专家，尤以红学鸣于时，诗、书、画俱佳，曾指导硕士研究生，但非博导，原因不明。上述三位前辈：蔡老，余业师也，赵老也曾谋面，冯老乃余好友，对其学问成就，自信知之。但居然皆非博导！此非三老之耻也，中国学术界之耻，莫此为甚！正是：

百年河汉望泰斗，

三老顶天立地间。

竟有陋儒闭双目，

有眼偏不识泰山！

梁任公言

六百年前，郑和率庞大的武装船队远渡重洋，乃当时世界之最。郑和是赤道以南非洲东岸之发现者，领先大航海家迪亚斯、哥伦布、达·伽马至少 80 年。弘治年间，世界开始掀起人类史上第一波全球化浪潮，郑和堪称此浪潮的先行者。凡此，郑和足可彪炳千秋矣。然从万历至今，稗官小说将其神化，愈说愈玄。近几十年，官方及流俗学者以今铸古，将其圣化，给郑和戴上"和平友好使者""平等贸易的先驱""和平崛起的体现者"等高帽。实际上，明成祖朱棣派郑和下西洋，乃在宣扬天朝国威、天子圣明，以及肯定用残酷手段从建文帝手中夺权之合法性。所从事之朝贡贸易重在赏赐，不计盈亏。进口的亦多为奢侈品，于国计民生无补。从洪武二十三年至成化二十二年，国内共生产白银 3000 万两以上，而郑和下西洋即花去白银 600 万两，使明朝财政捉襟见肘。故梁任公曰："郑和以后，竟无第二之郑和。"何以故？郑和下西洋，本质上乃朱棣制造之政治泡沫也！

正是：

先贤不是堂中鼓,重槌猛敲发大声;

郑和史实昭然在,体将高帽套古人!

2005 年 8 月 18 日于求实斋

东风第一枝

　　从学术发展史来看,一部优秀的工具书对学术的发展,能够起到很重要的促进作用。以明末清初的历史来说,20世纪30年代初,明清史专家谢国桢教授在其老师梁启超先生的启发下编撰出版的《晚明史籍考》,对于晚明文献广加搜罗,一一介绍,从此成了研究明末清初历史的向导。柳亚子先生著文盛赞,"这部书,我叫它是研究南明史料的一个钥匙。它虽然以晚明为号,上起万历,不尽属于晚明的范围,不过要知道南明史料的大概情形,看了这部书,也可以按籍而稽,事半功倍了"。我敢说,一个甲子以来,包括笔者在内的学习、研究明清史的人,没有一个不是以谢老的这部书为开门钥匙,然后一步一步渐入堂奥的。最近,我读了由图书目录学者赵嘉朱女士主编的《中国社会科学院图书馆新方志总目》,颇为兴奋,感到这是一把打开方志学宝库的钥匙,真是爱不释手。

　　我很留意方志事业的发展。这源于20世纪80年代初,我曾被"中国地方志指导小组"借调工作一年。当时这个指导小组的负责人梁寒冰同志是历史研究所的负责人,因此"指导小组"便挂靠在历史所。人手不够,我与所内的几位学者便奉命调去帮忙。我先后到南方的三省六市对修地方志工作的进展做了调查,后来写了《莫将方志视等闲》的评论文章，刊于《光明日报》。我在文章的结尾写道："目前，全国已有一千多个县在修志，上万名史志工作者在勤奋地劳动着。这是多么宏伟的史学实践！……至迟20年后，数以千计的社会主义新方志，将给我国的文化史增添璀璨的新篇章。"岁月不居，弹指间20年过去了！方志事业的蓬勃发展远远超出我的预料，已经出版的新方志不是"数以千计"，根据2001年的统计，达一万九千余种，其中省、市、县三级志书五千余种，乡镇志、专业志、部门志和厂矿企业志等一万两行余种，地名志一千五百余种。可以毫不夸张地说，这是新中国成立以来最重要的史学成果，对我国当前社会主义物质文明和精神文明的建设正在发挥，并必将进一步发挥重要作用。

中国社会科学院图书馆地方志收藏中心的赵嘉朱、王晓筠同志白手起家，经过五年多的苦心经营，收藏新方志的数量已达一万五千五百余种，成为全国图书馆之冠。如何使这些琳琅满目的方志有效地提供给国内外的广大读者？编一本详细、准确、便于检索的目录是当务之急。否则，面对这茫茫志海，很可能无从下手，有入宝山而空手归之感。

值得庆幸的是，赵嘉朱等编撰人员虽然人手不足，但脚踏实地从逐一查对方志原书，制成卡片做起。他们曾四次下架入编所有志书，反复核对，精益求精，工作量之大可想而知。我仔细推敲了这部大书的"凡例"，这是本书的灵魂。我觉得它的显著特点是全面、准确。本书收录的志书不仅包括省、市、县志，而且连村志、山水名胜志、厂矿企业和部门志都有，并有少量地区大事记、农场史志，真可谓包罗万象，枝叶俱全。"书到用时方恨少"，这些小的志书是不能忽视的。本书的准确性在于，每本志书都注明了卷数或册数、编者单位、主编姓名、出版地点、出版社名称、出版时间、总页数、馆藏号码，等等。任何学术著作，包括工具书在内，其生命在于科学性。我以为，上述两个特点正是这部《新方志总目》科学性的所在。比起已出版的类似书籍，这部书堪称"东风第一枝"，必将迎来方志学的"千树万树梨花开"。

我国老一辈革命家毛泽东、周恩来、董必武等对编修新方志一直很重视。20 世纪 80 年代初，胡耀邦同志在当时中国地方志学会负责人董一搏同志来信上的批示，更对新方志的迅速发展起了强有力的推动作用。耀邦回眸应笑慰。愿本书①对耀邦是个欣慰的纪念。

2003 年 5 月 26 日

———————

①　指《中国社会科学院图书馆新方志总目》。

《中国小通史》阅览

　　作为一个中国人,要不要懂点中国历史? 按常识说,答案应当是明摆着的。我在少年时代就爱好文史,成年后更是在名牌大学专攻历史近九年,比抗战的时间还要长一些,当然熟悉中外圣贤强调历史重要性的经典言论。但是,那些教导都不及20世纪80年代初,在一个早春的夜晚,我在扬州听一位老前辈的一席话,对我的震撼之深。他叫孙达伍,20世纪30年代毕业于大夏大学,后入党。抗战时期曾任建阳县(今建湖县)民主政权的文教科长,解放战争时期,曾率领全县民工大队,支援淮海战役。我读小学时,就知道这位乡贤的名字。我在扬州夜访他时,他担任扬州师范学院党委书记。谈起历史,他神情严肃地说:"一个人如果不懂点儿历史,还能叫人吗?!"请不要以为这是孙老的极而言之,似乎太情绪化。仔细想来,假如一个人连父亲、祖父的来龙去脉——也就是家庭史中的现代史都一无所知,他能够珍惜祖辈、父辈的荣誉,或吸取他们的教训吗? 大而言之,如果一个人对自己国家、民族的历史一无所知,肯定是个愚民。在一定条件下,很有可能干出有损于国家、民族尊严的勾当,或令人难以容忍的荒唐行径。

　　岁月不居,达伍老先生已谢世多年。近几年来,我碰到几件事,使我一再想起他的话。前年春天，有关机构及新闻界曾经做了一番调查，发现当今青少年对历史知识的无知，已经到了令人惊诧的地步，多家媒体报道后，引起教育界、史学界的震惊。我本人当即接受《文汇读书周报》的采访，谈了我的看法。多年来，我身居书斋，与教育界几乎没有往来，对青少年的现状所知甚少。但是，从我家历年的小保姆来看，多半是初中生，难为她们还知道中国有个毛泽东，但都不知道中国还有周恩来、朱德，遑论他人。我爱人曾感叹地说："这是新一代愚民。"前年夏天，冯小宁导演的弘扬爱国主义的电影《紫日》在天津放映，当小学生们看到日本法西斯用刺刀捅中国母亲时，他们竟然哄堂大笑起来。这使冯小宁感到悲愤莫名，我看了多家报纸报道后，深感悲哀。在孩子们的幼小心灵里，怎么一点儿民族是非感、善恶感也没有？去年夏天，我更切身经历了让我感到更悲哀，乃至于十分愤怒的一幕。当时我住方庄小区，居委会在广场放映《紫日》，请居民看，我也去了。看到前述令人惨不忍睹、惊心动魄的镜头时，我身后的四个二十岁左右的青年，三男一女，竟然放声大笑！我的灵魂为之战栗。这四位的灵魂居然麻木不仁到如此地步！倘若他们稍有一点儿历史知识，知道日本法西斯在我国曾经犯下滔天罪行，怎么会笑得起来？当然，正如我在电话中与上海的学林前辈王元化先生交谈时，他指出的那样，这不仅仅是对历史的无知，更是人性的迷失。但是，身为史学工作者，迫使我更迫切地感到，普及历史知识的重要性。否则，会有更多的青年像上述那四个人一样，让人有理由怀疑他们"还能叫人吗？！"

这套《中国小通史》正是向青少年普及中国历史知识的读本。我想，即使不是青少年或文史爱好者也不妨读一读此书。比起洋洋几百万字的皇皇大著中国通史，本丛书每册只有九万字左右，共八册，加在一起也只有七八十万字，故称小通史。但是，更重要的是，本书不是史话，更不是时下泛滥成灾、肯定后患无穷的戏说历史，而是严肃、严谨的通史著作，只是尽可能简明、通俗罢了。各册的作者都是断代史的专家、学者，堪称是专家写的普及读物。我不敢保证每册的文字都能行云流水，文采斐然。但我敢保证，他们紧紧把握住历史脉络，将断代史的主要内容高度浓缩，交待得明明白白，一览无余，史实准确。读者读的是信史。每册的最后一章都是同一时期的世界各国概况，如果读者能读完全书，就会清楚看到，我们中国怎样由屹立于世界的强国而走向衰弱，直至最终天朝崩溃——清朝垮台。你想，17 世纪西方已经开始工业革命，机器轰鸣，而我们的"中华古国"仍在让年轻人死背四书、五经。学者皓首穷经，在古书堆的草木虫鱼中寻寻觅觅，孜孜以求，耗尽青春年华，耗尽生命。结果怎么样？西方列强坐着军舰，开着新式大炮，放着洋枪，杀过来了！还在做着儒家复古梦、唱着"敬天法祖"老调子的天朝，怎能不一败涂地？落后就要挨打。我们的老祖宗是怎样从先进一步步走向落后的？看了本书就清楚了。

感谢金盾出版社的领导和老编辑主动、热心、认真地出版这套小通史。事实上，出版这套中国小通史的目的正是为了让青少年在思想上树立起一块金色盾牌，抵御有害国家、民族的种种非理性、反人道的错误思潮的侵蚀。我坚信，只要广大青少年越来越懂得历史，"还能叫人吗?!"的人将越来越少，甚至消失。当然，历史教育不可能万能，还需要整个社会的密切配合。

"寒凝大地发春华"，春天已经来临。在这美好的春光里，我很乐意将这套《中国小通史》作为礼物，献给拥有生命的春天的祖国青少年们。

2003 年 3 月 3 日于北京西什库老牛堂

《新编日知录》序

    2001年冬,云南人民出版社出版了复旦大学中文系傅杰先生编的《二十世纪中国文史考据文录》。该书两巨册,共计2129页,内收20世纪165位文史学者的考据文章,且多为鸿篇巨制。虽然,百年学苑群星灿烂,目不暇接,仍难免有沧海遗珠之憾,如先师陈守实教授(1893—1974年)的长文《明史稿考证》,梁任公曾评曰:"得此文发奸摘伏,贞文先生可瞑于九原矣。"《二十世纪中国文史考据文录》未收此文,不无遗憾,但傅杰以一人之力,能编出如此厚的学术典籍,难能可贵,不愧是当代鸿儒王元化先生的高足。但是,面对这两大本巨著,掩卷沉思,我不禁想到:青年文史学人,买得起此书的,能有几人哉?更不用说读完全书了。好几年前,我曾经萌发过将近80年来专家学者写的短篇考据文章,选出若干篇,编为一册的想法。读了《二十世纪中国文史考据文录》后,更启发我编辑此书。我把编书设想电告兰州大学出版社总编辑张克非教授,他认为这很有学术价值,乐于出版,并很快寄来出版合同。我从2004年春天开始选编,因不断还忙着其他的事,陆陆续续直到已是炎夏,过端午节时,才将此书编完。我并非是研究史学史、文献学的学者,而且健康不佳,没有精力在各大图书馆奔波。好在我平素性喜杂览，寒斋藏书不少，基本上只能就家中管窥所及，进行选编。计划只编一本小书，故穷数月之力，也仅选出64篇文章，约十几万字，书名冠以《新编日知录》。

《日知录》是三百多年前思想家、史学家顾炎武（1613—1682年）的一本重要著作。全书32卷，除了少数条目，如卷十的《苏松二府田赋之重》文字稍长外，其余多为短篇，一条或数十字，或数百字，很少超过一千字的。但顾炎武写作此书，"积三十余年乃成"，差不多倾注了一生的心血。他在《与人书十》中曾说："某自别来一载，早夜诵读，及复寻究，仅得十余条，然庶几采山之铜也。"（《顾亭林诗文集》，中华书局1959年版，第98页）顾炎武对《日知录》寄予厚望。他在《与人书二十五》中说："有王者起，将以见诸行事，以跻斯世于治古之隆。"当然，这只能是历史的悲哀。顾炎武在《日知录》中开出的治世药方并不切实际，因而封建统治者并未将此书当一回事。顾炎武以严谨学风、千锤百炼般铸就的这部大书，倒是成为了学术经典，对开创清初朴学之风起了重要作用。我将这本小书名曰《新编日知录》，不仅在于我相信书中所有学者都读过《日知录》，受过此书的熏陶，还在于这些文章，除个别篇什外，大部分都是短文，在不同程度上类似《日知录》。这些考据文章，大部分都考得铁证如山。有些文章虽非考据，但所引史料都经严格检验，结论是科学的。因此，编辑本书不是东施效颦，而是继《日知录》余绪，发扬其考据的求实精神。

诚然，史料考据并非万能。但研究文史，第一步就是搜集史料，实证是基础工作。如何取得可靠的实证？这就必须懂得考证功夫，去伪存真，否则就不可能获得第一手的可靠材料。因此，我编辑本书绝不是鼓吹回到乾嘉时代。本书不仅仅是向读者展示若干可靠的历史结论，从根本上说，是为了向读者展示治学的基本方法。值此学风日颓、浮躁之风甚嚣尘上之际，我希望通过本书向文史学人——尤其是青年学子，提倡像顾炎武那样"矿山采铜"，踏踏实实，孜孜以求，持之以恒地做学问。下一番考证功夫，使文史立于坚实的基础之上，而不要浮于沙滩，转瞬即成泡沫。坚信区区悬衷，不至落空。

甲申年端午节于老牛堂

阿什河畔帝梦渺

——凭吊金上都

秋风起,北国天高气爽。我与文友应邀出席黑龙江省阿城市纪念大金建国立都 888 周年的"金都笔会"。阿城市南的白城子,有国务院重点文物保护单位金上都遗址。公元 1234 年,雄踞黄河以北 119 年之久的大金王朝在蒙古、南宋的夹击下灭亡。但是,七百多年的岁月淹没不了金朝历史文化的辉煌。我踯躅在阿城这片有着深厚文化积淀的土地上,怀古思今,令我惊诧,也令我发出沉重的叹息。

金朝文化辉煌到何种程度?阿城市郊的"金上京历史博物馆"中展示的两千余件金朝历史文物,就是最好的说明。国家一级文物,2000 年曾印在邮票上风靡海内外的金代皇帝车辇上的铜坐龙造型生动,线条流畅,似乎正欲腾云而去,直搏九霄。国家一级文物汉代青铜短剑,形似镔铁,剑刃发出幽光。国家一级文物、全国最大的圆形"铜镜之王",直径 43 厘米,重 12.4 公斤,双鱼戏水,栩栩如生。说到铜镜,那里更有形态各异的铜镜专题陈列,"菱花形鱼龙变化镜"、"双鲤镜"、"荷花水禽镜"、"双凤镜"、"缠枝草莓镜"……真让人目不暇接,美不胜收。一个县级市博物馆收藏这么多精美绝伦的金代铜镜，令人惊叹。这些美轮美奂的铜镜，哪些出自女真工匠之手？哪些是汉族铸镜匠人的心血之作？甚至哪些是北宋汴京皇宫中的用品，金朝灭北宋后作为战利品运来金上京？这些都无从考证了。它们是八百多年前女真、汉族等民族纷争、融和的产物，是中华民族先人的杰作，炎黄子孙的共同财富。值得一提的是，这些瑰宝基本上是近三十年来阿城农民在金上京遗址耕作时发现，上交政府的。在金上京地下究竟埋藏了多少珍贵文物——也就是金文化的载体？谁也说不清。

我在金上京五重殿遗址徘徊久之。政治变迁、内乱、蒙古大军的野蛮焚劫、风雨侵蚀，使当年繁华的金上都沦为一望无际的农田，巍峨的宫阙如今只剩下隆起的土阜。但是，就在我脚下的这条不长的通往五重殿的道路上，留下了多少历史人物的足迹！从金太祖阿骨打到海陵王完颜亮，金朝四代帝王曾在这条路上威风凛凛地走上大殿的虎皮交椅，叱咤风云，指挥千军万马灭辽、灭宋，统一了北方，拥有大半个中国版图。倘若没有他们的努力，在游牧民族与农耕民族的连年战祸中，也许"不知有几人称帝，几人称王"。这是女真民族在中华民族发展史上作出的重要贡献。

漫步在这条历史隧道中，"江山几局残，荒城重拾何年"的苍凉感在我的胸中翻腾。这条路上最沉重的历史一页，莫过于1128年8月24日宋徽宗赵佶、宋钦宗赵恒及诸王、妃嫔、驸马、公主、宗室妇女等千余人，都被金兵押到金太祖阿骨打陵前，实行献俘仪式"牵羊礼"——对徽、钦二帝及其皇后，还算给点儿面子，只脱去袍服，保留内衣，其余人等都裸露上身，披羊皮，手执毡条，向太祖陵跪拜。这是何等的奇耻大辱！钦宗之妻朱后不堪羞辱，当晚就自尽了。次日，徽、钦二帝等又被押到乾元殿向金太宗叩拜，被金太宗痛斥后，分别封为昏德公、重昏侯，"妇女千人赐禁近"，全部成了女奴隶。显然，实行奴隶制的金朝贵族集团的受降仪式，比起中原汉族政权受降的传统政治把戏"面缚衔璧"，更为残忍！但封徽、钦二帝为昏德公、重昏侯，倒不失为实至名归。如果不是徽、钦二帝——尤其是徽帝政治上的腐败、无能，导致军事上的全面崩溃，岂能断送北宋王朝？

傍晚，夕阳在山，几只昏鸦在暮色中飞过，近处大金的生命河阿什河在静静地流淌。我想起古语中的"落日熔金"。曾几何时，也就是公元1234年正月，四面楚歌的金哀宗让位于末帝完颜承麟，自缢身亡，但完颜承麟据守的蔡州很快被南宋、蒙古联军攻破，为乱兵所杀，金亡。这二位金朝亡国之君并不比幽囚在五国城（今依兰县境）"沉吟不断，草间偷活"，先后死去的徽、钦二帝下场更好。事实上，从根本上说，金朝是重蹈北宋王朝的覆辙，亡于腐败。早在金章宗（公元1189—1208年）后期，章宗带头娱情声色，官僚、将领等更加腐化，吏治败坏，军事战斗力削弱。章宗死后，危机加重，江河日下，大金王朝自身的腐败如夕阳西下，将自己"熔化"了。呵，"阿什河畔帝梦渺，空余昏鸦负夕阳"。呜呼！灭北宋者，北宋也，非金也。灭金者，金也，非蒙古、南宋也。北宋人不暇自哀，而后人哀之。后人哀之而不鉴之，亦使后人而复哀后人也。这种深刻的历史教训是值得令人回味的。

阿城冬来早。两个多月后，我低回凭吊的金上京遗址，将被茫茫大雪覆盖。描写宋辽和议的高甲戏《金刀记》尾声歌谓："宋何在？辽何在？都被茫茫大雪盖。"其实，中国所有王朝都消失在历史的暴风雪中。只有山河依旧，人民永在。

金代杰出的文学家元好问有词曰："问世间，情为何物，直教人生死相许。"世世代代的炎黄子孙，怀着对中华民族的深情，生死相许,一步一步地走出历史深处,走到了山河无日不生辉的今天。明天,我们伟大的民族必将更壮丽。让我们拥抱明天!

2004 年 9 月 25 日于西什库老牛堂

"山温水暖"话无锡

　　"小楼一夜听春雨,深巷明朝卖杏花。""青山隐隐水迢迢,秋尽江南草木凋。"人们从这些耳熟能详的诗句中,感受到"山温水暖"的江南几多明丽,几多温馨。用《红楼梦》里的话来说,江南不愧是"温柔富贵之乡"。外地人,尤其是大河之北缺水苦寒地带的人,有谁不向往江南呢?

　　历史上江南的概念,不仅有广义、狭义之别,而且有时超越传统地域概念,不以长江划分。例如,清初顺治年间,一度江南省不仅包括了吴中地区,还包括今天安徽、江苏北部地区。因此,翻开顺治时的文献,我们会看到诸如"江南宋曹"、"江南阎尔梅"之类的记载。其实,宋曹是盐城人,隐居不仕的明遗民、爱国诗人。阎尔梅则是徐州的著名诗人、顾炎武的朋友,也是一位明遗民。通常所说的江南是指江苏南部、浙江北部的三吴地区。

　　历史活动,说到底是人的活动,更是人的群体活动。说近一点,千百年来江南在发展的过程中,由于经济、政治、文化——包括血缘、人文传统等综合因素,形成了不少名门望族。他们是江南历史发展的重要动力,也是江南的重要象征。清初文士王应奎著《柳南随笔》卷六记载,在明清之际,顾、徐、李、王四姓是"昆山钜族"。以顾、徐二姓论，产生了顾炎武及其三个外甥徐乾学、徐元文、徐秉义那样著名的代表人物。江南名城无锡，名门望族更多。清末黄印名著《锡金识小录》卷七"元明巨室"条载谓："元时无锡称四巨室，曰江、虞、强、邵，谓其富甲一郡也。明时有三巨室，曰邹、钱、华，言其丁众富强也。""有四钱、四邵、七华，其盛可知"，以华姓为例，集显宦、富绅于一身。历史发展到近代，虽然"萧条异代不同时"，在历经沧桑后，有的名门望族衰弱了，渐渐从历史舞台上退出。但有的望族仍然世泽绵延，续振家声，以其优秀子孙为世人钦敬。如钱姓，不仅有著名历史学家钱穆及其侄物理学家钱伟长，还有杰出的人文学者钱钟书，更有新的望族崛起，最典型的莫过于以荣宗敬、荣德生、荣毅仁为代表的荣家，对于中国近代民族工业的发展，起到了重要作用。

　　把无锡名门望族作为重要的学术课题加以研究，系统搜集史料，分别写出家族史或家族志，这对于研究无锡政治、经济、文化史具有重要价值。而且，鉴于无锡名门望族中的一些人物，曾对全国的政治、经济、文化产生重要影响，其学术价值肯定远远超过无锡一市。因此，在我的老同学赵永良教授主编的这本《无锡望族与名人传记》一书付梓前，我有机会先睹为快，真是大饱眼福。即以秦寅源先生写的《无锡秦氏家族》一文为例，读来真是开卷有益，而且颇感亲切。这是因为，无锡秦氏的族祖是北宋著名词人秦少游。我在儿时就知道秦少游的大名，那是读了《今古奇观》中"苏小妹三难新郎"的结果（按：选自明人小说。其实，苏东坡并无此妹）。及长读诗词：我很喜欢秦少游的词，后来还曾至高邮参观"少游台"，凭吊秦少游的遗踪。读了此文，才知道秦邦宪（博古）是秦少游的后代。1946 年，秦邦宪与王若飞、叶挺、邓发一起因飞机失事在黑茶山殉难时，我正在初小读书，曾参加故乡抗日民主政权召开的悼念四烈士大会。虽然半个多世纪过去了,会上读祭文、呼口号的情景恍如昨日事。我在京中也曾从老前辈那里听到秦邦宪在延安的一些往事。

赵永良教授是我复旦大学历史系的同班同学,后来又一起进入研究生班,不过老赵是中国近代史专业,我是中国古代史专业。八年的同窗,可谓情深谊长,他又与我的亡妻是无锡老乡,因此我们的关系又深了一层。赵永良和我都是农家子弟,学习刻苦,做事认真,老赵尤其秉性耿直,大大咧咧。20世纪的五六十年代,正是中国政治上的多事之秋,老赵因此吃尽了苦头,"文革"期间更是历经磨难。他回无锡后秉性不改,勇于任事,奋斗十余年编撰《无锡名人辞典》多册,影响很大。他笔耕不辍,今日又编著《无锡望族与名人传记》,这是一项不小的工程。他的勇气、毅力和精神令人感动,故为之序,也算是为半个世纪的同学友谊做一个历史记录吧!

2004 年 2 月 8 日

历史剧，历史的无奈

作为一个捧历史学饭碗的人，早在十年前，我就发出过"历史剧让历史无奈"的感叹。熟悉影视剧的观众当记忆犹新，从20世纪80年代开始，以历史为题材的影视剧如波涛汹涌，迎面扑来。好的固然也有，譬如以革命历史题材创作的《从奴隶到将军》、《陈毅出山》，艺术地再现了罗炳辉将军、陈毅元帅的光辉形象，比较完美地体现了历史真实与艺术真实的统一。但相当一部分历史影视剧，问题成堆。有的拐弯抹角地宣传封建专制思想，如《大风歌》，剧中声称只有姓刘的才能当皇帝，"数老安刘"，把翦除吕氏集团归功于几位政治老人，人民群众的力量无影无踪。有的作品为美化某个历史人物，不惜恣情拔高，粉饰虚构。等而下之者，是一些公然歪曲历史事实的作品。如《西楚霸王》，半场戏里关之琳饰的虞姬、巩俐饰的吕雉，居然在一池浑汤里泡了两回澡。西楚霸王不甘落后，也泡一回，这与残酷的楚汉相争有何相关？真是匪夷所思。更荒谬的是，戏中公然把项羽埋降卒20万和焚烧阿房宫都曲解成是"冲冠一怒为红颜"，说项羽是痛失爱妾虞姬后一怒之下所为，真不知假到哪儿去了！《西楚霸王》里的项羽与历史上真实的项羽，可以说是风马牛不相及也。

更值得注意的是，以清史为背景的影视作品几乎泛滥成灾。一些作品描写清朝的列祖列宗——从入关前的祖爷爷、祖奶奶开始到守业的皇孙子、皇孙媳等，无不英明贤淑，盛德巍巍，而明王朝则腐朽、反动到了极点。清兵入关，镇压了新生农民起义领袖李自成建立的大顺政权，俨然是"仁义之师"。这些影视作品的编导者根本不知道明清之际，那段充满血与火斗争的真实历史究竟是何情景，也不知"清承明制"，大清王朝至少花了半个世纪的时间，才恢复到明朝中叶全盛时期的人文规模。今天仍屹立首都、享誉世界的故宫，95%以上的建筑都是明朝原有的建筑。这些作品过分地贬明褒清，完全模糊了历史的真相。至于清朝的宫廷戏，当其沸沸扬扬时，在故宫的一次学术讨论会上，我曾请教清史、故宫专家单士元前辈，他斩钉截铁地说："我从来不看，简直是胡编乱造！"至于《戏说乾隆》、《戏说慈禧》，更是"牧童无腔信口吹"，与历史上的乾隆、慈禧完全不相干，不过是给"嘴巴里淡出鸟来"（借用《水浒》中鲁智深的话）的小市民观众，送去几粒廉价的盐巴而已。

纵览近几年的历史剧，比起20世纪80年代和90年代初，更令人有甚嚣尘上、愈演愈烈之感。当然，我这样看并不意味着要"一篙子打翻一船人"。好的、比较好的历史剧还是有的。电视剧《血战孟良崮》令我血脉贲张。当我看到一队解放军战士，他们先泪流满面地跪下，然后毅然从一群山东大姐、大嫂在水下搭起来的人桥上冲过去歼灭敌人时，不禁感动得老泪纵流。我是在江苏盐阜革命根据地长大的。孟良崮大捷时，我还是小学生，正在镇上参加文艺会演。人们争相传阅用彩色纸头印成孟良崮大捷、击毙张灵甫的捷报，我也看了，并为之欢呼雀跃。这部电视剧使我仿佛又回到了战火纷飞的童年。王朝柱编剧的《长征》，应该说是迄今为止历史影视剧作品中最成功的一部。这不仅在于这部电视剧比较接近当时的历史真实，剧中的毛泽东、周恩来等人不再是个概念的化身，而是有血有肉的人，展示了其人性的多个层面。唐国强塑造的毛泽东，让人感到可亲、可敬、可信，难能可贵。但是，历史题材的影视剧中像《长征》之类的优秀作品毕竟太少。我历数历史题材的影视剧，让人实在不敢恭维。其中，以根据二月河长篇小说改编的《康熙王朝》、《雍正王朝》影响最大。其中《雍正王朝》是二月河自己改编的。康熙也好、雍正也好，距今不过三百多年、二百多年，他们的事迹、档案、实录、正史、野史，有详细的记载。研究清史的学者，老前辈如孟森，今人如王钟瀚、王戎笙、杨启樵、杨珍等，都有可观的研究成果可供参考。但是，上述两部电视剧，我认为很让人失望。康熙皇帝是我国古代很杰出的皇帝，虽然因出天花，脸上留有麻子，但他性格刚毅、沉静，内秀于中，刻苦攻读，为政讲求实效，反对空话、浮夸。他少年时因苦读而咯血，曾经染上吸烟陋习，当了皇帝后，他坚决戒烟，力劝众人也不要抽烟。他曾站在正阳门城楼上，指挥扑灭不远处一家店铺燃起的熊熊大火。也曾在新安郭里口，指挥扑灭赵家庄一百姓家的大火，见损失惨重，当场救济。在苏州的虎丘山上，他曾亲拿一件乐器，与宫廷乐队一起为百姓演奏十番锣鼓，一直演到月上东山。他反对修长城，认为无用，而且开支惊人，强调"众志成城"。他一再反对上尊号，直到晚年仍如此，厌恶政治马屁精。如果把这些搬上银幕，康熙皇帝的形象不但崇高、可亲，不也更有现实意义吗？但是，这些在《康熙王朝》中基本上踪影皆无，可见编导者所了解的关于康熙皇帝的历史知识，肤浅到何种程度。饰演康熙皇帝的演员是个很有表演才能的演技派明星，但他塑造的康熙皇帝动辄发脾气，一副小家子气。更可笑的是，在剧中还几次当众自称"我爱新觉罗·玄烨"，这是皇帝的口吻吗？而另一位著名的资深女演员，居然把死后才由雍正、乾隆皇帝所加的谥号"孝庄皇后"搬到生前来用，动辄"我孝庄皇后"如何如何，可见演员本人及编导对清史无知到什么程度。更岂有此理的是，有的演员面对来自史学界的批评，居然以玩世不恭的口吻说："朕不接见历史学家。"这种"无知无畏"式的表演，不值历史学家一哂。再说说《雍正王朝》，雍正皇帝无疑是清朝比较有作为的一个皇帝，他的历史功绩在中国任何一部历史教科书中，都有所论述，此处不赘述。但是，他是"正邪一统论"的典型体现者。他用以剪除政敌，包括自己弟兄的手段是阴险、残忍的。故宫档案中至今还完好无损地保存了雍正皇帝在雍正三年（1725 年）的一份密旨，令广西巡抚李绂到贵州苗族去寻访毒药及解毒之方，"乘驿奏来"，若非用于害人，又能作何用？他兴起的文字狱充满了血腥。他挖空心思炮制的《大义觉迷录》，对曾静的侮辱、戏弄胜过恶猫戏鼠，令人作呕。但这些暴行劣迹，在《雍正王朝》中全化为晓风残月。剧中的雍正皇帝被塑造成一个至情至性，为了大清王朝、黎民百姓而忍辱负重、鞠躬尽瘁的人。他一大早就起来批阅公文，一堆又一堆，几乎把他累死了！但是，要知道他批的大量是密折，也就是他密派于各地的特务直接打给他的小报告，可以说是恐怖政治的一个重要组成部分。在当今荧屏上居然歌颂这样的行径，是何道理？饰演雍正的是一位非常优秀的演员，曾塑造过诸葛亮等历史人物形象，都很成功。但《雍正王朝》的编导却让他去塑造一个完全被歪曲了的雍正皇帝，真是浪费了他的才华。

任何一部历史剧，无不在向观众展示创作者的历史观。现在多数的历史剧中，充斥着英雄史观、权谋主义，以及如魏明伦所说的"拍御马"，即向皇帝、封建专制主义献媚。这一切姑且不论，更重要的是，我们是生活在 21 世纪的人，回眸清王朝的历史事件和历史人物时，必须把他们置于世界历史的范围中去考察，而不应就事论事，像康熙、雍正、乾隆时代实行的闭关锁国政策，以"天朝"、"世界中心"自居，关门称"孤"道"寡"。也必须看到，从1661年康熙帝登基到1798年乾隆帝逝世的137年间，西欧和北美先后爆发了资产阶级革命，陆续走上资本主义道路。以蒸汽机为核心，以煤铁工业为基础的近代产业体系正在崛起，成了国家实力的主要标志。与康熙大帝同时代的俄国沙皇彼得一世，亲赴荷、美、普鲁士考察科学技术，延揽科技人才，打开国门与世界沟通。而康熙也好，雍正也好，乾隆也好，却依然在做着诗云子曰、敬天法祖、禁海并曾禁矿的旧梦，以木兰围猎，打死几个野生动物就沾沾自喜！没有比较怎能有鉴别？而这一切，在《康熙王朝》《雍正王朝》中，竟然没有任何反映。因此，我们在这两部历史剧中所接受的历史观是封闭的、狭隘的历史观，全不知老祖宗们当时已经大大落伍了，为近代被列强欺凌埋下了祸根。

历史剧应该有个界定。从20世纪60年代的相关争论算起，四十多年过去了，至今文史界与艺苑仍无共识，也许永远也不会有共识，因为史学家和影视界艺术家很难说到一起。某导演不是扬言要"气死历史学家"吗？我虽没多大出息，好歹也算个历史学家，一贯反对戏说历史，至今不但没气死，尚算顽健，也没听说有历史学家被气得口吐白沫，不省人事。但是，我坚持认为，历史剧应当是：主要历史人物、事件均于史有据，真实可信。在此基础上，进行艺术创作，虚构的部分只能是微枝末节，或可能在历史上发生过的情节。郭沫若的《屈原》、吴晗的《海瑞罢官》，就是比较标准的历史剧。离开这个界定，在历史剧中大量戏说、造假、歪曲，根本就不能叫历史剧，只是挂历史的羊头卖狗肉而已。

不能忽视时下多数历史剧及戏说历史影视作品，对广大观众尤其是青少年的误导作用，他们误以为这就是中国的历史，这比他们脑子里对历史知识一片空白更可怕。由于影视作品的极高收视率、巨大覆盖面，其中散布的错误历史知识，绝对不是几个历史学家写几篇文章、大声疾呼所能消除的，也绝非危言耸听：终有一天，国人将为吞下这个苦果而付出代价。很难想象，一个满脑袋错误、荒唐、被颠倒了历史知识的民族，能够珍惜历史，展望未来，建设好他们的家园，屹立于世界民族之林。

错误百出的历史剧，只能导致历史的无奈。但是，任何人或任何作品，虽然能歪曲历史于一时，但终究改变不了历史车轮的滚滚向前！

2003 年 4 月 9 日

甲申三百六十周年祭

崇祯十七年(公元1644年),恰逢甲申年。这年3月19日,李自成攻克紫禁城,崇祯皇帝吊死煤山。一个多月后,李自成在山海关被满汉联军击败,返京,匆匆在武英殿登上皇帝宝座,旋即撤出北京。次年五月,在湖北通山县九宫山小源口,被反动地方武装杀死。清兵入关,在疯狂镇压明末农民大起义及南明抗清武装力量血泊中建立起来的大清王朝,在神州大地上统治了268年,延长了中国封建社会的寿命,加深了人民的苦难。我们不能忘记360年前的甲申巨变! 崇祯皇帝的悲剧意义究竟何在? 李自成为什么会迅速败亡? 都值得我们重新思考,拿出答案。

一、崇祯皇帝:办好事、办坏事都缺乏决心与能力

崇祯皇帝朱由检,小有才干。他书法、诗歌俱佳,擅弹琴,生活俭朴,如果在承平时期,他有可能成为有一定作为的好皇帝。但是,他登基后接手的是从万历、天启以来多年积累而成的民穷财匮、阶级矛盾激化、内忧外患交织的烂摊子。面对时艰,他回天乏术,多疑、悭吝、刚愎自用的性格导致他既缺乏把好事办到底的决

心与能力,也缺乏把坏事办到底的决心与能力。

先说办好事。最典型的莫过于他对于魏忠贤大案的处理。天启年间,宦官魏忠贤与客氏狼狈为奸,操纵阉党,把持朝政,祸国殃民。崇祯皇帝上台后,也曾猛砍三斧头,清算阉党,翦除了魏忠贤、客氏,撤掉各处镇守宦官,并在崇祯三年革去宦官提督。但不久思来想去,觉得还是宦官最贴心,因此又重新启用宦官,比起天启皇帝堪称有过之而无不及。这突出地表现在对宦官委以军事大权,让他们提督京营和监军统兵,以及担任镇守和守备。以前者危害最大,后果十分严重。所谓京营是从全国各地更换调来,用以保卫京城。而且,如果外省或边疆有重大战事,必要时京营还得抽调部分精锐前去增援、讨伐,被地方视为"天兵"。因此,它不仅人数众多,通常保持着三十多万人马,而且装备精良。崇祯当政期间,京营自监督、总理摘务、提督禁门、巡视点军大员,皆以御马监、司礼监、文书房的太监担任,"于是营务尽领于中官矣"(孙承泽:《春明梦余录》卷三十一)。崇祯十六年八月,以司礼太监王承恩督察京营戎政。次年三月,农民军兵临城下,崇祯帝命王承恩提督全城,又召前内监曹化淳分守诸门,让宫中太监一起守城。结果怎么样?这些被鲁迅讥为"半个女人"者,正如万历时刑部主事董基早已指出的那样,"安居美食,筋力柔靡""设遇健卒劲骑,立见披靡"(《明史·庐洪春传》)。大顺军炮声一响,这些不男不女者立刻作鸟兽散,王承恩只好与朱由检一起吊死煤山拉倒。另一个广为人知的典型事例是,崇祯二年,朱由检中了皇太极的反间计,听信被清人故意放回的杨太监的屁话,认定袁崇焕与后金有密约。于次年八月,将袁崇焕处以最残酷的磔刑,自毁长城,从此再无抵御后金的优秀统帅,"封疆之事,自此不可问矣"。

再说办坏事。朱由检执政后,就处在东有后金(满清)、西有农民起义军的两面夹击之中。他对农民军当然是仇视的，一心想消灭之。如果他真的有决心与能力将农民起义的烈火扑灭下去，固然是反动行径，但能腾出手来集中力量对付后金，后金不但不可能入侵关内，而且有可能在关外被荡平。须知，镇压过农民起义的汉高祖刘邦，及朱由检的老祖朱元璋，因在其他方面促进了历史的发展，仍然是杰出的历史人物。朱由检对待陕西农民军的手段与历代皇帝一样，无非是剿与抚。剿就是镇压，抚就是和谈。统观朱由检一生，经常剿、抚举棋不定。就抚而论，从未抓住机遇把和谈进行到底，从而达到瓦解农民军的目的。早在崇祯二年春天，明朝陕西三边总督杨鹤就提出对起义农民以招抚为主、追剿为辅的方针。朱由检对此事认可，甚至说过，"寇亦我赤子，宜抚之。"崇祯四年正月，朱由检派御史吴甡往陕西放账，但拨给他的帑银却只有区区十万两，面对哀鸿遍地的广大饥民，无异于杯水车薪，"所救不及十一"（吴伟业：《绥寇纪略》卷一）。很快，已经投降的起义农民为了生存又再度起义，抢大户的粮食借以活命，造反烈火渐成燎原之势。此后十几年间，明廷与李自成、张献忠等人曾多次和议，均以失败告终。在很大程度上，都与崇祯的决断不当有关。更值得指出的是，甲申年三月，李自成兵临城下时，曾通过宦官杜助入城进宫与朱由检谈判。所谈内容，亡友顾诚教授在其名著《明末农民战争史》中，推测为要朱由检投降。笔者认为不是，下文当述及，此处不枝蔓。但是，朱由检一方面在即将破城的 3 月 18 日夜，仍下令"再与他（指李自成）谈"（李长祥：《天问阁集》），但却下不了决心答应李自成提出的条件，全不懂历代政治家以退为进、弃小局保全局的策略，甚至不懂妇孺皆知的"留得青山在，不怕没柴烧"的简单道理，成了"国君死社稷"儒学信条的牺牲品。

二、李自成：不及格的政治家

李自成身经百战，经常甘冒矢石，身先士卒，确实是一位优秀的军事指挥家。但是，作为一名政治家，他缺乏战略眼光，往往不能制定正确的策略，犯下一系列错误，导致进京后不久迅速溃败，死于通山反动地方武装的无名鼠辈之手，遗恨千古，至今令史家扼腕难平。

李自成在崇祯十七年旧历正月初一日，即在西安建国正式登基当上皇帝，"国号大顺，改元永昌，百官礼乐悉遵唐制"（张岱：《石匮书后集》卷六十三）。我认为，从各种史料的记载来看，这是千真万确的（参见拙作《李自成登极辨》，载《中华文史论丛》，1980年第4辑。限于篇幅，这里不详述）。李自成既然已经在西安当上皇帝，理应在这座古都认真地当皇帝，使西安这个大顺政权的首都能够成为大顺军坚强的政治中心、经济后盾。李自成完全可以留在西安，行使皇帝大权，令部众继续征伐，消灭明军。但令人遗憾的是，他却亲率人马向北京进发。这里，李自成有一系列重大失误：一、进军北京的目的是什么？如果是捣毁明王朝的权力中心，派大将刘宗敏等人去就行了，何必亲自上阵？明初朱元璋摧毁元大都（北京），就只派大将徐达完事。而李自成却在占领北京一个多月，在山海关之战大败而归后，匆匆在武英殿登位，接受百官朝贺，"尊七代考妣为帝后，吏户部六曹各敕书"（《甲申传信录》卷六）。当然，李自成事先做了大量筹备工作，包括制定、刊行《永昌仪注》。这里的问题是：李自成在西安称帝还算不算数？当了皇帝又再当，只能制造政治上的混乱，贻人笑柄。事实上，李自成4月28日在武英殿即位，但当夜五鼓即"潜遁"，仓皇撤出北京，堪称屁股还没有在龙椅上坐热，不啻是一出闹剧！二、李自成在建立政权后，很早就提出"三年免征"的口号，这对民众当然有很大的号召力。但严格说来，并不妥当。不征赋，大顺军的开支从何而来？在进军河南后，李自成更让士卒到处散布"迎闯王，不纳粮"，"吃他娘，穿他娘，开了大门迎闯王，闯王来时不纳粮"。（《明季北略》卷二十三）这种极端平均主义、无政府主义的口号，只能进一步导致大顺军用拷掠追饷来筹集军费，以致在进军北京途中，特别是进入北京后，大肆对明朝的政要、权贵、富商、绅士等严刑拷打，勒索钱财，将富裕阶层完全推向绝路，造成社会混乱，人心动荡。三、李自成进京，带了多少人马？顾诚教授估计是十万人，我认为大约是八万人，这是有史料可查的。这充分反映出李自成的轻敌思想，尤其是对关外的清廷，认识太差。清廷曾派人携国书给大顺军领导人，建议联合推翻明朝，"共享富贵"，李自成不予理睬。这是李自成一生中光彩的篇章之一，保持了可贵的民族气节。但是，他对清廷磨刀霍霍，准备随时见机而作，入侵关内，夺取政权的野心，却视而不见。山海关之战，他至多带了六万人马（程源：《孤臣纪哭》），而吴三桂的兵力是五万人，加上乡勇三万人，以及约十万以上的清兵（参见商鸿逵：《明清史论著合集》中之《明清之际山海关战役的真相考察》）。在总兵力上，超过李自成军三四倍，而且大顺军与强大的清军是头一次遭遇战，猝不及防，终于一战而溃，一败涂地，从此走上败亡之路。四、"百足之虫，死而不僵"，况大明王朝乎！李自成虽然当了皇帝，但在广袤的国土上，地方政权绝大部分仍然由明朝势力控制着。在南方，更迅速成立了南明朝廷对抗大顺军、清军。如何南征？与如何东进一样，李自成有很大的盲目性。他只派了原明朝柳沟参将、进京后被封为权将军的郭升，带了三千人马出兵山东，虽先后克德州、泰安州等地，但终因人马太少，大顺军山海关之战惨败后，郭升在山东虽经苦战，终于全军覆没，"单骑逃走"。（孙廷铨：《颜山杂记》）后在南明永历政权中，与李来亨一起坚持抗清。耐人寻味的是，李自成在通山遭遇程九伯等地方反动武装突然袭击而牺牲，此时的通山仍然在明朝势力范围之内，岂不悲乎！五、前文曾述及，李自成兵临北京城下，曾派投降的太监杜勋进宫与崇祯皇帝谈判。李自成提出的条件是什么？据清初史家戴笠、吴芟记载："李（自成）欲割西北一带，敕命封王，并犒军银百万，退守河南。受封后，愿为朝廷内遏群贼，外制辽沈，但不奉召入觐。"（《怀陵流寇始终录》卷十七）清初李长祥《天问阁集》的记载大同小异。联系到李自成曾说："陕，吾之故乡也。富贵必归故乡，即十燕未足易一西安！"（谈迁：《国榷》卷一百〇一）以及把在京中拷饷追赃得来的大量金银不停地运往西安，可以充分看出李自成的目光是多么短浅！他进京的目的，就是为了捞一把：掠钱财，在明宫里过把皇帝瘾。因此，他才会贸然入京，又仓促退出。如果把李自成进京比作赶考，他是落第了，失败了。何以故？作为一个领袖，他在政治上显然不及格。

皇冠落地类转蓬，空教胡马嘶北风。明朝、南明、清朝早已化为历史的烟尘，随风而逝。今天，我们站在21世纪的历史评判台前，应当更理性地审视甲申之变。那种一味对李自成高唱赞歌的态度，虚构大顺军进京后很快腐化变质而导致失败，对崇祯皇帝的怜悯，都是对历史真相的掩盖与歪曲。实事求是地回味360年前那场大悲剧，今人仍然可以从中获得有益的历史启示。

甲申农历正月二十八日于老牛堂

虎门情思

　　半个多世纪前，笔者在读小学，听老师在课堂上说林则徐虎门销烟的往事，对英国殖民者用鸦片毒害中国人民的罪行，深感切齿。当时乡间尚有被人民政府强制戒了鸦片的"大烟鬼"，骨瘦如柴，可怜而又可鄙。遥想一百多年前，在中国——尤其是东南沿海地区，英国殖民者竟使成千上万的中国人沦为这样的"大烟鬼"，实在是其心可诛。而林则徐以大无畏的英雄气概在虎门销烟，将英美烟贩被迫交出的共计2376254斤鸦片统统销毁，震惊世界，这是多么的大快人心！及长读史，又知道了我们江苏先贤淮安人关天培扼守虎门要塞，壮烈殉国的史实。我对虎门不胜向往，希望有朝一日能够来到虎门，目睹它的险要，凭吊林则徐、关天培的英魂……

　　但直到1977年冬，我才有幸登临虎门要塞。此时，粉碎祸国殃民的"四人帮"不久，百废待兴。感谢中山大学历史系举办了新时期首次史学研讨会。我获平反不久，非常兴奋地应邀赴会。会议结束后，热情好客的中山大学校方联系南海舰队，我们坐上人民海军的舰艇，驶过茫茫海面，登上虎门要塞。一百多年前的大炮犹存，销烟池仍在，沙角山"节兵义坟"墓碑庄严地、默默地注视着珠江在静静地流淌，大海在吟唱。当年为国捐躯的烈士们，他们的勇魂毅魄仍然在坚守国门。踏着这方神圣、具有悲壮历史的国土，我浮想联翩，不忍离去。

三年前，我与文友何西来、王晓莉等重游虎门。暌别多年，虎门的变化可谓大矣。市内马路宽阔，高楼林立，一家家现代化企业在崛起。更令人瞩目的是，虎门跨海大桥像一条彩虹从古炮台擦肩而过，不仅大大改善了交通，方便了行人，更成了辽阔海面上一道亮丽的风景线。在林则徐销烟的场所建起了林则徐纪念馆。我们在纪念馆中重温鸦片战争的历史，面对目光深邃、似乎仍在忧国忧民的林文忠公塑像摄影留念，在水面平静的两座销烟池畔，以及饱经沧桑的多尊古炮前凭吊，抚今追昔，深刻感受到虎门巨变——它的繁华、美丽正是我们祖国日益强盛的缩影。

每当我坐在晴窗下，望着蓝天上冉冉飘去的白云，想天涯，思海角，虎门的雄姿便常常在我的眼前浮现，激起我对虎门的几多思念，几多思索。也许是历史学者的职业使然，我的思索浸透着深沉的历史感。

虎门要塞有悠久的历史。早在康熙年间，这里就建有炮台，拱卫海疆，守护国门。据文友王兆春研究员所著《中国火器史》记载，道光年间虎门要塞建有六处炮台，共安有新炮56门，旧炮156门，总计212门。无论在数量上、质量上，都优于国内其他各海口。但是，在1841年2月，英军在其头目义律的指挥下，发动对虎门炮台的突然袭击时，广东水师提督关天培虽率部英勇抵抗，但炮台仍然陷落，关天培及守军官兵全部壮烈牺牲。固然，这是清廷所派投降派大臣琦善拒发援兵，使关天培部寡不敌众所致。但是，进一步查考历史，我们就不难发现，还有更深层次的原因。虎门要塞的大炮数量虽然不少，但同当时侵华英军军舰所配备的舰炮相比，要落后一大截。关天培的《筹海初集》给我们留下了珍贵的史料。大角、沙角的海口宽约 1113 丈（约 3350 米），而炮台上的火炮，炮弹射程还不到 1200 米，根本无法阻止闯入国门的英舰。旧炮的质量之差，固不必论矣，新炮的质量之差更令人瞠目。由于钢铁冶炼不纯，气孔多，易碎，加上制造马虎，偷工减料，致使新炮报废和炸裂事故多次发生。仅在道光十五年 9—12 月的 98 天里五次新炮试射中，就炸了十门，坏了三门。这样的大炮岂能御敌于国门之外？更遑论当时虎门炮台的大炮锈蚀严重、机动性差、威力小等诸多弊端。显然，"落后就要挨打"。虎门要塞的惨痛历史昭示我们：没有先进的武器，难以守护国门。没有国防现代化，我们实现四个现代化的宏图大业，也就失去了坚强的保障。当然，从根本上说，在两次鸦片战争中，中国的失败是败于大清封建王朝的政治腐败。腐败不除，国无宁日！

回顾虎门要塞的历史，我们应当永远纪念民族英雄关天培。在入侵的英军大兵压境时，他冒着猛烈的炮火誓死抵抗，据关天培的老乡鲁一同《关忠节公家传》记载，那年的 2 月 6 日，关天培率部浴血奋战，从凌晨 5 点到下午 3 点，"所杀伤过百，而身亦数十创，血淋漓，衣甲尽湿"。真是遍体鳞伤，直至壮烈殉国。关于他的牺牲细节，史料记载歧异，有的说他是被炮炸死，有的说他是为免落入敌手而自刎，有的说是因失血过多而"殒绝于地"。但是，不管是哪一种，都显示了关天培视死如归、为国流尽最后一滴血的爱国精神，他是中华民族的脊梁之一。

清初学者屈大均在《广东新语》卷二中说虎门是"天地之阳气所从入，刘安所谓阳门也"。阳气是虎气，英雄气，天地正气。我在五年前写的《兔年虎梦》中说，"虎颂事实上就是阳刚颂，强者颂，正气颂。而只有这样的颂歌，才能铸造我们民族的灵魂，激励民气,奋发进取,把一切艰难险阻踩在脚下,伴着龙吟走向胜利的彼岸"。事实上,虎门不正是这种颂歌的象征吗？愿虎门的虎气长存,充盈于天地之间！

2004 年 6 月 23 日

黄炎培论袁世凯

　　袁世凯一命呜呼后,举国称庆,有识之士相继著书、撰稿,论述袁世凯窃国的历史教训。管窥所及,以人称黄任老的黄炎培(1878—1965年)老先生的分析最为深刻。黄老是上海川沙人,清末举人,后加入同盟会,是辛亥革命的元老之一。他是位教育家,也是位政治家。1945年他访问延安时,与毛泽东长谈,提出著名的历代王朝兴亡的周期率问题,直到今天仍堪称警钟长鸣。新中国成立后,黄老在中央担任要职。黄老一口川沙官话,演讲时如昆剧老生道白,他的学生著名演员陈述模仿其声调,惟妙惟肖。1936年年初,著名记者白蕉著成《袁世凯与中华民国》一书,请黄炎培作序。黄老欣然命笔。清末民初政界要人,黄炎培几乎都见过,唯独未见袁世凯,这就是"道不同不相为谋"。但是,他对袁世凯的倒行逆施,却是一目了然。袁死后,黄老当即撰文《吾教育界袁世凯观》,发表在各大报纸上。他认为袁世凯的垮台,"于其间获得……若干大教训",愿与吾全国人共试读之。他列出九条教训,在《序》中悉数引出。我认为其中的五条是很重要的历史经验,具有普遍、永久的历史价值。可以说,这是一面镜子,所有政治上的跳梁小丑、专制寡头、大开历史倒车者,在镜中都无所逃遁。如:

"三、凡违反大多数人心理之行为，必败。"试看蒋介石，抗战胜利，全国人民希望重建家园、建设国家。老蒋却发动内战，这就违反了大多数人的心愿，最终被人民推翻。"四、其知识不与地位称，必败。"就看"文化大革命"中的暴发户王洪文好了，从棉纺厂的保卫科长一跟斗翻到中共中央副主席的高位上，他有何德何能？结局人尽皆知。"六、欲屈天下人奉一人，必至尽天下敌一人。"请看殷纣王之流，谁个不是这样？"七、以诈伪尽掩天下人之耳目，终必暴露。以强力禁遏天下人之行动，终必横决。"前者，就看"语录不离手，背后下毒手"的林彪的丑恶下场好了。

作为窃国大盗，袁世凯从反面给世人留下了丰富的历史经验。黄炎培总结这些经验不是就事论事，而是以如炬的目光高瞻远瞩，作出精辟的论断，显示了大教育家、大政治家的风范。我建议出版社将白蕉的《袁世凯与中华民国》重印，使今人从袁世凯身上、黄炎培的论断上学习历史，"知古鉴今"。

2003 年 7 月 7 日

徘徊在明玉珍墓前

多年以前，我在报纸上看到一条消息，重庆市江北的一处工地施工时，挖出了明玉珍墓，文物甚多，正在清理云云。作为明史学者，此讯使我甚感振奋。20世纪80年代，有重庆的明史学者来访，得悉明玉珍墓已得到精心保护，地面重新建陵，命名为"明玉珍纪念馆"，列为文物保护单位，并对外开放，这更使我欣慰不已。

最近在成都，我应重庆友人之邀，终于来到这云雾缭绕的山城。在一坪宾馆住下后，即向接待的朋友打听，答复出我意料，说从未听说过有个明玉珍墓。再向这个单位在重庆土生土长、熟悉重庆情况的司机打听，也是连连摇头说不知道。无奈之下，我便致电在重庆一家报社当副刊编辑的文友，令我惊讶的是他居然也说不知。但是，他当即与市博物馆的一位朋友电话联系，终于打听出"明玉珍纪念馆"在江北横街织布厂内。次日上午，我即驱车前往。司机对江北的路不熟，一路打听，几经周折终于在一条小街上找到了。在工厂的护墙上，有一小块很不显眼的标志：重庆市文物保护单位明玉珍纪念馆。我们进入厂区，走了一段路，拾级而上，看到了明玉珍陵。建筑古气盎然，气势恢弘。奈何铁将军把门，只能从门缝里张望，依稀看到一些展览说明。里面到底陈列了一些什么出土文物？地宫情形如何？不得而知。工厂门卫告诉我们，有位退休老者拿着钥匙，每晚八点半来守陵。他的住址、电话皆不知，无从联系。我当即用手机与江北区文管部门联系，也毫无结果。其时细雨霏霏。我冒雨在陵前踯躅，看着盛开的月季，想起古人"宫花寂寞红"、"雨打梨花深闭门"的诗句，不禁感慨万千。

明玉珍（公元1330—1366年），湖北人。他是元末农民大起义、推翻元朝反动统治的英雄之一。征战数载，身先士卒，后攻克成都，称陇蜀王。至正二十二年（公元1362年）四月，在重庆建立政权，称帝，国号夏，纪元天统。他统一了四川，生性俭朴，轻徭薄赋，重视文教，受到百姓的拥戴。惜二年后的春天即病故，年仅36岁，英才不永，令人浩叹。明初大儒方孝孺称颂他贤明，四川"咸赖小康"。对于明玉珍这样一位彪炳千秋的反元英雄，并对四川立下特殊功勋的历史人物，其陵墓应列为国家级文物保护单位，现在竟如此冷落，令人寒心。

2002年12月26日

"文虾"李鸿章

在中央电视台热播的电视剧《走向共和》中,李鸿章的形象甚高大,俨然是慷慨悲歌、壮怀激烈者。当年的李鸿章是如何评价自己的? 这应当是饶有趣味的问题。据记载,他自称"文虾"。什么意思呢? 原来清朝的宫廷侍卫,在满族话中叫作"虾"。这是保卫皇帝的最忠实的奴才,都从皇亲国戚中选拔,入选者都视为莫大的荣宠。清初著名词人纳兰性德(成容若)因其父明珠在康熙中叶官至武英殿大学士,所以他也当了侍卫。其实,明珠在顺治年间也是侍卫,可见一登"虾"门,则身价百倍。《红楼梦》里的秦可卿死后,与她关系暧昧的公公贾珍,为了把丧事办得风光,特地通过太监走后门,替其子贾蓉——也就是可卿之夫,买了个"龙禁尉"的头衔,即"虾"也。李鸿章出身翰林,是文官,原与"虾"扯不上边。但是,他组织淮军镇压太平军、捻军,不遗余力,可谓为清王朝效尽犬马之劳。他自称"文虾",堪称是绝妙的自画像。

用今天的俗话说,李鸿章虽为翰林,但确实曾"把脑袋别在裤腰带上",从刀剑丛中、枪林弹雨里杀出了声威。据赵凤昌撰《惜阴堂笔记》载,李鸿章早年在故乡办团练时,持刀上阵,身先士卒。有次战败,饿极,入一民居,无人,但锅内有热饭,遂手持饭铲,连连铲饭送入口中，狼吞虎咽起来。后来，其难兄难弟回忆说，"此时但见赫赫之中堂地位尊贵，岂知当时有此狼狈光景？"在上海郊区虹桥与太平军的殊死战中，李鸿章也是在第一线亲执桴鼓督战。此战淮军大胜。事后有人还提醒他："大人身为主帅，当以持重为先，不可轻冒锋镝。"可见李鸿章确实是地地道道的"文虾"。

也许是长期的戎马生涯养成了李鸿章的"丘八作风"，他在位居要津、甚至是位极人臣之后，仍然骂骂咧咧，相当粗俗。据《清朝野史大观》卷八载，李鸿章对于部下，如果喜欢谁，就说："贼你的娘，好好的搞！"被他骂过的属吏，"无不喜形于色"，真是岂有此理。

2003 年 5 月 21 日

梁鼎芬糊涂一世

《广州日报》2003 年 6 月 2 日刊出两篇有关梁鼎芬的文章,其中一文称梁鼎芬"一世愚忠",我看梁鼎芬是"一世糊涂"。而他斗胆弹劾李鸿章,是因为听了"星学家"的胡言。

梁鼎芬(1859—1919 年)是广东顺德县人,七岁丧母,12 岁又丧父,实在可怜兮兮。幸得诸姑抚育,刻苦攻读,22 岁时中光绪庚辰科进士,当上翰林院编修,不久娶得湖南龚姓才女为妻,名所居曰"栖凤苑"。良辰月夕,唱和为乐。真个是苦尽甘来,不亦快哉。

但是,梁鼎芬很迷信,请当时混迹京中的"星学家"李文田看相。李胡说他只能活到 27 岁,如想禳解,必须干一件惊天动地的事,才能改变他早夭的悲剧命运。梁鼎芬听后大惊失色,为求逃过此劫,便硬着头皮,在光绪十年(1884 年)上一奏疏,弹劾李鸿章有十可杀之罪,要求立刻将他罢免。

李鸿章时任直隶总督兼北洋大臣,权倾朝野,是慈禧太后最为倚重的心腹之臣。梁鼎芬此举不啻是太岁头上动土、虎口拔牙。慈禧大怒,他立刻被降五级,到太常寺去做司乐小官。他拉不下面子,便辞官到江苏镇江焦山的海西庵去闭门读书,从此整整沉寂了 17 年之久。

荒唐的是，他去焦山时，抛下年轻貌美又富有才华的娇妻，轻率地将她委托给同窗好友文廷式照顾。那文廷式不是坐怀不乱的柳下惠，更不是"千里送京娘"的赵匡胤，亦非见了美女连眼珠都不转一下的关羽。没过多久，文廷式与龚氏有染，上演了有悖古训的"朋友妻不可欺"的丑剧。

后来经张之洞提携，梁鼎芬重返官场。他在武昌当按察史，和端方一起主持湖北乡试时，有人攻击他与端方勾结作弊，在贡院外面贴了一副对联，谓："梁本绿毛龟，串通监生监临，竟使文闱成黑界；端是赤眉贼，可恨胡儿胡闹，敢将科举博黄金。"此联极尽人身攻击之能事，但确实刺中了梁鼎芬心中最大的隐痛。

梁鼎芬名武昌之宅谓"食鱼斋"，用的是"武昌鱼"的典故。他曾在宅中贴了一副自撰对联："零落雨中花，旧梦难寻栖凤宅；绸缪天下事，壮心销尽食鱼斋。"从此联中，我们不难看出他对往事不堪回首的落寞心情。

入民国后，梁鼎芬成了十足的遗老，大开历史倒车，在政治上依然是个糊涂虫。临终前，他居然遗言不可刻其诗集："今年烧了许多，有烧不尽者，见了再烧，勿留一字在世上。我心凄凉，文字不能传出也。"

梁鼎芬是清末民初广东四大诗人之一，其诗有相当成就，何必统统付之一炬？一个堂堂长髯男子，竟然效法《红楼梦》中焚诗断痴情的小女子林黛玉，真可谓糊涂至死也。

梁鼎芬一生所干糊涂事不少，余友台湾史学家、掌故家苏同炳对此甚有研究，著文言之凿凿。这里所述，仅其所述之片断也。

2003 年 7 月 15 日

一本连环画的回忆

　　1943年秋天,我家借住在本家王凤池老爹的三小间空屋中。这年我6岁。一天,一位年轻的新四军女干部住到我家。她把行李放在我和我姐姐合睡的床上后,就去开会了。直到晚饭后,她才回来。坐了片刻,她拉着我的手说:"出去玩玩好吗?"我说:"好的。"那天天空晴朗,月白风清。在明澈如水的月色中,远方持枪站岗的战士在轻轻走动,陆小舍、象家墩、张庄朦胧的身影尽收眼底。她静静地望着远方,沉思不语。在我今天看来,也许她在思考什么问题,也许是被月色陶醉。可是,当时我毕竟是个小孩,忽然对她说:"姐姐,你是想家了吗?"她听了,笑起来,抬起手轻抚着我的头发说:"你真懂事。"就在她抬手的一刹那,我忽然看见她手腕上戴着一个发亮的奇怪的东西。我问她那是什么? 她伸出左手腕,说:"这是手表。"并告诉我现在已是几点几分了。这是我平生第一次看到手表。她轻轻地哼着的歌,是我从来没有听到过的。半晌,她问我会不会写自己的名字? 我说:"我已上小学二年级了,会写名字算什么? 我都会看《盐阜大众》了!"她听后很高兴,夸奖我真聪明,长大了一定有出息。过了两天,她所在的这支队伍又要开拔了。行前,她从灰布挎包里拿出一本连环画给我,说:

"这是我特地给你找来的，送给你，很好看的。"我一看，书名是《冰雪中的小英雄》，王德威木刻。这是我平生头一次读到的连环画，而且是宣传爱国主义、英雄主义的连环画。后来，庄上的小朋友争着看这本书，抢来抢去，不久就弄破了。

岁月悠悠。1953 年秋，我在盐城中学读高中时，同窗好友支木林学兄，见我爱好文史，慷慨赠我他珍藏的抗战时期著名文学家阿英先生主编的《新知识》两本。其中刊有阿英长子钱毅烈士写的《华中根据地出版书录》，《冰雪中的小英雄》竟赫然在目。他介绍道："王德威刻，张拓词。木刻连环故事。1942 年儿童节，儿童生活社刊，图文并茂，48 开横订本。"读着这几行字，勾起了我对往事的多少回忆！《新知识》至今我仍然珍藏着，已经属于革命文物。20 世纪 80 年代，盐城研究新四军军史的阴署吾、曹晋杰同志，北京的王阑西老前辈、作家钱小惠同志等，都曾经借阅过此刊。我常常想起《冰雪中的小英雄》，很想重新看到这本书。我致电阿英的女儿钱晓云，因为我从她送给我的散文集《飘忽的云》中知道，她认识其父的好友、老木刻家赖少其先生（抗战时在苏中、盐阜工作过）。我想请她向赖先生打听一下王德威先生的下落，也许还能找到这本连环画，惜无结果。如今，少其先生已经去世。此刻，当我在柔和的灯光下写这篇文章时，不禁又想起了 60 年前那个秋夜的月光。那位大姐的面庞、身材，我现在仍然记得很清楚：短发、皮肤很白，瓜子脸，中等身材。可是，这位老大姐现在又在哪里呢？我谨在这里向她深深地祝福。我没有辜负你的厚爱。怀念你，老大姐！

2003 年 8 月 22 日

沧海月明珠有泪

6月10日,一个闷热的夏夜,我漫步在平安大道上,突然手机响起。文友柳萌兄打来电话,说朱铁志在找我,告诉我一个不幸的消息:牧惠先生已于6月8日下午去世。我简直不敢相信自己的耳朵,这怎么可能呢? 5日我们还在一起开会,他发言时,我插话打趣他,引起举座大笑,老牧也忍俊不禁。7日上午,他还打来电话,说随单位老干部一起到郊区休息两天,要把手机号码告诉我,有事可随时找他。我说:"不用了,不就两天吗? 你刚从欧洲回来没几天,不是说觉得很累吗? 趁这个机会,好好休息。"但谁能想到,转眼之间,他竟永远休息了。这一夜,我在床上辗转反侧,难以入眠,往事不停地在我的脑海里盘旋。

牧惠本名林文山,年长我九岁,是前辈。我在读大学时,已拜读他的杂文了。我跟他第一次打交道,是"四人帮"粉碎后不久,我获得平反,重新拿起笔。我写了一篇文章,投给广东的《学术研究》,不久就收到了林文山热情洋溢的回信,当时他是该刊的负责人。不过,与他见面是我从上海调到北京工作好多年之后了。那是一次报社召开的座谈会,我与他打招呼,叫他牧老,他立刻纠正道:"怎么叫我牧老呢? 叫牧惠,老牧就行了。老牧,老来还在放牧呢。"他的温和、风趣立刻引起我的兴趣，我笑着说："古有文文山，今有林文山。"他马上正色道："你要我学文天祥绝食而死啊？"说着，我们俩都哈哈大笑起来。从此，我们来往日多，成了好友。老牧虽然是杂文家，但在20世纪40年代后期，他读的是中山大学历史系，与我是同行。他是杂文界屈指可数的有深厚史学功底的作家。关于历史，我们有说不完的话题。当然，我毕竟主要是捧史学饭碗的。他在写作中，有时碰到一些史料问题吃不准，会来电问我，我都就已所知，原原本本告诉他。这在朋友之间，是再寻常不过的事了。但他却几次在文章中说，"请教明史专家王春瑜兄"云云，使我受宠若惊。我曾跟他说，古人有通财之谊，文友有通材——即材料、史料——之谊，以后文中不要提我。他却说："那多不好，君子不掠人之美嘛。"

事实上，老牧最难以忘怀的，恐怕就是朋友之情。我曾出面主编的三套杂文、随笔丛书，几乎都是老牧敦请的产物。他每年春天都会跟我说："我去年写的杂文已编成一本书了，你出面主编一下，把我的书收进去，怎么样？"这对我来说，当然是义不容辞的，何况其中多半也有我的集子，还能拿一笔编辑费。他对广东人民出版社出版的《南腔北调丛书》（内收他的杂文集《沙滩羊》）、兰州大学出版社出版的《心海夜航文丛》（内收他的杂文集《把圈画圆》）非常满意，几次跟我说："春瑜兄，多亏你啊，真是立了一功啊。"我总是跟他说："干嘛这么客气？"事实上，只要有出版社请我出面主编杂文、随笔集，我第一个想到的就是牧惠。这位杂文界的老大哥不仅闻名遐迩，文章质量高，非他加盟不可。还在于他从不计较稿费高低，常说："我们有工资，有住房，书印出来就好了，要那么多稿费干嘛呀？"不是所有杂文作家都能有他这样的胸襟。我曾经主编过一套随笔丛书，有二位老作家闻讯要求加盟，我一向尊重前辈,欣然同意。他们在合同上都签了字,包括稿费标准。可是书出版后,他们却都忿忿然,说稿费太低,不但抱怨我,还指责出版社。说真的,我非常后悔帮这两位出书。对比之下,怎能不让人敬重牧惠。他常跟我叨念朋友的好处,如说:"燕祥绝顶聪明,文字比我好,为人善良,对朋友真诚。"对文友中的前辈,长者如李锐、吴江、曾彦修、何满子、王元化等,更是敬重不已。王元化先生年过八旬,健康不佳,视力日弱。但他在电话中告诉我,非常欣赏牧惠的杂文,坚持着将近年牧惠送他的几本杂文集都读完了,觉得里面有大量的信息,读了很有收获。对《与纪晓岚说古道今》这本书,他也很欣赏,说很有意思,读了让人开心。我将王老的这些话转告给牧惠,他听了很感动,说:"王老这么大年纪了,视力又不好,竟把这些书看完了,我真感到不安。"元化先生还与牧惠通了电话,约他到上海见面详谈。牧惠曾与我商定,秋后找个机会,一起去探望元化先生。6月11日上午,我致电元化先生,告诉他牧惠的噩耗。王老十分震惊,痛惜之至,叮嘱我:"我虽没见过牧惠,但精神上早就相通,请代献花圈,务必写上'老友牧惠千古'。"牧惠遽归道山,留下不少遗憾。我想遗憾之一,应当是未来得及与他甚为敬重的元化先生谋面,畅叙衷肠。

老牧是位老共产党员,为人方正,生活朴素、严肃。他曾跟我说,有次他去发廊理发,有个女孩竟要拖他到里间按摩,吓得他立刻夺门而出,抱头鼠窜。我听后大笑,说:"至于嘛,她又不是老虎,应当处变不惊,亏你还打过游击!"他立刻反唇相讥:"你这家伙要是活到我这把年纪,肯定是个老不正经、老不死!"其实,老牧是个幽默、风趣的人,老朋友之间,他很爱开玩笑。有次我给他打电话,问:"老牧,干嘛呢?"他说:"一个人在爬格子呢。"我问:"怎么成了孤家寡人? 嫂夫人呢?"他的回答真是妙不可言:"去香港我女儿家了。现在我是快乐的单身汉，打算找个三陪小姐来聊聊呢！"我立刻笑出声来。我曾将此事告诉邵燕祥兄，他笑着说，"牧惠是个老顽童"。今年4月下旬，我邀请老牧去安阳师院讲学，他讲的题目是《20世纪40年代以来杂文的发展》，受到师生的热烈欢迎。有位学生递了一张纸条，问："如何使杂文深入到大学课堂？"老牧答道："这很好办。有机会，你们经常邀请我来讲讲，不就深入课堂了吗？"教室里立刻哄堂大笑，老牧自己也情不自禁地笑得前仰后合。

　　说不尽的牧惠。老牧是名人，但在我的心目中，是个凡人，是可敬可亲的老大哥。而今，他却像一阵轻风，悄然掠过，永远消逝。长留人间的，是他的四十多本著作，尚未出版的遗著，以及他的亲人、文友们不尽的痛惜与思念。这几天，天气不好，没有月色。但遥望长空，我却想到了如水的月光，想到了波涛汹涌的大海，想到了李商隐"沧海月明珠有泪"的悲凉诗句。是的，牧惠的作品不就是文海中的明珠吗？愿他的英魂永远与沧海、明月拥抱在一起。

2004年7月

新四军大哥

　　郑良京,这位普通的新四军战士,是我六十多年来一直深深思念的老大哥。13 年前,我在主编《古今掌故》丛书时,就情不自禁地写过一篇怀念郑良京的文章。1995 年 6 月 14 日《北京日报》在"文史"版上刊出五位历史学家忆抗战的一组文章,我写的题目是《郑大哥,您在哪里?》仍然是怀念郑良京的。这里,我再一次怀念他,诉说我心中的深情。

　　1941 年的初冬,新四军的一个连队住进建湖县蒋王庄。其中的一位战士名叫郑良京,家住钟庄乡口河北面的一个村庄上。他大约十八九岁,个子不算高,方方的面孔,肩膀很宽。他非常喜欢我。那年我虚岁才五岁。每到他们开饭时,他便喊我拿一只小碗,站在饭桶边,然后对班长说:"他们家还没烧饭呢,给他的小碗里也盛一点吧。"班长都说,"好,好",而他或别的战士一听到班长这话,就马上给我装上满满一碗。一小碗干饭,在今天算得了什么?但在当时,对我这个基本上一日三餐以粥果腹的穷孩子来说,已属美味了。我跟他简直是形影不离,连他们操练时,我也跟去,站在一边看着。晚上,他对我说:"今晚你就跟我一起睡吧。"我欣然同意。不过,回去跟母亲一说,母亲立刻表示反对,说:"你没看见?

他晚上就睡在一块门板上，那么窄，你睡不下的。再说天这么冷，他们的被子太单薄了，要冻坏的。"我吵吵嚷嚷，母亲坚决不同意。郑大哥来了，母亲又重述这些理由，并加上一条："他夜里要小便的，怎么办？"没想到，郑大哥憨厚地笑着说："大妈，不要紧的。一条扁担还能睡两个大人呢，何况他还这么小。他跟我睡一头，保证冻不着他。至于小便嘛，我替他拿尿壶好了。"母亲终于不好意思再拒绝，便笑着同意了。郑大哥高兴地一手拉起我，一手拎着尿壶，往他住宿的蒋大妈家走去。躺下后，他侧着身子，紧紧地抱着我，我顿时倍感温暖。

　　没想到第二天下午，他们这支队伍就开拔了。临行前，他匆匆跑到我家里，向我母亲珍重道别，并抱起我，从口袋里掏出小半截红铅笔送给我，说下次再来时，一定再跟我一起玩儿。可是这一走，我再也没有见到过他。有多少个晨昏月夕，我盼望着能够与郑大哥重逢啊！真个是望断云山，望穿秋水……郑大哥，也许你早已为了祖国的解放事业牺牲在沙场。也许你在山之涯，海之角，欢度晚年。——呵，鱼水情深，情深似海，海阔无边。

2003 年 7 月 16 日

营救美军飞行员目击记

　　1944 年夏天，我在建阳县（今建湖县）蒋王庄小学读三年级。忽然庄上大人、小孩议论纷纷，说美国盟军的一架飞机在建阳镇附近降落，有五位飞行员被我军民营救，现在住在高作区政府西北厢南边的大卜舍（地名）。我们这些从未见过美国人的穷乡僻壤的孩子们，顿时动了好奇心，当天的下午便结伴去大卜舍。也不过相距三里地，这对我们来说，太不算什么了。美军飞行员住在叫孙绍仪的一家小地主的堂屋里。我的第一印象，只觉得他们很高大，而且顿生疑团：他们的鼻子为什么那么大？他们彼此的交谈，我们听了无非是叽里咕噜，不知所云。区政府的一位干部，高中文化，略通英语，能与他们作简单的交谈。听大卜舍的人说，他们喜欢吃鸡蛋，其中有一位还喜欢在田埂上用小刀杀水蛇玩。庄上的人对他们很照顾，尽量用好东西——如鸡蛋、鸡等招待他们。在小院的绳子上，挂着一个很大的白色的东西，一打听才知道那叫降落伞。有位小朋友出于好奇，偷偷用小刀割下一截伞上的绳子。在回家的路上，我们使劲拉它，可怎么也拉不断，这也使我十分惊奇。

　　大概也仅隔一两天，村民们又轰动起来了，争先恐后地涌到村口去看向益林镇转移的美军飞行员。其中的一位，是由民夫用担架抬着走的。几位飞行员,包括躺在担架上的那位,都微笑着向村民挥手致意。那时的村民还不知道鼓掌为何物,只是对飞行员们笑着,也有人抱拳、拱手致意。忽然,人群中有一位向飞行员走近几步,是我们族中的王凤良老爹,他去过上海打工,算是庄上见多识广之士。但见老爹对飞行员一边点头,一边大声说:"洋先生,你好!"

1986 年 6 月,我国国防部长张爱萍上将访问美国时,曾与上述飞行员中的三位会面,在座的布伦迪奇夫人(丈夫为原上士,射击手)激动地说:"中国人民是我丈夫的救命恩人!"

2005 年 8 月 13 日

四野茫茫夜未央

——夜访商鞅故里

仲春时节，我应邀去内黄县，参加一年一度盛大的祭祀中华民族人文祖先二帝（颛顼、帝喾）陵的盛大庆典活动。忙碌完毕，已是深夜 11 点钟。承蒙安阳市文联主席张坚先生雅意，陪我驱车夜访商鞅故里。

只要有点中国历史常识的人，大概都会知道我国先秦时期杰出的政治家、改革家商鞅（约公元前 390—公元前 338 年）。他本姓公孙，名鞅，出生在卫国都城一个没落的贵族家庭，故又称卫鞅。后来他去秦国创业，说服秦孝公变法，立了大功，被秦孝公封于商（今陕西商县），从此商鞅之名声闻天下。商鞅变法是中国封建社会早期最重要的政治、经济改革。其根本内容，简要言之，主要是：奖励生产，重赏战士；限制贵族权力，废除以奴隶主、封建贵族特权为核心的世卿制度，也就是世袭制度；开阡陌，实行土地可以自由买卖政策；令民户五家为保，十家相连。有奸人互相告发，不告发的腰斩。这些重大改革措施，有力地推动了秦国社会生产的发展，在短短十年中，秦国便飞速地发展起来。

但是，"一个忠臣九族殃"。商鞅这位为秦王国立下盖世功勋的改革家，最后的结局却是十分悲惨的。自古以来，只要是大刀阔斧的改革，必然要得罪上层权贵。太史公司马迁说："商君相秦十年，宗室贵戚多怨望者。"事实上，这正是商鞅的难能可贵之处。太子犯法，商鞅坚决主张惩处。但考虑到他是秦王的接班人，不可施刑，便刑其师傅大贵族公子虔，后来还将同样处于高位的公孙贾割掉鼻子，以示对太子的惩戒。但是，中国古代所有的政治改革，都是在某一帝王支持下，自上而下，脱离人民群众，用中央集权强行推行的改革。如果该帝王死了或翻脸了，改革形势便迅速逆转。商鞅是最早倒下去的典型。秦孝公健在时，他威风凛凛，每次出门都有几十辆军车、全副武装的士兵保卫，反对派绝不敢下手。但是，历代帝王虽然个个想"万寿无疆"，不过是白日梦而已。公元前338年，秦孝公死，太子驷——商鞅的政治死敌接位，成了秦惠王，立刻策划一巴掌将商鞅打下去。公子虔及八年不出门的公孙贾一伙，罗织罪名诬陷商鞅"谋反"，逮捕后，将他用"车裂"，也就是五马分尸的酷刑处死，并灭了他的家族。

商鞅的故里在今内黄县梁庄镇大城村。这里原名帝丘，从公元前629年起，一直是卫国的国都，长达四百多年。两千多年的历史沧桑，当年的繁华早已随风而逝，而今的帝丘沦为一个普通的村庄。当我们一行抵达村口，大城村静静地沉睡在黑暗中，只有夜风带着春寒阵阵吹过。在我们坐车的前车灯的光束下，残存的当年帝丘的土城墙依稀可辨，文物管理部门立的碑石像哨兵般坚守在村口。我在城墙及挡沙墙中踟蹰，遥想两千多年前，商鞅曾在这里度过寂寞的童年，苦学法家之术的少年，及郁郁不得志的数年青春岁月。联想继承其改革传统，同样下场悲惨的桑弘羊、杨炎、张居正等改革家的命运，不禁感慨万千。而商鞅的惨痛结局，更使人倍感在君权主宰下改革历程的艰难困苦。当人们知道商鞅死得那样惨，并被灭族，怎能不为之扼腕难平！难怪20世纪90年代，素有"铁面柔情"之称的朱镕基总理在首都看了话剧《商鞅》后，要泪流满面了。一部中国改革史就是一部悲壮历程史。也许历史的庄严、肃穆、凝重，正体现在这里……

从商鞅故里归来，四野茫茫夜未央。我躺在宾馆的床上，难以入眠。历史的潮水仍在我的胸中翻滚。商鞅死后，有很长一段时间，人们不愿提起他，他的"做法自毙"更成了被讥笑的话柄。商鞅逃亡时，没人敢收留他，说商君立法连保，如不向官府告发，当被腰斩，使商鞅仰天长叹，走投无路。但是，只要是金子，终究要发光，哪怕其身上有血污，沉埋到沙里、土里。晋代以后，世人越来越认识到商鞅改革的巨大历史功绩。在大清王朝风雨飘摇的1902年，有识之士在《新民丛报》上著文说："夫做法自毙，人莫不为商君惜，然实无可惜也。做法自毙者多，其国必强，做法自毙者少，其国必弱。"这是何等深刻的历史洞察力！事实上，古代改革家也好，当代改革家也好，如果做法只毙他人，从未想到自己及家属、部下、党羽，那么不管改革的言词如何动听，改革的成效肯定要大打折扣，举步维艰，国家也很难真正地如泰山屹立。商鞅用他及家族的生命、鲜血换来的经验教训，愿世人尤其是为政者能有所悟，则商鞅的血便没有白流。

返回京中，我常常想起夜访商鞅故里的情景。我坚信，商鞅变法后那血腥的一页，毕竟是永久地翻过去了。当此文行将结束时，我抬头仰望窗外，天空蔚蓝，白云朵朵，"玉垒浮云变古今"，历史不会回头！

2003年3月18日

还珠楼主轶事

还珠楼主(1902—1962年)本名李寿民,原名善基,四川长寿县人。他的《蜀山剑侠传》倾倒过多少读者!论其想象之瑰丽神奇,匪夷所思,实为奇幻仙侠派武侠小说的集大成者,至今无人出其右。一般读者以为,还珠楼主是他写武侠小说的专用笔名,其实乃是他的处女作《轮蹄》的始用名。述少年恋情及转徙四方之经历,与武侠无涉。唐人张籍诗谓:"还君明珠双泪垂",还珠楼主笔名由来当本乎此。后来他在20世纪30年代初写作武侠小说,也用此笔名,顿时名声大噪,从此几乎"天下无人不识君"矣。

还珠楼主未进过正式学堂,只念过数年私塾,用时下流行语,乃自学成才者。他天资聪颖,涉猎极广,故下笔汪洋恣肆,拈来成趣,即便是游戏文字,也妙趣横生,令人拍案叫绝。20世纪30年代天津有沙大风任社长的《天风报》,其副刊由幸福斋主(何海鸣)主编。后何君离去,沙大风请还珠楼主继任。还珠楼主撰《前奏曲》一篇,相当于就职声明,或今日之"编者按"、"告读者"之类,虽属游戏笔墨,但堪称是中国新闻史上别开生面之作。现将原文摘录如下:

　　（小生赤足科头，手执秃笔一枝上引）笔秃墨干，闲茶饭，日日年年。（坐白定场诗介）烟雾沉沉蔽日昏，人间何事总难论。匡时莫话书生志，漫将秃笔写鬼神。（白）卑人李寿民，别署还珠楼主，自幼熟读怪书，善说鬼话。只因秉性孤僻，不为达官贵人所喜，浮沉湖海，不觉十有余年。数年前，流转津沽，家有妻儿老小，吃饭要紧，只得抛却军门上书的牛皮主义，权且以卖文为业。虽然书贾难缠，生涯清苦，倒也无拘无束，逍遥自在。适才山妻言道，今早买来新鲜豌豆黄瓜，小鸡一只，与我解馋，但盼无有恶客前来打扰才好。

　　（净内白）哇呀呀！（小生）糟糕！（净扮沙大风上引）老李代老何，换汤不换药。（白）来此已是，待我走进。（小生接介）适才一阵黑旋风，当是来了甚么恶客，却原来是沙兄驾风而来，请坐。（净）有坐。（小生）沙兄有何见教？（净）无事不敢相烦，只因俺报馆主笔何兄，另有高就，特地前来聘请李兄担任……（小生）小弟事忙才短，不敢从命……（净怒介）不动武力解决，谅你也是不允，再不依从，俺就要祭风了……（小生）这人性子太急，如不依从，被他祭起一阵黑风，将房子吹倒，房东岂肯善罢甘休？如要依允，又恐一人财力有限，贻笑大方，这便怎么处……（净唱）自从那，四年前，本报开张，有不少，大文豪，奖许推扬。将奇文，和异事，源源赐降。还有那，好诗词，锦绣文章。劝李兄，只管把宽心来放。投稿的诸君子，定要捧场。（小生白）沙兄。（唱流水板）听罢言来心欢畅，尊声沙兄听端详，剪子糨糊，与我全备上，文剪、文抄，是我专长。有时乘机打笔仗，钩心斗角闹嚷嚷。虽然是，丢盔掉甲脸发胖，骗得妙文也无妨，骂大官，避小将，最怕惹流氓。阎王不要紧，多说冠冕话，紧做俏文章。骂别人，不抵抗。自己天天入舞场，进烟馆，打麻将，捧明星，瞎揄扬。不花真洋钱，专爱假米汤，这都叫作消息采访，哪管荒唐不荒唐！似这样，浪漫记者谁不当，莫怪人称无冕王。你听后面饭碗响，我先请你吃鸡汤。用罢晚饭，请把报馆往，等拿着没毛的笔，再作思量……

此篇不仅读来令人忍俊不禁，而且对我们了解半个多世纪前之报风、世风，很有裨益。还珠楼主之人品、才情，也于此可见一斑。

20世纪50年代中期，《文汇报》等报纸曾报道还珠楼主生活贫困，后由有司安排，每月给60元人民币，并随记者团访问大西北。又曾报道还珠楼主名李红，拟将《史记》之游侠列传改写为新武侠小说，但显然非其所长，从发表的《剧孟》观之，甚平平，以后遂不见李红消息。1962年病逝于北京西单皮库胡同寓所，享年59岁。

需要说明的是，今日检读《天风报》颇不易。所幸还珠楼主友人刘叶秋先生当年之剪报，今日仍在箧中。大约十年前，他写有《忆还珠楼主》文，后收入两年前燕山出版社出版的《回忆旧北京》一书中。刘叶秋先生之回忆文中，完整地抄录了《前奏曲》，至为难得。惜乎1988年叶秋先生遽归道山，享年71岁。今日熟知还珠楼主早年佚事者已经很少了。

2004年6月7日

书 海 临 风

今年春天,文友牧惠兄来电,说他加盟于一套散文(当然包括随笔、杂文)丛书,何满子先生也参加,邀我也编一本。牧惠年长我九岁,借他表扬我时说的一句话——"我向来对他是言听计从的",于是抽出时间编了一本《老牛堂三记》,以不辜负老大哥的雅意。但万万没有想到,仅仅到了夏天,素来身体很好的牧惠,竟突然去世,令我等朋辈倍感痛惜。牧惠的《沙滩碎语》也就成了遗著。鲁迅先生曾经说过,手里拿着亡友的遗稿就像捏着一团火。《沙滩碎语》的最后一篇文章是《惜别》。莫非冥冥之中,命运之神驱使牧惠以这样的方式向他的读者、亲朋告别吗? 每念及此,不胜唏嘘。将亡友的遗著落实出版是对亡友最好的纪念。于是,我不仅邀请牧惠的好友邵燕祥先生加盟本文丛,燕祥兄立刻就答应了,并邀请早在 20 世纪 70 年代后期就向牧惠约稿,开始交往的散文家柳萌兄加盟,他很快就编出一本。徐怀谦先生虽然年轻,但是写杂文的好手,是这套文丛的热心催生者,早已编好了一本。有他的加盟,不仅显示了杂文、散文作者的自有后来人,而且也为我们这些老头儿带来了青春活力。

当今写散文、杂文的人不少,高手云集,这是好事。但我不喜欢那种"捡个芝麻当西瓜，挂个黄瓜当拐棍"式的浅薄杂文，哼哼叽叽、无病呻吟的小男人、小女人散文。我喜欢厚积薄发的散文、杂文。所谓厚积，一是饱读诗书，二是有丰富的人生阅历。没有这二者的积淀及有机地结合，写出来的作品很难不落入轻描淡写、可有可无、读来过目即忘的俗套。加盟本文丛的作者都是手不释卷者，何满子老前辈、邵燕祥兄、柳萌兄。我本人更在"左"风猖獗、人妖颠倒的岁月里，先后被打倒，九死一生。直到"四人帮"粉碎后，才重见天日，再返文坛。因此，如果说书籍是大海，那么人生也是大海，更是一部永远也读不完的大书。因此，我们写的文字，不过是面对大海临风挥翰而已，这就是本文丛取名"书海临风"的由来。我相信，从本文丛中，既能读出细雨和风，也能读出骤雨疾风。当然，我们都是大海的一点一滴，充其量也不过是几朵浪花而已。

时正大雪之后，空气特别清新。严冬来了，春天还会遥远吗？

2004 年圣诞节于老牛堂

怪哉弼马温

看过《西游记》第四回的人都知道,武曲星启奏:"天宫里各宫各殿,各方各处,都不少官,只是御马监缺个正堂管事。"玉皇大帝便传旨:"就让他做个'弼马温'罢。"于是美猴王孙悟空便欢欢喜喜地去御马监赴任,当"弼马温"这个官去了。《西游记》虽是神话小说,但涉及人物的官职,都是采用明朝的官制,并非向壁虚构。但明朝管御马的机构叫太仆寺,始设于洪武四年(1371年)三月,正职叫太仆寺卿,副职叫少卿。"正堂管事"理应叫太仆寺卿,猴王当叫孙少仆才是,为什么却叫"弼马温"?真是奇怪了!别说是明朝,其他任何一个王朝的官制里,都没有"弼马温"这个官。历来研究、注释《西游记》的学者都没有把这个问题解释清楚。

近读台湾历史学家、掌故家苏同炳先生《"弼马温"释义》(见《长河拾贝》,百花文艺出版社1998年版),才恍然大悟。他说:"明人赵南星所撰文集中,曾有这么一段话,说:'《马经》言,马厩蓄母猴辟马瘟疫,逐月有天葵流草上,马食之永无疾病矣。《西游记》之所本。'"原来母猴每月来的月经,流到马的草料上,马吃了就可以辟(同"避")马瘟。没想到猴的月经竟有如此功效!显然,"弼马温"不过是辟马瘟的谐音而已。

　　《西游记》的作者吴承恩顺手牵羊，给雄性的孙猴子安上这么一个怪头衔，无疑是幽上一默。但是，在他的笔下，"弼马温"居然是出自玉皇大帝的圣旨，这不但对于天上的皇帝，而且对地上的也就是人间的皇帝，难道不是一个绝妙的讽刺吗？他们的统治术，不是瞒就是骗。玉皇大帝让猴王当"弼马温"，是瞒和骗的一例而已。

　　《马经》不见于《四库全书》目录、《丛书综录》和《说郛》目录，不知此书尚存于天地间否？赵南星（1550—1627 年）文集名《赵忠毅公文集》，国内无存，藏于美国国会图书馆。台湾有胶卷翻印本，苏同炳先生读后写成文章，使我们得以知道了"弼马温"的真相，不亦快哉！

2003 年 7 月 16 日

　　（按：近读李时珍《本草纲目》曾部第五十一卷猕猴条，引《马经》云云，内容同上）

望断南天

——怀念谭其骧师

亡友马雍教授生前常跟我聊天。马兄口才甚佳,嗓音洪亮。有次我恭维他的口才,他连忙说:"我的口才算什么!我看当今史学家中,没人能赶得上谭其骧(1911—1992年)先生。我听过他的课;也听过他的学术演讲,条理分明,生动活泼。"1955年秋至1964年春,我在复旦大学历史系攻读,多次听过谭先生的讲话、报告、历史地理课。"四人帮"粉碎后,更过往从密,我可以证实马雍兄盛赞谭先生的口才极佳,绝非虚誉。1958年"大跃进"时,谭先生是历史系系主任。当时很时髦的一件事是学生给老师、系领导提意见。我所在年级的两位未免过于天真的傻大姐,给谭先生提了一条意见:"我们毕业后,有可能去当中学教师。但系里从不开历史教学法这门课程,将来我们上不了讲台怎么办?"谭先生当众答道:"你们放心好了。我虽然没学过历史教学法,但教了几十年书,从来就没有被学生哄下台过!"我们听了都哈哈大笑,包括那两位学姐。1959年春,史学界因为郭沫若先生写了《替曹操翻案》而掀起了讨论曹操的热潮。谭先生基本上对郭老的论点持异义,在复旦工会礼堂为全系师生作《论曹操》的学术演讲。谈到史料上记载曹操先后两次攻打徐州，杀人太多时，谭先生说："固然'多所残戮''鸡犬亦尽'之类的记载是形容词，难免夸大。就拿'鸡犬亦尽'来说，总不会在一场大战后，打扫战场时，有人突然惊叫一声：'哟，这里还有一只鸡呢！'"全场立刻哄堂大笑。谭先生说："尽管如此，《吴书》、《魏志》等史料记载曹操大量杀人还是可信的，郭老予以否定是不符合历史实际的。"用亡友谢天佑教授的话说，历史地理学"是在典籍字缝里做文章的大学问"，颇费考证工夫，相当枯燥。但谭先生讲这门课时，从来不带讲稿，至多带几张卡片，各种地名的沿革了如指掌，娓娓道来，谈笑风生。哪怕是炎夏，学生也没有一个打瞌睡的。

谭先生对"左"深恶痛绝。我曾问他对三位故人的评价，他分别回答："左"，"也左"，"更左"。对授业弟子，他一向关怀备至。以不才而论，"文革"中我遭受严重政治迫害，丧妻。平反后，谭先生及谭师母曾为我介绍在徐家汇房管所工作、常来谭府做客的小名三妹者，秀丽端庄，后移民加拿大，此事才未成。他亲笔写信给社科院历史所领导尹达先生，鼎力推荐我，我得以调入历史所。1979 年 3 月，谭先生进京参加全国人大会议，住国务院二招，他给我来信，要我去看他和周谷城师，知我来京不久，路不熟，特地在信的背面画了一张地图，告诉我怎么走。这让我感受到父爱一般的温暖。此信我至今仍珍藏着。

谭师谢世 12 年了。望断南天无觅处……唉！

2004 年 12 月 24 日于老牛堂

启 蒙 师

　　我这大半辈子,写过几百万字,但是第一篇作品——严格地说,是第一篇作文写作、"发表"的情景,至今还历历在目。

　　1943 年,我虚岁 7 岁,在今江苏省建湖县高作镇蒋王庄小学读二年级。夏一华老师教我们作文。听大人说,他是远近闻名的"读书人之乡"楼夏庄人,毕业于盐城名校亭湖师范,是个受过现代教育熏陶的人。这与不少原是塾师,根本不懂现代教育的小学老师大不一样。

　　夏老师要我们把看到的有意思的事写下来,心里是怎么想的就怎么写。显然,这与塾师教八股文、大讲代圣贤立言比较起来,简直就是"革命"了。我想起我们一群小伙伴在一小块空地上种鸡毛菜(即小青菜)的情景,觉得很有趣,便用毛笔在纸上写道:"鸡毛菜长出来了,绿油油的,多好看哪。蝴蝶在上面飞来飞去,多快乐呀。"夏老师看后,微笑着用红笔在我的作文上批了一个"优"字,并贴在教室后面的墙上,这就是"发表"了。同学们下课后都去看,我自然很高兴。

　　我的第一篇作文受到夏老师的表扬,对我以后的成长产生了重要影响。我幼小的心灵茅塞顿开:什么叫写作? 这就是写作嘛。

从而打消了对写作的神秘感。

夏老师是个温文尔雅的人，皮肤白净，身体瘦弱，穿长衫，戴礼帽。我儿时颇淘气，曾先后跌进粪坑、栽到河里，差点儿淹死。一次，我竟然在描红簿上写下"夏老师像个大姑娘"一行字。这无疑是"犯上作乱"，欺侮老师了。常言道，兔子急了还咬人呢，况尊为师长者乎！夏老师看到后很生气，用戒尺打了我的手心几下。但他显然手下留情了，我并不感到很疼。

我家地处水乡，居住条件极差。我又太顽皮，不讲卫生，头上生了不少虱子。下课后，在教室外的阳光下，夏老师常常帮我捉虱子。当时我就产生联想：他批改我的作业，改掉错别字就跟捉掉我头上的虱子差不多。

令人痛惜的是，夏老师只教了我们一个多学期的课，便因患肺结核病倒，不久即去世，年仅二十多岁。

近六十年过去了，我常常想起这位启蒙老师。师恩岂能忘！

2003 年 4 月 11 日

漫话方成

　　我知道方成大名,屈指算来,已经有54年了。当时,我正在建湖县上冈镇读初中。《人民日报》上经常刊有苏联漫画家库克里尼克塞以及中国漫画家方成、钟灵合作的国际时事漫画。后来,见到报刊上有文章说,方成、钟灵是"中国的库克里尼克塞"。只是方、钟是两位画家,而库克里尼克塞是三位画家合作的笔名。时正抗美援朝如火如荼,小镇的街上贴满了标语、漫画。而其中的漫画,有一部分就是包括我在内的班上的美术爱好者复制、放大方成和钟灵的漫画而成的。从此,我一直是方成漫画的爱好者。1955年,我上了复旦大学后,阅读的范围广了,还不时读到方成写的文章,主要是杂文。他在《人民日报》上发表的《过堂》,更给我留下了深刻印象。崇敬之情,油然而生。

　　但我认识方成,不过是近七年的事。如同方成在一篇文章中所说,杂文家与漫画家是天然的盟友,如果很久未见面,彼此都会想念的。我在治史之余,写了不少杂文。在一次杂文家的聚餐会上见到方成,我送他一本杂文集《牛屋杂俎》,他很高兴,我们开始成为朋友。这些年来,我们除了不时在座谈会上、餐桌上频频见面外,我也去过他家几次,并有幸与他一起畅游中山、珠海、深圳。在一个星期内朝夕相处，更切身感受到这位比我年长19岁的老大哥，忠厚长者的人格魅力。

就从这趟南国之行说起吧。前年初冬，我游蜀归来，什邡市的国画家赵彬托我将他的画集送一本给方成。于是我去了方成家。他翻开画集，很欣赏，说赵彬博采众长，画风雄浑，意境高远。并当场取出一册他的漫画集签上名，要我转送赵彬。我知道，他经常应邀外出，一年差不多有四分之一的时间在各地度过，真个是无处不在，浪迹天涯。我问他："方老，最近外出吗？"他说："明天中午就走，飞到深圳，然后到老家中山。"我闻之大喜，忙说："我前年到过中山，但只参观了中山故居，别的地方没去。我很想去瞻仰诗僧、小说家苏曼殊的故居。湖北有个女孩子，曾在我家当过小保姆，现在中山打工，我也想趁便去看看她。"他说："行！跟我一起走方便，我跟中山文化局打个招呼，就说你是我的好朋友，明史专家，旅费都由他们出。你现在就去买飞机票。"我说："太好了！但是我身边没有那么多钱，回家后我就去买。"他说："我有钱嘛！你回家后拿钱再买，买不到最后那一航班怎么办？"说着从上衣的口袋里，取出一叠钱数了起来，我看着100元一张已数到20张，忙说已经2000了，足够了！赶紧告辞去离他家不远的呼家楼民航售票处买了机票，然后在电话中告诉他。他说："很好。你明天先到我家来，我跟报社要个车一起走，省得你再打的。"次日，我提前去方成家，将2000元还给他。他说："急什么？"我硬塞到他的口袋中。

我们很快到了首都机场。他对我说："把身份证、飞机票给我。"我书呆子气实足地问他："干什么呀？"他说："办登记手续啊！"我赶紧说："啊呀！您这么大年纪，这件事应当由我来办。"他说："我走路比你快，办这种事很熟练。"虽说我很感动，并觉得有些惭愧，但还是把身份证、机票交给他了。他手脚麻利地办好了手续。飞抵深圳后，中山文化局派车来接。上车不久，他就把2000元还给我，说："很快就会报销的。"在中山、深圳，每天早上六点半，他准时打电话叫醒我，说："起来了吗？七点钟吃早饭。"本来，我应当处处照顾、侍候方成老爷子，事实上完全倒过来了。我认识不少文化前辈，像方成这样厚道的长者，还真是少见。

在中山期间，该市文化局一位姓纪的副局长，对我们热情招待，悉心照顾。他对方成非常敬重，哪怕方成写的一个便条，他都珍藏着。他很想得到一幅方成的水墨漫画，但又不便启齿。我看出他的心思，便说："到深圳后，得空我与方老合作一幅鲁智深送您，他画好后，我在上面题跋，差不多等于写一篇短杂文。"老纪一再称谢。到深圳麒麟山疗养院后，方成兴高采烈，因为那里山清水秀，鸟语花香，池中水莲盛开，金鱼游来游去，俨然是行吟诗人在漫步。我跟他说了要合作一幅画送老纪，他说此人很好，可以送他一幅画。我说："您就画一个鲁智深，画得越凶狠、越愤怒越好。"他问为什么？我说您画好后，看了我在上面的题跋就知道了。吃好晚饭，他在卧室的桌子上，很快就画了一幅扬起浓眉、睁着似乎喷出一腔怒火的环眼、手执闪着寒光要横扫贪官污吏的禅杖的鲁智深。真把鲁智深画活了！我拿起笔在画上即兴发挥，写了近200字，盛赞鲁智深是除恶的活佛。方成看了说好。我仔细欣赏这幅水墨鲁佛爷，真是爱不释手，很不好意思地说："方老，您这幅鲁智深画得出神入化，我真有些舍不得送人。"他忙说："怎么能失信于人？画还是送给老纪。你这么喜欢鲁智深，我再画一幅送你好了。"第二天清晨，他把我叫到他的房间，指着桌上又一幅画好的鲁智深，对我说："我昨晚开了个夜车，画好了，送你，现在轮到你在上面发挥了！"面对这位84岁高龄的前辈，我感动得不知说什么才好。我拿起笔在上面题跋，他看到落款上"盐城百姓王三爷春瑜见方成翁新造智深佛像，感而书此"云云，不禁哈哈大笑。是的，在他为数众多的老少朋友中，有谁居然自称三爷？只有我"王三爷"，岂不好笑。我很珍惜这幅画，不仅是画好，更凝聚着方老对我的深谊。返京后，我托故宫友人请国宝级的装裱师裱好此画，又请画店配上镜框，悬于客厅，朝夕相对。此画和我的跋文在多家报刊上发表，包括香港《大公报》，受到文友的好评。

方成是最守信用的人。文友中舒展、牧惠、陈四益请他为杂文插图，他再忙也会挤出时间来画。我们在深圳时，神通广大的陈四益居然把传真发到招待所，请他配画。他微笑着说，"陈四益，真有本事，传真追着我屁股来了！"我亲眼看到他为陈四益的一篇杂文配上插图。去年冬天，我从郊区方庄迁居市中心西什库大街。新居宽敞，我邀请好友方成、邵燕祥、牧惠等来小聚，请他们喝茶。但天有不测风云，忽然下起了大雪。我妻担心地说："天这么冷，这几位年纪都不小了，方老更是年高，来不了了吧？"我说："他们都会来，方老也肯定来，他是最守信用，最重视友情的人。"不久，他果然就兴致勃勃地爬上五楼，掸着身上的雪花，按响我家的门铃。一进门就说："羊年快到了，我已 84.5 岁了！"邵燕祥说："是啊，接下来就要挂羊头卖狗肉了！"大家都哈哈大笑。方成看到王元化先生给我写的"老牛堂"横匾，连连夸奖字写得好，而当看到他题写的"老牛堂"三字我也已装裱、配上镜框，挂在书房墙上，说："我的字也配挂在这里？"我说："您虽然不是书法家，但写的字别具一格，与众不同。"他说："这倒不假，是方成的字。"说着还做了个鬼脸，一幅老顽童模样。

去年四月，我回盐城老家扫墓，结识一位民间企业家，他投资2500 万元盖起了化工厂，想请一位名人题写厂名。我说："最好请方成先生来题，他不仅是漫画大师，在国内外享有盛名。而且他毕业于武汉大学化学系，是你们化工行业的老前辈。"这位朋友鼓掌称善，托我返京后向方老求字。但不久"非典"肆虐，朋友们都闭门读书、写作。我致电方成，得知他扭伤了脚，拄着拐杖。他说："只好老老实实待在家中了！老天爷真照顾我，要不然我在外面乱走，传上'非典'怎么办？"待"非典"形势好转后，我去方成家。可怜老人仍拄着双拐，正如俗语所说："伤筋动骨100天。"但他仍艰难地给我的朋友写好厂名，而且写了好几张，让我从中挑选。不久，这个工厂正式剪彩，方成的题字被放大后置于门口的墙上，当众多来宾知道题字的那个人就是画《武大郎开店》的方成，无不拍手叫好。

在我的心目中，方成是个道德高尚、热心随和、珍惜友情的长者，他是师长，也是好友。至于他的睿智、幽默、勤奋、坦诚，在文化界更是尽人皆知。他脸色嫩白，没有皱纹，看上去也不过是60出头。几年前，我曾在他的杂文集《画里话》的跋文中说："要是他活不到一百岁，肯定是老天爷犯糊涂了！"现在，我更以为我说的是"至理名言"。

2003年9月24日

乐与友人心海夜航

　　我将这套文丛起名"心海夜航",并未深思熟虑,只是灵机一动而已。昨晚得闲,插上炉香,听着悠扬的古琴声,闭目寻思这"心海夜航"四字,觉得还挺耐琢磨。心者,思也,我国最古老的诗集《诗经》中《小雅·巧言》那一首,不就吟咏过"他人有心,予忖度之"吗?虽说历代统治者实行牧民的愚民政策,总是想钳制、扼杀百姓——特别是士中有识之士的思想。但是,思想辽阔如大海,无边无际,永不停息地在激荡,在奔腾,在咆哮。中国有文字以来的文明史足以证明,有出息的学者、作家无一不是在心海中扬帆远航,中流击水的。加盟本丛书的老、中、青三代作家,自然是概莫能外,或许以杂文鸣于时的牧惠先生、邵燕祥先生,更以思想敏锐为读者所熟知。夜航,同样令人遐想,令人神往。就以近三百年来的史书为例,同样叫《夜航船》的就达三部之多,最有价值的还是明清之际著名文学家、史学家张岱(1597—约1689年)所著小百科全书式的《夜航船》。他在此书的序中引一故事,颇耐人寻味:"昔有一僧人,与一士子同宿夜航船。士子高谈阔论,僧畏慑,拳足而寝。僧人听其语有破绽,乃曰:'请问相公,澹台灭明是一个人、两个人?'士子曰:'是两个人。'僧曰:'这等尧舜是一个人、两个人?'

士子曰：'自然是一个人！'僧乃笑曰：'这等说起来，且待小僧伸伸脚。'"这位高谈阔论的知识分子，连起码的历史常识都不具备，却有脸高谈阔论。一旦逮着机会，位居要津，肯定摇身一变，立马就成了大儒、文化名人。谓予不信，就看时下某些红得发紫、到处高谈阔论的"名士"好了，若问此辈澹台灭明是谁？恐怕不是张口结舌，就多半胡说是武侠小说里瞎编的人物，但这丝毫不影响其学而劣则仕，神气活现。加盟本文丛的作家皆饱学之士，我敢担保，倘若那位和尚活在今世，面对这几位是难以伸脚的。

俗话说："三世修来同船渡。"我与本文丛的作家一起心海夜航，是难得的缘分。虽说都是我的友人，但能同舟共渡也并非易事。牧惠、邵燕祥、柳萌三兄，皆年长于我，他们的作品风行海内，自然无需我说多余的话介绍。刘庆林先生虽是老报人，但杂文、散文俱佳，其长篇巨构《倾斜的年轮》更是纪实文学领域揭露"文革"惨祸的优秀作品。伍立杨先生不断有散文佳作问世，享誉文苑，他的古文根基更属难得。前年文学评论家袁良骏兄给我打电话，说："伍立杨的古文很好，大概有七十几岁了吧？"其实他生于1964年。郭梅小姐是加盟本文丛的青年作者。但是，她写的可不是令人难以回味的小女人散文。她是研究中国戏曲史有素的女学究，治学、教学之余，写了不少散文，这次能与她仰慕的几位前辈一起结集问世，她是深感欣慰的。这还是要归结"缘分"二字吧。

2004年1月19日帘，勾起我许多沉重、无奈的回忆。有的事更是刻骨铭心，令我老泪纵横。

娶妻生子，人生大事也。我妻过校元女士，无锡人，1955年考入复旦大学物理系，与我同届。虽说我读的是历史系，但我们在1956年相识相恋。1958年，她提前毕业，留校工作，参加了研制我国第一台模拟电子计算机的工作。1961年冬，我留校读研究生已经一年。我俩商量多次后，决定结婚。因为结婚后才能拿到户口簿，而有了户口簿便有了副食品供应证，每周可买几块豆腐干、半斤豆芽之类，还另有一些票证。我们的积蓄很少，但为置办必备的家用品，煞费脑筋。我在朔风凛冽中奔波，费了很大劲才凭票购到一张双人铁床、一只热水瓶、一个洗脸盆、一只痰盂。第二年夏天，我妻在第二军医大学办的长海医院生下我们的儿子宇轮。

全国的饥馑像瘟疫一样蔓延，我无权无势，无处开后门。校元怀孕期间，营养不良，身体又不好，故儿子出世后，她几乎没有奶水。出院那一天，她哭着对护士长说："我这一点点奶水，怎么能养活这个孩子？"这位瘦高的约三十多岁的护士长，含着眼泪叹息着说："是啊，你如果营养跟不上，身体又康复得不好，很可能会断奶的。"她说："这样吧，我去找医生商量一下，看能不能开出证明，就说你因病无奶，你们拿这个证明去找牛奶供应站，按规定是可以订一瓶牛奶的。"也不过十分钟后，护士长微笑着来告诉我们：证明开来了！我们真不知道怎样感谢这位善良的护士长、女军人才好。我妻感动得连连抹着眼泪，而护士长叹息着，一脸无奈地说："这里的产妇很多都没有奶水，我们也不知道该怎么办。这样的证明，我们是很少开的。因为现在牛奶供应非常紧张，多开了牛奶公司会对我们有意见。"我手拿这张薄薄的、四寸见方的卡片，觉得手里沉甸甸的，胜似万两黄金，有了它，我儿子的生命才有保证，我妻才能破涕为笑。

弹指间，三十多年过去了！我那贤惠却又苦命的妻子在"文革"中遭迫害不幸去世，已经 34 年。宇轮儿远渡重洋，在澳洲落籍，也已 16 年。不知那位护士长大姐现在在哪里？我非常怀念她……

回首票证浑是梦，都随风雨到心头。不管是众多爱好者热心收藏的，还是我家残存的各种票证，都是穷证——过去国穷民穷的历史见证。所幸噩梦一般的历史早已翻过去好多页，改革开放的现代化大潮从人们的日常生活中冲走了那些大大小小、琐屑难记的票证。真个是：别了，票证。但愿它永远不会卷土重来。年轻的一代及其后代应当懂得历史，知道什么是穷证——贫穷之证，珍惜今天来之不易的改革成果。

2004 年 2 月 23 日

"崇国夫人"寻猫的风波

　　"崇国夫人",何许人也? 她不是别人,正是南宋的大汉奸秦桧的孙女。"崇国夫人"的这顶桂冠,在当时是颇为显赫的。难道此人曾对宋王朝立下盖世功勋,或起码有过汗马功劳? 答案是:零。拆穿西洋镜,就是——也正因为是:她乃大权在握、虐焰熏天的秦桧的孙女,孙因祖贵,祖贵孙荣;"崇国夫人"的尊号,与其说是南宋小朝廷敕封的,还不如说是秦桧送的。

　　据南宋著名爱国诗人陆游的《老学庵笔记》记载,这个威风凛凛、不可一世的所谓"崇国夫人",说她"崇国"则未必,宠猫却是千真万确。她对一只"狮猫"(猫之一种,大概是其毛较长、状如狮子之谓吧)特别宠爱,视为奇宝。但不知何故,有一天,这只猫突然不见了。这一来还了得! 这个崇猫夫人立即命令临安府,限时限刻替她找回此猫。不难想见,临安府马上兴师动众,在临安(当时的首都,即今之杭州)全城"访求"。但说来也是不幸,尽管限期很快到了,连这只猫的影子都没有看见。"狮猫"下落既不明,如何敢见秦"夫人"? 于是,临安府的长官,"捕索邻居民家",把所谓"崇国夫人"的左邻右舍老百姓,都抓起来,也许是怀疑"狮猫"跑到他们家去了。不仅如此,"且欲劾兵官",扬言要告"兵官"的状,吓得"兵官"惶恐不已，赶忙"步行"，走遍大街小巷，一见到"狮猫"就抓，最后把全城的"狮猫"都抓起来了，可是"皆非也"，在这一大群无辜被捕的"狮猫"中，偏偏没有"崇国夫人"宠爱至极的那只宝贝"狮猫"。怎么办？临安府又赶紧贿赂守卫"崇国夫人"大院的老兵，询问她家的"狮猫"，到底是何长相？然而据其所说，画了一百张这只"狮猫"的图样——因为当时还没有照相术——在各大茶馆张贴出来，晓谕百姓，按图查猫。其结果，又是秃尾猫钓鱼———一场空。临安府的最高长官"府尹"，黔驴技穷，走投无路，只好托了与秦府有关系的人，向"崇国夫人"苦苦哀求，才使这场闹得临安府沸沸扬扬、满城风雨的寻猫风波，总算平息下去。

这场"崇国夫人"寻猫的风波，是封建社会官僚政治中一幕十分典型的丑剧。我想，如果侯宝林等同志有兴趣的话，可以将这幕丑剧改编成不妨名为《"崇国夫人"寻猫记》的相声，其主题意义的深刻性，是绝不在《夜行记》一类相声之下的。主题在哪里？在这里：它尖锐地暴露了八百年前封建特权的可恶、可恨、可鄙。

可以设想：秦桧的孙女丢了区区一只猫，竟在临安府掀起轩然大波，闹得杭州城诸猫遭殃，鸡飞狗跳。如果秦府丢了一匹马、一件古董，甚至逃走了一个侍女或一名仆人呢？大概所谓的"崇国夫人"，不把临安府闹个天翻地覆，是绝不罢休的吧！为什么她有这样大的能耐？难道她是三头六臂？当然不是。说到底，是因为封建特权是封建等级制的必然产物与集中表现。在封建等级制下，一旦乌纱头上戴，就是官，就享有种种成文法法定的和不成文法——也就是习惯法所法定的封建特权，可以骑在人民的头上作威作福，逞凶肆虐；官愈大，封建特权愈多，而且"一人得道，鸡犬升天"，子女、亲属也随着享有种种特权，狐假虎威，横行无忌，欺压人民，无所不用其极。不言而喻，如果"崇国夫人"其人，她不是位极人臣的秦桧的孙女，而是普通官吏的女儿，或平民百姓的子女，她做梦也想不到丢了一只猫，竟要闹出这样大的风波；即使精神失常，产生这样的奇想，恐怕风波也闹不出家门之外的。何以故？因为普通官吏手中特权较小，而平民百姓根本没有任何特权，只有被封建统治者——包括各级官吏剥削压迫的权利。

　　唯其如此，秦桧孙女的寻猫风波，当然绝不是一个偶然的现象，而是封建等级制的必然产物。秦桧的孙女如此霸道，秦桧的儿子秦熺（秦之养子）又何尝不是如此？据王明清《挥麈录》记载，这个"小衙内"不仅花天酒地，手伸得比长臂猿更长，见到珍贵古书，就巧取豪夺，掠为己有。陆游愤慨地写道："（秦桧）其子熺，十九年间，无一日不锻酒器，无一日不背书画碑刻之类。"这一类王子王孙，锦衣玉食，肥马轻裘，四体不勤，五谷不分，十个有九个不学无术，无知到极点。北宋末年权臣蔡京的几个孙子，据曾敏行《独醒杂志》载，有一天蔡京问他们："你们天天吃饭，谈谈看米是从何出来的？"其中的一个马上回答说："从臼子里出。"蔡京听罢大笑，另一个立即回答说："不是，我见在席子里出。"何以故？因为当时京师运米，是用席子包扎的。看吧，他们根本不知道水稻为何物。可是，这一伙人或仗着祖宗、老子有权有势，或仗着是皇亲国戚，凭借封建特权，飞扬跋扈，或扰乱一方，或干预朝政，人莫予毒。谁受害最深？当然是百姓。在《水浒传》和某些民间戏曲中，人们让"高衙内"之类大大小小的衙内登场，给他鼻子上搽上白粉，淋漓尽致地揭露其秽形劣迹，使之丑态毕露，正是深刻地反映了喘息在封建特权桎梏下的人民大众，对封建专制主义的愤懑与抗争。这类作品，对我们今天批判封建特权残余在现实生活中的种种严重表现，不是还有很多启发吗？

闲话蛤蟆滩

冬云深处,遥望闪闪发光的珍珠滩,不由俺老牛倒抽一口冷气,思忖着:俺配登陆吗?若说蛤蟆滩,俺曾经不止一次地在那方热土上嬉戏,留下我童年的欢笑、纯真的梦想。有多少次,蛤蟆滩上的小河、弯弯的月亮、踩上去摇摇晃晃的小桥、飞来飞去的蜻蜓、跳来跳去的草婆婆(即绿色的蚱蜢)、可与甘蔗媲美的甜芦秫、慢腾腾转悠的牛车……翩然入梦,醒来后,勾起我万缕乡情,真个是"一怀愁绪,几年离索",感慨久之,不能自已。

故乡的蛤蟆滩,非止一个,相距也不过五里之遥,就有两处。人们又称它蛙子窝。这是有道理的:蛤蟆本来就是蛙的同类。虽说它身材臃肿,且有癞皮,以致江南人直呼它"癞疥婆",比起一身翠绿、双目炯炯有神的青蛙,确实不啻是丑妇与俊男之别了。为什么叫那两个小村落蛤蟆滩?始于何时?乡土文献不足证,已难于稽考。也许西边的蛤蟆滩,地形象蛤蟆?而东边的蛤蟆滩,村民多半叫它蛙子窝,则是因为这个小村庄上的男性居民,不但脾气火爆,嗓门特大,而且眼睛大又圆,眼珠突出,恰似青蛙状,故一吕姓人家的弟兄,径直叫大蛙子、二蛙子、三蛙子——屈指算来,这三位乡亲最小的也已年过古稀,不才很惦念他们:蛙子老矣,尚能饭否?

　　这两处蛤蟆滩的一个共同点，就是名不虚传：确有蛤蟆。但是，这里的农舍、小桥、流水、牛车篷等，与别的村舍并无不同，这里的蛤蟆，也并无特别之处。它慢慢地爬着，宛如戏曲舞台上银髯飘拂的官老爷在踱着方步，偶而用低沉的音调，鸣叫几声，不知道是感叹韶华易逝，还是闲适心情的流露？……此刻，在我的眼前，蛤蟆的身影，在浮动着，浮动着，我也说不出对它是喜欢？还是讨厌？回想童年，它常常是我和小伙伴侮辱的对象，不是折个树枝赶它快点儿爬，就是将它翻过身来，让它四脚朝天，挺着土黄的大肚子，张着大嘴，挣扎着翻过身来。尤有甚者，特别爱淘气的小子，将它偷偷地塞在别人的书包里，吓人家一跳。及长，我终于发现，爱上演这幕小闹剧者，大有人在。譬如，我六十年代在复旦大学历史系读研究生时的导师陈守实教授的夫人王懿之师母，在"四人帮"倒台后曾告诉我，她年轻时，曾与李云鹤——也就是后来的江青，在青岛同过学，当时的江青，就爱出风头，也有点儿上海人所说的"十三点"味道，一些同学很不喜欢她。有一次，江青打开课桌，吓得惊叫起来，只见一个满身黑汁淋漓的怪物——蛤蟆在蠕动着，从裹它的报纸里钻出来。

　　但蛤蟆并不仅仅是个丑八怪、被人捉弄的倒霉蛋。从文化史、掌故学的角度看，区区蛤蟆，却是集大俗大雅、大悲大喜于一身者。真乃斯亦奇矣！

　　"癞蛤蟆想吃天鹅肉"——这句家喻户晓的民谚，对蛤蟆是贬得不能再贬了。清初作家张南庄还将这点意思写进他的鬼小说《何典》中，该书第一回曾描写道："鬼囡便放下篙子，跷起半爿卵子，坐在船头上，一路看那只愤气癞团（按：即蛤蟆），抬头望着天上一群天鹅，正在那里想吃天鹅肉……被一条倒拔蛇衔住不放。鬼囡忙……将拖纷打下。恰正打蛇打在七寸里，早已命尽禄绝……癫团也随风逐浪去了。"其实，滚滚红尘男女事，常随缘分结异果。《水浒传》中的潘金莲与武大郎，若非西门庆第三者插足，就未必不能白头偕老；又矮又丑、武艺平常的矮脚虎王英，与武艺超群、貌似天仙的一丈青扈三娘的成功结合，难道不正似"蛤蟆吃了天鹅肉"？无怪乎前人曾有吃不到葡萄嫌酸者愤愤不平曰："世上多少不平事，美妇常伴丑夫眠。""癫蛤蟆"又怎的？"时来白铁生金"嘛！不服气也只能是白搭。大概在动物王国里，癫蛤蟆就属于卖炊饼的武大那样的角色，"唯有一个穷字了得"，故在古人的诗歌中，常与穷书生为伍。如元末明初的绍兴诗人张宪《咏穷博士》诗云："五日张京兆，犹能故杀人。一年穷博士，不救归装贫。深冬未衣絮，坐席长凝尘。愁吟苍蝇叫，怒作蛤蟆嗔。冷拔豆秸火，倦卧黄茅茵……"蛤蟆一怒又如何？不过是连苍蝇也吓不走的几声哀鸣而已。不难想见，博士混到这个分上，窘困之状，可谓惨矣！

难道蛤蟆就一直沦落风尘，喘息于泥途？不，"好风伴我上青云"。传说有朝一日，它一个筋斗翻到天上，成了月宫里的蟾，从此风光无限，什么蟾兔、蟾光、蟾宫、蟾阙、蟾轮、蟾魄之类，成了月光、月亮的代名词，蛤蟆无需再吃天鹅肉，它终日与天仙嫦娥待在一起，享不尽的艳福，这是何等的殊荣，何等的快乐！以致在漫长的科举时代，士子把博取功名的理想，比喻成到月宫里折一枝桂花。不过鄙意以为，恐怕他们折桂花是假，想恨不得化为蟾与嫦娥相伴，才是真正的动机。无怪乎《红楼梦》中聪明绝顶的林黛玉小姐，一听说她的宝哥哥要上学去，就笑道："好！这一去，可是要蟾宫折桂了！"我看林妹妹显然是话中有话的。

但是，林妹妹再聪明，也赶不上千古奇才苏东坡啊！他老先生在《水调歌头》中冷冷地说道："明月几时有，把酒问青天。不知天上宫阙，今夕是何年。我欲乘风归去，又恐琼楼玉宇，高处不胜寒。起舞弄清影，何似在人间。"在"高处不胜寒"的月宫里过着大喜大雅日子的蟾，毕竟是虚无缥缈的神话，在现实世界里，它毕竟是个蛤蟆。常言道，"人怕出名猪怕壮"，蛤蟆何尝又不是如此？三百多年前，它忽地出了大名，被在南京的南明弘光小朝廷的皇帝朱由崧看中了，这可倒了八辈子邪霉！原来，在江南残山剩水间苟且残喘的朱由崧，仍昏昏然，"不知今夕是何年"，酗酒纵欲，大吃春药，导致火毒上攻，牙痛难忍，房事时"望门纳降"。请来吴县的江湖郎中给他治病，开出以蟾酥为主药的春药方。所谓蟾酥，是将蛤蟆耳后腺及皮肤腺分泌的白色浆液取出后，阴干而成。其时已是秋天，朱由崧下令到处捕蟾，捉到一只，就贴上"皇上用，人不可犯"的黄纸，简直令人笑掉大牙。次年端午节，他更下令："敕京师民夫觅蟾两万只开剥，务要日内押收大内取酥。"可怜这两万只蛤蟆，一个个眼睁睁遥望家乡蛤蟆滩，"血污游魂归不得"，朱由崧从此也就人称"蛤蟆天子"，成了腐败的化身，被钉在历史的耻辱柱上。无怪乎词曲泰斗吴梅在《霜厓曲录》中，痛斥这个弘光皇帝是"金盆狗屎"！

不过，话又得说回来，民间也有杀蛤蟆的恶习。究其因，除了卖给中药铺制药外，还有些人认为蛤蟆去头后煮熟，汤肉皆能治风湿病。民国初年绘制的《童谣大观》中，载有广东的《杀蛤蟆》童谣："打巴掌，做粑粑，家婆烧水杀蛤蟆。蛤蟆跳，家婆笑，蛤蟆走，家婆吼。吼—吼—吼！"显然，小孩子是不忍心杀蛤蟆的，纯真的童心，是多么可贵！

我曾仔细观察过蛤蟆，它太土气，太不起眼；脸无表情，又似乎有点儿大智若愚的哲学家在沉思的劲头，让人莫测其高深。也许正是这种模糊性，被人看中，给它涂上特殊政治色彩，用以制造轰动效应。据《唐书·黄巢传》记载，黄巢等造反时，就曾广泛流传"金色蛤蟆争怒眼，翻却曹州天下反"的预言。这是最典型的例证。你想，物以稀为奇，居然冒出了个金色的蛤蟆，还怒睁双眼，这还不足以在愚昧落后的古代乡村蛊惑人心吗？

今天，我们当然不需要"争怒眼"的"金色蛤蟆"。愿年年"稻花声里说丰年，听取蛙声一片"；需知，此起彼伏、传遍千里的蛙声中，也包括同样吃害虫、保护农作物的蛤蟆的低吟。如果连已故大作家柳青在《创业史》中描写的穷庄子"蛤蟆滩"的农家，也发家致富，过上小康的日子，墙上贴着传统年画《刘海戏金蝉》，您说，那该多美！

1996 年 11 月 25 日于老牛堂

中药药名趣谈

中药隐名,起源很早。唐代元和年间,有位叫梅彪的文人,"所集诸药隐名,以粟、黍、荞、麦、豆为五弟"(明·李儒:《水南翰记》)。不知道梅彪集药,何以隐名? 也许是保密,也许是故弄玄虚。而明清一些江湖医生,将中药隐名,"不过是市语暗号,欺侮生人"(明人小说《生绡剪》第九回)。但虽然如此,他们所做的隐名,也真是挖空心思,居然还颇有文化气息,如:恋绎袍(陈皮)、苦相思(黄边)、洗肠居士(大黄)、川破腹(泽泻)、觅封侯(远志)、兵变黄袍(牡丹皮)、药百喈(甘草)、醉渊明(甘菊)、草曾子(人参)等。

常言道:"人间最苦是相思,此病难用药石医。"明清之际的作家周清源,在《西湖二集》第十二卷中,却偏偏用几十味中药名,描写一位小姐几乎病入膏肓的相思病:"这小姐生得面如红花,眉如青黛,并不用皂角擦洗,天花粉傅面,黑簇簇的云鬓何首乌,狭窄窄的金莲香白芷,轻盈盈的一捻三棱腰。头上戴几朵颤巍巍的金银花,衣上系一条大黄紫菀的鸳鸯绦,滑石作肌,沉香作体,上有那豆蔻含饴,朱砂表色,正是十七岁当归之年。怎奈得这一位使君子、聪明的远志、隔窗诗句酬和,拨动了一点桃仁之念,禁不住羌活起来……怎知这秀才心性芡实，便就一味麦门冬，急切里做了王不留行，过了百部……看了那写诗句的藁本，心心念念的相思子，好似蒺藜刺体，全蝎钩身。渐渐病得川芎，只得背着母亲，暗地里吞乌药丸子。总之，医相思没药，谁人肯传与槟榔……"真是妙趣横生，令人忍俊不禁。古人亦有做诗排律隐药名者，如李在躬《支颐集》中有首《山居即事》："三径慵锄芜荑编（生地），数株榴火自鲜妍（红花）。露滋时滴岩中乳（石膏），雨过长流涧底泉（泽泻）。闲草文词成小帙（藁本），静披经传见名贤（使君子）。渴呼童子烹新茗（小儿茶），倦倚薰笼炷篆烟（安息香）。殊为多研常讶减（缩砂），窗因懒补半嫌穿（破故纸）。欲医衰病求方少（没药），未就残诗得句连（续断）。为爱沈醪千顷碧（空青），频频搔首向遥天（连翘）。"（清·褚人获：《坚瓠集》癸集）我想，只要略具备中药和古典文学常识的人，读了这首诗，是会感到别有一番情趣的。

古往今来最擅长药名文学的，当推宋人陈亚。他是扬州人，仕至太常少卿，年七十卒。陈亚颇幽默，被时人视为"滑稽之雄"。他写过一百多首药名诗，传颂一时。如"风月前湖近，轩窗半夏凉"及《赠祈雨僧》："无雨若还过半夏，和师晒作葫芦粑"之类，皆脍炙人口。陈亚还另作药名《生查子·闺情》三首，深沉婉约。其一："相思意已深，白纸书难足。字字苦参商，故要槟榔读。分明记得约当归，远至樱桃熟。何事菊花时？犹未回乡曲。"其二："小院雨余凉，石竹生风砌。罗扇尽从容，半下纱橱睡，起来闲坐北亭中，滴尽珍珠泪。为念婿辛勤，去折蟾宫桂。"其三："浪荡去未来，踯躅花频换。可惜石榴裙，兰麝香销半。琵琶闲抱理相思，必拨朱弦断。拟续断朱弦，待这冤家看。"显然，这三首《生查子》都称得上是绝妙好词。陈亚曾自道："药名用于诗，无所不可，而斡运曲折，使各中理，在人之智思耳。"（宋·吴处厚：《青箱杂记》卷一）这可以说是他对写药名诗的经验总结。

明代流行的药名民歌，不仅深得药名诗的此中三昧，且因其桑间濮上之风，而更通俗、形象，流传的范围也就更加广泛。现聊举三首，以见一斑。其一："红娘子，叹一声，受尽了槟榔的气。你有远志，做了随风子，不想当归是何时？续断再得甜如蜜，金银花都费尽了，相思病没药医。待他有日的茴芎也，我就把玄胡索儿缚住了你。"其二："想人生最是离别恨，只为甘草口甜甜的哄到如今，因此黄连心苦苦里为伊担闷。白芷儿写不尽离情字，嘱咐使君子切莫作负恩人。你果是半夏的当归也，我情愿对着天南星彻夜的等。"其三："你说我负了心，无凭枳实，激得我蹬穿了地骨皮，愿对威灵仙发下盟誓。细辛将奴想，厚朴你自知。莫把我情书也，当作破故纸。"（明·冯梦龙：《桂枝儿》三卷）冯梦龙评价这三首民歌"颇称能品"，当然是再恰当不过了。

今人精于此道者日稀。十几年前，《上海中医药报》曾刊出安徽潜山县汪济老先生的《致在台友人》书，内含六十余味中药名，谓："白术兄：……今日当归也，家乡常山，乃祖居熟地……昔日沙苑滑石之上，现已建起凌霄重楼，早已不用破故纸当窗防风了，而是门前挂金凤，悬紫珠，谁不一见喜？……令堂泽兰婶虽年迈而首乌，犹千年健之松针也。唯时念海外千金子，常盼全家合欢时……弟杜仲顿首。"通篇幽默风趣，堪称佳作。不过，环顾文化界，精通中药名者日少，能做古诗词者也屈指可数。我担心上述中药名的文学作品，恐怕会渐成绝响。

思之不禁怅然。

　　　　　　　　　　　　　　　　1992 年春末于八角北里

戒 烟 记

　　自古而今，吸烟者与日俱增，中国患此特种"相思"病者，大概少说也有两亿人，不能不说是一个惊人的数字。

　　说来惭愧，我虽然写过《明清之际吸烟状》，了解吸烟的历史以及烟草中尼古丁对人体的危害，但仍然当过二十多年的烟民。1961 年开始抽时，我妻过校元女士对此极力反对，说有百害而无一利。但我不听劝阻，说我只抽好的，不抽差的，每次只抽半支，绝对不会上瘾。但是，不出两个月，我渐渐上瘾，从半支到一支，从一支到数支。回首往事，我倍感沉痛的是：当时我们斗室一间，晚上校元及我们的儿子宇轮入睡后，我读书、写作，吸烟不止，毒化了室内空气，使他们母子被动吸烟，损害了他们的健康。我的工资是44.50 元，后来加到 65.50 元，每月吸烟要花去 10 元左右，对于家庭来说，不能不说是沉重的负担。倘不抽烟，将这笔钱用来增加他们母子的营养，岂不更好？1970 年冬，校元不幸去世。就抽烟而论，深为她所厌恶，但我却未能"改恶从善"，实在是愧对亡妻了。

　　"四人帮"被粉碎后，我赶紧夜以继日地读书、写作，力争将失去的锦绣年华补回来。《论八旗子弟》这篇发表后很有社会影响的学术论文，就是我熬了一个通宵写出来的，右手执笔，左手拿烟，一根接一根,差不多抽掉了两包烟。自60年代我吸烟后,支气管炎越来越重,一到冬天更常常咳嗽不止。1979年春天,我在参加纪念五四运动60周年学术讨论会后,随与会代表登长城,爬上烽火台后,塞外的寒风扑面而来,支气管炎顿时发作,几乎气都喘不过来。我挣扎着下山,服了不少药,调理了好多天才渐渐康复。吸烟对我健康的戕害,于此不难想见。

从20世纪60年代到80年代,我难道就没有想到过戒烟吗?不,不仅想到,而且付诸行动,起码戒过三次烟。少则一星期,多则一个月,甚至将近半年。喝过戒烟茶,吃过戒烟糖及瓜子、糖果之类的代用品,但终未奏效。而且戒了较长时间后又抽上,比原来抽得更多。有位烟友嘲笑我说:"你能把烟戒了,除非狗不吃屎!"我不禁暗暗问自己:难道我真的"他生未卜此生休",抽烟一直抽到"呜呼哀哉,尚飨"吗?

然而,曾几何时,狗仍在吃屎,我却把烟戒了!而且非常彻底。倘说客观原因,自然有一些。1984年春天,我至沪探望"文革"中患难之交、老学长杨廷福教授。他身患肺癌,在医院的床榻上艰于呼吸,拉着我的手,哭着说:"王兄,我们不是一般朋友,是患难之交啊,你看我在这里苟延残喘……"我听罢泪如雨下,失声痛哭起来。不久,这位著名的唐律、玄奘专家就与世长辞了。他的肺癌肯定与他被打成右派后,减少了工资,只好长期吸劣质烟有关。每当夜深人静,我常常想起廷福兄与我诀别时的情景。人生自古谁无死?但像他那样在学术上正如日中天时死去,而且还死得那样痛苦,不能不使我悚然而惧。1985年年底,我因心脏不适住院治疗,医生微笑着对我说:"您看您,还要抽烟吗?"我顿有所悟,当即掏出袋中的香烟,交给儿子宇轮,从此结束了我的抽烟史。出院后,我谢绝了任何人向我敬烟,两个月后,我就十分讨厌烟味了。回顾往昔二十多年的抽烟、戒烟史，自己不觉哑然失笑。什么"抽惯了，不抽烟写不出文章"，纯属废话。我戒烟后，不是文章照写、书照出吗！年年冬天折腾我的支气管炎，更是不治而愈。"丈夫志，当景盛，耻疏闲。"一个男子汉，倘有一点儿大丈夫气概，没有戒不了烟的。"老子再也不抽了！"当时我就是这么想的。什么戒烟糖、戒烟茶，在我看来，全是瞎掰。

读史明志。我希望瘾君子们读了不才的这篇吸烟、戒烟小史，能够像我十几年前那样，痛下决心，告别抽烟，不再害特种"相思"病，并能在彻底戒掉烟瘾后，跟我一样自豪地说："你看，狗还在吃屎，咱可是把烟戒成了。"不亦快哉！您说呢？

2004 年 6 月 7 日

细看闲章

闲章不知始于何时,未遑考证。等闲来无事时,再乱翻书找蛛丝马迹。倘蒙博雅君子见教,则再好不过,省得我在书海里像虻虫似的瞎撞了。据管窥所及,最风流倜傥的闲章,莫过于明朝苏州的大画家、诗人唐寅的"江南第一风流才子"章。他的绘画艺术,特别是人物画,栩栩如生,高超脱俗,是"吴门画派"的奠基人之一。他的诗直抒胸臆,不矫揉造作,诗如其人。他浪漫、放荡,以致后人编出《唐伯虎点秋香》那样的传奇故事,在民间广为流传。显然,唐寅自称"江南第一风流才子"是当之无愧的。前辈风流,后人多半难以企及,倘硬要模仿,只能是东施效颦,徒增笑柄。我曾在一部清人文集上,见有"红袖添香夜读书"的闲章,又曾在新中国成立前出版的一部闲书中,看到"江南第九才子"的押书章,比起唐寅的来,只能说是小打小闹,甚至有点儿猥琐之感了。

当代有几位名人的闲章,给我留下深刻印象。

"文革"结束后,已被党中央决定永远开除出党的康生,曾经有枚闲章,上刻四字:左比右好。不必因人废字,康生的书法是不错的,而且是左手握笔。但如果有人认为他的闲章仅仅是表明左手写字比右手写得好,未免小看了此人。康生惯搞极左,在十年动乱中,他是"四人帮"的忠实帮凶,祸国殃民。应当说,"左比右好"这枚闲章是其极左嘴脸的自我暴露。联系党史,我们通过康生这个反面教员总结教训,发人深省的是,现在不是仍有极个别的人,始终觉得左比右好吗? 这是历史的盲点。

于光远在"文革"中受迫害,被打成"三反分子",平反后,又有人说他"离经叛道"。他刻了一枚闲章,印文长达 11 个字:死不改悔的马克思主义者。我想,这是于老对两顶帽子的庄严回敬,正气凛然,也很有点儿杂文味道。

已故园林史专家、散文家陈从周教授是绍兴人。他常在其画作上印上"我与阿 Q 同乡"的闲章,令人忍俊不禁。这也反映了他对阿 Q 的评价。

香港有位著名历史学家,原籍贵州,他刻了一枚闲章"黔驴"。语曰:"黔驴技穷。"他大概也是幽自己一默,在自嘲吧?

我的好友漫画家方成前辈,祖籍广东中山市。他有一枚闲章"中山郎",由于很容易使人想起中山狼的典故,阅之令人莞尔。其实,这是方老念念不忘故土,对中山始终怀着赤子之情的表现。近年来,他将自己珍藏的齐白石、傅抱石、关山月等画坛巨匠的原作几百幅,捐给中山市博物馆,便是对"中山郎"的最好说明。

闲章,当于不闲处细看之。

2005 年 6 月 14 日

难忘"土地庙"

常言道,"野人怀土"。作为一个在野的普通百姓,我常常怀念旧居"土地庙"。尤其在夜深人静,当我在书斋里写作感到疲倦,茗碗在手,听着《二泉映月》《高山流水》之类的民族音乐,看炉烟缥缈,思绪便飞向远方,飞向昨天,仿佛又置身在"土地庙"的晨昏月夕……

我是1979年春节刚过,冒着严寒从上海调到北京,去中国社科院历史所工作的。单位住房紧张,人满为患。我只好与同事席康元兄及近日刚不幸去世的翻译家邹如山兄,挤在一间办公室里,晚上支起床,就算是寝室了。席兄心宽体胖,躺下不到一分钟,便鼾声大作,似隆隆巨雷,从天际排山倒海而来,而且如同一直处于交响乐的高潮,震撼人心,却听不到乐曲低回、云淡风轻时。住了一阵,我实在不堪忍受,只好采取"惹不起,躲得起",搬到楼下地震时匆忙盖的值班室里居住。

这是约十平方米的斗室,夹在两棵高大的白杨树下,外形很像乡下的"土地庙",故所内同事皆以"土地庙"称之。我清楚地记得,当我头一晚下榻此"庙",路人看到"庙"中开着灯,开玩笑说:"咦,'庙'里有神了!不知谁是'土地爷'?"后来他们知道我躲进"小庙"

成一统,又开玩笑说:"还不快点将'土地婆'请来共享人间烟火?"

虽然当时"庙"中并无"土地婆",但我并不寂寞。所内所外的文友来"庙"看我,说古道今,衡文角艺者,大有人在。最令人难忘的是宋史学者吴泰、中外关系史学者马雍,他们俩分别住在所内的简易平房和办公室内,闲时常来串"庙",无所不谈。马雍兄更是知识渊博,见多识广,声音洪亮,滔滔不绝,不知疲倦。此时,我的老学长、患难之交、玄奘和唐律专家杨廷福教授,正客居中华书局,参加《大唐西域记》的校注,不时来看我,并小酌数杯。有时诗人江辛眉兄也同来聚谈。独学无朋则不乐。这些学侣的来访,确实使小"庙"生辉,我的心智备受启迪。我曾对朋友们笑说:"'庙'不在大,有神则灵,群贤毕至,其乐莫名。"但是,在20世纪80年代前期,吴泰、马雍、杨廷福三位先生先后病逝。吴泰比我小两岁,马雍比我稍大,廷福兄也不过刚60岁。"忍看朋辈成新鬼",回想起与他们在"庙"中度过的欢乐时光,无边的思念、不尽的惆怅,时时向我袭来。马雍去世时,我也正在病中,未能去送别,只是托人捎去我的挽联,略寄哀思,至今仍深感遗憾。吴泰的遗体告别仪式上,我伤感至极,痛哭失声,从此以后我不愿再参加比我年轻的亡友追悼会了。至于廷福兄,在他病危期间,我赶往上海去探视,两人执手大恸,真是不堪回首⋯⋯

后来,因基建需要,所里下令拆掉"土地庙",已故科研处长钟允之同志还对我开玩笑说:"将来我们重建'土地庙'来纪念你。"拆"庙"前夕,弟子周勤小姐刚好来京开会,替我拍了一张照片,如今成为小"庙"的珍贵纪念了。

是的,"土地庙"永远在地面上消失了,但永远不会在我的心中消失。我的第一本杂文集叫《"土地庙"随笔》,就是明证。

2003年12月29日

琐忆黄仁宇

  自从黄仁宇先生在美国纽约一家电影院看电影时突然倒下，与世长辞，我常常想起这位美籍华人著名历史学家。他去世后，我国掀起了一股黄仁宇热，差不多把他的所有著作都出版了，三联书店更是不遗余力。黄仁宇的著作在史学界、更多的是文化界掀起巨大的冲击波。年轻学人、文化人，为之深深吸引，甚至视为高山仰止。近年来，报刊记者来采访我，问我对黄仁宇的史学著作，特别是《万历十五年》的评价，以及对黄仁宇的印象。我都如实说了。学术著作从来是见仁见智。老实说，我不太喜欢黄仁宇的史学著作，《万历十五年》亦不过如此而已。他比我年长多了，是前辈，但他研究生毕业拿到博士学位，比我还晚一年。不过，我国高校当时采用苏联体制，我拿到的是副博士。因此，在学术上，我与他倒是平辈人。说真的，作为一个活生生的人，黄仁宇留给我的印象比他的著作要生动多了。

  1987 年夏，我的工作单位明史研究室着手筹备定于次年秋在哈尔滨召开的国际明史研讨会，由我负责。我与老专家王毓铨前辈商量后，他说应当邀请黄仁宇来参加。我说："我与此公没有往来，听说他似乎学问大，架子也大。香港大学石开的第一届国际明清史研讨会，我去参加了，会上听说'港大'曾向黄仁宇发出邀请，但他没有到会。"王老说："我曾在美国生活过很多年，与黄仁宇很熟，他对我很客气，能摆什么架子？"我请王老亲自写封信去邀请，王老答应了。过了个把月，王老来明史研究室，说："黄仁宇来信了，你看看吧。"我一看，开头寒暄几句，感谢邀请之类，但笔锋一转说："'天生我才必有用'，可惜做不到'千金散尽还复来'。现在我已失去纽约大学的教席，吃饭都成了问题。"因此，他提出我们能给他提供开会时的来回飞机票，以及住宾馆的食宿费。我对王老说："来回飞机票恐怕难以办到。"王老说："你不要信他的，他没穷到这个分儿上。再说美国有很多学术基金组织，他可以去申请。"尽管如此，我还是与室里的同事及历史所科研处商量过黄仁宇来华的事，后来又与室学术秘书廖心一一起去哈尔滨筹备会议，跟主办单位之一黑龙江大学历史系主任段景轩教授商量此事。我们达成共识：鉴于黄仁宇已失业，可以减免他的赴会"门票"——如报名票、资料费、交通费之类，也可少收他的住宿费，但来回飞机票只能由他自理。后来，黄仁宇让他在桂林教中学的妹妹来信与我们联系，说几十年未见面了，希望能在哈尔滨见面，同意她参加会议，并减免她的住宿费。内战使黄家兄妹骨肉分离，天各一方。我们同情其遭遇，邀请她赴会。事实上，后来不仅免去她在会议期间的食宿费，连黄仁宇的也免了。应当说，中国明史学界对黄仁宇是友好的。附带说一下，这位黄姐眉清目秀，体态丰腴，温文尔雅，与黄仁宇适成鲜明对比。

临近会期，有一天田汉的公子田海男来电，说有事要面商。我说是不是为了黄仁宇的事？他说是。我知道，他和黄仁宇是挚友。黄仁宇在回忆文章中，曾经提到抗战时他和田海男曾在名将阙汉骞（时任十四师师长）麾下当过少尉排长。黄仁宇对田汉很尊敬，一直称他田伯伯。黄仁宇在文章中多次述及与田汉的交往，笔下一往情深。田海男与我见面后，强调黄仁宇是蒋纬国的好友，我们应当热情接待。黄仁宇拟先来北京小住，食、宿、行都由历史所负责。我如实向主管科研、外事的一位副所长汇报此事，这位老兄一听就很反感，说："黄仁宇既然有这么大的来头，田海男何不找民革中央或者统战部接待，找历史所干什么？"此人是研究元史的，与黄仁宇显然是隔行如隔山，对他的学问与行事做派，看来都不感兴趣。我只好在电话中对田海男敬谢不敏，他也只好另想办法。

真没想到，在哈尔滨的会上见到黄仁宇，交谈后他热情地说："我看你的长相与言谈，很像台湾政治大学也是搞明史的张哲郎。你认识他吗？"我说："知道他，也见过照片，但没见过面。"后来，张哲郎教授来大陆开会，我俩多次见过面，我去台湾开会时，也见过面，他很善谈。我曾把黄仁宇的这席话转告张哲郎，他听后很感兴趣。

但是，总的来看，黄仁宇在会上留给与会者的印象是不佳的。在分组讨论时，他跟我一组，由明清史专家李文治前辈主持会议。黄仁宇发言介绍美国明史研究情况时东扯西拉，而且草草讲完后就退出会场，扬长而去。素以忠厚长者著称的李文治老人，忍不住说："美国明史学界的情况并不是像他这样介绍的。黄先生的发言有片面性。"我认为，黄仁宇未免小看我们了，与会者都是专门研究明史的，岂能不了解美国的明史研究状况？而且他发完言就甩手而去，这是对与会者的不尊重，特别是对李文治老前辈的不恭。

在另一次讨论会上，黄仁宇发言时，说着说着竟跳起来，蹲在沙发上侃侃而谈。他大概是忘了，这是在国际明史研讨会上，而不是在当年国民党的下级军官会上，或训斥国民党大兵的场所。他这样的举动理所当然地引起与会者的反感。更让人不快的是，他在发言中不谈明史，却大谈所谓"五百年大循环"的"大历史观"，令我辈听之无味。还让人倒胃口的是，他大谈解放战争时，他时任国民党军队少校，是如何在东北战场与解放军打仗并失败的。他的结论匪夷所思："国民党为什么失败？因为国民党军队的士兵都是土匪。早晨起来操练，排长挨个儿挥拳向每一个士兵胸脯打去。这些土匪能打胜仗吗？"我的学长，曾任志愿军炮兵排长，对国民党军队相当了解的复旦大学历史系教授汤纲，忍不住站起来驳斥了黄仁宇的这种奇谈怪论。黄仁宇又发言辩解，只能是越辩越被动。中午吃饭时，为了一件小事，黄仁宇大发脾气，怒气冲冲地大步走出饭厅。这又让我们大吃一惊。我与段景轩等赶忙追上去，劝他老人家息怒。我在国内、海外曾多次参加国际学术研讨会，但像黄仁宇这样的言谈举止，还是头一次碰到，真让我开了眼界。不少与会者散会后，说"黄仁宇简直是个兵痞。"这有失温柔敦厚之旨，我不赞同。

不过，黄仁宇对我本人，以及这次会议还是有帮助的。我曾私下拜访他。为了拉近距离，我告诉他我是西雅图陈学霖教授的好友。他与陈学霖熟稔，听后果然对我亲切多了。我说："这是在中国开会，最好只谈学术和明史，免得遭人非议。不能像在美国，您想说什么就说什么。"他诚恳地说："看来你对美国还不了解，在那里，也不是想说什么就能说什么的。"我承认我对美国的自由、民主认识是很肤浅的。王毓铨老人对学术论文的要求一向非常严格。他看了与会者提交的论文后，认为多数都一般化，因此他不参加小组讨论。我们对这位前辈不便说什么。多亏黄仁宇在吃饭时，直言不讳地对王老说："毓老，你怎么老是待在房间里？和我们一起参加小组讨论多好。"王老为了给他面子，参加了几次小组讨论会，这对年轻的与会学人无疑是个鼓励。

哈尔滨会议一别，与黄仁宇竟成永诀。人是复杂的。在我的片断印象中，黄仁宇是一个保留着旧军人不良习气的性情中人——尽管他在史学上有不少建树。

2005 年春于西什库

虎坊桥随笔

　　肖黎先生在电话中告诉我,他将其散文集取名为《虎坊桥随笔》。我当然明白,他在虎坊桥畔的《光明日报》社已工作了二十多年,在那里编报纸,做学问,写文章。现在将散文结集,想起虎坊桥,可谓水到渠成,宜也。不过,虎坊桥使我联想起虎的种种成语来。其中我以为最耐人寻味的是"虎头蛇尾"。然而,这句成语与肖黎兄是毫不沾边的,这也正是他的难能可贵之处。

　　就以友谊而论,古往今来,有的人未阔脸就变,有的人一阔脸更变,多了!我第一次见肖黎是20世纪80年代初,他在《光明日报》史学版当编辑,约我去看文章校样,他为人诚恳、认真。后来他当了史学组组长、理论部负责人,在史学界影响日大,我则始终是个普通学者,而老肖与我的友谊却"与时俱进",看了我写的《我的史学观》,述及"文革"中当"另类"的遭遇,他竟难过得掉下眼泪。他是研究《史记》的专家,对魏晋南北朝史的研究,也有精品。但他一直坚持文史结合,写评论、随笔、散文,二十多年来,不管多忙,从未间断。读了他的这本散文集,便可清楚地看到这一点。

　　老肖也已年过花甲,但笔下依然虎虎生气。愿其虎气长存!

学究慨世说反贪

——答《文汇报》记者周毅

问：王先生，这次您以一个明史专家的身份汇集了一批史学家，写作了一个融历史感、现实感、忧患感于一体的题目，让我想起一句也许有些不恭的话——"学究慨世"。不过接下来我要说一句很恭敬的话，来自国际反腐组织的共识是：没有市民社会的介入和参与，反腐是不可能成功的。也许这部书的自觉写作正让人看到了这样一种希望的征兆。能不能先介绍一下这本书的写作背景和您写作这本书的由来？

答：谬承夸奖，谢谢。我出面组织史学界的同行，写作这部《中国反贪史》纯粹属于个人行为。没有任何部门请我做这件事，我也没有向任何部门申请过一分钱的科研补助。你知道，仅就史学界而言，现在申请各种科研经费的人很多，有的人混上芝麻绿豆官后，更利用职权拿到上万元、数万元的出版补贴，可是学风粗疏。有的书刚出版就被专家、学者抨击为废书，出版社只好化为纸浆。说真的，我是完全以民间百姓的身份来做这部书的。四年前，我就决心编这部书。虽说我是研究明史的，但史学界的一些朋友都知道，我读史的范围比较广，秦汉以来的政治史、文化史，我都有兴趣。魏晋至清朝的文集、笔记、野史,我读过不少。我在治史之余,写了大量杂文、随笔,已经出版了七本集子。难以想象,一个不关心现实政治的人,能够写出像样的杂文。因此,我利用各种机会接触、了解社会。从20世纪80年代后期以来,贪污、腐败的毒瘤有越长越大、不断扩散之势。这是党和国家的大患,百姓对此深恶痛绝。我是一个受过严格训练、长期坐惯史学冷板凳的人,传统史学赋予我强烈的忧患意识。但是,作为蚩蚩小民,我又能做什么? 古代有两句诗:"衣冠不论纲常事,付与齐民一担挑。"就让我这个小民"一担挑"好了! 当然,挑这副担子并不轻松。落实作者就费了很大的劲,其中有几位是史学界的名流,忙得不亦乐乎。他们从参加写作到完稿,是出于对反贪事业的热忱,当然也是对我友情难却。我非常感谢他们,特别是王贵民、邱树森、孟祥才、刘精诚、张全明这几位专家。需知,他们在写作本书时,我连一张稿纸也没有提供。我只提供了全书的框架构思,如此而已。落实出版社也并非一帆风顺。我在后记中已经写了一点,实际上要曲折多了。后经在四川人民出版社出版过《彭德怀在三线》的家兄王春才介绍,我给该社邓星盈社长打电话,他当即决定出版,并感谢我把这部好书交给他们。打完电话,我真有天涯遇知音之感! 但这部书未能在首都出版,我总觉得是个遗憾。

问:这部书按朝代分章介绍了我国历史上每一朝的反贪机制、反贪实践以及反贪启示,让人看到其实历代统治者在反贪方面做了大量工作,但这还是不可避免地让您在通读了这部史书后发出了"贪官何其多,清官何其少,反贪何其难"的三叹,您认为其中的根源在哪里?

答:说到贪污的根源,我以为涉及一个理论问题:贪污究竟从何而来? 谁都知道,贪污既是出现私有制后的产物,也是一部分人性恶（自私、贪婪）的产物。世界各国概莫能外。但是，我国封建社会的资格之老、寿命之长，在全世界都是罕见的。而说来无奈的是，一部中国封建社会史，严重的贪污、腐败一直如影随形，贯彻始终，以至于前辈学者王亚南先生曾慨乎言之，一部二十四史"实是一部贪污史"。何以如此？我认为迄今为止，还是半个世纪前，王亚南先生在名著《中国官僚政治研究》第十篇中的分析最为深刻："中国仕宦的做官发财思想是中国特殊的官僚封建社会的产物。做官被看成发财的手段，做大官发大财，做小官发小财……专制官僚统治，一定要造出官、商、高利贷者与地主的'四位一体'场面，又一定要造出集权的或官营的经济形态，更又一定要造出贪赃枉法的风气，而这三者又最可能是息息相通，相互影响的。它们连同作用起来，很快就使社会经济导向孟轲所预言到的'上下交征利，而国危矣'的大破局。"值得注意的是，最近原攻历史学、后攻政治学的白钢研究员，在著文谈《中国反贪史》时，用寻租理论或"公共选择理论"剖析贪污腐败，指出："贪污贿赂是租金在政治市场中的一种存在形式。只要有租金，就必然有寻租行为。"（2000 年 8 月 12 日《文汇读书周报》）这是个很好的分析。以皇权不可分割为核心的家天下、官本位主宰的中国封建社会政治市场是那样大，那样久，那样盘根错节，以致我们读了反贪史后掩卷沉思，不能不慨然长叹。这是中国历史的悲哀，也是国人的悲哀。

问：我国历史上确实是用了很多严刑峻法来惩治贪贿，像朱元璋时期等，这让人想起马克·吐温有一句话："有各种抵制诱惑的好办法，不过最实在的还是怯懦。"你认为是不是这样？

答：恐怕问题没有这么简单。道德的自我约束不是万能的。人很难超越自我。关键在于有没有一个真正独立的、行之有效的、并能持之以恒的监督机制，以及清廉的氛围，这才是抵制诱惑的有效途径。就后者而论，倘若海瑞的老婆是个财迷或贪赃枉法者，成天在饭桌上、枕头边向海瑞猛吹贪风，海瑞未必就能大节不稍亏，两袖常清风。在腐败的温床上稍不留神，怯懦者也能变成胆大妄为者，贪财使他灭亡，但首先让他疯狂。历史上这样的例子，何尝少见？

问：在您主编的这部书里，有一个"反贪文化"的提法，那么是否有一个"贪贿文化"的存在？在国际反腐组织透明国际的一篇文章里，我注意到他们有一个说法，指出反腐首先要破除腐败是一种文化的神话，您对这话怎么评价？对破除这种神话您有没有信心？

答：我不赞同"贪贿文化"的提法。贪污受贿者，虽然也诡计多端，变换手法，但说到底不过是以权牟钱而已，有何文化可言？我很欣赏"反腐首先要破除腐败是一种文化的神话"这种提法。我对破除这种神话充满信心。事实上，一部中国反贪史，在一定程度上说，也正是一部破除这种神话的历史。我愿特别指出，谁要是仅仅看到中国历史上贪污腐败猖獗，难以走出反腐败的轮回，就把中国历史看成一团漆黑，那是大错特错了。光明的一面——包括反贪斗争中可歌可泣者写下的光辉篇章，始终是中华民族历史的主流。总结历史上的反贪经验，给今人提供鉴戒，目的正是让人们更有信心地面对新的世纪，开创未来的新局面。

问：在"反贪史·清朝"部分，写作者卢经在"反贪启示录"里总结贪污屡禁不止的一段话令我印象深刻，他说："封建官僚制度的弊端是官吏侵贪屡禁不止的根源。中国封建官僚制度以专制君权为核心，存在着政治上严密的人身依附关系……属下的政治生命掌握在上司手中，奖惩黜陟、升迁均由上司的好恶来决定。属员为了逢迎上司不得不采取各种非正常手段"，而"政治系统的运作受传统文化的支配。中国的传统文化是一种亲族型文化，其具体表现为'在家尽孝，为国尽忠'……君主对臣僚的要求首先是忠，其次才是廉，廉洁与否仍然由君主来评判，一切以君主的政治需要为定。"编写这部书，你们是想树立起一面历史的镜子，除了卢经先生的这段话，您认为还有什么经验可供我们现实吸取的？

答：卢经先生的这段总结确实很好。但我要指出，本书各章都有"反贪启示录"，对一代王朝的反贪经验、教训作出了扼要的、然而是相当深刻的总结。我希望读者，特别是为政者，能够把各章的"反贪启示录"认真读一下。读后就能明白，前车之鉴太多，千万勿蹈覆辙。人们，可要警惕呵！

问：您对读者还有什么话可说吗？

答：欢迎读者严格审视本书，提出宝贵意见。我愿借此机会，感谢新闻界的朋友们对本书的关爱。让我们携起手来，为反贪大业尽心尽力。

2000 年 8 月 22 日夜

历史小说的阅读及评奖

——答《海南日报》记者

《海南日报》编者按：

40 年前，姚雪垠以一部《李自成》震烁文坛，成为当代文学史上长篇历史小说创作的开山人。40 年后，斯人已矣，而根据其生前夙愿设立的"姚雪垠长篇历史小说奖"已见规模，其首次评奖结果日前揭晓于京华，长篇历史小说的创作受到了人们更多的关注。

此次评奖由中华文学基金会和中国青年出版社共同主办，此奖每四年评选一届，每届限评两到三部获奖作品。此次评选范围为新时期以来至 2000 年 6 月版的长篇历史小说，由于考虑到在这样大的时间跨度下优秀作品较多，故此次评选在数量上突破了原来预定的限额，共选出唐浩明的《曾国藩：血祭·野焚·黑雨》、凌力的《梦断关河》、熊召政的《张居正·木兰歌》、颜廷瑞的《汴京风骚：晨钟卷·午朝卷·暮鼓卷》、二月河的《乾隆皇帝（六卷）》五部作品（排名不分先后）。

历史小说读者众多，影响日深。本报特刊发本次评奖的评委、历史学家王春瑜先生的答记者问，以期对读者了解历史小说的创作背景有所帮助。

问：您读小说吗？历史小说对您有什么影响？如何评价《李自成》？

答：读一些小说。但因为忙，主要是读《小说选刊》。我从中挑感兴趣的小说看。历史小说读过不少，国外的如《斯巴达克斯》。但主要是读国内的历史小说。童年时代，我读过大量的历史演义。九岁那年，因病在家休养，从邻人处借得连环画《隋唐演义》，深深吸引了我。后来又千方百计看到了历史小说《隋唐演义》。时值抗战，我家僻居建湖贫穷水乡，周围有敌、伪、顽，当时要找到一本好书读相当困难，"千方百计"云云，并未夸张。这本小说及其改编的连环画引起我对历史的浓厚兴趣，我在20世纪80年代写的《我的史学观》一文中，曾说起它对我成年后走上读史、治史的道路起了启蒙作用。接着又读了《精忠说岳》，心灵深处受到了爱国思想、忠奸如水火、政治冤狱令人悲愤难平的强烈震撼。11岁时，我才有机会读到《水浒传》。它使我眼睛一亮，感到阅读、欣赏能力上了一个新台阶。《水浒传》对人物栩栩如生的刻画，以及对环境简练却很生动、形象的描写，对于我的文学修养起了重要的熏陶作用。姚雪垠先生的《李自成》是第一部描写波澜壮阔的明末农民战争的历史小说。虽然，这部小说明显地带有时代的烙印，我在80年代与姚老就《甲申三百年祭》的评价在《光明日报》等报刊上打笔墨官司时，曾尖锐地指出其不足（按：今天看来，我的用语也许失之尖刻）。但是，作者对战争场面——如潼关大战的描写，对人物心灵的刻画——如张献忠、郝摇旗、卢象升、慧梅等的精心描写，非大手笔不能为也！《李自成》是长篇历史小说的里程碑，对新时期以来历史小说的创作，启其先河。

问：您看到历史小说中严重违背历史真相处，心情如何？什么时候感觉不错？

答：如果觉得离谱到荒谬的地步，则会批上：扯淡！这就使我再一次感到，文史不能分家。作家如果没有起码的历史素养，如某散文作家写出来的作品，不仅会捉襟见肘，还会频出硬伤，徒增笑柄。严重的更会曲解历史，误导读者。但我没有愤怒过。小说家言，即使写得再荒唐，为之生很大的气根本不值。史学研究是理性的研究。史学家都比较理性。我也不例外，无论是研究、写作、阅读，都不会太激动。我读历史小说时，看到某个我熟悉的历史掌故竟被作者顺手牵羊，巧妙地写进其作品了，而且天衣无缝，或替古人代填的诗、词、曲几乎乱真，以及绝妙的描写令我微笑或几欲泣下，这都是我对作品满意的时候。

问：历史小说对您的史学研究有启发吗？

答：深受启发。童年时读《水浒传》，我对蒙汗药感到颇为神奇。及长，读大学、研究生时，一直注意搜集相关史料。20世纪70年代后期，在好友、老学长科学史专家胡道静先生的启发、敦促下，我写出《蒙汗药之谜》《蒙汗药续考》，引起学术界的注意。1985年年底，香港中文大学举办第一届国际武侠小说研讨会，我的与会论文是《论蒙汗药与武侠小说》，受到好评。又如历史小说中的江湖黑话、令人莫名其妙的各种器具、行话等，都启发我搞清其来龙去脉，写出好几篇相关文章，均已发表了。毫无疑问，一部好的历史小说肯定能在不同程度上，激发某些学者的学术灵感。

问：您是怎么当上"姚雪垠长篇历史小说奖"评委的？

答：两年前，我接到了"中华文学基金会"的书面邀请。事后我了解到，评委名单经过中国作协党组研究后才定下来。有位作协领导提出，评历史小说奖应当有位懂文学的历史学家参加，并提名我。党组其他成员表示同意。这是新中国成立以来第一次对长篇历史小说评奖，很有意义，我就答应了。姚老一生创作甚丰，小说成就尤大，晚年忧患意识更浓。设立此奖，对他也是个欣慰的纪念。

问：您对这次评奖有何评价？

答：文学界的评奖多了！他们大概认为史学家很冬烘。我在学术界、文学界、新闻出版界有不少好友。对某些评奖活动中的腐败、猫腻，知道不少。因此，比较起来，我敢说这次历史小说评奖是认真、严肃、公正的。江晓天先生、蔡葵先生都已年过古稀，蔡先生还做了脑部大手术，但仍坚持读完小说，参加投票，难能可贵。其他评委也很认真。虽有意见分歧，甚至争论激烈，但多数评委的价值取向还是相当一致的。我对评奖的结果感到满意。

问：您作为明史专家参与小说评价，感到困难吗？

答：我不敢以明史专家自居。只能说我深入研究过的问题较明白，没深入研究过的问题就不大清楚。因此，我常说我对明史是也明也不明。对于这种角色的转换，我并不感到困难，因为我坚持这一条：历史小说必须是历史真实与艺术真实的统一。简言之，便是可信、好看。

问：少年儿童读历史小说，该注意什么？

答：最好读缩写本，如《水浒》《红楼梦》，等等。少儿辨别是非的能力很有限，要注意别让凶杀、打斗、色情之类的描写侵害他们的心灵，影响其健康成长。

2003 年 8 月 27 日于北京

读史使人明智

——答《人民日报》记者徐怀谦

记者：作为一个历史学家，你喜欢看历史题材的小说和电视剧吗？与史书相比，它们的优势和缺点分别在哪些方面？

王春瑜：我喜欢看比较优秀的历史小说和电视剧。它们的优势是形象生动，活灵活现，富有故事性。缺点在于才华横溢的史学家写历史小说、电视剧的太少，而多数作家的历史素养不尽如人意，因此作品中每有违背历史真实处。

记者：作为第一届姚雪垠长篇历史小说奖的评委，您对历史真实与艺术真实是怎样理解和把握的？

王春瑜：两者必须统一。简言之，就是可信、好看。我认为，看一部历史小说是否真实，主要的衡量标准是看它是否表现出所描写的时代的历史脉络及社会风貌。写小说离不开艺术虚构，主要人物的主要事迹可以渲染，但不能随意捏造。次要人物的故事，必要时可以"添油加醋"，甚至无中生有地塑造出一个人物来。但是，无论是前者还是后者，必须是那个特定历史环境中可能发生的。

记者：这些年，观众对越来越多的帝王小说、帝王戏颇有争论。

叫好者有之，反对者也不少。作为一种历史的存在，不管你喜欢不喜欢，这些帝王都在历史上留下过他们的印记。所以对于他们不是能不能写，而是怎么写，是歌功颂德还是揭示专制之祸，这中间是有很大差别的。您对帝王戏持何观点？

王春瑜：我认为，帝王是中国历史上的客观存在，有好有歹，有功有过，这是事实。有功，就应当歌功颂德，如秦始皇的统一中国。有过，如秦始皇的横征暴敛，"焚书坑儒"，就应当批判。该歌颂的不歌颂是数典忘祖、历史虚无主义。该批判的不批判是复古主义，以为古人一切皆好，甚至是别有用心，如"四人帮"歌颂秦始皇，不过是为他们的文化专制张目，寻求历史依据而已。五四时期，一些人见孔子就喊打倒，见皇帝就要骂倒，当时正处于反对封建专制的文化启蒙时期，这种行为是可以理解的。但今天看来，显然是一种简单化的幼稚病。我以为，帝王戏应当写，但目前已上演的，好的太少。如康熙皇帝，我认为他有资格称为"千古一帝"。他维护国家主权不遗余力，完成了中国的统一，针对明朝积弊，采取了一系列政治、经济政策，使国家得以安定、繁荣；反对"天才"论，厌恶给自己戴种种金光闪闪的政治高帽；反对修长城，认为无用，万众一心才是真正的长城；精通几何、三角，是历代皇帝中唯一懂得高等数学的人。但他实行封建专制集权，搞文字狱，迫害政治异己、知识分子。晚年吏治败坏，贪官横行不法等。特别是他所处的时代，西方的工业革命已经完成，中国却还是传统的小农经济，可以说他脱离了当时世界历史发展的大趋势。如果有识之士重写康熙皇帝的历史小说或电视剧，将这些都充分地艺术再现，那才是真实的康熙皇帝。对他既歌颂了，也批判了。目前艺术创作的主要倾向是对皇帝的盲目歌颂，因而违背了历史真实。是歌功颂德还是揭示专制之祸？不能简单地非此即彼，而应有机地结合起来，其立足点当然必须是对以皇权为核心的封建专制主义的危害有清醒的认识。

记者：与上一个问题相联系并扩展开来，就是一个如何面对历史的问题。是实事求是，还是根据现实需要而随意剪裁历史。您对"一切历史都是当代史"是如何理解的？

王春瑜：根据现实需求而随意剪裁历史，是对历史的糟蹋。"文革"中"四人帮"阴谋史学的基本特点，就是根据"四人帮"的政治需要随意剪裁历史，虚构儒法斗争是两条路线斗争，给吕后、武则天戴上法家桂冠，为野心家江青张目。这一深刻的历史教训我们不能忘记。"一切历史都是当代史"是指历史所以万古常新，是因为不同时期的当代人对历史的理解便会不同。这既是史学家的学养不同造成的，更往往是现实政治影响史家的结果。先师陈守实教授发挥明清之际思想家、史学家王夫之的论点，概括成"史论即政论"是很精辟的。在严肃的历史学家的著作里，虽然写的是历史，但往往是其现实政治观点的阐发。其前提是经过对大量史实研究后得出的科学结论，是实事求是的结果，与"随意剪裁历史"具有本质差别。

记者：撇开戏说不谈，现在很多观众是把历史正剧等同于历史的，有些家长甚至为了让孩子学好历史课而鼓励孩子多看电视剧（有些文科大学生也只是通过电视剧来了解历史），这种做法值得提倡吗？如果请您把多年研治明清史的最大心得告诉年轻人，您会如何告诫他们？

王春瑜：这是青少年的悲哀，也是历史科学的悲哀。这种做法不应提倡。我想告诫年轻人：了解历史应当从了解明清史开始。西方一些史学家认为，明朝已经是中国近代史的开端。在同一时期，西方已完成工业革命，走上近代化，而我国仍跋涉在封建专制社会的漫漫长途上，为中国近代的落后挨打埋下了祸根。在了解明清历史——哪怕是基本常识也好——的基础上，再瞻前顾后，对中国历史的基本脉络，也就能把握了。千万别上充斥荧屏的戏说历史作品的当，那是玩闹，不是历史。

记者：在正史、野史、古代文学作品、现代历史剧中，哪些途径是人们走近历史、触摸历史本质的最佳途径？

王春瑜：野史与古代文学作品。官修正史一本正经，而且多半假正经，粉饰太多。野史则不同，因而记载的历史真相比较可靠，而且较有可读性。读优秀的古代文学作品，如《水浒传》《红楼梦》，对封建社会里的官逼民反，对封建社会后期的腐败、没落及世俗民情就会留下深刻印象。

记者：您对时下人们的历史意识作何评价？

王春瑜：近年我曾写过《告别皇帝意识、草民意识》等文章，指出国人历史意识中根深蒂固的皇帝意识、草民意识，是阻碍历史前进的堕力。对皇帝仰视，诚惶诚恐，把希望寄托在好皇帝身上，是皇帝意识与草民意识一体化的怪胎，与人民当家做主的思想及法治意识背道而驰。国人不告别皇帝意识、草民意识，就不可能建立起现代化的强国。

记者：您考大学时原想学新闻，后来却被命运安排学了历史。如果让您重新选择一次，您选择哪一门？

王春瑜：历史。读史明智，从过去看现在、未来，历历分明。读史必须常年坐冷板凳，"步步为营"，不尚空谈，这对治学、做人都受益无穷。

2004 年 1 月 17 日

历史是一面镜子

——答《中国纪检监察报》记者王乐乐

主持人：2000年，四川人民出版社出版了一部由您主编的《中国反贪史》，在社会上引起了良好的反响。当时怎么想起要做这方面的研究？

王春瑜：改革开放以来，我们国家的经济建设取得了巨大的成就，这是有目共睹的。但同时，一些社会问题也逐步显现，尤其是经济领域里的腐败现象，引起了老百姓的不满。20世纪80年代后期，我从主要研究明史转向研究中国政治史和中国文化史，视野也开阔多了。客观上，史学研究要求"今古一线牵"，"穷天人之际，通古今之变"，这也是太史公司马迁开创的传统。主观上，作为一个有作为的历史学家，都具有一种忧患意识，就是对国家、民族历史命运的深层思索。这也是一个学者起码应该具备的一种品格。陆游有一句诗，"位卑未敢忘忧国"，很好地诠释了这种意识。我自己的研究始终贯彻一条线索，就是批判封建专制主义。正是这种忧患意识，促使我在退休以后，在没有申请一分钱课题费的情况下，来做这个工作。我深知要靠我一个人的力量是无法完成这个任务的。好在我有一批志同道合的朋友和我一起来做这项工作，他们学有专长，学风严谨，比如邱树森是研究元蒙史的专家，王贵民是研究先秦史的专家，刘精诚是研究魏晋南北朝史的专家。他们同样也是怀着一种责任心来做这个工作。书编好以后，四川人民出版社的领导很敏锐，欣然接下来。书出版后，社会效果非常好，几十家媒体都报道了，《光明日报》还开了座谈会。该书获得了第十三届中国图书奖。要说起来，这本书也为反腐倡廉起到了一点点作用吧。

主持人：一部《中国反贪史》，洋洋 90 万言，请简单介绍书的内容。

王春瑜：我在最初就想把这本书做成高水平的学术著作，学术性强，科学性也就强。这本书分上下两册，90 余万字。后来出了普及本，叫《简明中国反贪史》，30 余万字。这本书一共有这么几个部分。首先是我写的一篇序言。下面是按朝代一个一个写，上起先秦，下迄清朝，每个朝代的后面都有一个总结，讲这个朝代反贪的特点对我们的启示。后面附了一个中华民国反贪史提纲。我的序言差不多是我对中国反贪史的全部体会，包括这么几方面的内容：一、中国历史上为什么清官那么少？二、中国历史上为什么贪官那么多？三、改革家与反贪的关系，历史上的改革家为什么都是"出师未捷身先死"，自己也纷纷中箭落马。四、结论：王朝的兴衰变成一个循环，就像毛泽东和黄炎培谈话时说的周期率一样，中国的反贪史也有一个公式，也可以叫作周期率。这个周期率和那个周期率是互为表里的。就是王朝初年，鉴于前朝的教训，狠抓反腐败，腐败得到遏制。到了王朝中期，腐败滋长蔓延，反腐败的力度却不如从前。到了王朝末期，根本就不反腐败。老百姓只好自己起来反腐败，把这个王朝推翻。新的王朝开始了，又重新演绎一遍这个公式。我们现在在中国共产党的领导下反腐败，应该走出这个公式，这才是我们的历史使命，也是我们编这本书的目的。

主持人：根据您的研究，中国古代的反贪实践有什么特点？

王春瑜：中国古代的反贪是以皇权为核心的，实行高度封建中央集权体制，自上而下开展的，不是由人民群众推动的自下而上的反贪，这就注定了：一、他既可以在法制的轨道上，也可以不在法制的轨道上来进行，而且到后来完全背离了法制轨道。所有的封建法典都是保护皇帝和皇族利益的，皇帝是"口含天宪"，皇帝的话就是最高的法律，反不反贪，什么时候反贪，反贪进行到什么地步，全是皇帝定的。举个例子，比如清朝康熙皇帝，开始他反贪，到中期他就不反了。为什么？他说，"水至清则无鱼"。另外，他认为如果抓出来的贪官太多，说明他是个昏庸的皇帝。他既不想清官很多，更不想贪官太多，因为很多案子都与他的亲戚、亲信有关。因此，他的反贪有很大的局限性。二、封建王朝的反贪常常变成政治斗争的工具，反贪只不过是个手段，而不是目的。在封建社会，相当程度上是无官不贪，但是究竟要把哪一个贪官抓出来，这就要服从皇权统治的需要。你不忠于皇帝，那我就把你抓出来，你就是贪官。还是举清朝的例子，和珅是贪官，乾隆皇帝是知道的，但他认为和珅是心腹，所以不抓他。乾隆死了，嘉庆要抓他，也并不是真要反贪，而是为了树立自己的权威。另外，当时国库空虚，抓了和珅也可解燃眉之急。所以有"和珅跌倒，嘉庆吃饱"的说法。中国古代反贪实践分两个方面，一个是由官府推动的，就是我上面介绍的。还有一方面，就是人民自发的反贪。每个王朝自始至终都贯穿了大股小股的农民起义。农民为什么起义？就是官府太腐败，老百姓没法活，被逼上梁山了。这股人民自发的反腐败力量对于整个封建王朝的反贪起了推动作用。到了王朝的末期，大股小股的农民起义就变成了大规模的农民战争了，最后推翻反动腐败的王朝。但有一个问题，农民推翻的只是一棵大树，树根却并没有铲除，所以很快它又长出腐败的新芽来，变成一种历史的重复。这就是历史的局限性，也是历史的悲哀。我研究的中国反贪史主要是指第一种形态的反贪史。

主持人：有哪些经验值得借鉴？还有哪些教训值得汲取？

王春瑜：一、中国古代有比较完备的反贪法律。中国的法制史在世界上是自成体系的，相当完备的。像古罗马、埃及也有他们的法典，但是延续的时间没有我们这么长。我们的历代王朝都在不断地修法典，如此系统，时间延续如此之长，绵延不绝，中国无疑是独一无二的。中国的法典有文字记载的从商朝开始，到了秦朝法典就比较完备了。所有这些法典内都有反贪污、防止腐败的内容。甚至暴君如隋炀帝，他制定的《大业律》里面，关于防止贪污和反腐败的内容都很完备。二、中国古代很重视对权力的监督制约。很早就有监察系统、御史制度、弹劾制度。而且有些制度是很特殊的。明朝有三法司，设六科，六科给事中相当于现在的科长，却可以监督尚书——也就是现在部长一级的官员。为什么要给给事中这么大的权力？为的就是要加强对权力的监督制约。现在看来，对历史上中国监察制度的研究虽然已经有了不少成果，但仍然不够，这里面一些好的经验，应该加以总结。

主持人：要说反贪的措施，明朝好像是很严的。明朝的开国皇帝朱元璋为此还杀过驸马，甚至使出了活剥皮的酷刑。请简单介绍一下这方面的情况。

王春瑜：明朝初年，朱元璋曾经从重从快来反贪污腐败，可以说用了非法制的手段。这一方面有当时形势的需要，元朝末年太腐败了，有了这个教训，朱元璋就用严刑苛法来惩治贪污腐败，杀了不少贪官，贪污腐败之风一时有所收敛。但这完全是离开法制轨道的，是"法外之法"，是不可取的，太残暴了。现在有的史学家为朱元璋辩护，那是毫无道理的。酷刑太可怕了。"剥皮宣草"把人皮剥下来，把草填充进去，然后把它挂在衙门口，朱元璋确实干过这样的事。此外，朱元璋还使用过"炮烙"、"钩肠"、"刖足"、"凌迟"等酷刑。"凌迟"要割3000多刀，如果规定的刀数还没有割够，受刑人就死了的话，刽子手就要反坐。这些做法简直就是"国家恐怖主义"。朱元璋还向全国颁布《大诰》——实际就是他的语录，要求官员照着去做。可笑的是，他甚至组织全国各地的读书人和官员到南京来举行背《大诰》比赛，看谁背得好。用《大诰》来代替法律，就可以看出皇帝为所欲为。朱元璋的这些做法，在很长的一段时间内，给人们留下了非常严重的"精神恐惧症"。晚年，朱元璋有所醒悟，酷刑都废除了。他死后不久，《大诰》也没人背了，慢慢地也就没有用了。正所谓人亡政息。这段历史从反面告诉我们：反贪一定要在法治的轨道上来进行，离开法制轨道的反贪或许可以收到一时之效，但长远看终究会给历史留下一声长叹。

主持人：明朝政府在加强中央集权的过程中，也建立起了一套监察体系，具体情况是怎样的？对我们今天有什么启发吗？

王春瑜：明朝主要采取了唐朝和宋朝的监察制度，在此基础上加以发展完备。明朝对官员的考核也是一种监察，明中期以前，每三年都要对京官、地方官"京察"、"大计"，对官员进行考核。比如，年龄大了，身体不好，就不能再干了。在一个地方干了三年就要调走，还有回避制度，等等。总之，明朝对官员的考核比前朝要更完备、更制度化。但很可惜，到中期以后就很松弛了，不去很好地执行了。

主持人：研究明史就不能不提张居正，怎样评价张居正？

王春瑜：张居正是中国历史上非常杰出的政治改革家和经济

改革家,有很大的贡献。张居正处在明朝中期,朝纲松弛,官员不作为现象严重。为了治理这种现象,他搞出了一部《考成法》,限令官员在规定的时间内办理完公务,否则重罚。此法对于明王朝提高行政效率大有益处。加上他推行的其他改革措施,成效明显。张居正执政时期是明王朝历史上政治最稳定、经济最繁荣的时期。可他死后,万历皇帝抄了他位于现在北京王府井纱帽胡同的家,还扬言要扒他的坟墓曝尸。万历皇帝为什么这么恨张居正？因为万历皇帝十岁登基,张居正辅政,他与李皇后、太监冯保结成三角同盟,分享了部分皇权。加之张居正因为大力推行改革得罪了很多人,所以他死后,万历皇帝就报复。万历皇帝很贪财,有人上疏指责他酒色财气,贪财好货。他先抄了冯保的家,抄出来不少金银财宝。有人说,抄张居正家会更多,结果并不是这样的。后来的事实也证明了这一点。文化大革命中,张居正的墓被挖开,棺材是很普通的棺材,也没有什么陪葬品,有一根玉腰带,烂得只剩下几片玉了,还有一方砚台。最近,湖北省和荆州市筹集资金 300 万元,已修好张居正墓园。我应邀去参加了研讨会并剪彩,很高兴。武汉作家熊召政写了一部长篇历史小说《张居正》,可以看看。

主持人:您在《中国反贪史》的序言中,提到过关于改革家与反贪的关系,张居正似乎是个很好的例子,请具体说明。

王春瑜:无论是改革也好,还是反贪也好,都必须取得人民的支持,没有取得人民支持的改革和反贪都是不可能成功的。在官府推进的反贪中,因为没有人民的支持,所以有很大的局限性,往往功败垂成。自古以来的改革家在失败以后,也很少有老百姓去为他们请命的,而且改革家的结局多半很悲惨。所以,不是人民需要的改革和反贪,或者说没有得到人民支持的改革和反贪注定是要失败的。还有,改革家既要改革别人,也要改革自己,既要反别人的腐败,也要反自己的腐败。张居正自己虽然不贪,但他没有管好身边的人。他的一个叫游七的门客,就打着他的旗号干了很多坏事。他的父亲和儿子在家乡也有不法行为,加上张居正个人生活不注意检点,这些都给反对改革的人提供了口实。

主持人:我知道,您的研究方向是明史。那么研究断代史与研究一个方面的通史,在方法和要求上有什么不同吗?

王春瑜:现在,一些通史和专史的学术性太低。原因是他们都没有对断代史进行深入的研究。实际上,如果我们把每个王朝的断代史研究透了,再去写通史或者是专史,那样的东西学术性就大大提高了。所以我认为,断代史是研究通史和专门史的基础。

主持人:历史是一面镜子。我们今天怎样读历史?

王春瑜:作为一个研究历史的学者,他应该做到历史感和现实感的统一。如果一个历史学家对现实漠不关心,对政治不关心,他研究历史问题也就会很糊涂,理不出一个头绪。反过来,各级干部,包括领导干部,如果一点儿历史感都没有,具体说就是一点儿历史常识都没有,对各种成败得失的历史经验茫然无知,他极有可能会重犯历史的错误,甚至重蹈覆辙。读史可以使人明智,从历史里面可以吸取智慧、吸取力量。拿反贪来说,在历史的镜子面前照一照,看看历史上那些落马的贪官,难道我们不应该警醒吗?难道我们不可以洗一洗自己的脸,打扫打扫身上不干净的东西吗?

主持人:您杂文、随笔一类的文章写得也很好,是怎么做到"一心二用"的呢?

王春瑜:文史本是一家,这是中国史学的传统。太史公就是用文学的方法来写历史的。所以,鲁迅先生说《史记》是无韵之《离骚》,史家之绝唱。我很赞同作家王蒙的提法,他说学者要作家化,作家要学者化。要做到这一"化"谈何容易呀。

主持人:您是否继续从事反腐败历史的研究?

王春瑜:我有一个计划,将一步一个脚印地做下去。我主编了一套《中国反腐败史话》丛书,共十本,由专家、学者撰稿,漫画家方成、叶春旸、常铁钧插图,大约5月出版。

主持人:请给我们推荐几本历史书,谢谢。

王春瑜:根据你们的工作,《简明中国反贪史》《中华民国反贪史》《中国共产党反贪史》这几本书都值得看一看。

书生正气古今传

——答《健报》记者曹青

[采访背景]

今年夏天以来，一向埋头书斋做学问的著名学者王春瑜教授成了各大传媒瞩目的焦点，先是被武侠小说大师金庸的"口没遮拦"激怒得拍案而起，对簿公堂；接着在全国皆知的张淋与赵忠祥一案中挺身而出，与其他九位文化名人一起发表了给张淋的一封信，给予重压下绝望轻生的张淋以安慰与支持；而最近他主编出版并撰写重要文章的《中国反贪史》，更是以对贪污腐败这一社会现象深刻的历史反思，在国内外引起强烈反响。一介书生，一生勤谨治学，为何却有着铮铮铁骨，敢于说真话，帮弱者，一身正气撼天动地？本刊记者于近日对王春瑜教授进行了独家专访。

阴差阳错成就了一位历史学家

记：您 1937 年生于苏州，比较而言，江南多才子，思维甚敏捷。

问中表现出来的细致、耐心与灵慧是否有着江南水乡的影响？

王：你这个问题很有意思。在我的血管里确实流动着太多江南水乡的血液。我的家谱上记载着我的祖先在明朝时由苏州移民到现今苏北的长白滩垦荒，以后就在建湖定居，由此可见，我确实是江南人的后代。1955年我考取复旦大学，从此在上海生活了25年，我的发妻也是江南水乡人。应当说，从学术研究方面，我还是细致耐心的。当然，这一点不见得只有江南人才会有。

记：您现在已是蜚声国内外的著名历史学家，您在少年时期对历史就有兴趣吗？您对今天的发展有过预想吗？

王："蜚声国内外"不敢当。我在童年时就受到历史知识的启蒙，主要途径是历史演义、通俗小说、江淮戏，这对我的一生都有重要影响。说来惭愧，我在少年时最想当的是作家而非历史学家。考大学时，我报考的是新闻系，但至今我也不明白，为什么最后却录取到了历史系。当然，少年时对今天能成为历史学家就更是不能预想了。

记：很遗憾，新闻界少了一个优秀人才。那么，您对这样的阴差阳错后悔过吗？

王：我感谢这一次的阴差阳错。20世纪五六十年代，复旦大学的周谷城、周予同、耿淡如、谭其骧、王造时、陈守实、蔡尚思诸教授都是真正蜚声国内外的大学者，我能听他们的课，实在是难得的际遇。我读研究生时的陈守实教授，是当年梁启超的研究生，所以开玩笑地说，梁任公是我的祖师爷。他们给我的教诲可用八字概括："求真务实，不尚空谈。"我作为在这样的学风熏陶下成长起来的历史学家，是一直严守师门的这"八字方针"的。现在我也写杂文、散文，但那也是一个历史学家写的杂文、散文，没有前者就没有后者。当然，少年时的文学梦，我始终没忘记，我之所以加入中国作家协会,也正是为了在老来圆我少年时的文学梦。

位卑未敢忘忧国

记:由您主编、撰写重要文章并于最近出版的《中国反贪史》在国内引起了很大的反响,您能谈谈编写这部书的动机吗? 据我所知,编写这部书不仅没有任何单位拨款,而且您与其他作者还贴上了为数非常可观的费用,请您介绍一下有关情况。

王:简单地说,无非就是"位卑未敢忘忧国"。不能让贪污腐败分子毁了来之不易的改革大业。作为一名历史学家,投身反腐败斗争最有效的行动,就是提供历史借鉴擦亮人们的眼睛,争取走出历史上反腐败的轮回,把神圣的改革事业进行到底。这就是我主持编写《中国反贪史》这部书的动机。这纯粹是个人行为,我与其他作者,没有向任何部门申请过一分钱,几年下来,为了这部书,我光打长途电话费用就相当可观,但心甘情愿,这是我作为一名有良知的爱国的知识分子、一名历史学家应该做的。

记:您认为《中国反贪史》这部书最直接的社会意义是什么?

王:贪污腐败现象将伴随人类一直到地球毁灭。可以负责任地说,任何时候、任何国家也没法将其完全消灭,但可以通过各种有效手段对其进行控制——即以民主政治作为前提的完备的法治秩序的建立,将贪污腐败现象控制在最低的程度上。《中国反贪史》想要启示读者的,主要就是这一点。

记:今年 8 月 16 日,您和其他九位在国内有着重大影响的文化界名人,联名给"状告赵忠祥事件"中的当事人、《华商时报》记者张淋写了一封慰问信,您能介绍一下经过吗? 请问您怎么看待这件官司?

王：这封信是由我草拟的，传真其他人都看过，并慎重地签上了自己的名字。这场官司从头至尾我们一直都很关注，对于判决结果我们不想做什么议论，相信是非与否记者心中最清楚，公道自在人心，但张淋用一种极端的方式来反抗这种"不公正"，让我们感到很痛心。作为一名对社会还保持着高度关注的文字工作者，我们很早就注意到"告名人难"这种不正常的现象，这种现象背后的社会原因盘根错节。

我这样看金庸

记：今年 8 月 1 日，您和其他四位学者一起，联名将金庸先生告上了法庭，请问目前这场国内外都很瞩目的诉讼进展如何，对您目前的生活、工作以及身体有无影响？

王：上海第二中级人民法院已经正式受理此案，金庸先生为此还发表了一篇回答记者的《我感到很意外》，在一些根本问题上完全脱离事实。文化艺术出版社已写了书面材料要求《文汇报》刊出，以正视听。我近日太忙，待稍空，拟写一篇《我也感到很意外》回应金庸先生。这场官司只不过使我更忙碌而已，对我的生活与身体并无影响，我平生不说违心话，不做亏心事，因此这场官司对我的影响仅限于此而已。

记：你是一名历史学家，那么请问您如何评价作为武侠小说家的金庸，商人的金庸，以及日常生活中的金庸？

王：作为新派武侠小说作家，金庸先生的文学成就是很高的（指在通俗文学领域），拥有众多的读者，今后还会有许多人看下去，过去我是这样看的，现在我还是这样看。但我反对说他的小说"静悄悄地给文学带来一场革命"、"空前绝后"，此谀词也，而且太过分。作为一名商人，金庸很精明，所以才能聚敛起亿万财富。他曾经花了一千万港币从香港大学买了博士学位，目的是提高自己的文化、学术地位，这当然有利于经营。他把《笑傲江湖》授权给中央电视台拍电视剧只收一元钱，看起来是何等地慷慨！其实他心里很清楚，这是对他的武侠小说最大规模的宣传，画家黄永厚先生对此不禁冷笑，画了一幅漫画，名《国士之交》，进行了一针见血的讽刺。但是，金庸的商业经营也并非百分之百的成功，这次他与文化艺术出版社的官司症结之所在，就在于他想单方面撕毁合同，并丑化包括我在内的参与评点的几位老朋友，从而抛弃了"契约神圣"、"君子爱财，取之有道"这些经商的基本原则，忝为友人，我不禁长叹：金庸老矣！关于日常生活中的金庸，我知道一些，但没有必要向读者朋友一一述说，名人也是人，只要以平常心来阅读金庸的作品，这就够了。

记：据说您手上现在还在编写另一部反腐败的书，有这回事吗？除了这部书，请问您今年还有什么工作计划呢？

王：有这回事，但书名暂时保密。此外还打算帮出版社编三套杂文、随笔丛书，同时编一本自己的随笔集，真是忙坏了。

记：我和《健报》的所有读者朋友们都衷心地希望您能保重好身体，谢谢您接受采访。

王：谢谢你，请代我问候《健报》的读者朋友们。

　　十位文化名人给张淋的一封信：

张淋同志：

　　你好。惊悉你在巨大的精神压力下，自寻短见，幸被及时救治，但目前仍情绪低落。我们深以为忧，十分挂念。生命重于泰山。何况你这么年轻，在未来的岁月还能做很多有益于人民的工作。千万别想不开。世路崎岖难走马，重压每从头上来。我们同情你的处境，理解你面临的看得见与看不见的种种压力。但是，读一读中国近代新闻史你就会明白，你的遭遇是不难破译的。务望振作，请多保重。秋阳正烈，我们凑了一点儿钱，给你买几两茶叶清心明目，提起精神，继续用笔记真相写真情，把心交给读者，为社会进步服务。

　　李普　戴煌　黄永厚　王春瑜　牧惠　朱铁志　蓝英年
王得后　邵燕祥　阎纲

2000 年 8 月 16 日于北京

庙门灯火尽

近日中央电视台"焦点访谈",报道了江阴市对某些亏损企业稽查,结果挖出一批蛀虫。一个仅有十几人的小公司,其法人代表居然有三张信用卡,任意挥霍,其子虽不工作,也骑着摩托车,手拿大哥大,招摇过市。职工穷得工资都发不出,但公司的四辆轿车,照样开进开出,威风凛凛。江阴百姓称此类人是"穷庙富方丈",深恶痛绝。看了这个节目,不禁为江阴市揭开"穷庙"的盖子,将损公肥己的"富方丈"绳之以法,拍手称快!

古往今来,大体而论,恐怕世上就只有穷庙而没有穷方丈。有生以来,我见到的第一座庙,便是广福禅院。明朝的志书就载有此庙,可见资格之老。抗战前,庙中香火甚旺,大小和尚们一个个肥头大耳,呈"活佛"状。抗战后,广福禅院大部分毁于战火,庙中香火顿形冷落,"活佛"们只能以稀粥充饥。但是,方丈——敝乡直呼之日庙中大当家的——却风光依旧。彼时我正值童年,常听到大人们说起这位大和尚的风流韵事,他的相好非止一人。试想,他有钱养好几位情妇,岂是穷方丈也!

这位在"残山剩水"间混日子的风流方丈,是如何敛财的,不得而知。但如果我们随便翻翻唐代以来的一些笔记、小说,我们就可以恍然大悟：多半是骗。清初艾衲居士编的《豆棚闲话》第六则，题名《大和尚假意超升》。如何超升法？原来凡是过往单身客人，路过这座普明寺时，常常被捉进寺中，灌了蒙汗药，改扮成和尚、头陀模样，所谓升天时，用长铁钉从木龛座钉入其肛门固定，作跏趺状，衣袂中则灌满硫黄烟硝，然后偷偷点火，在念经铙钹声中，和尚或头陀顷刻便在烈火中化为灰烬。围观的善男信女，哪里知道其中的奸诈，还以为真的是活佛升天了，少不得纷纷解囊，使寺中的方丈更阔。类似记载，在明清史料中更是屡见不鲜。此类富方丈的致富门径，实在是令人发指。

中国封建社会对庙似乎有特殊的爱好。除了深山老林、城中僻静处堪称和尚乐园的那些庙外，紫禁城内有太庙，供奉皇帝的老子及老子的老子；皇帝死后，在太庙立室奉祀，称某太祖、某太宗等，是为庙号；更妙的是，朝廷又称庙堂、廊庙，而举国上下到处宗庙林立。因此，不妨形象地说，国也即庙也，皇帝就是最高、最大的方丈。何况有些皇帝本身就笃信佛教，如梁武帝，几次真真假假地出家，闹得满城风雨；如顺治皇帝，也曾打算出家，在宫中剃了光头，与大和尚"相视而笑"。当然，信不信佛，倒是无关紧要。按照鲁迅对中国历史的划分，不过是"一、想做奴隶不得的时代。二、暂时做稳了奴隶的时代"（《坟·灯下漫笔》）。不才受鲁迅翁启迪，也曾用稀粥来划分中国历史，那就是："两千年来，不过是大多数人尚有稀粥喝的时代，大多数人连稀粥也喝不上，不得不改变现存秩序，争取能再喝上稀粥的时代。明乎此，我们就可以知道，我们的贫困的先辈，世世代代，活得多么艰难。"（《一碗粥装得下半部历史》，见《老牛堂随笔》）但是，大庙再穷，方丈仍然是富甲天下，"普天之下，莫非王土"嘛！有谁见过穷得叮当响的皇帝？除非被推翻，沦为阶下囚。有记载说，明末弄得民穷财尽的崇祯皇帝，吊死煤山后，李自成的军队，仍然发现了不少宫中埋银，即为典型的例子。

如此看来，"穷庙富方丈"，实在是中国政治文化史上屡见不鲜的坏传统，可谓根深蒂固。穷庙有小有大，富方丈也有小有大。不管穷庙是小是大，只要穷庙里的方丈居然"肥肥胖胖何所有，膨膨胀胀一肚油"，就都应置于扫荡之列。千万别看到"庙门灯火尽"，就"徘徊独多时"，误以为庙中的方丈与和尚一起喝西北风呢！人们应当擦亮眼睛。当然，最困难的是如何铲除孳生"穷庙富方丈"的土壤，如果不建立起一套真正行之有效的，监督大大小小、形形色色方丈的机制，那么，"穷庙富方丈"的现象，就会不断出现。这是可以断言的。

愿穷庙越来越少，清除富方丈愈早愈好！

1996 年 8 月 20 日夜于牛屋

三百年前的"吃喝风"

　　三百多年前,中华大地遍地哀鸿、饿殍随处可见。农民起义领袖李自成率兵进军河南后,受到广大饥民的热烈欢迎,儿童们高唱:"吃他娘,穿他娘,开了大门迎闯王,闯王来时不纳粮。"(计六奇:《明季北略》卷二十三)这"吃他娘"三字,耐人寻味。译成今天的口语,即:"他娘的,吃吧!"或"吃他妈的!"这是在当时特定历史条件下,贫民刮起的一场大规模吃喝风的真实写照。事实上,民变队伍所到之处,把官府、豪绅的酒肉狂饮大嚼,甚至在攻克洛阳后,将福王朱常洵的血与鹿血掺在酒中,名"福禄酒",开怀畅饮(吴伟业:《绥寇纪略》卷八)。如此近乎恐怖的吃喝风,不能不说是对上层权贵及富豪穷奢极侈、大刮吃喝风的惩罚。

　　民谚有谓:"上梁不正下梁歪。"皇帝富有四海,享尽人间美味,自不待言,而在皇权卵翼下官僚阶层的大吃大喝,同样令人瞠目。明中叶后,随着商业的繁荣、政治的腐败,官场吃喝风更是愈演愈烈。嘉靖时权相严嵩与其子严世蕃,不仅生活奢豪,日享珍馐百味,连尿壶都是金银制成的。而且每当贪赃受贿满百万两,就大摆宴席以示庆祝。严嵩垮台后,从他家抄出的金酒杯、酒盂、酒缸的重量,不下一万七千余两(佚名:《天水冰山录》)。严嵩被多数史家视为奸相，形象丑恶，而万历初年的名相张居正，被史家公认为是一代政治家、改革家，然而，此公在大刮"吃喝风"方面，并不比严嵩之流逊色。其父病逝，他奉旨归葬时，坐着三十二人抬的豪华大轿，"所过州邑邮，牙盘上食，水陆过百品，居正犹以内无下箸处"。（焦竑：《玉堂丛话》卷八）饱食思淫乐，他因姬妾众多，生活荒淫无度，大吃补药、丹药；彼时肉食者将海狗肾奉为至宝，"宦青登莱者求之而不可得，真者价值六十金"。（李绍文：《云间杂识》卷二）刚好守海名将戚继光与张居正有谊，送给他不少海狗肾，致使"终以热发，""竟以此病亡"（沈德符：《万历野获编》卷二十一）。据说，张居正"死时皮体燥裂，如炙鱼然"（谢肇淛：《五杂俎》卷十一）。真是目不忍睹，状极疹人，堪为胡吃豪喝者戒！

权臣如此讲究吃喝，下属官吏自然竞相效尤。明代本来就官员冗滥，多如牛毛，吃喝风盛行的结果，导致厨师供不应求。成化以前，仅光禄寺即有厨役六千三百四十八名，成化十年（1475 年），又添五百名，成化二十三年，太监山青又奏添一千名（《明经世文编》卷四十四），真乃何其多也！宣德四年（1429 年），宣宗曾指出："近闻大小官……沉酣终日，怠废政事。"（余继登：《典故纪闻》卷九）其后，京师六部十三道等官，更作长夜之饮（陆容：《菽园杂记》卷十四），真是夜以继日了。令人大惑不解的是，宴客时"劝尽饮曰'千岁'"（叶盛：《水东日记》卷四），"千岁"之声，不绝于耳。必须指出，有些地方的官宴是摊派地方承办的，敲诈勒索，危害多端，小民不胜其扰，悲剧迭相发生。如："南京有印差道长五人，与巡视京城道长俱与上、江二县（按：指上元县、江宁县）有统属，凡有宴席，皆是两县坊长管办。有一道长请同僚游山，适坡山一家当直，此日十三位道长，每一个马上要钱一吊，一吊者千钱也，总用钱一万三千矣，尚有轿夫抬扛人等，大率类是。虽厨子亦索重赂，若不与，或以不洁之物置汤中，则管办之人立遭谴责。且先吃午饭，方才坐席，及至登山，又要攒盒添换等项。卖一房楼房，始克完事，不一月而其家荡然矣。继此县家定坊长一人自缢死，一人投水死。"（周晖：《二续金陵琐事》下卷）如此吃喝，简直与吃人无异。

吃喝风从官场吹向民间，败坏了社会风气。人们不仅越吃越讲究，排场也越来越大。嘉靖时文人何良俊曾谓："余小时见人家请客，只是果五色肴五品而已。唯大宝或新亲过门，则添虾蟹蚬蛤三四物，亦岁中不一二次也。今寻常宴会，动辄必用十肴，且水陆毕陈，或觅远方珍品，求以相胜……近一士夫请袁泽门，闻肴品计百余样。"（《四友斋丛说》卷三十四）而搜求四方佳物，恨不得食尽天下珍馐的情形，时人谢肇淛的记述最为生动："穷山之珍，竭水之错，南方之蛎房，北方之熊掌，东海之鳆炙，西域之马奶，真昔人所谓富有小四海者，一筵之费，竭中家之产不能办也。"（《五杂俎》卷十一）屠宰牲畜，"多以残酷取味，鹅鸭之属，皆以铁笼罩之，炙之以火，饮以椒浆，毛尽脱落未死，而肉已熟矣。驴羊之类，皆活割取其肉，有肉尽而未死者，冤楚之状，令人不忍见闻"。（同上）如此虐待动物，人道、兽道皆荡然无存矣。从正德、嘉靖间开始，凡宴集都有乐队，并请专职厨子司其事（顾起元：《客座赘语》卷七）。而北京的筵席"以苏州厨人包办者为尚，余皆绍兴厨人。"（史玄：《旧京遗事》）因此，对烹调技术的要求，必然越来越高，口味越来越刁。明末的江南才子张岱，不仅尝遍四方风味，食时也极为考究。如吃蟹，"从以肥腊鸭、牛乳酪，醉蚶如琥珀，以鸭汁煮白菜如玉版，果蓏以谢桔，以风栗，以风菱。饮以玉壶水，蔬以兵抗笋，饭以新余杭白，漱以兰雪茶"。明亡后，他结庐山中，布衣蔬食，回想当年吃蟹情景，不禁喟然叹曰："真如天厨仙供，酒醉饭饱，惭愧惭愧。"（《陶庵梦忆》卷八）明末另一位著名才子冒襄，其妾董小宛不仅风姿绰约，是一代名姬，且为烹调好手，制小食品、甜食优佳。董小宛谢世后，冒襄回忆与她的九年生活，痛心疾首地说："余一生清福，九年占尽，九年折尽矣！"（《影梅庵忆语》）张岱、冒襄，都是富室，家产丰厚。那么，小民百姓又如何？同样深受吃喝风影响。明人小说写普通商人蒋兴哥之妻三巧儿请薛婆子吃便饭，不过是两人共食，各种荤菜、素菜、果子，竟摆下十六碗之多（冯梦龙：《喻世明言》卷一），可见一斑。不少人家连办丧事也"大设筵席，盛张鼓乐，广召亲宝，多至十余日，少亦不下五六日"。（薛冈：《天爵堂文集笔余》卷二）无怪乎时人有十贫十富之说，其中的"九要贫"，是"宴贵宾"（褚人获：《坚瓠集》三，续集），不难想见，蚩蚩小民，哪里经得起权贵们像蝗虫一样的大吃大喝？

社会风气被败坏的另一个方面，是助长了送礼、"走后门"的歪风。万历时，南京文人周晖在除夕前一天外出访客，至内桥，见中城兵马司前手捧食品盒的人，挤满了道路，以至交通堵塞。何以故？原来"此中城各大家至兵马处送节物也"。（《二续金陵琐事》下卷）当然，对于位居要津的权贵们来说，食品盒又何足道哉！万历中某侍郎收到辽东都督李如松送来的人参，竟"重十六斤，形似小儿"（谈迁：《枣林杂俎》中集），如此奇珍，该又价值多少！《金瓶梅》第四十九回描写清河县提刑千户西门庆，为了跟蔡、宋二御史拉关系，请他俩赴宴，一桌酒席竟"费勾千两金银"，真是挥金如土。

不过危害更大的方面，是吃喝风加速了政风的腐败。明代官俸最薄，《明史·食货志》六有谓："自古官俸之薄，未有如此者。"洪武二十五年（1392年），更定官禄，正一品月俸米八十七石，从一品至正三品递减十三石，从三品二十六石，余递减，正七品至从九品递减五斗，至五石而止，自后虽历朝有些变化，但大体视此制为永制。成化初年，米一石折钞十贯，是一石米仅值二三十钱。显然,如果让官们自掏腰包,那样大吃大喝,一桌饭足以使他们倾家荡产——当然,这还只能是指只靠俸金生活的清官而言,而有明一代,真正的清官,又有几人哉？再则,成天琢磨吃喝,醺醺然,昏昏然,还有多少心思从政？而有的封疆大吏,为了讨好皇帝,在吃喝上大做文章,更使政风日颓。如弘治时的丘濬,任礼部尚书兼文渊阁大学士,政绩尚佳,却挖空心思地制成一种饼,托宦官敬献孝宗,但制法却又保密,致使孝宗食后大喜,下令尚膳监仿制,司膳者做不出,俱被责。对此,连当时的宦官都看不惯,说:"以饮食……进上取宠……非宰相事也!"(陈洪谟:《治世余闻》下篇,卷一)

"朱门酒肉臭,路有冻死骨。"当吃喝风在明朝城乡的达官贵人、富商缙绅、甚至小康人家的餐桌上愈吹愈猛之际,占人口绝大多数的广大贫苦农民,又吃些什么呢？笔者在拙作《一碗粥装得下半部历史》(刊于台湾《中央日报》1992年12月2日副刊"长河"版)中指出:"如果以稀粥来划分中国的历史,两千年来,不过是大多数人尚有稀粥喝的时代,大多数人连稀粥也喝不上,不得不改变现存秩序,争取能再喝上稀粥的时代。""倘若各种矛盾激化,人祸、天灾交织,农民连稀粥也喝不上,并吃尽了附近的树皮、草根,就会形成庞大的四处觅食的队伍,最终揭竿而起,烧毁'酒肉臭'的'朱门',把皇帝也拉下马,直至在新的王朝中,再回到农村,慢慢安定下来,重新日出而作,日入而息。"这是历代王朝唱的老调子,明朝不仅毫不例外,事实上更典型。最后,在饥民大军"吃他娘"的喧嚣声中,"呼喇喇似大厦倾",大明王朝土崩瓦解了。

值得注意的是,吃喝风古虽有之,于今为烈。竟有人一桌饭菜花去三十五万元人民币,真是热昏。面官场吃喝风的蔓延,更使识者深忧之。据悉,全国一年用公款请客吃喝的花费高达一千亿元人民币! 愿三百多年前吃喝风的悲剧结局,使国人有所思有所悟。

哀"南昌"

这打了引号的"南昌",是指南昌号军舰。多少年来,她常常浮现在我的脑海深处,并几度伴我梦魂相依。屈指算来,告别南昌舰,已快三十九年了!1958年夏天,当时我正负笈复旦大学历史系,应东海舰队司令部政治部之邀,与另外二位同窗赴舟山基地,写"南昌"号军舰舰史。第六支队宣传科的张山同志,带领我们登上南昌舰,受到官兵的热情接待。我们随舰远航,在茫茫大海上生活了一个星期,访问知情人。上岸后,又进一步采访有关人士,查阅文献资料。费了若干时日,终于写出南昌舰史的初稿。这里,不妨向读者介绍一下南昌舰史的基本脉络。

1934年,日本造了六艘护卫舰,后来,在太平洋战争中,被美军击沉五艘,幸存的一艘名宇治号,"二战"结束后,成了美军的战利品。随后,国民党的海军部长桂永清将军,通过外交途径,要来此舰,改名长治号,作为海防第一舰队的旗舰。该舰排水量1350吨,铆钉结构,前甲板配置120毫米双管大炮,由在当时最先进的电动指挥仪操纵。1949年5月上海解放后,国民党以此舰封锁吴淞口,并由桂永清亲自布置,在舰上建立了特务组织,严密控制。但在我地下党的领导下,舰上爱国水兵陈仁珊与水兵李春官、林绍安等,在舰上建立起秘密组织,并经过殚精竭虑的策划,于同年9月19日,在吴淞口外毅然起义,击毙了镇压起义的舰长、副舰长及其他反动官兵数人,光荣地参加了中国人民解放军华东海军。毛主席、朱总司令在接到该舰起义水兵的致敬电后,特致电祝贺,电文刊登于《人民日报》。由于国民党飞机的狂轰滥炸,为避免重蹈先行起义的"重庆"号军舰被炸沉的覆辙,华东军区党委决定,实行保护性自沉。9月23日,陈仁珊等同志含泪将军舰沉入南京燕子矶江中。同年年底,鉴于形势好转,华东海军决定将南昌舰打捞出水,司令员张爱萍将军不仅亲临现场指挥,还与水兵一道牵拉缆绳。次年春天,中央军委正式命名此舰为南昌舰。从此,它成为东海舰队的旗舰,达二十九年之久。1953年2月24日,毛主席在南京下关码头,登上南昌舰检阅,并在舰上挥笔留下了著名的题词:"为了防备帝国主义的侵略,我们一定要建立强大的海军。"作为主力舰,南昌号参加了解放一江山岛和其他一些沿海岛屿的战斗,历经战火的考验。周恩来、刘少奇、董必武等党和国家领导人,以及除林彪而外的九大元帅,都先后到过南昌舰视察。显然,南昌舰是一艘有着悠久历史、光荣革命传统的军舰。它是第二次世界大战反法西斯的胜利品,中美友谊的见证;更是人民海军从无到有、艰难历程的生动载体。20世纪50年代后期拍摄的,由著名演员赵丹、崔嵬、高博等主演的电影《海魂》,就是根据南昌号起义的史实拍摄的。赵丹扮演的主角陈春官,原型就是起义的领导人陈仁珊、李春官。至今中央电视台仍在不断播放这部爱国主义的优秀电影。

不久前,中山舰的打捞出水,使我振奋不已。这再次勾起我对南昌舰的深深思念。作为熟悉这艘军舰历史的一名史学家,我认为南昌舰是革命文物,应当像中山舰那样,作为爱国主义、革命传统的教育基地，公开陈列，让人参观，教育当代青年，激励后代子孙。我很想上书海司或东海舰队，提出建议。我甚至盼望能重访南昌舰，再睹它的雄姿，以慰梦魂。我打电话至上海，询问虽早已转业至地方，但可能知道南昌舰近况的张山同志。他在电话中的回答，使我大吃一惊："南昌舰已经不存在了！听说是在一次海军实弹打靶时，作为靶子，打烂了！"震惊之余，我赶紧打电话给离休前任东海舰队上海基地司令部副参谋长的陈仁珊同志，这位七十一岁的老人、南昌舰最重要的历史见证人，在电话中无限感慨地说："南昌舰，完了！早几年它划归旅顺基地，当训练舰供训练水兵用。后来嫌它老了，跑不动了，就报废了！这件事当时还瞒着我，大概是怕我难过。后来一位战友寄给我一张南昌舰的全景照片，是毁舰前照的，真是南昌舰的遗容了。军舰报废的细节，至今我也不清楚，反正是完了。原《人民海军报》社长陆其明同志说，南昌舰是'光荣的历史，悲惨的结局'不少同志都有同感。"我终于明白了：如同一首歌曲所形容的那样，南昌舰已是昨夜星辰："昨夜的星辰已经坠落，消失在茫茫的银河。"何处重登南昌舰？只能在图片中、文献中、梦幻中求之了！沉埋江中一个甲子的中山舰，为了再现它的伟躯，让国人勿忘中山先生等革命前驱的丰功伟绩，勿忘中山舰葬身大江的国耻，毋忘殉难舰上的爱国官兵的英魂，湖北省耗巨资将它打捞出水，举世瞩目；而有悠久、丰富光荣历史的南昌舰，却将它击沉大海，这是多么鲜明的对比！是的，就历史价值而言，南昌舰当然不及中山舰。但是，我敢断言，人民海军建军以来的任何一艘舰艇，就历史价值而言，都是不能与南昌舰相比的。毁了南昌舰，无疑是毁了一座活生生的小型革命历史纪念馆，毁了一座看得见、摸得着的一页页爱国主义、革命英雄主义历史的载体，这是无法弥补的重大损失。毁掉南昌舰，是太不懂历史，因而也就太不尊重历史了！

我为南昌舰的悲剧结局而深感悲哀。痛定思痛，我认为，由此而引发的深刻启示，是不能漠然视之的。长期以来，我们对革命文物的宣传、保护，远远不及对秦砖、汉瓦之类老古董的重视程度。对于一些古文物，人们对属于几级国家文物，往往耳熟能详，而对革命文物，很多人根本就不知道其价值所在，更遑论几级了。这种厚古薄今的倾向，导致一些人轻视或无视革命传统，这就包含着毁坏革命文物的潜在危险。事实上，有关部门如果能知道并重视南昌舰的历史，并认定南昌舰是革命文物，它就不会有那样的结局。这种错误倾向，如果不予正视，那么类似毁掉南昌舰这样的大大小小的悲剧事件还会重演。

哀"南昌"，教训不能忘！

1997 年 3 月 20 日于老牛堂

请勿厚诬先贤

在历史人物的评价中,我们常常会看到一种不良倾向:厚诬先贤。按其具体表现,大体上又可分为两种:恣意攻讦;谬托知己。

先看第一种。我国传统历史学的奠基人,伟大的史学家司马迁,曾深受封建统治者迫害,惨遭腐刑,他的《史记》自序及《报任安书》饱含着血泪,愤激之情溢于字里行间。但是,司马迁在写《史记》时,所著一百三十篇,每篇都显示着深刻的理性精神,并未感情用事。小人王允之流不察,公然说:"昔武帝不杀司马迁,使作谤书,流于后世。"(《后汉书·蔡邕传》)这对司马迁是严重的歪曲。正如清代史学家章学诚所说:"谓百三十篇为怨诽所激发,后人泥于发愤之说,不亦悖乎!"(《文史通义》内篇三《史德》)不过,厚诬先贤,古虽有之,于今为烈。例如,近年来每有文史小贩在报刊上著文,胡说郭沫若的《十批判书》抄袭钱穆的《先秦诸子系年》。其实,他们对这两部名著,根本毫无研究,不过是跟在余英时身后抬头捧脚,鹦鹉学舌而已。早在1954年秋,余英时就在香港《人生》半月刊,连载其所作《郭沫若抄袭钱穆著作考——〈十批判书〉与〈先秦诸子系年〉互校记》。几十年来,又反复抛出此文,攻击郭沫若犯了"严重的抄袭罪"。证据何在?细读他的长文便可看出，无非是深文周纳，武断栽赃。近日已有学人在《中国史研究》、《博览群书》著文驳诘，这是完全必要的。余英时先生无疑是位有成就的学人。但是，我在读他攻讦郭沫若的文章时发现，他对王世贞的知识几乎等于零，连现在唾手可得的《读书后》都没有读过，甚至连《四库全书总目提要》这样的工具书都懒得翻一下，实在让人吃惊。此仅聊举一例也。这就再一次证明：偏见比无知离真理更远。

尤有甚者，现在有人甚至公然罔诬先烈。尽人皆知，革命烈士萧楚女是位顶天立地的男子汉，原名树烈。可是，近来有胡凤亭者，出版《船王卢作孚》一书，竟将萧楚女改为女性，还精心编造了一段萧楚女与卢作孚缠绵悱恻的离情别绪，真是荒谬透顶。胡凤亭在读书"引子"中甚至鼓吹"谎言说多了也会变成真话"，这是彻头彻尾的历史唯心论。这样的书居然能够出版，招摇过市，值得深思。

已故文学家陈白尘先生在《云梦断忆》的《后记》中曾写道："有人借名人以自重，说郭老、茅公对他如何如何，或说周总理生前多次召见他……都是死无对证的事……这就使'史料'成为某种宣传品，害人不浅！"所言极是。仅以郭沫若为例：有人公布郭沫若与他的通信，却公然捏造文字，用以证明郭沫若是如何器重他，如何跟他推心置腹；有个画家在回忆录中突然摇身一变，说自己曾经充当郭沫若与周恩来及地下党的秘密侦者，用一句上海话来说，实在是"牛皮大得海外"，不知惭愧二字。又如，湖南一位同志曾在《羊城晚报》发表《李自成之死揭秘》一文，文中说中国社科院历史所一位研究员在湖南石门县召开的"李自成学术讨论会"上，"介绍了《中国史稿》编写中一段鲜为人知的历史"，说郭沫若曾"特别叮咛"他："李自成的死，是一个有争论的问题，要靠将来研究发展再作结论"；声称"郭老从未否定李自成禅隐石门夹山寺一说"云云。今天，《中国史稿》组的骨干及一般成员，大都健在，无一人能够证明当时居于高位的郭沫若曾经跟这位同志说过话，更遑论上述郭沫若跟自己在《甲申三百年祭》及在通山李自成墓的题字自打耳光的话了。还需指出的是，郭沫若在《洪波曲》中早就指出，李自成在九宫山"为当地地主势力所杀害，他留下的队伍还不少，李自成本人哪会中途落伍跑来当和尚呢？"郭沫若还痛斥制造李自成逃到益阳为僧说者，"其实是受了奴才教育的无聊的读书人，对于李自成的诬蔑，企图泯灭叛逆者的意志以直接、间接效命于本朝而已"。显然，编造故事，企图把郭沫若当作李自成石门为僧说的护身符，完全是徒劳的。这不禁使人想起鲁迅在《忆韦素园君》中一段发人深省的话："文人的遭殃，不在生前的被攻击和被冷落，一瞑之后，言行两亡，于是无聊之徒，谬托知己，是非蜂起，既以自炫，又以卖钱，连死尸也成了他们的沽名获利之具，这倒是值得悲哀的。"

我国史学优良传统的重要组成部分，是历来重视史德。不管以何种方式厚诬先贤，都是对史德的亵渎。大哉史德！厚诬先贤，可以休矣！

1996 年春写于牛屋

克隆羊与东方文化主义

英国克隆羊的问世,震惊世界。消息传到我国,也是"风乍起,吹皱一池春水"。立刻有人说,我们早已有了克隆羊;更有人说,三四年前,我们连克隆牛都有了;甚至有人总结说:在动物的无性繁殖技术方面,我们在世界上居于领先地位。如此看来,克隆,克隆,唯我称雄!

不才对生命科学的知识几乎等于零,对上述种种说法,难以评判,也无从验证。但是,对于这些说法,颇感大惑不解:既然几年前我们已经有了克隆羊、克隆牛,当时为什么不向世界宣布,来个"神女应无恙,当惊世界殊"呢?难道是为了保密?不见得吧!

也许是职业病作怪:史学家张口就是离不开历史。我不禁想起20世纪初年,每当西方一种现代文明、科学知识传进中土后,立即有东方文化主义的信徒——不妨简称国粹派,置之一笑曰:没啥新鲜的,咱们早已发明了。如:说《老子》里已讲到原子科学,墨子已发明了小飞机,《山海经》里奇肱国的"飞车",就是大型飞船,等等。这些故步自封、夜郎自大的奇谈怪论,倘若仅在家中与老婆、孩子说说,聊以自慰,别人也很难指责。但是,却是白纸黑字,堂而皇之地印在报刊上的,这就不仅是自欺,而且欺人了。这种狭隘的封建主义文化心理是科学发展的阻力。

也许有人会斥责我的联想是错误的。那么，正确的联想又应该是什么呢？希望海内博雅君子教我。史家常戚戚，我亦不例外。走笔至此，不禁想起鲁迅先生的小说《补天》，这是很多人都熟悉的名篇。鲁迅写道：女娲"伸手掬起带水的软泥来，同时又揉捏几回，便有一个和自己差不多的小东西在两手里"。这"小东西"就是女娲创造的人，有男有女，"哇哇地啼哭"，"爬来爬去"。鲁迅的创作是有所本的。古本《风俗通》说："女娲抟黄土做人。"我不免"杞人忧天"：会不会有人据此记载，而自豪地宣称女娲是第一个发明无性繁殖的祖老太太呢？阿弥陀佛！

1997 年 3 月 28 日下午于老牛堂

合肥宰相与乐山太阳

四十年前,我在读大学一年级时,周予同教授给我们上《历史文选》课。他谆谆告诫:"你不管碰到什么书,都应翻翻,哪怕翻翻头尾也好,总归有所得的,至少不会闹出图书馆编目时,居然将张资平的三角恋爱小说《冲积期化石》想当然地列入地质类这样的笑话。"后又读鲁迅的名文《随便翻翻》,说"一多翻,就有比较,比较是医治受骗的好方子"。颇感二位周先生是深悟读书之道的,并金针传度,授予青年学子以不二法门。我虽不学,但常常在随便翻翻中,确实每有所得。譬如,读《寿言》《德音录》,即令我大开眼界。

在中国文学史上,最令人生厌的文字是形形色色的马屁文学。古代为达官公卿编刻的祝寿文集,即属于此类。清末《渐西村舍丛刊》,收有袁昶撰《香岩尚书寿言》《合肥相国寿言》两种,后编入《丛书集成初编》,合为一册。香岩尚书是指曾任内阁学士、两广总督等职的张之洞(1837—1909年)。限于篇幅,对关于他的《寿言》,存而不论可也。所谓合肥相国,是指大名鼎鼎的李鸿章(1832—1901年)。据说,时下有人正起劲地为他翻案,在我看来,恐怕是"枉费推移力","无益费精神"。难道能对他残酷镇压太平军、捻军大声喝彩吗？总不能为他签订丧权辱国的《马关条约》《中俄密约》《辛丑条约》评功摆好吧！然而，正是这位李鸿章，在他七十岁生日时，曾大肆祝寿，拍马者争相吹臀，一个比一个肉麻。袁昶写的寿序，居然说："我夫子太傅首揆合肥公之历仕也，翼景运，垂洪晖，兴文儒，搜军实，绩之烟阁，册于麟台，图在丹青，勒诸金石，朝野喁喁，华裔交仰，非上下五千年，纵横九万里，不足以语师相之寿，是岂小儒詹詹虫篆之笔，所能形容其万一哉！"尤有甚者，竟说"自公始，而泰西（即西方）武士亦帖耳用命，争效爪牙"。纯粹是白日梦呓。其实，这种把零说成一万的把戏，又骗得了谁呢？当时在民间道路相传的一则对联，曰："宰相合肥天下瘦，司农常熟（指翁同龢）世人荒。"可见人民的眼睛是雪亮的。

1987年，四川乐山市沙湾区政协编印的《沙湾文史》第三期，是《德音录》专辑。《德音录》是郭沫若与胞兄郭开佐、胞弟郭开运于民国二十八年（1939年）合编的一本以祭悼亡父郭膏如、亡母杜邀贞的文字为内容的集子，在重庆出版。此书是研究郭沫若家世的重要资料，故沙湾有司重新整理后付梓。本书"诗文"类，收有郭家佃户江春贵等人的祭文一篇，想来是出自三家村土博士的手笔，读后令我拍案叫绝。开头即谓："时维中华无帝典，民国是新章。朔日当祭望，大吉叉大昌。"即让人感到出手不凡，头两句，著实可圈可点。更精彩的是："呜呼，老太爷何太忙，你是寿比南山，福如东海洋，在世上万民瞻仰。老太爷恩德如同天地合太阳，春夏秋冬四季东西南北四方，无有不照亮；州县城市乡坊远近街邻市场，无有不沾光。"经过"文革"的人，对此颂歌，是何等耳熟。但切勿弄错，这是几十年前的郭老太爷颂。外地人哪里知道，人家乐山的太阳，早已"无有不照亮"了！经典作家曾指出，农民是需要别人赐给他们阳光和雨露的。这首郭老太爷颂，便充分证明了这一点。在小民百姓的心中，太阳非属一人，有德者居之；这样的事例，在历史上是不胜枚举的，此仅其中一例而已。

1997 年 7 月 3 日于老牛堂

养得雄鸡作凤看

　　人生百年，如在旅途，回首萍踪，曾记否？牙牙学语时，母亲教会的第一个游戏，也是第一支儿歌，即为："斗斗鸡，斗斗飞！"事实上，人类的童年，正是在鸡鸣声中，由野蛮而步入文明的。考古学证明，鸡是人类最早驯化的野生动物之一。也许是人类与鸡太密切之故，直至今日，男孩出世后，父母必馈亲朋好友以红蛋，昵称婴儿之男根曰"小鸡鸡"。稍长，父母即教导"闻鸡起舞"，背起书包上学堂，听老师教诲"风雨如晦，鸡鸣不已"，爱国爱家，勿忘中华。至于成家立业，为衣食，为社会奔波之辛劳，也许这两句诗，即能概括万一："鸡声茅店月，人迹板桥霜。"

　　古往今来咏鸡之诗文多矣，有些作品，颇堪玩味。据宋人周遵道《豹隐纪谈》记载，彼时县尉下乡扰民，虽监司郡守不能禁止。有人仿效古风雅体作诗谓："《鸡鸣》刺县尉下乡也。鸡鸣喈喈，鸭鸣呷呷，县尉下乡，有献则纳。鸡鸣于时，鸭鸣于地，县尉下乡，靡有孑遗。鸡既烹矣，鸭既羹矣，锣鼓鸣矣，县尉行矣。"旧时县尉、胥吏之流，多半贪酷如豺虎，下乡刮民，鸡飞狗跳，个中情形，此诗堪称缩影。鸡乃报晓之物。笔者儿时，正值抗战军兴，生活在穷乡僻壤，不知钟表为何物，村人皆随鸡声而起居、劳作，古代平民，更是可想而知了。因此，一旦家中公鸡被偷，自是焦急。但有一位例外，这就是生活在明朝成化至嘉靖初年的高邮作家王磐。他的[满庭芳]《失鸡》，是中国文学史上的名篇："平生淡薄，鸡儿不见，童子休焦。家家都有闲锅灶，任意烹炮。煮汤的贴他三枚火烧，穿炒的助他一把胡椒，倒省了我开东道。免终朝报晓，直睡到日头高。"老先生的豁达幽默，令人忍俊不禁。比王磐稍晚些时的吴康斋先生，家蓄一鸡司晨，为狐狸所啮，恨气难消，特地作诗一首，焚于土谷祠曰："吾家住在碧恋山，养得雄鸡作凤看。却被狐狸来啮去，恨无良犬可追还。甜株树下毛犹湿，苦竹丛头血未干。本欲将情陈上帝，题诗先告社公坛。"（明·董谷:《碧里杂存》卷下）此诗的夫子气，未免使人哑然失笑。不过，平心而论，这与吴先生的经济状况有关。他"中岁家极贫"，却专意"圣学"，是有名的道学家，别无长技，故家徒四壁，无怪乎"养得雄鸡作凤看"了。而王磐夫子，虽同为"臭老九"，但家道殷实，"有楼三楹"，日与名流"谈咏其间"，家中失一鸡，自然是不值一哂。可见穷措大是很难雅起来的，这与陶渊明若家中揭不开锅，是难以"采菊东篱下，悠然见南山"的道理一样。

人们对熟悉的动物，往往编造故事，传作美谈。据清初褚人获《坚瓠集》"秘集"卷二引《桐下听然》载："陈方伯少子某，煮一鸡，将切啖之，忽从砧上引颈长鸣，其声清越。"这不禁使我想起美国有位滑稽演员，说他在北京吃烤鸭，正吃得津津有味，忽然看到有只烤鸭飞到窗外去了！看来，对于鸡鸭之类幽上一默，是古今中外人类的同好。走笔至此，不禁想起前几年在报纸上看到的一幅漫画，一只扎着头巾、戴着老花眼镜的老母鸡，在怒斥一群小鸡：教你喔喔啼，为何叽叽叽?！——愿鸡年这样的老母鸡能收起那副嘴脸，如何?

猴年岁尾于八角村

艰难明清走一回

　　"潇洒走一回",这句歌词现在成了常常挂在人们嘴边的口头禅。而对我这个捧着碗向两三百年前,甚至是几千年前的古人讨饭的佣书者来说,从来就没有如此轻松洒脱的感觉。大文豪东坡老先生在《和子由渑池怀旧》诗中有谓:"人生到处知何似? 应似飞鸿踏雪泥。泥上偶然留指爪,鸿飞那复计东西。"(《苏诗补注》卷三)收在这本《明清史散论》中的芜文,也不过是不才在研究明清史路途中留下的"雪泥鸿爪"而已。其实,说得直白一点,恐怕借用我曾在《文汇报》上刊出的蹩脚文章《雪泥鸡爪》来比喻,要更贴切些。

　　研究历史,不管用什么方法,必须以实证为前提,"步步为营",这与鸡啄食时用爪子刨一下,啄一下,"去芜存精",食可食之物,慢慢积累,实在是颇为相似的。

　　细说起来,我端上研究明清史的饭碗,纯属偶然。1955 年我考大学时,一心想进新闻系,却录取在历史系。当初要是进了新闻系,也许我今天的命运会是另外一番情景,至少不会埋首在故纸堆,也不会在"文革"时被"四人帮"的打手大大抬举:"你说的以古讽今的黑话,写的黑文,可以出一本书了!"不过,正如前贤朱贤

《续偶然诗》所说："世间多少偶然事，要到偶然不偶然。"（明·余永麟：《北窗琐语》）且不说文史本来是一家，倘有看过拙作《今古何妨一线牵》的朋友就可以知道，早在混沌初开的童年，我从草台戏、小人书中就接受了历史知识的启蒙教育。历史与我，也确有难解的情结。1960年，我从复旦大学历史系中国古代史专业毕业，留校当研究生，专攻元明清史专业，拜师于陈守实（1893—1974年）教授门下。陈师是位严师。他对我的指导，除了听他开的"中国古代土地关系史"这门课外，便是参加由他主持的中国古代史教研组的学术活动，也可登门向他请教。平时他并不过问我看些什么书，写什么文章。但是，他一贯强调，要精通理论，要系统掌握第一手资料，文章要有新义。他要求每学期都要交一篇文章给他看，有好说好，有歹说歹；说歹时毫不留情，而且我还真有一篇自鸣得意的文章，被他当头棒喝。陈师治学的最大特点是严谨二字。自问在他的熏陶下，虽然下笔不可能像他老人家那样千锤百炼，而且对发表慎之又慎。但撰文不论长短，从不敢拆烂污、人云亦云，免得有辱师门，这是我敢断言的。鉴于我无心啃洋文，特别是学蒙古文求师无门，这对于研究元蒙史来说，难免有"盲人骑瞎马，夜半临深池"之虞，我放弃了元史，专攻明清史。在三年多的时间里，我读了很多书，其中有相当一部分，如程先贞的《海右陈人集》、王宏撰的《山志》等，都是复旦图书馆的珍藏本。有些书，过去从来无人问津，我还是第一个借出来，掸去书套上的灰尘。阅读时，除了摘录有价值的史料外，我更重视以专题研究来带动阅读，向纵深发展。除了毕业论文外，我已成篇的学术论文就有《论方国珍》《论元末农民战争与宗教》《〈日知录〉剖析》《论蔡牵活动的性质》《论氏族公社残余在中国封建社会后期的闪现》，等等。可惜的是，在我顺利通过研究生论文答辩，走上工作岗位不久，还来不及将这些论文交刊物发表，"四清"运动来了，"十年浩劫"来了，"左"风狂热到六亿神州尽顺摇的地步，随着我的被打倒、被践踏，我在求学期间辛苦积累的资料、写成的文章，被抄得一干二净，化为冷烟寒灰。因此，等我重新研究明清史，那已是 1978 年以后的事，等于是重新起家。现在收在这本集子中的文章，除了研究顾炎武的论文和一篇介绍李定国的文章，是侥幸从复旦历史系资料室觅得的"文革"劫后灰外，其余均为 1978 年以来所作。当然，这并非是我所写明清史文章的全部，但大体上也就可见眉目了。

明代学者谢肇淛曾尖锐批评当时的史学："今之作史，既无包罗千古之见，又无飞扬生动之笔，只据朝政家乘，少加润色，叙事唯恐有遗，立论唯恐矛盾，步步回顾，字字无余，以之谀墓且不堪，况称史哉！"（《五杂俎》卷十三）不幸的是，虽说已相隔几百年，如果拿这些话来批评当今的史学界，也还是切中时弊的。我力求做些变革，力主文史结合，及今古一线牵，但在本书中，基本上未能反映出来。倘有兴趣并有余暇的读者，我建议读读拙著《"土地庙"随笔》《老牛堂随笔》及《牛屋杂俎》。那些用文学笔调写的历史杂文及历史小品，有的直接取材于明清，有的立足于明清而瞻前顾后，并审视当代，本身就是我研究明清史的精髓所在，读起来至少没有如同读本书中长篇学术论文那样闷气。

治史的过程是个长期积累的渐进的过程。倘有朝一日，无奇不有的神州大地上，突然冒出个二十岁的大史学家，必定是骗子无疑。今日史学界，五花八门，写本把书、混个芝麻绿豆大学官，便不知自己几斤几两，对史学前辈指手画脚者有之；不过懂点冷门，却被捧成"超天才"，名声像滚雪球般越滚越大者有之；热衷于出风头，以学科领袖自居，却丢人现眼者有之；看到东西洋人便顿觉自己矮几分者有之。如此等等。我虽不学，所幸还与此辈大学者有别，在有生之年，继续像我的生肖——老牛一样，在明清史学园地默默地耕耘。

1994 年冬于八角村

（附识：本文是拙著《明清史散论》的序。有删节）

料应厌作人间语

　　"姑妄言之妄听之，豆棚瓜架雨如丝。料应厌作人间语，爱听秋坟鬼唱时。"这是清初大诗人王士禛给蒲松龄的名著《聊斋志异》的题诗，读来使人顿觉似有一股阴风从荒冢墓穴吹来，鬼意楚楚，油然而生。也许是王士禛特别偏爱蒲松龄笔下形形色色、无奇不有的鬼故事，故这四句题诗，颇有一点儿鬼才味道。当然，尽人皆知，《聊斋》除了写鬼外，还写了神、妖、魔、狐、怪等。钱塘魏之琇的题诗说得好："蒲君淄川一诸生，都邑志乘传其名。假非诵读万卷破，安有述作千人惊。《聊斋志异》若干卷，鬼狐仙怪纷幽明。跳梁载车已诞幻，海楼山市尤支撑。谛观命意略不苟，直与子史相争衡。中藏惩劝挽浇薄，外示诙诡欺纵横。浸淫裱郁出变态，雕镂藻绩穷奇情……"此诗不仅道出了《聊斋》的艺术特色，更说明蒲松龄老先生"诵读万卷破"，满腹诗书，厚积薄发，否则不可能写出如此脍炙人口的传世之作。这无疑是中肯之论。

　　我在童年时，偶见家中有一部残本《聊斋》，挑灯展读，却懵懵懂懂，不能领略书中的奥妙，硬着头皮啃了几篇，终于难以卒读。其实，当时我还不到十岁，又上的是新式小学，古文一窍不通，读《聊斋》显属超前行为。只到又吃了好几年老米饭，成人了，并上了大学，重读《聊斋》，才爱不释手，几乎废寝忘餐。犹忆同寝室学友陈兄，曾对我大为感叹："我怎么碰不到《聊斋》里的狐狸精？即使碰到一个女鬼也好，'月明林下美人来'，多有诗意！"这样想入非非，令我忍俊不禁。我曾经想写一部《续聊斋》，但不才如我，只能同样是想入非非。不过，经过所谓"横扫一切牛鬼蛇神"的十年浩劫，并且自己也曾经被打成"牛鬼蛇神"后，我却下定决心要重编一部《聊斋》。我说的是重编，而不是续编。诚然，论才华，也许我正如俗语所说，抵不上蒲松龄脚后跟的一层皮。但论藏书之丰，特别是读书之多，自信绝不敢对仅为乡村塾师的蒲先生多让。而如果再加上我的几位学界好友，他们或在大学执教鞭多年，或长期在研究机构治史，所读历代文集、稗官野史之多，则更是蒲老不能望其项背。蒲松龄在《聊斋自志》中开头即说："披萝带荔，三闾氏（按：指大诗人屈原）感而为《骚》（按：即《离骚》）；牛鬼蛇神，长爪郎（按：指唐代诗人李贺）吟而成癖。"其实，在很大程度上说，一部《聊斋》，不就是"牛鬼蛇神"传吗？电视剧《聊斋》的主题歌有一句说："牛鬼蛇神倒比正人君子更可爱。"太对了！因此，可以说，《聊斋》是"牛鬼蛇神"最好的颂歌。也唯其如此，我曾把现在呈现在读者面前的这部《古本聊斋》，取名《牛鬼蛇神谱》，并写了一首打油诗，曰：

老调新弹唱打油：
"牛鬼蛇神"何处求？
莫道怪诞太离谱，
烟波深处有蜃楼。
休让春梦困扁头，
多少奥秘待探求。
世路崎岖难走马，

且随老汉信天游！

何谓怪诞？唐代诗人杜牧《李贺诗序》："鲸呿鳌掷，牛鬼蛇神，不足为其虚荒幻诞也。"可见"牛鬼蛇神"即虚无荒诞之意。"文革"中号令"横扫一切牛鬼蛇神"，把"牛鬼蛇神"与坏人画上等号，打击一大片，实在是荒谬绝伦。正是："牛鬼蛇神"莫横扫，怪诞故事是个宝。本书中的几百则故事，无论是鬼的悲歌、神的逍遥、狐的艳情，还是妖的作孽、魔的变幻，都是人的理性、感情的升华。或传、或颂、或哭、或笑、或讽、或喻……至于异闻轶事，则有大量奇特非凡、令人惊叹的自然现象、社会现象、生命现象供我们鉴识。当然，有的神秘现象属于千古之谜，需要一代又一代人的辛勤探索，才有可能揭开。而对于一般读者来说，在赏心悦目之余，一笑置之就行了。至于有些情节事涉迷信，相信读者完全有辨别能力。

当然，本书与《聊斋志异》还是有很大不同的。蒲松龄写《聊斋》大部分是创作，一部分则是对民间口头文学加工再创作，汪洋恣肆，天马行空。而我主编的这部《古本聊斋》，是请学界好友将魏晋以来直至清朝末年的稗官野史中类似《聊斋》的故事，分门别类，予以精选，再加上必要的注释，并译成白话文。原文篇末均注有出处，全书按原作产生的朝代先后为序，编排成轶。无论是选材、注释，还是翻译，我们都是步步为营，如履薄冰。应当告诉读者，本书译注者中的多数朋友都是专职历史学者，李斌城研究员、刘精诚教授更是隋唐史、魏晋南北朝史的专家，其他几位也都是饱学之士，著述不辍。在选材时，他们是从历代几千万字的原始记载中精选出来的，在当今学术界，很难找到一个能博涉如此多史籍的学者。还是众人拾柴火焰高，个人难以企及。且不论本书的取材有《太平广记》之类大书，更重要的是有不少书是珍稀本，即使是专业学者也不容易读到。如明朝杨仪的《高坡异纂》、闵文振的《涉异志》、来斯行的《槎庵小乘》、李中馥的《原李耳载》、姜准的《岐海琐谈》等；而清代虽然离今世时间较近，但霁园主人的《夜谈随录》、苏睿珍的《霭楼逸志》、邹钟的《想当然耳》、竹勿山石道人的《蛣杂记》、黄鸿藻的《逸农笔记》、宫柱的《春雨堂笔记》、徐乃秋的《风月谈余录》；等等，一般图书馆也难以找到。因此，即使从文献学的角度来看，本书也是很有价值的，其中的大量资料，可供研究文化史、社会史、文学史、俗文学的学者参考。虽然，我主编此书的主要目的并不在此，不过是想请读者朋友跟我们一起去远离尘寰的超现实世界里，看亦真亦幻的鬼国沧桑、神侣仙踪、妖魔变脸、狐家悲欢……倘说得更直白一点，不过是给茫茫人海感到嘴巴太淡的先生、女士们，送来一把有滋有味的盐。如此而已！

本书有对穿越生死轮回的母子情、夫妻情、挚友情的热烈赞颂；有对一代鬼雄的昂扬颂歌；有对阴间第一把手阎王爷平反冤狱的大声喝彩；有对贪赃枉法的狰狞恶鬼的无情鞭挞；有对仙家度人不度狗的生动记述……其实，说阴间也罢，神界也罢，归根到底，还是在变相说人间，或者说是光怪陆离的人间奇光异彩的折射；而有的篇章，分明是政治寓言，含意深刻隽永，今天读来，现实世界的相关人物几乎呼之欲出。我不想一一举出篇名剖析，读者自能识之。

本书每篇故事后的评论是我写的，无非是东施效颦，步《聊斋》"异史氏曰"的风流余韵，对每篇故事发表一点读后感：或赞，或笑，或讥，或骂，或叹，无非是"跟着感觉走"，甚至"拄个黄瓜当拐棍"；无意牵任何人的鼻子走，不过聊博读者一笑。因家住京西石景山区，故书作"石景山人曰"，权充一回风雅。

（本文系作者为主编的《古本聊斋》所做的序）

记者与三味

人生隔膜多。有相当一部分人对于记者似乎也是雾几重，隔帘栊。不知始于何时，有些人称记者是"无冕皇帝"，仿佛他们威风八面，神通广大；也有一些人，说起记者动辄一概而论曰"小报记者"、"记者手笔"、"眼高手低"云云，似乎记者要比学者矮一头。其实，这些都是误解。

虽说我偶尔客串过记者，毕竟没有正式当过记者。但是海内外的文友中，却有不少记者，有几位，更是契友，交之以心，肝胆相照。在我看来，记者就是记者。他们是茫茫人海中的一分子，时时激起几朵浪花，更时时体察着人生三味。

说起三味，读书人多半会联想起鲁迅的名文《从百草园到三味书屋》。但何故曰"三味"？鲁迅翁在文中并未交待。其实，对于一般读者来说，知道历史上曾经有个"三味书屋"，"三味"可能有种种典故，而更重要的是，知道有位从"三味书屋"中走出来，走向更广阔的人生，饱尝人间的酸甜苦辣，最终成为伟大的文学家的鲁迅也就够了。

当然，这丝毫并不意味着，对于学者作家来说，下笔为文时，凡事都不求甚解，包括写随笔体的文章。时下随笔方兴未艾，不仅报刊上常有随笔问世，并有专门刊物，而个人随笔集、随笔选本、随笔丛书更相继问世，走进书店，即可映入眼帘。我以为这是一件大好事。这是几年前俗文化中的不入流却"沧海横流"的产物：否极泰来，雅文化——严肃的文学作品，其中包括随笔，毕竟站住脚，而且占据要津。但是，也许是"杞人忧天"使然，也许是史学家的职业病作祟，我常常想，回顾一下中国文化史，我们便会发现：每每有一种文化现象，轰轰烈烈而来，但很快就消失得无影无踪，正如古人所云，其兴也勃，其灭也速。倘若说眼下随笔热衷潜伏什么危机的话，我以为有两种不良倾向值得注意：一是有少数作者写随笔太随便，事实上也正是太不求甚解，诸如看见阿猫阿狗或花花草草，发表一通肤浅的观感感喟之类，读后几乎无所获；二是晚明山人气味太浓，正如清初剧作家蒋士铨在《临川梦》中所抨击的那样，"装点山林大架子""蝇营钟鼎润烟霞"。住在现代化的公寓里，却说憋得慌，向往荒村疏篱，昏鸦寒柳；攀附名流，写一些达官名士的耳食余闻，甚至他们的咳嗽声、打呼噜状、剔牙齿的姿势；诸如此类，真让人疑心这是不是又在重温"终南捷径无心走，处士虚声尽力夸"的旧梦？或者如鲁迅所指出的那样，是别一种"啖饭之道"？凡此，是我人渐老，太多疑？还是眼昏花，把芝麻看成西瓜？待考。但有一点我敢肯定：此类随笔作品充其量不过是形同照得见人影的薄粥汤而已。看来，没有对人生严肃的执著的追求，没有博览群书是很难写出像样的随笔作品的。

令人欣慰的是，这套丛书的六位作者——李春林、李乔、房延军、韩小蕙、马宝珠、黄河（他们分别来自《光明日报》《解放日报》《北京日报》《法制日报》等），都正由青年走向中年，人生的酸甜苦辣，伴随着他们坚实的脚步，留下值得回顾的一串串脚印；纵览由古及今的人生大海，对海上明月、弥天大雾、滚滚波涛、水下暗礁，都看得比较分明。更可贵的是，他们都是学者化的记者，是对书海一往情深、不断泛舟夜航、永远不知疲倦的书生。他们的敬业、求知、著述，很多读者都是熟悉的。明代万历年间袁中道给其兄中郎的随笔集作序时说："无一字无来历，无一语不生动，无一篇不警策。"这当然是溢美之词。事实上，倘有谁真的写文章时"无一字无来历"，必定烦琐不堪，读来味同嚼蜡。我不敢用这"三无"来形容这套书的作者，但另一种"三无"，他们是当之无愧的：无一人不苦读，无一人不自成风格，无一篇不精心写作。有此"三无"，读者就可以放心，细品慢尝了。

（《当代记者随笔丛书》由上海东方出版中心出版）

喘息的年轮

人类的历史像一位特别长寿的老人，踽踽而行。他从太古洪荒，走向草木华滋，脚步沉重而缓慢，光走出人治专制的封建社会，就或进或退，走了几百年，但毕竟走进了法制民主的社会

作为人类历史的一部分，中华民族的历史非但不例外，她的步履显然更加艰难，好似一棵参天大树，古老苍凉、烈日、狂风、骤雨、严霜、暴雪的侵凌，使她满脸皱纹，手臂弯曲，在年轮深处，不时传出喘息、呻吟、浩叹。但是，每当春风吹过，她毕竟又绽出新芽，抽出新枝，增加了一个年轮。这就是中国历史：喘息的年轮，年轮的喘息。

作为一个历史学者，我每天生活在这样的历史氛围中。收在本书中的拙作，无论是作为一介小民冷眼观世相，还是眺望"无日不风波"的古今人海、千姿百态的书海、故乡的明月和双亲的墓园以及静静流淌的河水，固然也有几分喜悦，但心头常常泛起阵阵酸楚，嗟叹久之。文章千古事，既已记下，白纸黑字，那么，也就只好与读者分享我笔下的忧患与欢欣。

秋已深矣，西山叶正红。愿喘息的年轮，喘息声越来越少……

收在本书中的拙作，有的还未发表，有些已经在《人民日报》

《光明日报》《文汇读书周报》《东方文化》以及香港《大公报》台湾《中央日报》《历史》月刊、美国《世界日报》、日本《汉学研究》等报刊发表过，但这次又审读一遍，凡被编者无端删改的文字，都恢复了原样。有几篇文章，曾收入《"土地庙"随笔》，但此书久已绝版，现编入本书。时下农村正纷纷拆旧房，盖新居，俺这乡巴佬岂甘落后？拆旧"庙"，砌新"庙"，也算是"莫误农时"也。

我曾经接到过一些读者来信，问我的经历，问我为什么要写杂文、随笔；也有海外的学侣，问我为什么要写《"万岁"考》之类的历史杂文，如此等等。这是两个字造成的：隔膜。不过，他们要是看一下我写的《今古何妨一线牵》，也就会立刻有了答案。因此，我将此文附录本书。而且今后我再出杂文或随笔集，仍然要将此文附录。理解万岁——不，我只要理解一会儿。

我的女儿芃芃，才一岁零九个月。她美丽、聪敏、活泼。她在屋子里跑来跑去，常常用自己的语汇说：猫咪没羞，娃娃没羞，积木没羞，电视没羞。她拿着奶瓶喝奶时，常说：爸爸喂，妈妈喂，姐姐喂，忽然看到电视里的老虎，居然说：老虎喂！——她是多么天真无邪，无忧无虑。不知道她将来长大了会干什么？倘若届时也像她老子一样舞文弄墨，那么我坚信：她的笔下，再不会有喘息的年轮这样让人压抑的句子。为什么？因为她小名天天，正象征着历史在天天一页一页翻过去！

1995 年 10 月 29 日于京南

（《喘息的年轮》，"当代中国学者随笔"之一，东方出版中心1997 年版）

读《刘伯温与哪吒城》

今天，六十岁以上的老北京，很多人在童年时，在院中的老槐树下或夜雨秋灯前，都听说过这个神奇的民间传说：雄伟壮丽的北京城是由明太祖朱元璋的军师刘伯温与曾鼎力协助明成祖朱棣篡位的大政治家姚广孝竞赛，依照民间妇孺皆知的脚踩风火轮、手拿乾坤圈、神通广大、曾让东海里的第一把手龙王爷吃尽苦头的哪吒太子的模样画图建造的。这个故事，甚至直至今日仍在某些北京人特别是郊区农民中流传着。一般稍有明史常识及佛教知识的人，对这样离奇的传说，也许或不值一哂，或置之一笑。因为，在他们看来，北京城建于永乐年间，姚广孝并未参与其事，而刘伯温早在洪武八年(1375年)就已撒手人寰。至于哪吒，本是佛教密宗里的神昆沙门天王的第三个儿子，但随着密宗的传入中土，在华夏文化的大染缸里，终于变了色：其父成了托塔天王李靖，他则更神了——三头六臂，有时又长出两条胳膊，故亦称八臂哪吒。自从明代大作家许仲琳把他写进了《封神传》，其赫赫英名，在民间更是不胫而走，如此而已。但是，正如大哲学家黑格尔所说："凡是存在的都是合理的。"民间为什么会七扯八搭，把这些互不相干的人神"拉郎配"式地组合在一起，让他们在建造北京城时大显身手呢？学者应当回答其"合理"

之所在。不过，要回答好，难度很大。回答者必须精通历史，尤其对元、明史，需有很深的造诣，而且还懂得民俗学、民间文学、社会学、人类学、宗教。令人欣慰的是，蜚声国际汉学界的美籍华人华盛顿大学历史系陈学霖教授，潜研宋、元、明史多年，著述累累，学养深厚，近日在台湾东大图书公司出版了专著《刘伯温与哪吒城——北京建城的传说》，对上述问题作出了精辟的回答。

本书分目录、前言、北京城建置的沿革、元代大都城建造的传说、明代北京城建造的传说、余论、附录（资料篇）七个部分，书末并列出引用中外文献达二十页之多。书中另有插图四十八幅，对全书起了烘云托月的作用。语曰：十年磨一剑。读了本书长达十三页的作者自序，我们了解到，陈学霖先生写作本书，从构思、找资料、陆续著笔，经历了二十多个寒暑。正是：二十余年磨一剑，此剑当可绕指柔。三十年前，作者以研究刘伯温的论文，取得普林斯顿大学的博士学位，开始了他漫长的教学、研究生涯，并继续跋涉研究刘伯温的漫漫长途。澳洲坎培拉大学的著名学者柳存仁教授，在为本书作序时指出，这部书的写法是打破了传统的史学书的樊篱，而为它注入了新的活生生的养料"……用了史学的架构，去发掘民俗学、人类学和社会学的新园地"。"学霖教授用史学家的眼光来处理哪吒城研究的题材，是为史学界的人士多开了一头窗，这对研究历史，或是民俗学，或是广义的人类学，都是裨益很大的。"这对本书的学术特点与价值所在，是个很好的概括。经过作者长期孜孜不倦地探索，他终于理清楚刘伯温与哪吒城的千头万绪，把令人信服的结论，鲜明地摆在我们的面前：刘伯温制造"哪吒城"故事，基本上是元大都"哪吒城"传说的延续，因此胚胎已在元末明初形成，以后依附哪吒本身故事的演变而衍化，到后来与传入北京的刘伯温传说混杂，再加裁剪藻饰而定型。这个传说的模型，应该肇始于清末民初之际，以口述方式传布于市肆庙会等公众活动场所，娱乐平民，辗转相传而散播四方。作者在前言中谓："本书所述，系笔者多年钻研刘伯温史事及其神化经过的部分成果。主旨在钩稽明清野史稗乘所记伯温的玄怪轶事，探溯其历史背景，考究其演变轨迹，以求对这一流传广远的北京城传说故事之起源、蜕变及传播作一合理、科学性的解释。"通览全书，作者的主旨无疑已完满地实现。

它山之石，可以攻玉。本书给我们以深刻的启示。其一，莫将传说等闲看。某些学人，往往将刘伯温造"哪吒城"之类的故事，看成荒诞无稽，而不予研讨；在一些方志中，甚至将叫魂、扶箕、厕神之类的民俗资料，以封建迷信目之，一笔勾销。其实，此类资料，保存着古代的文化信息，用科学的方法切入，可以移动群山，演绎出历史发展的脉络，先民沉重的脚印，下层百姓心灵的图像。本书正是这种研究方法成功的范例。其二，学有众侣成大器。我国古代的鸿儒巨匠，一向重视学侣，顾炎武的《广师》篇，更传颂久远。学霖先生秉承了这个优良传统，一贯重视学人之间的交谊，他的学侣，遍布美国、澳洲、新西兰、德国、日本、韩国，以及中国大陆、台湾、香港。他在自序中，满怀深情地叙述了与学侣间的友情，以及在关键史料上，如何受到了蒙古与北京学者的启迪帮助。可以说，本书也是国际学术交流的结晶。

15 年前，我在黄振华教授的介绍下，结识学霖先生，此后在国内外，每有往来，助我良多。他曾对我说："我是美国的穷教书匠。"不过，我认为他是富有的，仅仅是近三年多来，他在出版了《宋史论集》后，又推出本书，不久又有新著面世。从字数来说，他早已是百万富翁，岂不可喜可贺！

1996 年 7 月 1 日于芳星园

挑灯喜读磨剑篇

　　1987 年岁末，香港中文大学中文系召开首届国际武侠小说研讨会。美国夏威夷大学马幼垣教授，曾私下不无感叹地对我说："参加这次会议的代表，研究武侠小说的专家只有一个，就是台湾的叶洪生先生。严格地说，你我和其他人都是没有资格来参加这次会议的。"马幼垣治学谨严，著文批评学界浮华学风、错误论点时，一向毫不留情。而他对叶洪生先生，却如此推崇。当时，我就表示同意他的看法。这不仅在于，我不过是偶尔在武侠小说的研究领域，敲几下边鼓的门外汉，对武侠小说的认识，充其量也不过是一知半解；而叶洪生先生，仅就其所编《近代中国武侠小说名著大系》言，就足以称得上是名副其实的武侠小说专家。而最近收到他寄赠的《武侠小说谈艺录——叶洪生论剑》，挑灯阅读这本长达四百七十八页、内收十三篇研究武侠小说学术论文的皇皇大著，我不禁再一次想起马幼垣的话，击节者再：善哉，武侠小说专家之文也！

　　《叶洪生论剑》的最大特色，就是：廿年风霜磨一剑，赢得满纸豪侠情。

　　早在 1973 年，叶洪生在台湾淡江大学历史系攻读期间，即写了《武侠何处去》一文，参加《中国时报》有关武侠小说的论战，一鸣惊人，被文苑目为"武林奇葩"，从此走上"磨剑——论剑"，也就是研究武侠小说的风雨征程。百炼钢可绕指柔。读叶洪生的论文，俨然如观大侠挥剑，风声飒飒，落木萧萧，比起时下某些隔靴搔痒、钝刀割肉式之论武侠文，实在是相差不可以道里计。如：人皆知还珠楼主的《蜀山剑侠传》，对后来的武侠小说作家影响甚大，但"大"在何处？多为"山在虚无缥缈间"。而叶洪生明确指出："还珠楼主的'太极剑圈'浩瀚无涯，影响波深浪阔；五十年代以后的武侠作家，几乎无一能脱出其'万有引力'之外，咸由'武侠百科全书'——《蜀山》取经偷招。甚至连小说人物名号亦多借用还珠'原装货'，例如：梁羽生《龙虎斗京华》中的'心如神尼'，《江湖三女侠》中的'毒龙尊者'，《冰川天女传》中的'血神子'；卧龙生《飞燕惊龙》中的'白发龙女崔五姑'，《金剑雕翎》中的'长眉真人'；司马翎《剑气千幻录》中的'白眉和尚'、'尊胜禅师'，《剑神传》中的'猿长老'与'天残、地缺二老怪'；伴霞楼主《金剑龙媒》中的'神尼优昙'、《青灯白虹》中的'忍大师'、'枯竹老人'；古龙《大旗英雄传》中的'九子鬼母'、《铁血传奇》中的'水母'等；东方玉《同心剑》中的'鸠盘婆'等等，不一而足。至于套至《蜀山》的真经、秘籍、神掌、玄功、灵药、异兽、奇禽、怪蛇以及凌空虚渡、千里传音、阵法妙用等等，更不胜枚举。"这样的言之凿凿，岂是一般学者所能道出？更难能可贵的是，海内外的不少学者，常乐道武侠小说是"成年人的童话"，而每每忽略甚至漠视武侠小说的现实意义。还珠楼主笔下的那些变幻万千的神魔灵怪，难道真的是在"真空父母，无有家乡"（借用白莲教经卷语）的超现实世界里腾挪，与人间烟火无关吗？叶洪生的回答是：否。他认为："《蜀山》并不比'人妖颠倒'的乱世中国更神怪；它只是反映抗战前后大陆社会百态与群众心里的一面'照妖镜'而已。此镜为还珠戛戛独造，奥妙非常：'说真便真，说假便假；随心生灭，瞬息万变'。"此论堪称鞭辟入里。他对不少问题的看法，往往是要言不烦，三言两语，即能点破。如论《水浒》，谓："武松血溅鸳鸯楼，见人就砍，却也开了无边恶例——欲谓之'武侠'，不可也！因为真侠义绝不能滥杀无辜，否则又与盗贼何异?!"论宫白羽虽身为著名武侠小说作家，却是反武侠的，究其因，乃是"他目睹时局动荡、政治黑暗，坚信'武侠不能救国'的人生观所致"。洵为至论。又如，金庸的武侠小说，不才最欣赏的是《笑傲江湖》，从某种意义上说，不失为是形象化的政治文化通俗教科书。叶洪生在简介《笑傲江湖》时，只有十九个字："写权力令人腐化与政治斗争之残酷无情等等。"这是何等的眼力！

真正的侠，无一不是"仗剑一啸天地阔"，胸无挂碍，具有深刻的理性。叶洪生对武侠小说的研究，纯粹是理性的研究，即使对他最喜爱的武侠作家及武侠小说，也从来不沉湎，不盲从，不媚俗。这一点，可谓与真大侠一脉相通。他批评武侠小说名家的败笔、不良倾向，毫不含糊，尖锐泼辣。如批评文公直《碧血丹心》三部曲，"惜其著书言志，不事铺陈；以致缺乏趣味性，遂成'历史武侠教科书'矣"。又如指出卧龙生的武侠小说，"其最大短处则在于学养不足，又缺乏幽默感，……不耐久读……且一再请人代笔，当为'盛极而衰'之主因。迨至七十年代以后，卧龙生屡屡纵容不肖书商出版冒名伪作（至少在廿种以上），就更不堪闻问了"。再如指出诸葛青云从 20 世纪六十年代后期到八十年代以来的作品，"多自我重复而乏创意；始终依循着俊男美女文武兼修、琴棋书画无一不精的老路'流'下去，不知伊于胡底。"温瑞安从 1987 年开始，"以'现代派'自居。如《杀了你，好吗?》《请请，请请请》《力拔山河气盖世，牛肉面》《敬请造反一次》《没有说过坏话的可以不看》等中短篇，书名不知所云……'托古言事'的武侠小说必须具备传统中国风味，绝不可用'现代'来包装；否则小说文理、神理的一致性势将破坏无遗"。即使对于他很敬重，我曾有幸亲闻他与之侃侃论剑的武侠小说泰斗金庸，他在指出其作品的种种不足后，批评所谓的"金学"热潮逐浪高，"而将金庸小说捧到九霄云上"，并谓："世有'不虞之誉'，亦有'求全之毁'。现在是打破'金庸迷信'的时候了！"他的论点，学者未必都赞同，但至少使人们大开眼界，对于不分青红皂白，盲目抢着出版武侠小说作家全集的某些出版社来说，更具有发聋振聩的作用。

一个严肃的学者，在勇于剖析别人作品的同时，也应当是剖析自己作品的勇者，总不能如俗语所说，"老婆是别人的好，作品是自己的好"吧？叶洪生在回顾自己青年时期写的论武侠小说文章，是"初有'才子'之目，旋有'绣花'之称；前者是虚，后者是实，……中看不中用矣！"又说："过去我因'论剑'而浪得虚名，实则空疏迂阔，并无真才实学，仅只是强撑门面，强作解人，'外强中干'而已。"这样的坦诚自责，真是把心掏给读者了！何谓郑板桥的"直掳血性为文章"？此即是也。

稍有文化史常识的人都知道，若以人与文的关系来区分学者，不过二类而已：人不如其文；人如其文。叶洪生属于后者。自改革开放以来，我结识的海峡彼岸的学人为数不少，老实说，对少数以"富家儿"自衿、言不及义、逢场作戏、趋炎附势、学问无根基者，实在不敢恭维，亦无真心话可说。1987 年年底，我在香港中文大学的宾馆中结识叶洪生，却有一见如故之感，衡文角艺无所不谈，甚感快慰。他在香港新闻界的朋友很多，与新华社的同行稔熟，深夜归来，穿着白色夜行衣，真有一派独行侠的架势。1989 年的多事之春，他来大陆探亲，抵京后，打电话至历史研究所找我，却自称是台湾《历史月刊》的，而不说是《联合报》的（时任该报主笔），无非是为我着想，怕引起误解，给我带来麻烦。后来，他再次来京，宁可辞谢一个研究武侠小说学术团体的宴请，而与我在下榻处清谈。这些虽是小事，但叶洪生的为人，亦可窥见一斑矣。

在首届武侠小说研讨会期间，金庸先生曾三次宴请与会学者。在"彩虹厅"的晚宴上，香港著名作家、金庸的莫逆之交倪匡先生，曾邀我、叶洪生与他合影，后刊于《明报》"名廊"。有时翻开影集，看着这张照片，不禁令我"想天涯，思海角"。倪匡自移居美国后，即失去联系，这个曾被冯其庸先生戏称为"倪无匡"的人，大概还是一坐下来就放言无忌，"荤素不挡"吧？而叶洪生先生，我们是有书信往还的。洪生是安徽庐江人，1948 年生于南京。他正当壮年。身居长安，东望台湾，我衷心期待洪生文友磨剑不辍，写出一部高质量的《中国武侠小说史》。书成之日，我当再次挑灯细谈，不亦快哉！

1996 年 12 月 16 日于老牛堂

酒色财气沾不得

在日常口语中,有时我们仍然可以听到"酒色财气"一词,多半是用以形容某人如何糟糕,说他贪酒、好色、爱财、气盛。如果要找出相对应的词,恐怕只能是"吃喝嫖赌";但此词多矛头下指,用以斥责无赖小人,此辈尚无资格享受"酒色财气"的"殊荣",因为"酒色财气"虽亦属贬义词,但基本上用以形容富贵或较富贵者,甚至是最富贵者——皇帝。

"酒色财气"出现在人们口语中的历史,不算很悠久。清初浙江仁和学者翟灏撰《通俗编》卷二十二"妇女"类"酒色财"条谓:"《后汉书》杨秉尝从容言曰:我有三不惑,酒色财也。(王祎)《华川卮辞》:财者,陷身之阱;色者,戕身之斧;酒者,毒肠之药。人能于斯三者致戒焉,灾祸其或寡矣。按,明人更益以气为四,今习为常言,莫知其原只三也。"翟灏的这番解释,影响很大,为《辞海》等工具书所沿袭。其实,翟灏指出汉时仅有'酒色财'的说法是正确的,而说直到明朝,才增加"气"字,形成"酒色财气"一词,则与历史实际不符。三十四年前,商务印书馆编者在重印《通俗编》的"出版说明"中指出:"又如'酒色财气'一条,以为起于明人,按《东南纪事》卷一已有此语,可知在宋代已经流行。"笔者未读过《东南纪事》，想来商务编者言必有据。不过，据管窥所及，"酒色财气"一词固然始于宋，但成为人们口语中普遍使用的家常话，仍然是元明间的事。明朝宁献王朱权撰杂剧《冲漠子独步大罗天》，其中有如下描述："（冲漠云）这厮好生无礼，怎敢这般捉弄我。（做怒科）……（外末云）却不道修行人除了酒色财气这四件，才做的修行人。你近日动不动便要打，怎么做得修行人。"（《孤本元明杂剧》第二册）此一例也。更典型的例子，莫过于万历十七年大理寺评事雒于仁的奏疏。此疏献四箴以谏，略谓："臣闻嗜酒则腐肠，恋色则伐性，贪财则丧志，尚气则戕生……臣今敢以四箴献……酒箴曰：耽彼麴糵，昕夕不辍；心志内懵，威仪外缺。神禹疏狄，夏治兴隆。进药陛下，浓醴勿崇。色戒曰：艳彼妖姬，寝兴在侧……进药陛下，内嬖勿厚。财箴曰：……隋炀剥利，天命难谌。进药陛下，货贿勿侵。气箴曰：逞彼愤怒，恣睢任情，法尚操切，政黩公平。虞舜温恭，和以致祥；秦皇暴戾，群怨孔彰。进药陛下，旧怨勿藏。"（《明史》卷二百三十四《雒于仁传》）。雒于仁不仅指出万历皇帝朱翊钧"酒色财气"，病入膏肓，并对症下药，贡献箴言，这是何等的胆识！疏入，朱翊钧大怒。刚好当时正值年底，只好将此疏留下再说。过了十天，也就是明年正旦，朱翊钧将阁臣申时行等四人，召到毓德宫，抱怨说："朕昨年为心肝二经之火时常举发，头目眩晕，胸膈胀满，近调理稍可。又为雒于仁这本肆口妄言，触起朕怒，以致肝火复发，至今未愈。"并极力辩解："他说朕好酒，谁人不饮酒？若酒后持刀舞剑，非帝王举动，那是有事。又说朕好色，偏宠贵妃郑氏，朕只因郑氏勤劳……何尝有偏她。说朕贪财……朕为天子，富有四海之内……天下之财，皆朕之财。朕若贪张鲸之财，何不抄没了他？又说朕尚气，古云：'少时戒之在色，壮时戒勇戒斗'，勇即是气，朕岂不知？但人孰无气？"并一再声言："朕气他不过，必须重处。"经申时行等一再劝说，才同意让雒于仁"使之去任可也"（《召对录》，见《宝颜堂秘籍》普集）。从此，雒于仁被罢斥为民，老死田园。显然，万历皇帝拒谏饰非，毫无自我批评。事实上，他是明朝皇帝中"酒色财气"的典型；尤其在贪财好货、吸食鸦片方面，更是明朝乃至整个中国古代皇帝中的臭名昭著者。清初史家总结明亡教训，每有人指出明亡实亡于万历，这是相当有道理的。"酒色财气"之祸，可谓大矣！

　　清代关于"酒色财气"的民歌，读来朗朗上口，颇有警世作用。如《白雪遗音》卷三载："酒：和风吹动百花魁，李白好酒又贪杯。高力士脱靴将诗做，贵妃敬酒饮三杯。唐王宠，有光辉，醉倒金銮甚施威。后来是水底捞明月，满腹文章一笔勾。劝君莫贪杯。色：开放池莲夏景天，好色贪花昌奉先……后来是白门楼下斩吕布，可惜英雄美少年。劝君莫近奸。财：丹桂飘香秋景残，积玉堆金沈万三。洪武将他来盘算，问军发配到云南……万贯家财有何用，不如一日有三餐。可保一身安。气：（略）。"乾隆年间吴县文人沈起凤著《谐铎》卷四，有酒戒、色戒、财戒、气戒四则故事，读来极有味，其中有谓"天地间，礼义廉耻、酒色财气，如武侯八阵图，廉为生门，财为死门"。真是一针见血，发人深省。

　　当然，应当看到，明清时代人们对"酒色财气"的否定，难免带有当时思想水准的痕迹；某些言论一概笼统地反对饮酒、近色、聚财之类，散发着道学气息，这是不可取的。常言道：好事太过必为殃。像万历皇帝者流那样的"酒色财气"迷，均已走向反面，不独危害自己，更重要的是危害社会，理应遭到世人的唾弃。质之普通好酒、近色、敛财、有气诸君子，以为然否？

　　（按：《东南纪事》乃《东南纪闻》之误。后者共三卷，有《守三阁丛书》等多种版本。该书有"酒色财气"四字的明确记载）

1991 年 7 月 22 日

读茉莉花诗词

　　茉莉花深受历代文人墨客的喜爱,留下不少篇章。曹雪芹的祖父曹寅有诗谓:"抹丽(按:即茉莉)应愁热,柔脂不忍簪。轻飙恣小吹,半夜展疏襟。"(《楝亭诗别集》卷一)此诗虽诗味平平,但忠实地写出茉莉的习性,喜凉爽,夜半花开。清初著名诗人孙枝蔚在《溉堂前集》卷九,留下了"秋晴隔岸葡萄熟,夜静空斋茉莉香"的佳句。有善书者乎? 不才想求一法挥,悬之书斋,盛夏读来,当能消几分暑气。明清之际的文学家王思任,有《为冒辟疆题并头茉莉》诗:"鬟花并蒂忽双擎,交颈才分人笑迎。蛱蝶梦魂传素影,鸳鸯心事到无情。玉跗战得钗儿并,香俪投将账子轻。多少西船章贡下,输他一宿便倾城。"(《文饭小品》)这是对冒辟疆、董小宛伉俪爱情生活的赞歌,并头茉莉是对他俩最温情的祝福。就管窥所及而言,传世的咏茉莉作品,词胜于诗。《憩鹤杂录》载邛州人庐申之[洞仙歌]《咏茉莉》云:"玉肌翠袖,较似酴醾瘦。几度熏醒夜窗酒,问炎州何许清凉,尘不到,冰花剪就。晚来庭户,悄暗数流光,细拾芳英,黯回首,念日暮江东,偏为魂销,人易老,幽韵清标似旧。正簟纹如水账如烟,更奈问月明露浓时候。"此词典雅,意境幽远,堪称是阳春白雪之作。与此词类似的,有清中叶苏州人吴锡麒的《咏茉莉花篮·瑶花》:"浓香解媚,清艳含娇,簇盈盈凉露。金丝细绾,讶琼壶冷浸水如许。玲珑四映,问怎得相思盛住。已赢他织翠裁筠,消受美人怜取。几回荡着轻舠,听吴语呼时,争傍篷户。拎来素手,爱袖底,犹带采香风趣。斜阳渐晚,看挂向粉舆归去。到夜阑,斗帐横陈,梦醒蝶魂无据。"这大概是咏茉莉最长的词了。花篮簪茉莉,赏心乐事也。清代苏州才女席蕙文的《虎丘竹枝词》有云:"平波如镜漾晴烟,正是山溏薄暮天。竞把花篮簪茉莉,隔船抛与卖花钱。"买花、往花篮簪花的喜悦心情,跃然纸上。南方北方女性都喜戴茉莉花,但南方女士将茉莉插于鬒旁,通常插于右鬓,一朵茉莉足矣;梳髻者,也有插于髻上的,可谓"动人春色不需多"。北方女性插茉莉,往往缺乏这样的规范化,不免给人以散乱之感。为此诗人舒位的《虎丘竹枝词》带着不无嘲笑的口吻说:"抹丽花开蝴蝶飞,湖船儿女买花归。北人不识簪花格,丫髻山前雪一围。"这虽然对北方女性有些失敬,但我们不难从中看到南北文化的差异。

　　明朝中叶江南诗人王樨登《咏茉莉篇》云:"章江茉莉贡江兰,夹竹桃花不耐寒。三种尽非吴地有,一年一度买来看。"可见至少明中叶前江南并不产茉莉,而是从外地运来的。其实,溯本求源,茉莉本来是舶来品,原产波斯,汉代传入中国,魏晋的记载中,或写作末利、抹厉、没利、末丽等,正如李时珍在《本草纲目》卷十二所说:"盖末利本胡语,无正字,随人会意而已。"经过国人千百年的培育,茉莉几乎遍布神州大地,仅从明代来看,上自嫔妃贵戚,下到升斗小民,都喜欢茉莉花;而茉莉花茶、茉莉花酒的风行,更使茉莉花声名大振,贫富皆宜,雅俗共赏。无怪乎诗人江奎高声吟哦:"他年我若修花史,列作人间第一仙。"此乃实至名归,非虚誉也。

(1995 年 7 月 20 日)

说《卖油郎》

　　《卖油郎独占花魁》，见于《醒世恒言》第三卷，以后又编入《今古奇观》，是个流传很广的故事。在京剧和地方戏——特别是江浙一带的民间戏曲中，都曾经把这则故事改为剧本演出。直到20世纪50年代后期，才从舞台上绝迹。解放初期，我在家乡建湖县读初中，曾看过淮剧老艺人游素琴、唐玉风演的这出戏，至今还能哼《卖油郎》这支小曲："一呀更里，明月照花台，卖油郎思想起好不伤怀。你看她本是善良人家女，为什么流落到烟花门中来……"曲调是哀婉缠绵的。显然，话本小说早已在民间不胫而走，演化为人们传唱的小曲了。

　　一篇明人小说，能够具有如此长久的社会影响，在"三言"、"两拍"中并不是很多见的。原因究竟何在？这是值得深思的。一部好的文学作品总是社会生活的一面镜子。那么，这篇《卖油郎独占花魁》，又反映了社会生活的哪一个侧面或画面呢？最近，我又将这篇小说认真读了一遍，并找来一些有关的参考资料。看来，有关论著都几乎是众口一词地认为这篇小说是歌颂卖油郎秦重和"花魁娘子"莘瑶琴的爱情的，并说这篇小说的思想倾向，反映了市民的要求。我并不否认秦重和莘氏之间是有某种爱情生活的,也不否认歌颂一个卖油的"穷小子"与使倾城达官贵人若狂的名妓相爱,也许是打破了一点等级观念,闪烁着平等思想的火花。但是,我认为这些并不是主要的。说真的,我在读《卖油郎独占花魁》时,心情是沉重的、压抑的。我从小说中看到的是一个没有光明的黑暗王国,万恶的娼妓制度的缩影;在这里交织着国破家亡后不幸沦落风尘的女子的血与泪。

娼妓制度是人类进入阶级社会后的产物。在所有的词汇中,大概再没有比妓院、老鸨更令人厌恶了。你看,莘瑶琴在仅仅还只有十四岁的豆蔻年华,就被爱财如命、毒如蛇蝎的鸨母王九妈用阴谋诡计,"灌得烂醉如泥",让满身铜臭的"大富之家"金二员外给糟蹋了。从表面上看,莘瑶琴吟诗作画,穿红戴绿,羊羔美酒,经常饱览西湖的山光水色,似乎在纵情享受人间的荣华富贵,过着地上神仙的日子。但是,在花团锦簇的背后,不能不是深沉的悲哀。尽管莘氏大名鼎鼎,是花中之王,但不过是有钱的男人们的玩物。她遇到不但有钱,而且仗着父亲是福州太守而横行乡里的"花花太岁"吴八公子,可就立刻遭殃了。在光天化日之下,她被从家中绑架至西湖,备受凌辱。当她奋起反抗,要投水自尽时,吴八公子一声怒吼,倒是很能说明莘瑶琴之类的妓女,她们的社会地位究竟是什么:"你撒赖便怕你不成? 就是死了,也只费得我几两银子,不为大事。"真是人命如蚁,任人践踏! 需要指出的是,由于莘氏是上等妓女,结交了不少上层人物,在她的身后,很有可能是有几张保护伞的,尚且受到如此欺凌,一般妓女的命运,也就可想而知了。是的,莘氏积下了大宗钱财。她除了"把五六只皮箱一时都开了,五十两一封,搬出十三四封来,又把些金珠宝玉算价,足勾了千金之数",给了王九妈,作为赎身费外,而且在与秦重成婚的"满月之后,美娘把箱笼打开,内中都是黄白之资,吴绫蜀锦,何止百计,共有三千余金，都将钥匙交付丈夫，慢慢地买房置产，整顿家当。"在短短的几年间，莘瑶琴除了每接一次客为老鸨婆王九妈挣十两银子外，竟积攒下这么多私房，委实惊人。但是这一只又一只的箱笼，"吴绫蜀锦"，不禁使人想起了日本电影《望乡》中的阿吉妈。她在临死前夕，将一大包——也许有上千只之多的各种戒指，交给与她同在火坑受煎熬的青年姑娘们。她们惊呆了，居然有这么多五光十色的宝贝！可是阿吉妈却悲痛欲绝地说："我每次接客，跟男人们不要钱，只要戒指。这些戒指，是我几十年血泪的见证啊！"莘瑶琴虽然还年轻，毕竟没有像阿吉妈那样油灯耗尽，最后闭上双眼，告别她所憎恨的世界。但是，伤心千古月，中外无不同。莘氏的那些一两两黄金、白银，与阿吉妈的一只只戒指一样，不能不是她无数个晨昏月夕、流尽血泪的见证！解放初期，曾风行全国的《妇女自由歌》，开头二句是："旧社会，好比是黑咕隆冬的枯井万丈深，压着咱们老百姓，妇女在最底层。"而堕入青楼的妓女，更是"最底层"中的最不幸者。在古代，在万恶的旧社会，娼妓制度本来是人吃人的奴隶主义、封建主义肌体上的毒瘤（在金钱可以买到一切的资本主义世界，这个毒瘤当然同样是不能铲除的），妓院这个社会角落是没有光明的黑暗王国！历代文人雅士，在他们的作品中，往往美化妓女生涯，把妓院写成极乐世界，是"搽在鬼脸上的雪花膏"。《卖油郎独占花魁》这篇小说，当然也是出自文人的手笔，至少是经过他们加工的。小说把秦重、莘氏的结局写的那样美满，不仅是落入了中国传统小说最终总是"大团圆"的俗套，同时，起码在客观上，也不能不是对妓女生涯的美化。在作家的笔下，投进这个黑暗王国的光明是卖油郎的爱情。但是，一个真正的穷卖油郎，终日走街串巷，得到的蝇头小利，至多也不过是仅供自己餬口。他是绝不会去花十两银子，对一位名妓做非分之想的。鲁迅说得好，贾府的焦大，是不会去爱林妹妹的。我以为，卖油郎的形象，与其说是一位穷卖油的化身，还不如说是下层文人的化身。在卖油郎的身上，寄托着这些寒士的理想，或者说永远也不能实现的残梦。这是古代作家历史与阶级的局限性所决定的，当然是可以理解的。

1982 年 12 月 27 日夜于二号"土地庙"

草鞋情思

　　今天的年轻一代,对于草鞋是越来越陌生了。塑料鞋、胶鞋的优越性,自然是草鞋所不能望其项背。然而,从遥远的古代起,草鞋便与人类的生活十分密切,是很多人——尤其是小民百姓的足底必备之物。唯其如此,在我国漫长的文化史上,留下不少草鞋的足迹,比起所谓雪泥鸿爪、屐痕处处,更使人临风怀想,情思悠悠。

　　普通百姓的草鞋,多为稻草、蒲草制成,略为考究一些,则用野麻织成。种类上大体有二:在家中穿的无后跟,类似今日拖鞋,外出穿的有后跟,类似今日夏天穿的塑料凉鞋。前一种又称靸鞵。现在的北方话中,形容二流子"趿拉着鞋"云云,就是说这种人穿鞋连鞋后跟也懒得拔一下,而是用脚后跟随意把鞋后跟踩下去,一边走一边让鞋发出铁铁搭搭的声音,显得流气十足,使人望而生厌。这当然是指"趿拉"的布鞋,而穿无后跟的草鞋,是没有多大响声的。

　　乡下的农民,差不多人人都会制作草鞋——通称打草鞋。一般都是"自产自销",自家穿用。但也有少数人在耕作之余,打些草鞋,拿到集市上卖掉,挣一点儿零花钱。明清之际著名的绍兴作家王思任,曾作《张老行》,描述一位卖草鞋的陈老人:"盱江八岁见陈老，野妻挈渍身输草。卖履归来日每斜，短壶小肉时称好。野妻茹菜坐扊扅，笑谈只许邻儿知。何曾饱后同一噫，猪首千秋起食谁?”（《文饭小品》卷二）看来，这位陈老打草鞋的技艺一定不错，故销售情况良好，日影西斜时归来，“短壶小肉”，倒也悠游岁月，不失田家之乐。走笔至此，不禁想起不才儿时的庄邻甄老人。虽然其时距辛亥革命已三十多年，但甄老的辫子仍不肯剪掉，只是稍加改良，盘在头上。他很穷苦，也就分外节省，从春到秋，每当月亮升起时，便在月光下打草鞋，常常背起几十双，到朦胧镇、高作镇上去卖。在我看来，他打的草鞋是很漂亮的，后跟还缠上红布条，与草鞋的本色——也就是稻草的颜色，黄、红相间，色彩对比鲜明。但是，他的草鞋，销售并不很好，那原因，据庄上的大人们说，甄老的草鞋，打的粗糙，穿了容易咯脚——也就是弄不好把脚磨出泡来。无怪乎我很少看到甄老的笑脸，更没有看到他享用过“短壶小肉”，显然，他比起明朝的同行陈老人，日子过得不逮远矣。甄老已谢世多年，今日偶一思及，四十多年前他身背一大堆草鞋，在乡间小路上踽踽而行的身影，仍在我的眼前清晰地晃动着，抚今追昔，真是恍如隔世了！

就如同今天的皮鞋，虽是常见之物，但因用料不同，甚至在鞋尖嵌上珠宝便价格昂贵一样，古代的草鞋，也因用料特别考究，而成了“阳春白雪”，甚至进入“人间天上”的宫廷之内。据史料记载，秦始皇二年，用蒲制鞋，秦二世时，在这种蒲制草鞋前加上风首，式样自然新颖。晋永嘉元年用黄草制鞋，“宫内妃御皆著”。梁天监中，武帝“易以丝，名解脱履”，至陈隋间，吴越风行一时。唐大历中，及建中元年，先后有人供奉五朵草履子、百合草履子。（陶宗仪:《南村辍耕录》卷十八）这些特种草鞋，已是草鞋的异化，由田夫野老手中的稻草、蒲草之类织品而演变成“人间富贵花”了。

但是，草鞋异化的典型，莫过于宋代草鞋神化的故事：草鞋大王事。南宋刘昌诗撰《芦蒲笔记》卷四载：古老的蜀道上有百年古木，枝叶繁茂，树荫可庇一亩。故行人多憩其下，把穿烂了的草鞋脱下，换上新的。旅途寂寞，行人常常把烂草鞋挂于枝上为戏。久而久之，枝头竟挂满了千百双，成了蜀道上的奇观。某日，一位应举的士子经过这里，见四周无人，一时心血来潮开个玩笑，便取出佩刀，削去树皮，书曰："草鞋大王，某年月日降。"待到他考试完毕，返回途中，再经过这里，"则已立四柱小庙矣"。此公见了，忍俊不禁。而三十年后，他再经过此地，"则祠宇壮丽"，庙的周围，已住上十几户人家，盛赞"草鞋大王"血食一方，异常灵验。这是他做梦也想不到的。其实，跟"路是人走出来的"、"草鞋是人打出来的"道理一样，人间形形色色的神——包括"草鞋大王"这样的草头神都是由人创造出来的。"草鞋大王"的故事，不失为草鞋史上独特的佳话。

虽然由于人们物质生活的丰裕，草鞋已日渐稀少，几乎绝迹。但是，它作为过往的历史见证，在今天的日常口语中，仍不时闪现其身影。如："草鞋没娘，越穿越长"；"依了草鞋，戳了脚"；等等，或状物，或阐述哲理，都使人回味无穷。而"落个草鞋钱"云云，则不仅是"辛苦费"之意，还包含了佛教史、政治史的掌故：据《传灯录》载南泉愿曰：浆水钱且置，草鞋钱教谁还？夹山谓月轮曰：子且还老僧草鞋钱，然后老僧还子米价。而在元人杂剧中，我们可以看到公人出差时，索要草鞋钱。这是当时政府差役之流向老百姓需索百端的真实写照。此外，《挑灯集异》卷七，载有《题草鞋词》一首，读来饶有兴味："少时青青老来黄，千枢万结得成双。甫能打就同心结，又被旁人说短长。云雨事来我承当，不曾移步到兰房。有朝一日肝肠断，弃旧怜新撇路旁。"此词借物喻人，写不幸被情人抛弃的女子的悲哀，凄婉动人；妙的是以描摹草鞋来表达，形象逼真，真是难得。

区区草鞋，一双不值几文钱，但从文化、文化史的角度观察，它的内容却是颇为丰富多彩的。笔者少年时，也曾打过几双草鞋，可惜现在无用武之地了。呵，草鞋，草鞋，毕竟是"去年天气旧亭台"！

1990 年 5 月 24 日

螺蛳经

　　常言道:家家有本难念的经。不过,我家的这本经倒是个例外,这就是——螺蛳经。

　　螺在水族中是个大家族,名目繁多,而螺蛳是淡水螺的通称,其中包括田螺,一般较小,但个别的也有大如鸡卵者。不才生于苏州,其后又在建湖水乡及上海生活过几十年,螺蛳乃常见之物,价格便宜,故常在寒舍的饭桌上出现。尤忆儿时,夏天爱至河中、水沟内摸螺螺——此土话也,也就是摸螺蛳;冬天农夫积肥,把河底的淤泥翻到岸上,不用半天,淤泥上便爬满了螺蛳,我和小伙伴们便嘻笑着将螺蛳拾回家,养在放淘米水的盆中,让它爬来爬去,慢慢地吐尽泥沙。食法大体是三种:红烧、做汤或煮熟后拌上细盐、糖霜,味皆鲜美;上海黄河路口的一家食店,每到春季,用青浦的大田螺,剥掉螺盖,塞进肉米红烧,更是清香醇厚。至今每一思此,不禁十指频动。

　　先民们早在渔猎时代,就视螺蛳为美食,不过当时生活水平低劣,食法自然极简单,随着文明的蒸蒸日上,烹调螺蛳的手艺越来越高明,终于使螺蛳成为珍羞百味中别具一格的佳肴。明初的大画家倪云林,喜食田螺,食法是先将螺洗净,泡在砂糖水中,然后再洗净，"以花椒葱酒再淹鸡汁中爨"。如此讲究，其味之鲜美可想而知。清代的南京，更风行吃螺蛳，据时人甘熙的《白下琐言》记载："青螺蛳肉为羹，味甚鲜美。皇甫巷旧有卖糖醋田螺者，称为绝品。"但是，像任何一种食品一样，不同文化层、不同生活圈的人，对螺蛳的看法往往迥异。宋代学者周密的《癸辛杂识》曾载："番阳马相国廷鸾家素贫，少年应南宫试，止草屦楼被。一日，道间馁甚，就村居买螺蛳羹为泡蒲囊中冷饭食之。"这本来是肉食者马廷鸾老先生未发迹时的一段佳话，但不料某些自命高雅者，竟将螺蛳羹视为劣等食物之尤，久而久之，便形成流传至今的民间之语"蛳蛳羹饭"，其含义，清代学者翟灏的《通俗编·直语补证》解释得最为贴切："猥鄙之食也。俗以人琐屑觅取财物，日寻螺蛳羹饭吃。"真是贬到家了！这是当年的马廷鸾做梦也不会想到的。

显然是螺蛳与南方水乡人民生活非常密切的缘故，在浙江一带，螺蛳是俗文学中的重要角色。至今民间还流传着螺蛳精——一位勤劳、朴实、善良、美丽的农家少女化身的种种故事，如：很多人家的切菜刀，忽然都锋利锃亮，大家心里明白，这都是助人为乐的螺蛳姑娘磨的。佛家的信徒们，非常同情螺蛳被食者挖肉剁屁股的惨痛遭遇，劝人勿食，买回放生，以期有朝一日，能在佛爷身边终成正果，拈花微笑。在这种阿弥陀佛思想的影响下，便出现了叫"螺蛳经"的儿歌，到处传唱："螺蛳经，念把众人听，日里沿河走，夜里宿沙村。撞着村里人，缚手缚脚捉我们。九十九个亲生子，连娘一百落汤锅。捉我肉，把针戳；捉我壳，丢在壁角落，鸡爬爬，响角碌；玉皇大帝眼泪纷纷落！"（郑旭旦辑：《天籁集》）读了这首生动的儿歌，你会情不自禁地觉得螺蛳真是太可怜了！

但人类也有非常可怜的时候，可怜到人比螺蛳瘦，甚至横遭荼炭，命归黄泉。这在童谣中也有反映。遥忆四十年前，我还在乡间的三家村上小学，每当春风吹绿了杨柳，我们便在放学后，到田间挖野菜喂猪。等篮中快要装满野菜之际，小伙伴们便随手捡起一点螺蛳壳，埋在小土堆中，然后一边唱"编罢编罢螺螺，螺螺吃了回头草，带住江南往北跑"；一边让一位早已被背过身去的小朋友再掉过身来，猜螺蛳壳埋在二三处小土堆中的哪一堆，如猜中，则奖给一篮野菜，未猜中，则要拿出自己的篮中野菜。当时，我们并不知道这则童谣是什么含义，后来问老年人，才知道这是说江南人往江北逃难的；待长大，读了一些盐城的家谱，才知道明初有不少苏州人被政府武装押送到苏北盐城一带开荒，这首童谣就是从那个时候开始流传的，反映了人们对故土江南的眷恋，被强迫背井离乡的痛苦。我的一位老乡陈衡志先生不久前还专门写了《淮东旧闻新录》，谈"洪武赶散"，考释这则童谣的来龙去脉。其实历代战乱，人民转徙沟壑，在大江南北逃来逃去，其惨痛，如早在五代时就流行的俗语"离乱人不及太平犬"，真可谓一语道尽了。

看来，我的"螺蛳经"念的时间不短了，就此打住，拟暇时再念。

马年初五，晴窗下

东堂老们

　　元代著名剧作家秦简夫,写过一出杂剧《东堂老》,剧情大意是:扬州商人赵国器的儿子叫扬州奴,不学好,为市井无赖柳隆卿、胡子传诱惑,终日混迹于勾栏酒市,追逐声色犬马。赵国器忧愤成疾,担心家业不保,暗中托孤给老邻居,也是好朋友李实。李实老人忠厚善良,有古君子风,人称"东堂老"。赵国器病死后,扬州奴更挥霍无度,很快将家产败光,去投柳隆卿、胡子传,被二人拒之千里,扬州奴这才开始悲悔。东堂老见状,便将赵国器生前寄赀托他经营的收入,捧出簿籍,一一付之,扬州奴依然是个富商,重振家业,从此也就与无赖子弟断绝往来。东堂老挽救了堕落青年扬州奴,事实上也就挽救了扬州奴一家。李实是否实有其人?未考。看来,作为戏曲作品所塑造的艺术典型,此人多半是子虚乌有。但是,历史上类似李实这样的小民百姓,忠实于友情,不负重托,却大有人在。宋代的杨忠即为一例。浙江四明人戴献可,家境富裕,仗义疏财,喜欢交游,客至如归。戴献可死后,只有一个儿子伯简,虽说已经十八九岁,但未经世事,一下子继承了偌大的家业,并不善守,挥霍浪费,开支无度。里中恶少乘机来勾引,一起嫖赌,没两年工夫,就把家业败尽。只有昌国县的鱼盐竹木之利还在,由旧仆杨忠主管。戴献可在世时，杨忠的账目，从来都是清清楚楚，没有一毫差错。戴伯简走投无路，觉得杨忠掌管的买卖，还可以赖为衣食，便去找杨忠。杨忠痛哭尽哀，每天与其妻招待伯简，并拿出财产登记簿，交给他。伯简大喜过望，说："这本来就是我的东西。"于是又旧习不改，继续妄为，原来结交的狐朋狗友又闻风而至，重新来勾引他败家。杨忠哭着苦劝，伯简只当耳边风。一天，杨忠在家与此辈狂饮滥赌，杨忠手拿尖刀，一把揪住这帮无赖为首者的头发打倒在地，高声说道："我在主人家三十余年，郎君年少，你们引诱他干坏事，把家产败光，所幸我还保有这份资产，你一定要让他再败得一分钱也不剩吗？我砍你的头，到官府自首请死，报我主人于地下。"并大声喝令这小子伏地受刃。此人哀号服罪，说从今日起，以后再也不敢登门。杨忠噤咽良久，收起刀，又对此人喝道："你怕死，想骗我吗？"此人哭着说："我确实不敢再来了！"杨忠说："既然如此，我饶你一条命。倘若胆敢欺骗我，一定把你劈成几大块！"随即拿出一些帛，说："可以把帛拿去，快走！"此人一溜烟去了。杨忠又挥泪对伯简说："老奴惊犯郎君。郎君从今天起改掉以前的坏习气，但听老奴尽心操作，不出三年，原来的家业都可以恢复。不然的话，你还与这些不三不四的家伙在一起胡混，老奴一定放火烧掉这里的资产，投海自尽。我不忍心看见郎君饿死，给主人的门户带来耻辱。"伯简惭愧得哭泣起来，从此再不与不逞之徒往来，老老实实地待在家中，听凭杨忠主持一切。果然不出三年，尽复田宅，重振家业，而杨忠对伯简，"事之弥谨"，无怪乎宋人沈徽感慨万千地说："杨忠其贤矣哉，真不负其名矣……求之士大夫，当国家危乱，有能植侮屏奸，不负其主人付托于存亡可欺之际，若杨忠者，余恐千万人不一遇焉，悲夫！"（沈徽：《谐史》）

其实，"衣冠不论纲常事，赋予齐民一担挑"。像杨忠这样东堂老式的人物，还是不少。明朝嘉靖年间的阿寄，就是相当著名的一位。阿寄是淳安徐氏的仆人。徐氏弟兄分家，老大得到一匹马，老二得到一头牛，老三已故，其寡妻得到老仆人阿寄。阿寄五十多岁了。寡妇哭道："马可以骑，牛可以耕田，走路已跟跟跄跄的老仆人，不过空费我家的吃食罢了。"阿寄闻言叹息说："主人说我不如牛马吗？"便对她策划做生意，说得头头是道。寡妇将簪子、耳环之类全部拿出来，折成白银十二两，交给阿寄。阿寄则入山贩漆，一年里利息翻了三倍，对寡妇说："您不必担心，我们很快就能富起来。"二十年间，赚得白银数万两，为寡妇嫁了三个女儿，给她的两个儿子娶了媳妇，所费不止千金。阿寄又请了塾师教二子，接着又按例花钱为他们捐了太学生的头衔，而寡妇则成了远近闻名的大富婆。不久，阿寄得了重病，临死前，对寡妇说："老奴马牛之报尽矣！"取出枕头里的两大张纸，上面的财产状况，大小账目，记得一清二楚，说："请将这账目交给二位郎君，便可以世守家业。"说罢，便去世了。徐家的孙子，有人怀疑阿寄可能有私蓄，偷偷地打开他的箧子，其中没有一寸丝、一粒谷。他的老伴及一个儿子，仅仅有件旧衣裳遮体而已。对此，杭州名士田汝成在为阿寄写小传后，感慨道："阿寄村鄙之民，衰迈之叟……公丽忘私，毙而后已，是岂寻常所可及哉！"（田汝成：《阿济传》）

谁是江上吹箫人

　　少年时，读苏东坡的千古绝唱《前赤壁赋》，对与东坡一道夜游赤壁的那位客人，不禁钦羡之至：在"江水澄澄江月明"的静夜里能与一代文豪东坡先生，在滚滚东去的江面上，共度良宵，这是何等的幸运！后来，我学会了吹箫，每当再读到"客有吹洞箫者，倚歌而和之。其声呜呜然，如怨如慕，如泣如诉，余音袅袅，不绝如缕，舞幽壑之潜蛟，泣孤舟之嫠妇"，更钦佩这位客人是吹箫能手，他的箫声简直是"隔江和泪听，满江长叹声"。在十年浩劫期间，笔者深受迫害，有时在家中偷偷地吹箫，以排解胸中的郁闷之气，此时此刻，一想起这位吹箫客，联系自己在"地狱十八层"的处境，痛切地感到同是吹箫人，而命运又何啻有天上人间之别！——但是，几十年来，我始终不知道这位客人的名字。《前赤壁赋》未有注明，翻检一些研究东坡的著作，及若干史籍，均不得其解。谁是江上吹箫人？成了我心头解不开的疑团。

　　想不到，最近长夏夜读，看到乾隆时学者曹思栋《稗贩》卷四的这条记载，不禁喜出望外："读东坡《示壁赋》，至'客有吹洞箫'句，每叹惜不知其姓氏……偶阅吴匏庵诗云：'西飞孤鹤记何详，有客吹箫杨世昌。当日赋成谁与注？数行石刻旧曾藏。'始知为绵州武都山道士杨世昌字子章也。即东坡诗亦有'杨生自言识音律，洞箫人手清且哀'。"吴匏庵即明初显宦、名儒吴宽，著有《匏翁家藏稿》。吴老先生有石刻为证，他说吹箫人是杨世昌，应当是可靠的。查《苏东坡全集》卷十三，有《蜜酒歌》一首，诗前小叙谓："西蜀道士杨世昌，善作蜜酒，绝醇酽。余既得其方，作此歌遗之。"并赞此酒"三日开瓮香满城，快泻银瓶不须拨"。可见杨世昌还是位酿酒好手，真是个多才多艺的风流道士。唯其如此，东坡才会与他过往从密，留下同游赤壁的佳话，使后人临风怀想了。

1990 年 9 月 7 日

风流道士杨世昌

　　提起杨世昌,一般读者恐怕无人知晓。不久前,笔者曾写过一篇《谁是江上吹箫人》,指出苏东坡的千古佳作《前赤壁赋》中描写的那位"客有吹洞箫者"是西蜀道士杨世昌,从而解开了在我心中藏了几十年的疑团。写作此文时,主要根据清代乾隆时学者曹斯栋《稗贩》所引明代前期名儒、显宦吴宽的一首诗。寒斋藏书中无吴宽诗文集,故当时未能查证。近日去图书馆查了一些书,感到有幸与大文豪东坡先生一起夜游赤壁的杨世昌确实是位多才多艺的风流道士。

　　杨世昌善酿蜜酒,苏东坡曾赞不绝口。直到元代,仍有人夸杨世昌的酒好。如"庐山道士黄可立之言曰:……吴筠之之诗,不如……杨世昌之酒"。(陆友仁:《研北杂志》卷下)而据民国初年编纂的《绵竹县志》卷十七记载,杨世昌字子京,是绵竹武都山的道士。东坡谪黄冈时,世昌自庐山访之,东坡曾书一帖,称道世昌善画山水,能鼓琴,晓星历,精黄白药术,真是多才多艺。世昌经常外出,寻访名山胜迹,结交了不少学者、名流。太常博士、诗人文同在《杨山人归绵竹》诗中写道:"一别江梅十度花,相逢重为讲胡麻……青骡不肯留归驭,又入平芜咽晚霞。"世昌的浪迹天涯,于此可见一斑。

　　吴宽著有《匏翁家藏稿》。近日我有幸将此书的正德四年（1509年）刻本，读了一遍，在卷二十，果然有曹斯栋所引诗，题名《赤壁图》，并在诗末注曰："世昌绵竹道士，与东坡同游赤壁，赋所谓'客有吹洞箫者'，其人也。"吴宽有碑刻资料为证，所述应当是可靠的。东坡一生，交友甚多，而且对儒、释、道兼容并蓄，从而使他的思想异彩纷呈。试想，如果没有风流道士杨世昌与他同游赤壁，并吹箫江上，《前赤壁赋》中就不会有对箫声、道家思想那样令人叹为观止的精彩描绘，这正是东坡文章"光焰万丈长"的一个重要成因。

1990年10月31日

忆吴江老人

我在已故吴江先生的名字后面,加上老人二字,是区别于同名者——有二位还颇有名气,免生误会。吴老1917年生于浙江诸暨,长我二十岁,是位德高望重的老前辈。虽然我读大学时,已拜读过他的哲学文章及理论专著,但在京中与他交往,第一次去他家拜访,已年过花甲,交往到年过古稀,但吴老待我就像对待年轻人一样。有次我谈完事告辞,他从皮夹里掏出五十元,硬是要塞给我,说今天家中的车开出去了,不能送我,让我打车用,被我婉拒了。吴老待包括我在内的朋友,厚道、热忱。一次他坚留我在他家吃午饭,请我喝茅台酒,我喝了三两。他很高兴,说:我老了,不再喝白酒,我还有三瓶茅台酒,十几年前,是三千元一瓶,时价已值万元。他同时还送我两瓶XO洋酒。我却之不恭,只好满载而归。这些酒,至今还摆在我家酒柜上,是吴老友情、关爱后辈的见证。一次广东友人送给吴老几筐鲜荔枝,吴老特地让其子开车,送一筐给我。我女儿芃芃读小学时,一次星期天,见我要出门,问我去哪儿?我说去探望一位老先生,她说也要去,我便带她一起去吴老家。吴老家不仅居室宽敞,而且摆设很多,除花草外,他喜石,收藏了很多奇石、古砖,陈列架上,琳琅满目。他的书房地板上,有一方巨型端砚，砚上嵌有黄金雕成的金佛，并雕有其友人季羡林先生亲笔用梵文写的一行字及签名。吴老笑着跟我说，我老了，玩玩这些石头、古物、工艺品，权当休息。漫画大师华君武是吴老的同乡，当年一起去延安，投奔革命，乡情、友情交织，画了一本册页赠吴老，美不胜收。芃芃进了吴老家，东张西望，走来走去，欢天喜地，还跟吴老夫人邱晴同志聊天。邱老曾任中国人民银行常务副行长、香港光大集团董事长，是位小八路起家的老革命。她为人随和慈爱。芃芃跟我说：吴爷爷家太好玩了，晚上我不回家了，就住这里。邱老说：好的，你住这儿。小孩子天真烂漫，我岂能打扰二老，坚决把她带回家了。大概是缘分吧，芃芃有时惦记吴老。有次吴老因病住在人民医院治疗。我买了鲜花，带了芃芃去医院探望。芃芃向吴老献了花，并说祝吴爷爷早日康复，活到一百岁。吴老很高兴，但也责怪我，说这是病房，空气很不好，怎么把芃芃也带来了？小孩子抵抗力弱。芃芃连声说，没事的，没事的。此后，吴老对芃芃更关心了，常在电话中问起芃芃学习、健康状况。去年夏天，芃芃高中毕业，考取了北京第二外国语学院，此时吴老已生命垂危，但脑子却很清醒。我托吴老的长女，一定要把这个消息告诉吴老，我想吴老听了，一定会感到欣慰。遗憾的是，医生规定，除个别家人外，不让其他亲友探望，以致在吴老临终前，我未能见上一面，这使我感到遗憾终生。

其实，作为一位思想家、哲学家，吴老对他的行将离世，早有预感。去世前的一年内，他赠我的书，都写上留念二字。他去年在中央马列编译出版社出版的随笔集，赠我时在扉页上写道："这恐怕是我出版的最后一本书了，送你留着纪念。"其实，他在晚年，沉湎于佛学，自称居士。家人为了让老爷子高兴，陪他晚上打麻将，他输了，却常常赖账，邱晴夫人说他是"无赖居士"；一次吴老在电话中与我聊天，说到这里，禁不住自己也呵呵大笑起来。吴老与书法家沈鹏、冯其庸、陈铁健诸先生是很好的朋友，但他自己的宝楷，说句实话，很一般。但他九十岁那年，却破例写了一幅条幅送我："英雄到老尽归佛，唯有神仙不读书。"去年春天，他还寄了一本《金刚经》给我。佛学深似海。我以为，吴老对生命之无常，早已大彻大悟，他一定是含笑而逝的。

吴老曾经长期在党的高层工作，与党的一些领导人有所交往，与胡耀邦同志更是莫逆之交。他曾跟我谈起，在中央政治研究室工作时，随康生参加中央政治局会议，不料毛主席讲话时，康生却根本不好好听，用笔写空心字玩，其中有一行字是"枫落吴江冷"，吴老一见大喜，小声说：康老，把这句诗写个条幅送我，好吗？康生说，好的。第二天上班，康生就写好带来了，吴老特去荣宝斋裱好。吴老说，康生虽然后来被永远开除出党，但他的字是一流的，不能因人废字，图章也刻得好，因是用左手写字，故刻了一枚闲章，"左比右好"。吴老曾听康生说，郭沫若写的什么字？我用脚指头夹毛笔写字，也比你强。康生的自傲，于此可见一斑。

吴老腰脊椎有病，晚年艰于行走。但还在九十高龄时，走了五层楼，到寒舍看我，我感到很不安。吴老虽已离世，我常常想起他艰难走五层楼梯的身影，无边的思念，在我心中涌起。吴老，也许您早已在佛爷身边拈花微笑吧？

2013 年 7 月 23 日于西四

母亲的叮咛

儿时,我每出家门,至邻庄玩耍,或至三里路外的高作镇上购笔墨,母亲都要叮咛再三,防备被狗咬,小心失足落水。1954年,我在盐城中学读至高二,因病辍学,次年夏,申请退学,以社会青年身份,考入复旦大学历史系,从本科到研究生,读了八年多,毕业后,在上海师范大学任教,后调入中国社科院历史所。复旦大学是教我在知识的汪洋大海中畅游的伟大母亲,而其校训"博学而笃志,切问而近思"是指路明灯,照亮我前进的道路,更似母亲的叮咛,要终身记取,切实遵行。1964年5月,我的研究生毕业论文《顾炎武北上抗清说考辨》,经答辩委员会投票通过。走出复旦大学大门,已逾半个世纪,而母校复旦校训,一直像母亲的叮咛,时时在我耳边回响。

校训源自《论语·子张》:"博学而笃志,切问而近思,仁在其中矣。"事实上,这正是复旦大学优良校风的体现。以我就读的历史系而论,教我们世界古代史的教授周谷城,在课堂上多次告诫我们,要于学无所不窥,由博而约。他本人就是个典范,他不但精通外语,更精通史学,以一人之力,写成《中国通史》《世界通史》,20世纪40年代由开明书店出版。1927年,周谷城投身湖南农民运动，任湖南农会秘书长，打土豪，反封建。大革命失败后，他到上海教书，是著名的反蒋爱国的民主教授。

又如教授周予同，在课堂教导我们，不管见到什么书，都要翻翻，要懂得目录学、版本学，又教导我们，"天下兴亡，匹夫有责"，回忆他与周谷城在五四运动中参与火烧赵家楼，亲眼见到匡互生点火的情景。20世纪40年代，他们是反蒋、反独裁、争民主的"上海大学教授联合会"主席，有很大的社会影响。

我研究生时的指导老师陈守实是梁启超的弟子。抗战时，他投笔从戎，参加新四军，任苏南行署文教科长。战争环境下，常要夜行，他眼睛近视很深，骑马甚不便。粟裕同志劝他还是返沪到大学执教为好，他才重回教育岗位。

三位老师以及教授蔡尚思、谭其骧、王造时、程博洪等都是"博学而笃志，切问而近思"的楷模，我荷蒙教诲，幸何如也。

我在复旦大学读本科时，遍读文史书籍，换过三个借书证，读研究生时，在善本书室，有多种康熙初年的刻本，如《砥斋集》《海右陈人集》等，还是我第一个掸去书上的灰尘，以前无人读过。研究生毕业论文通过，等待分配时，又蒙蔡尚思师特别关照，给我一把中国现代思想史资料室（内部）的钥匙，使我看了包括汉奸、托派、无政府主义者等的书，开阔了视野，丰富了知识。我关心国事，心忧天下。我是1967年冬上海第一次炮打张春桥的"1·28"事件的策划者之一，并写了"点将录"传单。为此，受到张春桥的走狗徐景贤、徐海涛、杨一民、张惠民之流的迫害，我先后三次被隔离审查，直到1976年粉碎"四人帮"后被平反才停止。在丧失自由的日子里，我"切问而近思"，彻底反思"文化大革命"。从1977年至1979年，我先后发表了《究竟谁是牛金星》《株连九族考》《"万岁"考》《烧书考》等杂文。《"万岁"考》发表后，更引起广泛的社会反响。

20 世纪 80 年代初，我清醒地看到，贪官日多，民甚厌之。为了总结中国历史上反贪的经验教训，我主编了近百万字的《中国反贪史》。此书由四川人民出版社出版，后由中国出版集团、人民出版社重版，并获得第十三届中国图书奖。事实证明，古今往事千帆去，唯有校训一篷知。我将牢记母校复旦校训，继续前行，生命不止，奋斗不止。

（原载《光明日报》2014 年 8 月 10 日）

曾老语惊天上人

明代嘉靖年间杭州学者郎瑛在其名著《七修类编》卷二十一，引杨大年诗曰："危楼高百尺，手可摘星辰，不敢高声语，恐惊天上人。"此诗气魄星宏大，富有浪漫之义色彩。"悲惊天上人"——据说，天上住的都是神仙，由第一把手玉皇大帝说了算，也就是所谓核心。常言道："天高意难问"，让我们还是回到地上。蒙年届九十六岁的杂文泰斗、出版界耆宿曾彦修前辈赠我近著《平生六记》（生活书店出版），认真拜读后，不禁想到杨大年诗句"恐惊天上人"，实属虚无缥缈，而曾老的语惊天上人则是千真万难：一位是在共产主义天堂上导师马克思身旁品咖啡的伟大领袖毛主席，一位是号称党内第一枝笔杆子的毛太公老秘书胡乔木。谓予不信，请看事实：

1952 年春，曾老时任广州《南方日报》社社长。中共中央华南分局一位副秘书长率一个工作队，悍然把报社多位同志打成大、中、小"老虎"，也就是贪污分子，被禁闭，关在所谓"老虎洞"里。曾老发现，说他们是"老虎"，却没有任何证据，公开表态否定，因此书中第二章的标题，就叫"打虎记零"。走笔至此，使我想起在复旦大学求学时的学长王其杰（已故）。他是连云港人。解放初在扬州税务局工作，在"三反运动"中，成了"打虎英雄"，他的事迹，还登在《扬州日报》上。有次他跟我在复旦操场上散步，说所谓"打虎"是对被查对象搞逼、供、信、不让他睡觉，轮番围攻，被查者身体、精神都吃不消了，便胡乱招供，成了"老虎"。他说自己也遭了报应。不久，有人揭发他是三青团员，组织上便撤销了他的团支部书记职务，后他又被查出还是三青团小队长，于是被开除出党。他精神崩溃了，被送进精神病院。治了很久才康复，为了离开是非之地，他才考入复旦。对比之下，曾老对报社被打成"老虎"者的保护，多么难得。

又如1964年开始的"四清运动"。我奉命走出校门，参加了上海市委"四清"工作组，先后在金山县、松江县，搞"四清"，直到1966年"文革"开始后才返校。在松江城西支队，由于工作组长很"左"，重用农村中的游民、勇敢分子，组成"四清"积极分子队，实际上是打手队，在会议室围攻大队支部书记、会计，高声呵斥，把台子拍的震耳欲聋。年轻的会计被逼无奈，胡乱交待，说贪污了大队饲养场16万元。其实饲养场一年的收入，也不过几千元。逼死干部的事相继发生。最令人痛心的是，一位女会计与丈夫一起吊死在一根绳子上，还落个畏罪自杀的罪名。"四清"时，曾老在上海编《辞海》，奉命参加工作组，以"资料员"的身份到工厂搞"四清"。曾老不但没有参与整人，还通过他的努力，为被审的三十来个工人及干部全部洗清了汉奸、特务、政治骗子、反动资本家……这一类的怀疑或帽子，全部彻底以书面撤销了这些怀疑。其中典型的事例，书中的标题一望而知："一个似乎明明是盗窃公物的人，是如何被证明是毫无其事的"，"一个自吹参加过欢迎汤恩伯宴会的国民党'地下人员'原来只是一个端咖啡的小工"，"一个被怀疑当过汉奸警察局局长的人仅仅是同名同姓"……如此等等，曾老通过不懈的努力，还相关同志清白，挽救了他们的政治生命，用句老话说，实在是积无量功德。曾老在本书的《前记》中，说"世界上很多事情，常常都会有例外的，唯独有一件事情，我以为绝不能有例外，那就是：'良心'。对任何人的生命和声誉，均应该予以无比尊重"。显然，曾老是个杰出的人道主义者。胡乔木同志是曾老的恩师，1949 年年初正是乔木他去广州担任华南局宣传部副部长，执掌华南宣教大权，正部级领导干部，后来为加强人民出版社的领导，又是他调曾老到人民社，委以重任。但 1984 年年初，乔木在《人民日报》上发表《关于人道主义和异化问题》，讨伐人道主义。如果他地下有知——或是美其名曰在天堂有知，肯定要勃然大怒；而当年在整风反右时，点过曾老名的毛主席，肯定会用浓重的湘潭口音说：这个曾什么修的，怎么至今还没改造好呀？给他再戴上右派分子帽子。同志们哪，千万不要忘记以阶级斗争为纲，要年年讲，月月讲，天天讲——呜呼，好在这里是在下的推想，用莎士比亚的一句戏名之，《仲夏夜之梦》而已。

自从清代乾嘉年间苏州文人沈三白著《浮生六记》以来，以类似题材成书的有多种，但我以为，曾老以九十五岁高龄，一字一字写成的这本《平生六记》，最有警世价值，当可传之永久。

2014 年 7 月 30 日中午于老牛堂

目　录

月下谁敢追萧何？

萧何月下追韩信的故事，差不多是妇孺皆知的。但是，谁敢月下追萧何？

提出这个问题，似乎有点儿"丈二和尚——让人摸不着头脑"。其实，我要说的是萧何——这位在秦末农民大起义中，帮助刘邦打天下、立过头等功勋、当上堂堂汉朝丞相的古代杰出政治家，也曾贪污受贿。据《史记》卷五三《萧相国世家》记载，他利用权势以贱价强"买田宅数千万"。萧何又特地上书汉高祖，说"长安地方狭小，皇家上林苑中有很多宝地，请求开放这块禁地，让百姓耕种"。刘邦阅后大怒，一针见血地指出："丞相受了很多商人的财物，便替他们说话，要求开放上林苑，讨好百姓！"立即下令将萧何关进监狱。后虽经人说情，刘邦将他释放，但毕竟吓得他半死，光着脚，以老态龙钟之身，战战兢兢地向刘邦千恩万谢。

其实萧何不仅纳贿，若论行贿，也是个老手。早在秦朝末年，他任沛县县吏时，就曾经贿赂当时任亭长的刘邦，别的小吏"送奉钱三，（萧）何独以五"，这不是重贿又是什么？无论是行贿、纳贿，都是犯罪行为。萧何更是汉初法律的制定者，何况位极人臣，是"一人之下，万人之上"的丞相，居然知法犯法。"官者，不持戈矛之盗也"。从本质上说，萧何的贪赃枉法行为，与"月黑杀人夜，风高放火天"的盗贼并没有什么两样。但是，月下人们可以追盗、捕盗，谁又追捕萧何呢？

这就是"礼不下庶人，刑不上大夫"的遗风，充分显示了在以皇权为核心的封建专制主义统治下封建特权的腐朽性。事实上，皇帝从家天下的最高利益出发，最担心的是大臣、特别是武将的谋反，而不在乎他们是否贪污。宋太祖赵匡胤对宰相赵普说的一番话，堪称典型地道出了皇帝老儿们的心思："朕今选儒臣……即使是全部都贪污受贿，也比不上五代时一个叛乱的武臣危害大。"（《通鉴长编》卷一三，开宝五年十二月乙卯）唯其如此，封建社会的高官，包括丞相或宰相，贪污受贿者并不少见。被史家誉为"贤相"的汉初另一位丞相陈平，也曾在军中任护军时，"受诸将金，金多者得善处，金少者得恶处"；明代中叶的宰相张居正，死后被抄家。有金银约十九万五千两，还有大量的房产、土地，若非贪贿，从何而来？至于清代的和珅，被抄出的家产更令人瞠目，"和珅跌倒，嘉庆吃饱"，足以说明矣。而从历史上看，除了在特定的政治形势下，如先帝爷驾崩，皇帝出于政治需要，翻手为云，覆手为雨，将个别宰相打下去（如和珅），或在其死后彻底算账（如张居正）外，对于高官如萧何、陈平之流的贪污受贿，是眼开眼闭的。上梁不正下梁歪。高官——包括改革家如张居正——经济上不干不净，欲普通官吏干干净净，又安可得乎！宋代的有识之士杨万里鲜明地指出："大吏不正而责小吏，法略于上而详于下，天下之不服固也。"（《诚斋集》卷八八，《驭吏上》）这是很有道理的。

月下谁敢追萧何？这是封建制度的悲哀、人类的悲哀。只要有中世纪的阴影在，类似的大同小异的丑剧，便难以在政治舞台上消失；除非真正的太阳——健全的法制——在天宇高悬，光芒照彻每一个角落！

（原载《海南日报》1999 年 7 月 5 日；《报刊文摘》
1999 年 7 月 19 日；《杂文选刊》1999 年第 9 期）

文征明羞见孔夫子

　　自古人生谁无死？古代儒家的绝大多数信徒，对此都有清醒的认识。笔者突发奇想：他们在晚年，特别是临终前，是不是想到了身后去见"至圣先师"孔夫子？

　　以明朝而论，明初的杨士奇（1365—1444 年），是著名的政治家，居官廉能，推毂寒士，德高望重，死后谥文贞。按说，他是有足够资格见孔夫子的，但此老从未作此想。他的遗嘱有好几条，关照不要他人戴孝，子孙"须力学修德，不在风水"等等（叶盛：《水东日记》卷八），无只字欲见孔子语。又如李东阳（1447—1516 年）是继杨士奇之后"以文章领袖缙绅"的重臣，著述不少。临殁时，头脑清醒，但并未想到孔夫子，而是想到他的满朝门生故吏，关照家人将自己"平日所用袍笏束册砚台书面之类，皆分赠诸门生"。（何良俊：《四友斋丛说》卷八）这在中国的历代宰相中，也是绝无仅有之事，可见老先生的儒雅敦厚。

　　难道真的找不出一个念念不忘孔夫子的人吗？否，终于找到一个，并且大名鼎鼎：文征明（1470—1559 年）。此公的书画成就，人皆知之。值得指出的是，他在 16 岁时，其父（温州知府文林）卒，吏民醵千金致意，他全部退还；宁王朱宸濠曾重金礼聘，他辞病不赴；从不拿诗文书画与富豪权贵做交易，周、徽等藩王"以宝物为赠，不启封而还之"。（《明史》卷二八七）真可谓才华横溢、铁骨铮铮。文征明活到 90 岁，堪称人瑞。晚年"每戒其子孙曰：吾死后，若有人举我进乡贤祠，必当严拒之。这是要与孔夫子相见的，我没这副厚脸皮也"。（吴履云：《五茸志逸》卷六）此语堪称石破天惊！文征明的自谦、自律，不仅足为世人风范，更发人深省。

平心而论，明朝中叶后，政风腐败，世风奢靡，滔滔者天下皆是孔学信徒，有资格死后见孔子的，实在寥寥，滁州儒生丁祭时，公然争抢冷猪肉等祭物，邑中少年文士刘清（后任过刑部右侍郎）作弹文贴于明伦堂壁，曰："天将晚，祭祀了，只听得，两廊下，闹炒炒；争胙肉的你精我肥，争馒头的你大我小。颜回德行人，见了微微笑，子路好勇者，见了心焦躁。夫子喟然叹曰：我也曾在陈绝粮，不曾见这饿莩！"（都穆：《都公谭纂》卷下）试想，这帮人死后，有脸见孔夫子吗？"文臣"如此，"武将"又如何？彼此彼此。有人曾步刘清余韵，咏武生云："也戴银雀帽，也穿粉底皂，也要着襕衫，也去谒孔庙，颜渊喟然叹，夫子莞尔笑，游夏文学徒，惊骇非同调，子路好勇者，怒目高声叫。我若行三军，着他铡草料！"（褚人莸：《坚瓠甲集》卷二）其实，如果此辈真的"西出阳关"见了孔夫子，他老人家未必"莞尔笑"，很可能会予以痛斥的。

往事悠悠。圣人不知何处去？只剩古月照今尘。由孔夫子不禁联想到马克思，由马克思不禁联想到今人每曰"我死后去见马克思……"如何如何，甚至连去年夏天跑到菏泽灾区大捞一票、一毛不拔的某特型演员，也煞有介事地说什么"我刚从马克思那里请假来这里"云云，真个是面不红，心不跳。但是，历史是面镜，照来不平静。读一读文征明戒子孙的那段话，常把身后要去"见马克思"挂在嘴边的张三、李四辈，难道能真的心安理得，毫不惭愧？

（原载《法制日报》1994 年 3 月）

何必登上你的贼船

——煞风景的考证之一

不久前,在电视新闻里看到越剧名伶茅威涛演的《孔乙己》的片段,心里真不是滋味。虽然她为了艺术,剃了光头(青丝委地,多可惜),但无论怎样化妆,也难以将这位漂亮小姐的扮相与黑瘦、潦倒、肮脏、可怜又可厌的孔乙己的形象画上等号。不知她是怎样来念孔乙己的臭名昭著的"窃书不能算偷……窃书! ……读书人的事,能算偷么?"的辩护词的。需知,时下常有人事实上将孔乙己的辩护词奉为金科玉律,如果将孔乙己数茴香豆时的哼哼叽叽"多乎哉? 不多也"改头换面,来形容此辈,肯定是"少乎哉? 不少也"!

当然,"萧条异代不同时",今天的孔乙己的"后起之莠",当然不屑于偷一点纸张笔墨、书,换碗酒吃。不,他们为了名利,偷学者的文章,"长途贩运"。譬方说,将北京报刊上发表的文章,偷到上海、湖北、新疆的报刊上发表,有的报刊发行量不大,作者不会看到,也就难以发现,何况咱大中国的报刊,又何其多也。即以不才而论,早在 20 世纪 80 年代初,就已开始被文坛扒手光顾。例如,章太炎在《书顾亭林轶事》一文中,说"清一代票号制度,皆亭林、青主(按:傅山)所创也"。某些学者据此引申,认为山西票号是顾炎武始创的,旨在为抗清服务。我认为此说毫无根据,在刊于1979年冬《中国史研究》上的拙撰长篇学术论文《顾炎武北上抗清说考辨》中,专门有一段,予以驳诘。但不久,有人在西北的某学术刊物上,著文论山西票号史,将我的这段论文,格抄不论,一字不漏,既未打引号,也未注明来源,这不是剽窃又是什么?过了些时候,上海一位文友来信告诉我,我辛辛苦苦研究后写成的考证文章、发表于中华书局出版的《学林漫录》上的《蒙汗药之谜》(按:不久前有人著文说《水浒传》里的蒙汗药乃子虚乌有。这是无知妄说,古代确有蒙汗药,而且今天的黑社会仍在使用)被人抄去,刊于一家科技类报纸,而且还被一家文摘报纸转载。我与某单位领导聊天时,说起此事,此公打哈哈说:"有稿费大家一起花花嘛!"还有一位文友似乎一脸的肃然起敬,对我说:"王兄真棒!文章发表,就有人抄,说明尊作学术质量高,社会影响大。您看我的文章,至今人家也瞧不上,没人抄。"正是这种小环境舆论氛围的熏染下,我在一次大型学术研讨会上说:"比起前辈史学大师,我觉得自己够没出息的了!现在居然有人抄袭我的论文,他们这样抬爱我,真是不胜荣幸之至。"说完这句话,忽然想到诗人公刘说过:"中国人倘没有一点阿Q精神,还能活下去吗?"不禁黯然神伤。

不过,此类抄袭行径,毕竟或数百字,或千字,像当年的孔乙己一样,属于小偷小摸,倘不欲雅训,径可斥之为鼠窃狗偷,如此而已;抄袭者也多半是孔乙己之类的无名小卒、阿猫阿狗,因此很少有原作者会与此类鼠辈计较,一笑置之而已。但曾几何时,歪风又变!其显著特征是:当年的孔乙己做梦都不会想到,功名利禄一样也不缺的博士、副教授、教授、博士生导师,也居然与鼠为伍;由鼠窃狗偷而明火执仗,公然抢劫,将几万字、几十万字的著作据为己有,胆子越来越大,气焰也越来越嚣张!

以前者而论,眼前最突出的例子,就是媒体揭露的某大学中文系教授张某,剽窃青年散文家伍立杨的文章,经人著文揭露后,他居然还著文辩解,说"学问乃天下之公器",真不识羞耻二字。其实,他要是认真读一读《孔乙己》,当无地自容:孔乙己乃科举制下牺牲品,衣食无着,偷点儿东西变卖,聊以果腹。台端乃堂堂教授,丰衣足食,又何须出此下策乎!

以后者而论,笔者最近碰到的一例,也堪称典型。近日在书店翻书,看到由雒启坤、韩鹏杰主编,雒启坤点校的《永乐大典》精编(一)(九州图书出版社 1998 年版),标价 780 元。时下《永乐大典》正是媒体、学术界的热门话题,我立即将此书翻开。读了雒启坤的长达十三页逾两万字的《绪言》前几段,顿时感到奇怪了! 这些文字怎么如此面熟? 干脆将《绪言》全文复印回家,考证一番,弄个水落石出。当然,这属于最简单的考证:从书架上抽出中华书局 1986 年版的该局老编辑张忱石先生著的《永乐大典史话》,将该书两万多字的正文部分,与雒启坤的《绪言》对照,立刻恍然大悟:原来,这篇《绪言》除了将张忱石文的开头,加上"我们"二字,删去张文的三个小标题和文末的一段话,狗尾续貂地加了四行字一小段(按:这一小段第一句"本书是六百年来《永乐大典》第一次排印出版。"不通之至。事实上,崇祯二年,徐光启建议开设历局,用西洋测法,崇祯皇帝即命刻《永乐大典》的《日食卷》行世,故时人称"今《永乐大典》刻本唯此"。见王世德《崇祯遗录》。点校本刊于《明史资料丛刊》第五辑)外,其余两万字全部将张文照抄一遍! 作为编审,张忱石先生在出版界可谓"生姜还是老的辣",但再"辣"也哪里会想到雒启坤剽窃他人的著作,是这样心狠手辣! 雒启坤名不见经传,好在我在学术界、新闻出版界朋友不少,很快便了解到，此人不是别人，就是某大学中文系的副教授雒某，头上还先后有过硕士、博士头衔的。提到博士，不禁想到唐代诗人李涉的一则掌故：据《唐诗纪事》记载，李涉路过皖口西的江村井栏砂（今安庆市附近）时，遇上绿林豪杰，问李涉是什么人，同行者代答谓：李博士也。盗魁便说："若是李博士，不用剽夺，久闻诗名，愿题一篇足矣。"李涉当即写诗一首："暮雨潇潇江上村，绿林豪客夜知闻。他时不用逃名姓，世上如今半是君。"但是，不论是当年的李涉博士，还是那帮强盗，他们岂能想到，一千多年后，堂堂的博士、教授，居然也干起文化领域的"绿林豪客"了！有的人还发了大财，买了洋房、轿车，成了暴发户。我认为，对此类暴发户，有司应当像对待生产伪劣产品坑人致富者一样，罚得他们倾家荡产，否则有朝一日，文苑真有可能发展到"世上如今半是君"了！

这里，我愿向文坛、学苑的大、小孔乙己及"绿林豪客"大喝一声：这一张旧船票，何必登上你的贼船？！

（原载《中华读书报》1999 年 9 月 3 日）

红豆、劳什子及其他

——煞风景的考证之二

　　我在读小学时,适逢"土改",从地主的抄家物资中,捡到一本《红楼梦》,硬着头皮读了几回,觉得索然无味,那个老爱生病、生气的林黛玉,跟庄上常和我一起割牛草、玩耍的二丫头相比,差远了! 直到上了大学,重读此书,遂废寝忘餐,梦魂相依。贾宝玉唱的那支小曲"滴不尽相思血泪抛红豆……"令我不胜惆怅。当时的《红楼梦》对这支曲子并未详作注释。直到前几年,才有红学家在此书的新版中注道:"红豆——又名相思子,大如豌豆,色鲜红。这里用以代指眼泪。"红豆怎么会与眼泪画上等号? 大奇,百思不得其解。翻翻《辞海》之类的工具书,红豆确实又名相思子。但为什么叫相思子? 读过《唐诗三百首》的人,都难以忘记大诗人王维的名句:"红豆生南国,春来发几枝。愿君多采撷,此物最相思。"但您想过吗? 寰宇奇花异卉名果多矣,为什么独有红豆"此物最相思"? 清初学者钮琇《觚賸》卷七"相思子"条谓:"红豆名相思子,其树之叶如槐,盛夏子熟,破荚而出,色胜珊瑚,粤中闺阁,多杂珠翠以饰首,经年不坏。相传有怨妇望夫树下,血泪染枝,旋结为子,斯名所由昉也。维扬吴菌次为吴兴太守,有词云'把酒祝东风，种出双红豆'。梁溪顾氏女见而悦之，日夕讽咏，四壁皆书二语，时因目蔺为红豆词人。""把酒祝东风，种出双红豆"，想象奇瑰，堪称神来之笔。但钮锈夫子对"相思子"由来的解释，仍然是隔靴搔痒，缺乏说服力。孟姜女、祝英台的悲剧故事，比前引怨妇更感人泣下，为什么没有与红豆或相思树发生瓜葛？可见不足信也。据20世纪80年代初《新民晚报》的一则报道披露，郭沫若——啊，时下颇有几个以打倒他为时髦的天才——对王维笔下的红豆究为何物，曾经思索过，并在广东做了考查，后在鼎湖山找到了一种叫海红豆的植物，又称孔雀树、相思树，树高可达二十余米，"秋季果熟，其种子自然跃出果壳，呈朱红色，形似跳动的心脏"。郭沫若亲眼目睹了红豆的形状后，肯定心领神会。但他却没有写出文章，回答何故"此物最相思"。我想，这是因为郭沫若已经年迈，而且身居要津，要将红豆的实际形状说出来，是不便启齿的。事实上，说红豆"形似跳动的心脏"，并不确切。那么，到底形似什么？古人早已用生动、形象的语言，向我们描绘过、暗示过。清初屈大均的名著《广东新语》卷二五"红豆"条载谓："红豆……其木本者，树大数围，结子肥硕可玩。万红友（按：清初宜兴诗人、剧作家）……有赋云：……检轻红于槭畔，莞榴粒之羞园。嘅茭肥之输茜，混火齐而光搀……"云云。如果您还不明白，觉得此赋用词隐晦的话，那么您读了明朝学者、才子杨慎托名汉朝人写的《汉杂事秘辛》中描绘东汉桓帝选妃，看中大将军梁冀的女儿梁莹，由皇太后派一妇女，详细检查梁小姐的身体，并做记录，其中有这样一段文字，您就会恍然大悟："……阴沟渥丹，火齐欲吐，此守礼谨严处女也。"（见清知虫天子辑：《香艳丛书》三集卷二）原来，刚采撷下来的成熟的红豆，形状酷肖处子的阴蒂，怪不得王维在诗中说"愿君多采撷，此物最相思"。王维亦官亦隐，生活奢靡。他的这首脍炙人口的《相思》诗，其实是一首道道地地的艳诗。著有《香奁集》的风流诗人韩偓，更赤裸裸地在《玉合》诗中写道："……中有兰膏渍红豆，每回拈着长相忆。"（《全唐诗》卷六八三）唯其如此，红豆才会成为风月场中的礼品。如明代杭州有个浪子，"与一妓交好，及别后，少年以相思子作绿纱囊寄之，以表相思之意"。（明·田艺蘅：《留青日札》卷三二"相思树"条）这对王维的前述诗句是个很好的注释。还需向读者坦诚相告的是，我虽蠢笨如牛，但"好古之心人皆有之"，曾在广东从相思树上采下红豆，仔细观察，顿悟王维诗句所指，感叹大千世界"造化钟神秀"，红豆乃植物中之尤物也。联想到某些学者对红豆不作仔细考证，想当然地作风马牛式的注释；远的不说，今日人们以红豆作人名、艺名、室名、书名、商品名、饭馆名、别墅……名者，不可胜计。倘若他们知道红豆的典故、王维诗句的本义，岂非煞尽天下风景乎！

说不尽的《红楼梦》。伟大的文学家曹雪芹——啊，有多少人靠他当上了专家、学者，以及呱呱叫的炒红学冷饭的得心应手者，吃饱了撑的仅知道林妹妹是宝哥哥表妹就声称自己在研究红学的附庸风雅者——笔下有多少奇妙的物事有待我们去认真诠释、考索，否则便莫名其妙。如第三回写贾宝玉初次与林黛玉会面，见黛玉没有"通灵宝玉"，便摘下挂在头颈上的"通灵宝玉"狠命摔去，说："我也不要这劳什子了！"何谓"劳什子"？红学家有注解为："如同说'东西'、'玩意'，含有厌恶之意。"《现代汉语词典》则解释为又作"劳什子"，"使人讨厌的东西"。《辞源》的解释是："东西、家伙。有轻视、厌恶的意思。也作……捞什子。"这些解释都不太准确，更没有指出此词的来源。说"劳什子"有"家伙"之意，更令人费解。不知是否受古老相传的这则民间笑话的影响？谓：有老翁老妪苟合，老妪笑指老翁男根曰："这劳什子是啥？"翁答曰："老家伙嘛！"然而，"家伙"与"劳什子"原意相差远矣。20世纪70年代初马王堆出土了竹简《天下至道谈》，共五十六支简，每支简上文字多为三十余字。这是非常古老的房中术著作，系统地论述了性保健、性治疗。经过专家整理、排列后的该书第十段是讲男女交合"十修"的，其中第四"修"是"四曰劳实"。古文字学者考证后认定，"劳实"乃摩弄阴蒂之意。随着时间的推移，演化为"劳什"及其他一些同音词。至今在江浙口语（尤其是民间）中，仍流行此词，多作贬义。但是，乡间已用"×心子"代替"劳实"了。看来，曹雪芹也不知道"劳什子"一词的历史变迁。否则他怎么好意思让宝玉、黛玉口中说出如此不雅之词？我国古老的性文化，对于政治、文化等都曾打下深刻的烙印。马王堆的出土文物，应当受到包括红学家在内的社会科学学者们的广泛关注，吸取其研究成果。前贤的"于学无所不窥"、"博大精深"的优良传统。在时下的学界正日趋丧失。奈何！

孔夫子讲究"每事问"。连亡国之君崇祯皇帝也好学深思，不懂的就向他人请教。如街市"买东西"，他就很奇怪，为什么不说"买南北"，而只说"买东西"呢？我想，即使三百多年后的今人，也很少有人会发现、思考这个问题的。当时，崇祯曾派宦官就此问题请教词臣，无人能够解释。只有辅臣周延儒回答了，"然亦太穿凿"。（清·龚炜：《巢林笔谈续编》卷上）联想文坛，某些作者读书不多，却懒于或耻于"每事问"，跟着自己的感觉走，以致捉襟见肘。前两年某小说家梦中作诗，与黄庭坚同，却不知黄公有此诗，竟将因有名句"桃李春风一杯酒，夜雨江湖十年灯"的此诗创作权，归到自己名下，成为文坛笑柄，至今很多读者还记忆犹新。其实，他要是读过当代小说史之类的著作，或者翻过一些相关的目录，就会知道张祖传（笔名司马紫烟）就曾经为诸葛青云代笔，写过一部武侠小说，书名就叫《江湖夜雨十年灯》。当然，缺乏某些诗词、小说史常识也不要紧，打个电话问问文学史专家，不就一清二楚了吗？事实上，现在有不少作家自我感觉太好，以精神贵族自居，不亦妄乎！其笔下涉及文史者，每每一经行家考证，便大煞风景，这样败兴的事，我们还见得少吗？

一本回忆章士钊老人的书，竟然这样写道："父亲一定很失望，他的内心也一定还是孤独的，就像他晚年为自己所起的号——'孤桐'一样。"我为作者对其父如此缺乏常识感到吃惊。章士钊老人年轻时与别人唱和诗，就已署"孤桐"二字，后来作文往往也署"孤桐"。这多半源于白居易的《云居寺孤桐》诗："一株青玉立，千叶绿云委；亭亭五丈余，高意犹未已……寄言立身者：孤直当如此！"不知白居易此诗倒也罢了，但书架上伸手可得的鲁迅《华盖集续编》，收有他 1926 年写的《为半农题记〈何典〉后，作》，文中不是很分明地写道"我……又做过几年官，和所谓'孤桐先生'同部"吗？章老怎么会几十年后，在"文化大革命"中才给自己号孤桐！我知道作者是学外语的，无意苛责她文史书籍读得太少。但是，她在成书前，如能打个电话请教一下历史学家，或研究其父的老对头鲁迅的专家，又何至于犯这样的常识性的错误？

环顾学界、文苑，有不少人不是"失落在枫桥边"，而是失落在浮躁的学风里！

（原载《中华读书报》1999 年 9 月 15 日）

花果山上的"猴门事件"

近日,承蒙江苏企业家孙锡俊董事长的雅意,邀我去连云港畅游花果山。这可谓圆了我的少年梦。读小学时,我就看过《西游记》,对孙猴子的乐土花果山,向往之至。家乡建湖县地处苏北里下河地区,地势洼如锅底,故秋高气爽时,偶尔能见到很远的花果山山顶;当然,只是一点朦胧的山影罢了。遥望花果山,在我的童心中,惆怅之余,更平添了几分神秘色彩。

花果山是东海边蜿蜒起伏的云台山的一个部分,山高不足千米,但在一望无垠的苏北平原上,堪称是"绝壁千仞"了。令我惊异的是,当我们的小车沿着盘山路直趋山顶后,在蓝天白云下,海风吹拂中,却见到一只孤零零的猴子,蹲在巨石上,垂头不语,一脸的无奈。游人走近它,立刻龇牙咧嘴,似乎发出不容侵犯的警告。但当游人把面包、香蕉之类食物扔在它的面前,它立刻变得和颜悦色,一边用餐,一边瞧着游人。吃罢食物,它在山上漫不经心地走着,慢腾腾地,很像一个一身疲惫、一脸倦容、很不得意、满腹心思的天涯游子,"夕阳西下,断肠人在天涯"。还令我纳闷的是,它走来走去,仅在山顶独徘徊,绝不下山,而山腰上就有它的几十只同类,在享用饲养员给它们的美味,嘻嘻哈哈,打打闹闹,更有山果甜又甜，不知猴年是何年，真是其乐也融融。这只猴为什么要离群索居，成了花果山上的独行客，而且不敢下山，到猴窝里探望"父老乡亲"？请教导游小姐后，我才恍然大悟。原来是：1998年4月，山腰猴王国里举行猴王争夺战。此猴身材高大，体魄雄健，而对手比它矮小，它本可以凭自己的实力夺得猴王宝座，但它却在厮打时，做小动作，弄虚作假，破坏了猴规，激起群猴公愤，对它群起而攻之，将它的鼻子也咬掉了一块。从此它被群猴驱逐出境，而且不准靠近猴王国，于是这只"政治品质"很差的猴子，只好丢掉猴王国的户口，自我放逐到山顶，成了没人管的野猴、孤独的流浪汉。想不到猴王国与人类社会有如此惊人的相似！众所周知，二十多年前，美国的"水门事件"导致了尼克松总统的下台。此公违犯了政治游戏的规则，触犯了宪法，为国人所不齿，一度人们都不愿做他的邻居。而花果山上的猴群，对"猴门事件"的处理，比人类可厉害多了！这是可以理解的：它们毕竟是猴子嘛。

我特地赶到山腰，去看猴王。它果然比"猴门事件"的肇事者要小一号，神情呆板，毫无英武之气。游人掷下食物，它独自享用着，其他猴子虽然似乎馋涎欲滴，却只能远远地干瞪眼。这就是当猴群第一把手的好处。无怪乎每次争夺猴王宝座时，要争得死去活来。不过，我对眼前这个看来相当平庸、然而倒是严守猴规的猴王，实在没有好感。猴无英雄，遂使庸猴成名而已。比起当年在花果山上竖起"齐天大圣"长幡、英雄盖世的孙大圣来，而今的猴王太不足道也。

北雁南飞，秋已深矣。转眼间，严冬将至。花果山顶那只咎由自取的猴子，如何度过寒冬？现在它靠野果、游人赠的食品度日，夜宿草丛。我担心它难以熬过漫长的冬天。这里，寄话连云港的园林及旅游部门，"不以成败论英雄"，请关心一下这只猴子的生存权如何？千万别让它饿死、冻死在花果山上。需知，保护好这只"猴门事件"的"反面教员"，给游人的启示，比看普通猴子喧闹、起哄耐人寻味多了！

（原载《中华读书报》1998 年 11 月 18 日；
《中国旅游报》1998 年 12 月 8 日）

慈菇和"万万顺"

慈菇,是人们熟悉的食品。我的老家地处江苏里下河水乡。很多农家都在水田中种植它。大概外地人未必清楚,这农桌上常见的区区下饭之物,竟有一个动听的雅号:"万万顺"。遥忆童年,每当春节前夕,母亲就关照我们说:"快过年了,你们对慈菇不能再叫慈菇,要叫万万顺。"如果在过年期间,孩子们中有谁说到慈菇时,忘记改口,仍然直呼旧名,大人就会朝你瞪眼,认为这是很不吉利的。何以故?原来,人在寿终正寝之际,最后一刹那间,总是双眼上翻的;那散了光的、放大的瞳孔,看上去倒活像一对慈菇。因此,鄙乡骂人话中,有一句便是:"慈菇眼!"显然,母亲要我们改口,尊称慈菇为"万万顺",是含有避讳深意的。

在旧社会,生活在最底层的劳动人民,他们所避讳的,当然不仅仅是慈菇之类。读过鲁迅的《阿Q正传》的人都不会忘记,阿Q生平最苦恼的事之一,"是在他头皮上,颇有几处不知起于何时的癞疮疤",人称癞痢头。在阿Q看来,这实在是个大不幸。因此,他忌讳说"癞"以及一切近于"赖"的音,后来推而广之,"光"也讳,"亮"也讳,再后来,连"灯""烛"都讳了。"一犯讳,不问有心与无心,阿Q便全疤通红的发起怒来",口里嘟囔着"妈妈的!"甚至拔出老拳,向对方挥过去。你看,阿Q对自己的癞痢头的避讳,是何等的郑重其事!

像我母亲那样勤劳一世,朴实、善良的农妇,要我们在过年时避慈菇之讳,不过是希望、祝福在新的一年里,诸事万万顺,也就是吉祥如意。而就阿Q来说,这个被旧社会的大山压得几乎透不过气来的"精神胜利法"的发明者,对自己癞痢头上的疮疤,竟避讳到那种可笑的程度,恐怕只能说是长期受剥削阶级的精神奴役的一种创伤。显然,在阿Q的可笑的背后是隐藏着深沉的悲哀的。透过慈菇的雅号"万万顺"和阿Q所避讳的"光""亮",我们不难看出,在"万家墨面没蒿莱"的旧中国,在苦海中挣扎的劳动人民,万事不顺,没有光明。

对于劳动人民的对立面——剥削阶级来说,他们的避讳、名堂可谓大矣。而就中国的地主阶级而论,其资格之老,享年之长久,又是举世无双,因此它的避讳术,就特别名目繁多。《公羊传·闵公元年》条载谓:"《春秋》为尊者讳,为亲者讳,为贤者讳。"汉代大史学家司马迁说过,"孔子作《春秋》而乱臣贼子惧"。如果生吞活剥一下太史公的这句名言,似乎可以说:孔子定"三讳"而文人小民惧。惧在哪儿?惧就惧在:在写作和说话时,对最高统治者、最尊崇的人、家庭中长辈的名字都必须避而不用,以表示毕恭毕敬,诚惶诚恐。但是,在先秦时期,避讳毕竟还不是太严格。就以孔夫子来说吧,他的母亲的名字叫征在,而他的言论集(当然,也包括一部分他的门人的言论)《论语》中,就有"足则吾能征之矣"、"吾在斯"之类的话,这里的"征"、"在"二字,实际上都是犯了孔母名讳而未避。秦汉以后,随着封建专制主义的不断强化,封建等级制越来越森严,避讳也就愈益严格。1974年,长沙马王堆出土的《经法》中,因避汉高祖刘邦讳，凡"邦"字都写成"国"。而至三国时期，对家讳已很严，不但自己不说父亲的名字，而且也禁止别人说。如司马朗九岁时，有人说起他父亲的名字，他就大为恼火，说："慢人亲者，不敬其亲者也！"（《魏志》卷二十三）此人连忙赔礼道歉。唐朝的文学大师韩愈，为了替诗人李贺辩护，写过一篇叫《讳辩》的文章，辛辣地嘲讽说："父名晋肃，子不举进士；若父名仁，子不得为人乎！"（《昌黎集》卷十二）李贺的父亲名叫李晋肃，"晋"与进士的"进"同音，有人就以此捣鬼，认为李贺没有资格考进士。宋代以后，避讳更是五花八门，以致闹出许多笑话。《孟子》中有谓："今之所谓良臣，古之所谓民贼也。"有个叫钱良臣的人，自讳其名，他的小孩念《孟子》这一句，只好念成"今之所谓爹爹，古之所谓民贼也"。（《稗史》）刘温叟，他的父亲叫刘岳，"岳"与"乐"同音，他竟"终身不听乐"。（《挥麈前录》卷三）而田登当州官时，禁止人说"灯"字，在上元节放灯的布告中，居然写成"本州循例放火三日"（《老学庵笔记》卷五），更是为人们熟知的笑话。

当然，笑话毕竟是笑话而已。这几只笑柄，在当时，对于个人、社会，毕竟没有大的危害，至少对个人，绝无杀头之虞。而在明、清，随着中央集权制的高度发展，位居九五之尊的封建帝王被进一步神化，动辄发"雷霆之威"，避讳的内容与文字狱缠夹在一起，于是，悲剧不断发生，"避讳"二字，浸透了血与泪。且举一例。某次，朱元璋在南京微服私访，听到一位老太太称他为"老头儿"。这本来是很恰当的称法。因为朱元璋年岁已大，而且借用鲁迅的话说，老头子即"头子而老"之意，朱元璋不正是全国地主阶级的总头子吗？但是，朱元璋却认为这是对他的大不敬，跑到徐达家中，"绕室而行，沉吟不已"，吓得徐达夫人在地上连连磕头，一再拜问根由，朱元璋才愤愤然地说："今朕为天子，此邦居民呼朕为老头儿"，立即下令"籍没民家甚众"（《翦胜遗闻》）。清朝的文字狱案例中，因误犯"圣讳"或犯清讳，如称后金为东虏、夷狄、鞑子之类，被砍头、抄家、充军的，历历可数。如乾隆时的王锡侯在《字贯》一书的凡例中，提到康熙、雍正两朝庙讳及乾隆名字，未避讳，被看作是"大逆不法"，"照大逆律问拟"，满门抄斩。写到这里，不禁想起乾隆时的大学者纪昀（晓岚），此公靠绝顶聪敏而脱犯帝讳之祸的本领，实在让人佩服之至。有一次，他无意间说起乾隆皇帝是"老头子"，正巧被这位"头子而老"的听到了，大怒，逼问他作何解释，"无说则杀"，纪昀竟能脱口说出"老头子"三字最绝妙、动听的注解来："万寿无疆之为老，顶天立地之为头，父天母地之为子。"（《清稗类钞》第十四册）于是，乾隆大悦，免了他的罪。不过，料想纪昀当时想到很可能被杀头、流血，恐怕少不了要吓出一身冷汗吧！如此看来，避讳二字，不仅浸透血与泪，也还饱含纪昀辈的冷汗。

显然，避讳成了封建专制主义机器中的一个重要部件，在愚弄百姓、扼杀思想生机、摧残知识分子方面，起了很坏的作用，给学术文化的发展，带来严重障碍。例如，北宋诗人秦少游的郴阳词谓："雾失楼台，月迷津渡，桃源望断知何处？可堪孤馆闭春寒，杜鹃声里斜阳暮。"词句典丽，意境悠远。但是，最后一句"斜阳暮"云云，却是语句重叠，被人视为败笔。有人把它改为"帘栊暮"，但一推敲，又不对了：既然是"孤馆闭春寒"，又怎么会看见帘栊呢？其实，秦少游的原稿中写的是"斜阳树"三字，"后避庙讳（按：宋英宗名赵曙，"曙""树"二字同音），故改定耳"。（《贵耳集》卷二）你看，很美的词句，为了避讳，只好改得不伦不类。宋人洪迈在《容斋随笔》中说："本朝尚文之习大盛，故礼官讨论，每欲其多，庙讳遂有五十字者。举场试卷，小涉疑似，士人辄不敢用，一或犯之，往往暗行黜落。"这不是"尚文"，只能说是害文。避讳的结果，使各种古籍、史书，埋下了无数钉子，使今人读起来往往莫名其妙。前辈史学家陈垣先生花了很大工夫，在20世纪20年代后期写成《史讳举例》一书，实在是功德无量；读了此书，我们可以进一步明了封建时代的避讳种种，令人惊诧。

无可奈何牛棚去，似曾相识避讳来。"十年浩劫"期间，无数知识分子由人变为"牛"，封建主义大泛滥——那真是达到了"史无前例"的程度——避讳沉渣，重又泛起。人们记忆犹新：如果谁到书店里说，"我买一张领袖像"，就犯下了滔天大罪：对伟大领袖大不敬。"样板"的说法应该是："我请一张宝像。"如此等等。古老的避讳术，打上现代神学的印记，不胫而走。而另一方面，谁如果议论一下、批评一下林彪、"四人帮"，或者揭发林彪、江青反革命集团的问题，马上就给你戴一顶恶毒攻击"无产阶级司令部"的大帽子，从头扣到脚，轻则透不过气，重则窒息而死。犯了什么罪？实际上，就是违反了"为尊者讳"的封建信条。

当然，现代避讳术的如此猖獗，也是有深刻的社会根源的。孔夫子说过："礼失求诸野。"避讳也是这样，越是生产力低下、社会不发展的民族，禁忌就愈多，避讳也就更加繁复。小生产者的落后与愚昧的一面，是滋长避讳的土壤。以明末农民军领袖李自成而论，他在北京正式登上皇帝宝座前，大顺政权的礼部就已经"示闯贼先世祖讳，如自、印、务、明、光、安、定、成等字悉避"。（《怀陵流寇始终录》卷十八）这一历史事实正是表明了，即使李自成那样的小生产者的革命领袖，也是不可能与避讳绝缘的。这不能不是小生产者身上的疮疤。

严寒已过，春日早临，余有三愿焉：一愿故乡父老不再雅称慈菇为"万万顺"；二愿在祖国的春光下，阿Q式为自己头上癞痢避讳者越来越少；三愿随着批判封建主义残余的日益深化，我们伟大而古老的中华民族虎跃龙腾，生机蓬勃！

（原载《读书》1981年第4期）

读《诏狱惨言》

　　《诏狱惨言》是一本只有十四页的小书，收在《指海》丛书第五函中。作者为了隐姓埋名，署"燕客具草"撰，但实际上，是时人顾大武的手笔。这本书很值得一读。透过它所记录的使明末清初不少读者"发指眥裂"的血腥事实，三百多年前极端专制主义君权统治下的特种监狱——诏狱的罪恶种种，便重新展现在我们眼前。

　　何谓诏狱？《辞海》解释说，即"皇帝诏令拘禁犯人的监狱"。这个解释是比较贴切的。当然，跟封建专制主义锁链上的种种"国粹"一样，诏狱并非明代的"特产"，而是资格甚老，古已有之。史载"绛侯周勃有罪，逮诣廷尉诏狱"。（《汉书·文帝纪》）可见，汉文帝时已设诏狱。当然，在汉代以后的朝代，有时也把奉皇帝诏书审讯的案件，称为诏狱。但比起《诏狱惨言》中所述明末的诏狱来，真是小巫见大巫了。

　　《诏狱惨言》记的是"天启乙丑杨、左六君子事"，也就是公元1625年的"六君子"关在诏狱受尽迫害的情景。所谓"六君子"是指当时已被罢官的副都御史杨涟、金都御史左光斗、给事中魏大中、御史袁化中、太仆寺少卿周朝瑞、陕西副使顾大章。起先，臭名昭著的阉党头子魏忠贤，拉大旗作虎皮，捏造罪名，把杨涟等六人拖到天启初年曾任内阁中书的汪文言冤案中，捕入诏狱。但是，后来魏忠贤的走卒、大理寺丞徐大化出鬼点子说，仅仅将杨涟等与汪文言挂上钩，不过是坐以已成旧案的罪过，不如"坐纳杨镐、熊廷弼贿，则封疆事重，杀之有名"。这样，杨涟等人就被分别诬陷为接受熊廷弼贿赂，导致明军在关外与后金（清）之战中丧师辱国的罪名，实在是"罪莫大焉"（按：熊廷弼的被杀，本身就是个大冤案）。更可怕的罪名既已定下，更残酷的迫害就必然接踵而来。请看：

> 次日之暮，严刑拷问诸君子。虽各辩对甚正，而堂官许显纯（按：魏忠贤的干儿子，其手下"五彪"之下）袖中已有成案，第据之直书具疏以进。是日诸君子各打四十棍，拶、敲一百，夹杠五十。
>
> 七月初四日比较（即审问、用刑），六君子从狱中出……一步一忍痛声，甚酸楚。……用尺帛抹额，裳上脓血如染。
>
> 十三日比较。……受杖诸君子，股肉俱腐。
>
> 十九日比较。杨、左、魏俱用全刑。杨公大号而无回声，左公声呦呦如小儿啼。
>
> 二十四日比较。刑毕……是夜三君子（按：杨涟、左光斗、魏大中）……俱死于锁头（按：狱卒之头）叶文仲之手。
>
> 二十八日……周公（朝瑞）至大监，不半时许，遂毙郭贼之手。

限于篇幅，我们不便详细摘抄《诏狱惨言》中杨涟等所受的种种折磨，以及书内对诏狱中各种刑具的介绍。但仅从上述的节录中，我们也不难看出，在审问之前，审问官"袖中已有成案"，早已编造好假口供，审问完毕，便"具疏以进"，直接报给皇帝；堂堂国家大臣被任意诬陷、逼供、索款、拷打、暗杀，一个个都惨死于诏狱之中。

人们不禁要问：明代有完备的司法机关，即刑部、大理寺、都察院（简称三法司），在审讯杨涟等人的过程中，为什么不能过问？这是因为，诏狱是由皇帝亲自操纵的特务机关——锦衣卫直接把持的，谁也奈何不得。凡是诏狱关押的人犯，三法司谁也不敢问津。《明世宗实录》曾慨乎言之："国家置三法司以理刑狱，其后乃有锦衣卫镇抚司专理诏狱，缉访于罗织之门，锻炼于诏狱之手，裁决于内降之旨，而三法司几于虚设矣。"唯其如此，诏狱比起一般监狱来，才显得更加暗无天日。诏狱中的一件件冤案，"举朝莫不知其枉，而法司无敢雪其冤"。（《祁彪佳集》卷一）"法官非胆力大于身者，未易平反也。"（《万历野获编》卷二一）在诏狱中动辄被害死，固然是司空见惯，谁想要活着出来，真是难于上青天。万历年间，诏狱中不仅关了几百人，狱中"水火不入，疫疠之气充斥囹圄"。（《明史》刑法志三）有些人竟然一关就是几十年。钱若赓在礼部任职期间，因在选妃时得罪了神宗皇帝朱翊钧，朱便想找个机会把他杀掉。后钱若赓出任临江知府，被诬为酷吏，由朱翊钧亲自下令，投入诏狱。钱若赓结果坐牢达三十七年之久，终不得释。他的儿子钱敬忠成进士后，连连上疏鸣冤，读来真是字字血泪："臣父下狱时，年未及四十，臣甫周一岁，未有所知。祖父祖母，年俱六十，见父就狱，两岁之中，相继断肠而死……止余臣兄弟三人，俱断乳未几，相依圜土。父以刀俎残喘，实兼母师之事。父子四人，聚处粪溷之中，推燥就湿，把哺煦濡……臣父三十七年之中……气血尽衰……浓血淋漓，四肢臃肿，疮毒满身，更患脚瘤，步立俱废。耳既无闻，目既无见，手不能运，足不能行，喉中尚稍有气，谓之未死，实与死一间耳!"(《鲒埼亭集》卷六)幸亏钱敬忠上疏时,朱翊钧已经寿终正寝,明熹宗朱由校总算动了一点儿恻隐之心,把仅剩一口气的钱若赓释放,才没有死在诏狱内。本来封建时代所有的监狱都是人间地狱。但在明代,凡是偶有从诏狱中被转到刑部监狱中的犯人,对比之下,竟觉得刑部监狱简直就是天堂了。明末瞿式耜就曾经写道:"往者魏(忠贤)、崔(呈秀)之世,凡属凶网,即烦缇骑,一属缇骑,即下镇抚,魂飞汤火,惨毒难言,苟得一送法司,便不啻天堂之乐矣。"(《瞿忠宣公集》卷一)显然,比起刑部监狱这座人间地狱来,诏狱的惨无人道,实在是第十八层地狱!

杨涟等人被魏忠贤之流的阉党关进诏狱,受尽凌辱、酷刑,惨死狱中,不能不是个莫大的悲剧。特别是杨涟,他曾经上疏弹劾魏忠贤二十四条大罪,认为"寸磔忠贤,不足尽其辜"(《杨大洪先生文集》卷上),确实是个忧国忧民、疾恶如仇的铁骨铮铮之士。但是,包括杨涟在内的"六君子",无一不是封建社会的愚忠。杨涟在狱中写下的血书里,固然有"大笑大笑还大笑,刀砍东风,于我何有哉!"(《碧血录》第7页)以抒愤懑。但是,他在临死前写的《绝笔》中,仍然坚信"涟死非皇上杀之,内外有杀之者。雷霆雨露,莫非天恩……以身之生死,归之朝廷"。(《碧血录》)明孝宗(朱祐樘)弘治十八年(公元1504年)李梦阳在诏狱中写下的"昔为霜下草,今为日中葵。稽乎沐罔极,欲报难为词"(《空同诗集》卷六)的诗句,可以说写出了明代所有关在诏狱中的那些忠而获咎者的心声。杨涟辈对魏忠贤恨之入骨,但魏忠贤难道不正是假天启皇帝朱由校至高无上的皇权,才得以逞凶肆虐,作恶于诏狱之中,流毒于普天之下的吗?就此而论,杨涟至死还在叨念天恩,也不能不是个莫大的悲剧。

《诏狱惨言》是一面历史的镜子。它从一个侧面照出了封建社会法外之法的可憎可怖，从而揭示了像《大明律》那样严密的法典以及三法司那样完备的司法机关，在皇帝特设的诏狱面前不过是一纸空文，形同摆设，它更是明代大肆膨胀、高度发展的皇权，在进一步强化封建专制主义过程中，充分暴露的腐朽、野蛮、残酷的一个缩影。听一听三百年前杨涟等人在诏狱中凄厉呼喊、悲痛呻吟的惨言，对于我们了解封建专制主义的危害不无裨益的。

（原载《法学杂志》1982 年第 1 期）

说"天地君亲师"

　　真是"余生也晚"。我生之后,已无需诚惶诚恐地对皇帝顶礼膜拜了。但是,封建"皇泽"之长久,绝非很不彻底的辛亥革命所能斩断的。直到新中国成立前夕,许多人家还都供奉着"天地君亲师"的神牌。这个用金漆雕木或红纸制成的渗透封建主义气息的历史亡灵,长期禁锢着人们的头脑。

　　历史学家张舜徽说过:"真正彻底了解'天地君亲师'五个字的来源和作用,对整个中国封建社会的内幕,可算是了解了一大半。"此话很有见地。你要批判封建专制主义的流毒吗? 就必须了解"天地君亲师"的来龙去脉。

　　在我国最古老的文字甲骨文以及稍后的金文中,这五个字还没有全部出现。"天",甲骨文、金文中均有;"地",甲骨文中无,金文中有:"君",甲骨文中有个占卜者的名字叫"君",但有的学者说是"尹"字;"亲",甲骨文中无,金文中有,是国名,但许慎《说文》解释为一种果实,就是榛子;"师",甲骨文、金文中都有,是军官名。——如此看来,在商朝以及西周,"天地君亲师"还没有互相连属,随着封建因素的日渐滋长,以及天道观念的进一步发展,"天地君亲师"的概念愈益明晰起来。《荀子·礼论篇》提出了"礼有三本"的问题："天地者，生之本也；先祖者，类之本也；君师者，治之本也。"这里，虽然没有直接提到"亲"字，但是"先祖"正是说的"亲"。显然，"天地君亲师"紧密相连，作为一种精神枷锁，是战国年间形成的，是早期封建社会土壤里孽生出来的毒草。随着封建中央集权制的日益强化，君主成了人间之神，至迟从明朝末年起，"天地君亲师"的神牌，差不多已经高踞于每一个家庭的供桌之上了。清朝初年的石成基曾喋喋不休地宣扬："天地君亲师，此五件世上都该感激，都该设牌位早晚焚香叩谢，切不可懈怠，做个忘恩负义的人。"（《传家宝》卷一）并写了歌词，要人们"每日清晨一炷香，谢天谢地谢君王。太平气象家家乐，都是皇恩不可量"。（《传家宝》卷四）他的这首诗，突出"皇恩"，对我们深入揭示"天地君亲师"彼此间的关系，是不无启示的。

"天地君亲师"，哪个字是核心？是动辄声称"皇恩浩荡"的"君"，也就是封建皇帝。按照地主阶级理论家的论调，"天地生君子，君子理天地"（《荀子·王制篇》）；"王者父天母地，为天之子。"（班固：《白虎通义》）君权是神授的，代表在冥冥中无所不能、主宰一切的老天爷统治人间。这样，皇帝也就成了人间之神。《诗经》宣扬："普天之下，莫非王土，率土之滨，莫非王臣。"似乎天下的一切，都是皇帝赐予的，让臣民对所谓浩荡皇恩感激涕零。你看，《红楼梦》中的贾政，在自己的女儿元春当了皇帝的小老婆后，还要挤出几滴眼泪，说出一番肉麻的话来："今贵人上赐天恩，下昭祖德，此皆山川日月之精华、祖宗之远德钟于一人……虽肝脑涂地，岂能报效万一！"写到这里，不禁想起清代的一个笑话。某年夏天，以纂修《四库全书》闻名于世的纪昀，因胖得难耐酷热，脱光上身，在南书房纳凉。偏巧此时乾隆皇帝驾临，来不及穿衣，匆忙躲在御座下，乾隆却一坐就是半天。纪昀"酷热不能耐，伸首外窥,问曰:'老头子去耶?'"乾隆厉声责问纪昀:"老头子三字何解?""有说则可,无说则杀。"纪昀一边叩头,一边解释说:"万寿无疆之谓老,顶天立地为头,父天母地之为子。"(徐珂:《清稗类钞》第十四册)乾隆听罢,心花怒放,才没有给纪昀办罪。纪昀对"老头子"三字的解释,称得上是绝妙奇文,妙就妙在深得拍马术的三昧;奇就奇在为我们道出了"君"在"天、地"之间的位置。有的人还把皇帝与太阳联系在一起,说什么"天无二日,民无二王"(董仲舒:《春秋繁露》),"前有明君照,后有太阳随"(解缙:《解学士全集》卷一);连朱由检(崇祯)那样刚愎自用的亡国之君,竟然也有人"以太阳为君征",将他吊死煤山之日,即1644年的3月19日,定为"太阳生日","相聚拜献"(陈登原:《国史旧闻》第三册,引《烟屿楼笔记》卷一)。真是荒唐!

那么,"亲、师"二字,与"君"又是什么关系呢?

植根于自然经济之上的封建宗法关系,是封建统治的重要基础,每个家庭的家长,从来是代行封建统治的部分职能的,君权实际上也就是最大的父权,皇帝就是天下最大的家长。唯其如此,历来封建统治者才那样热衷于宣扬孝道,强调"国之本在家","家齐而后国治"。早在两千多年前,孔夫子就鼓吹"其为人也孝悌,而好犯上者鲜矣"(《尚书·洪范》),极力要人们相信:"天子作民父母,为天下王。"宋朝的道学家吕祖谦,更赤裸裸地说:"事君如事亲……故事亲孝……忠可移于君。"(《御纂性理精义》卷十一)至于"师",没有一个皇帝不是以圣人自居的,其一言一行,都要写进"起居注",做天下的楷模;而自武则天开始亲自殿试以选拔知识分子任官后,皇帝更成了理所当然的最有学问的人。明太祖朱元璋,吹嘘自己"未尝从师指授,然读书成文,释然自顺,岂非天授乎!"(徐祯卿:《翦胜遗闻》)并把他的话辑成四编《大诰》,下令家家户户必备,天下百姓必读,每隔三年,京城比赛背诵《大诰》,人数多达十九万余人。这可以说是中国古代规模最大的推行皇帝语录的运动。

　　综上所述我们不难看出,"天地君亲师"联成一体,而"君"字是中心。这就清楚表明,由这五个大字组成的特种牌位,既是封建专制主义强化的产物,又是巩固封建专制主义的利器。供奉这块牌位,就是供奉皇帝;向这块牌位磕头作揖,就是向皇帝俯首称臣。可以想见,这块牌位对毒害中国人民精神世界所起的作用。显然,只有彻底批判封建专制主义,才能保证"天地君亲师"这块古老的神牌以及形形色色变相的"天地君亲师"一类的封建亡灵,不会再在人间复活、作祟!

（原载《新时期》1981 年第 2 期）

"笑区区、一桧亦何能"

　　历史现象常常有惊人的相似之处。例如,南宋也有一个"四人帮":以臭名昭著的汉奸卖国贼秦桧为首,再加上其妻王氏、万俟卨、张俊。这个"四人帮"并非由谁钦定,而是人民群众自发的定谳。据史料记载,杭州西湖岳飞墓前,从明朝成化年间开始,塑有秦桧夫妇的铜质跪像,正德八年(1513年),又加铸万俟卨,不久就被痛恨卖国贼的游人挞碎,后重铸,再增加秦桧的死党张俊像,四人都是双手反接,跪于丹墀,但"游人椎击益狠,四首齐落",于是改用铁链。以后屡毁重塑,直至"文化大革命"时被砸烂,粉碎"四人帮"后再塑,秦桧等八百年前的"四人帮",依然年年月月、朝朝暮暮,在民族英雄岳飞的墓前长跪不起,遭到世人的唾骂。

　　我曾多次去西湖凭吊岳飞墓。犹忆第一次见到秦桧等"四人帮"的跪像,内心深处,厌恶至极;但是,我并未随着某些游人,朝这四个丑类身上吐口水,甚至扔石子。"青山有幸埋忠骨,白铁无辜铸佞臣。"岳坟前的这副名联,实在发人深省。遥忆童年,我在读小学时,就看过小说《精忠说岳》,觉得是奸臣秦桧蒙蔽了皇帝宋高宗这个昏君,害死了一代忠良、抗金英雄岳飞,真恨不能对秦桧食其肉,寝其皮;上初中后,我写的第一篇作文,就是写的岳飞是我最崇拜的英雄,对害死岳飞的罪魁祸首秦桧,严词痛斥,从而受到先师葛葵先生的表扬。但是,20世纪50年代,我在复旦历史系求学,读了文徵明(1470—1559年)的《满江红》词,不禁怦然心动。全词如下:"拂拭残碑,敕飞字、依稀堪读。慨当初,倚飞何重,后来何酷。岂是功成身合死?可怜事去言难赎。最无端,堪恨又堪悲,风波狱。岂不念,封疆蹙?岂不念,徽钦辱?但徽钦既返,此身何属?千载休谈南渡错,当时自怕中原复。笑区区、一桧亦何能?逢其欲。"文徵明以对南宋历史深刻的洞察力,一针见血地指出,作为当时主和派头子的宋高宗,其实最怕岳飞北伐成功,因为一旦出现这样胜利的局面,徽、钦二帝返回中原,宋高宗就会失去皇位,这不是"急煞人也么哥"? 因此,宋高宗是必欲置岳飞于死地而后快的元凶,秦桧不过是迎合了他的私欲,举起了杀害岳飞的屠刀罢了。这个别开生面的观点,对我童年时的懵懵,不啻是振聋发聩。但是,我习史的兴趣毕竟在明清,而非宋代,因此并未沿着文徵明的思路去探索。

转眼间,四十多年过去,近日喜读王曾瑜研究员的新著《荒淫无道宋高宗》,不禁又勾起我童年、青年时代的岳飞情愫。说真的,此书虽长达四百六十五页,我在阅读时,却丝毫不敢马虎。这不仅在于,曾瑜是已经有三百多万字论著面世的宋史专家,《岳飞新传》、《宋朝兵制初探》、《宋朝阶级结构》、《金朝军制》等专著,都是颇有学术成就的力作,而且无论是对历史还是对现实政治的观察,他都特别理性。最近,他在《北京观察》上发表的《腐败就是今天的国耻、党耻》一文,杂文家牧惠特地著文介绍,誉为"这是迄今为止所看到的反腐文章中最尖锐的一篇"。我一直认为,一个对历史缺乏研究的人,很难看清现实世界的神髓,而一个对现实世界稀里糊涂的人,也很难揭示历史的真相。曾瑜既以对历史与现实两个方面均能深刻思考见长,他的这部研究宋高宗的新作,能给我们带来什么新的启示呢?即以岳飞冤狱为例。王曾瑜列举铁的事实指出:岳飞蒙冤入狱后,最初负责审讯的制勘院主审官是御史中丞何铸,但尽管此人是秦桧心腹,在弹劾岳飞、排除异己的勾当中兴风作浪,然而,在审讯过程中,当他听了岳飞的辩白,并解开衣服,背上露出了深嵌肌肤的四个大字——'精忠报国'后,终于天良发现,便去找秦桧,力辩岳飞无辜。秦桧给他亮出底牌:"此上意也!"这是秦桧假传圣旨吗?非也,正是在宋高宗的批准下,万俟卨取代何铸,丧心病狂地对岳飞酷刑逼供,而岳飞宁死不屈,拒绝自诬后,遂通过秦桧上报奏状,宋高宗随即下旨,"岳飞特赐死"!并将其子岳云的徒刑也改判死刑,何其毒也!害死岳飞后,宋高宗和秦桧大肆迫害岳飞的部下和同情者。宋高宗甚至因为憎恨"岳"字,居然下令将岳州改名纯州,岳州的节镇军名岳阳军改名华容军。透过这些荒谬行径的背后,我们不是清楚地看到了如闻齿声的宋高宗的狰狞嘴脸吗?如此等等,再加上王曾瑜钩沉抉微列举的其他铁证,杀害岳飞的罪魁祸首是宋高宗,难道还不是天日昭昭,一清二楚吗?读完这本书,我们再重温文徵明的《满江红》,"笑区区、一桧亦何能?逢其欲",不能不由衷地赞叹:此乃千古绝唱!

回首吴山旧旗风,岳坟兴废如梦中。读了王曾瑜的新著,我才更清醒地意识到,岳墓前跪着的秦桧等"四人帮",固然是罪有应得,但明朝人设计的四尊跪像,却又不能不是难以摆脱的封建专制文化影响的产物:"圣主贤明"、"浮云蔽日"。四条疯狗被钉在历史的耻辱柱上,而唆使狗们咬死岳飞的主子宋高宗却逍遥法外。在一些史籍上,头上仍然闪耀着"中兴之主"、"大国巍巍,超冠古昔"之类迷人的光环,真是岂有此理。显然,应该第一个永远跪在岳飞坟前请罪的，不是别人，正是元凶宋高宗！当然，岳飞墓前"四人帮"的跪像，毕竟是几百年间形成的模式，没有必要去重新改动。但是，我希望有识之士能够在岳坟的展览室里，再塑一个宋高宗、秦桧、王氏、万俟卨、张俊的跪像，以恢复岳飞冤案的历史真相。令人欣慰的是，深具忧患意识的王曾瑜，近年来在治史之余，正在创作"岳飞与宋高宗系列小说"，第一卷《靖康奇耻》即将出版，第二卷《建炎风云》也已完稿。我相信，随着这些小说的传播，将来人们无论是一杯浊酒说苍凉，还是"剧对蝉声话夕阳"，提到南宋的"四人帮"时，肯定就会有一个正确的认识。

感谢王曾瑜的新著，启我心智，耳目一新，尽管这部浸透批判封建专制主义笔墨的专著，应该还有一系列的学术突破，我并未涉及。但是，仅从岳飞冤狱看来，他能拨开重重迷雾，揭示出宋高宗的真实面貌，使"笑区区、一桧亦何能"落到实处，就足以令我击节者再，鼓掌称快了！

（原载《文汇读书周报》1999 年 9 月 4 日）

白铁无辜铸佞臣

清代嘉庆年间，阮元（1764—1849 年）在平定东南海上蔡牵（？—1809 年）之乱后，将所获兵器熔锌成秦桧（1090—1155 年）夫妇铁像，跪于岳飞（1103—1142 年）庙前。有人曾戏撰一联，作秦桧夫妇追悔口吻，题在两块小木牌上，分别系于秦桧夫妇的头颈。秦桧颈前的是："咳！仆本丧心，有贤妻何至若是？"王氏颈前的是："啐！妇虽长舌，非老贼不到今朝！"（徐珂：《清稗类钞》第14 册）虽说此乃戏言也，但对卖国贼秦桧夫妇，确实是莫大的讽刺。

"青山有幸埋忠骨，白铁无辜铸佞臣。"将秦桧夫妇铸成铁像，跪在民族英雄岳飞塑像前，让千夫指斥，万众唾骂，从而使人们辨忠、奸，识善、恶，懂得何谓爱国，何谓卖国，并非始于阮元。明清之际的史学家张岱（1597—1679 年）记载，岳飞墓前有秦桧、王氏、万俟卨（1805—1157 年）三人帮的塑像，始于明朝正德八年（1513年），是浙江都指挥使李隆用铜铸成的，但很快被痛恨卖国贼的游人挞碎。后重铸，又增加秦桧的死党张俊（1086—1154 年）像，四人都是双手反接，跪于丹墀。从万历二十六年（1598 年），按察司副使范涞改用铁铸四人像，不料"游人椎击益狠，四首齐落，而下体为乱石所掷,止露肩背"。(《西湖梦寻》卷一)人民对秦桧等群奸的切齿痛恨,可见一斑。

查考史籍,白铁铸佞臣的历史,可能还要追溯得更早。清初常熟学者王应奎(1683—1760年)指出:"西湖岳墓前有铁铸奸桧夫妇像,北面跪塚下。供游人笞击。敝辄重铸,颇快人心。而究所从始,则为吾邑周公近仁参浙藩时,特修武穆墓,复其墓田,并铸此像云。公名木,为明成化乙未科进士。"(《柳南随笔》卷四)其实,始铸像者究竟是谁? 这并不太重要。难能可贵的是,杭州官府能"敝辄重铸,颇快人心",可谓懂得爱国教育,理解百姓痛恨卖国贼的心理,让他们的感情有个宣泄之处。虽说浪费一点儿白铁和人工,却是完全值得的。到了清朝乾隆年间,熊学鹏任浙江巡抚,四铁像又被击坏,县官禀报,拟请重铸。熊先生开始未免糊涂,"窃念岳王灵爽在天,逆桧沉沦地狱久矣,顽铁无知,何烦重铸耶!"但他这天夜里梦见"四铁像来,叩谢阶下,醒而异之,仍饬县官重铸"(钱泳:《履园丛话》卷二十二)。看来,熊某毕竟还算聪明,从四个反面教员的感恩戴德中,悟出铁像的历史作用、价值所在。

应当指出,八百多年来,不断有人为秦桧翻案,其中不乏要人、名人、大学者。如朱熹(1130—1200年)就"称秦桧有骨力而讥岳飞为横";明中叶邱溶(1420—1495年)及清代的钱大昕(1728—1804年)、赵翼(1727—1814年)等,都极力为秦桧的和议辩护;及至现代,胡适之老先生在《南宋初年的军费》一文中,更直截了当地说:"宋高宗与秦桧主张和议,确有不得已的苦衷……秦桧有大功,而世人唾骂他至于今日,真是冤枉。"平心而论,对于南宋的和议,作为一个纯粹学术问题,史学家未尝不可讨论,今天我们用不着像当年国民党的上海法院那样,居然用传票传吕思勉先生,只因为他在《白话中国史》中说岳飞是"武人集团",也无须像极左年代里全国批判周谷城先生那样，给他扣上"为卖国贼、汉奸辩护"的大帽子，仅因他在《中国通史》中沿袭赵翼观点，肯定和议，说秦桧是"时势派"。但是，我们应当看到，所有这些看法都影响不了人民群众对岳飞、秦桧的评价标准。谓予不信，请到杭州西湖岳飞的坟前看一看，秦桧夫妇的铁像仍然跪在那里，脸上、身上的唾沫与日俱增，继续充当反面教员，潮起潮落，年年月月，长跪不起。

"吴山依旧酒旗风，两度江南梦。"十年浩劫时，岳坟被砸烂，秦桧夫妇被"解放"过一阵子。这是一场噩梦。所幸不久被颠倒的历史又被颠倒过来。愿青山忠骨、白铁佞臣，永远作为正面、反面历史人物的典型，长留在西湖青山绿水间，让世世代代的青少年受到爱国主义的教育。

（原载《光明日报》1994 年 1 月 10 日第 3 版）

戴高帽考略

戴高帽不知始于何时？《北史·熊安生传》谓："宗道晖好著高翅帽、大屐，州将初临，辄服以谒见，仰头举肘，拜于屐上。自言学士比三公。"清代乾隆年间学者翟灏撰《通俗编》卷二五"服饰"类"好戴高帽"条，引述此条史料后，加按语曰："今谓虚自张大，冀人誉已者，曰好戴高帽子，盖因乎此。"按照翟灏的说法，好戴高帽的陋习，典出北魏时。因为宗道晖是北魏时的一个自我感觉极好，行为方式有些怪异的儒士，他戴的高翅帽，特别是他穿的一双很大的鞋子，使他在北方声名远播。此说能否成立？有待进一步考证。值得注意的是，从翟灏的按语来看，乾隆年间就有"好戴高帽子"的说法，喜欢别人吹捧自己。当然，这并非说，好戴高帽子这种陋习从乾隆时才开始。管窥所及，有文献可查的，至迟在明中叶，这种陋习已在社会上普遍蔓延开来。好戴高帽子陋习产生的前提，是以高帽为尊荣的社会心理的普遍化。明朝初年，官员"乌纱矮冠"，并不以高帽为荣。但到明中叶，则风气大变。如正德时兵部尚书王敞，"纱帽作高顶，靴作高底，舆用高杠，人呼为'三高先生'"（明·顾起元：《客座赘语》卷一）。可见乌纱帽由矮变高了，高帽子吃香。封建社会是官本位社会。既然手中大权在握的官老爷以戴高帽为尊荣，社会风气必然随之一变。

　　喜欢别人给自己戴高帽子，以及喜欢替别人戴高帽子，实在是国人的劣根性。小民百姓的互相抬举，虽亦无聊，但毕竟处于无权地位，影响所及，不过家院之内，村庄之上，无伤大雅。官们，包括其最高领导核心皇帝老儿，及其御用文人，戴起高帽来，则影响大矣！远的不说，明清两代皇帝死后，不知道给他们头上戴了多少高帽！以明成祖朱棣来说，成了"启天弘道高明肇运圣武神功纯仁至孝文皇帝"。朱棣与乃父朱元璋对着干，从其侄朱允炆手中夺权，实属谋反，杀了很多人，并株连九族，大搞"瓜蔓抄"，仁在何处？孝在哪里？晚清慈禧太后，恶名昭著，她的尊号居然是长长一大串，甚至有马屁精上疏，建议把"万寿无疆"四个大字也放到尊号里去，简直肉麻之至。

　　时值社会转型期，世风浮躁，乱戴高帽，司空见惯。眼前即有颇典型一例：某地社科院出版了一套该院学术委员文库，上海某报居然吹嘘这套书足"黄钟大吕，发达九地，鸿篇巨著，其可不传"。我看这套文库没有一部能当得上"黄钟大吕"、"鸿篇巨著"，不是"其可不传"，而是可传者甚少。

　　戴帽需量头而戴。不合头寸的高帽，越高越玄，别说大风，一阵小风，足可吹落。愿国人早日走出戴高帽的历史风洞！幸甚，幸甚。

1995 年秋于西什库老牛堂

"父母官"考

　　"父母官"一词,今天仍是人们日常生活中的口头禅。戏曲舞台上的"父母官",戴乌纱,穿蟒袍,前呼后拥,威风凛凛,更是人们司空见惯的典型形象。"父母"和"官",本来是风马牛不相及的两个概念,怎么会合二为一,成为专有名词,并具有非常广泛的社会影响和历史影响呢? 这就有必要刨树寻根,弄清来龙去脉。

　　老的《辞海》及新版《辞源》都有"父母官"的词条,但前者说是"旧时称州县官为父母",并引王禹傅诗"西垣久望神仙倡,北部休夸父母官",及王渔洋《池北偶谈》"今乡官称州县官曰父母,沿明代之旧称也":后者说是"旧时对地方官的称呼,多指县令",也引王禹傅诗佐证。并增引了《水浒传》的一条例证。显然,这些解释大同小异,但对于我们深入了解"父母官"却是远远不够的,更没有明确指出"父母官"究竟始于何时? 盛于何时?

　　其实,对这个不大不小的问题,明清两朝的学者们,早就注意到了。明清之际的大学者顾炎武曾指出:"父母二字乃高年之称。"并举汉文帝曾问臣下"父知之乎"、"父老何自为郎"为例证(《日知录》卷二十四)。这当然是不错的。但是,这毕竟是父母一词被政治化后的一种含义,顾炎武却没有指出,而早在明代天顺年间，张志淳在研究了古籍所载的一些例证后，说："《书》曰'元后作民父母'，《诗》曰'岂弟君子，民之父母'……则父母二字，皆人君之称也。"可见，原来先秦时代只有君主才被老百姓称为父母。但是，随着封建专制主义的建立、发展，以天子自居、雄踞九五的皇帝，对臣民仅仅称其为父母，显然觉得不够意思，因为这不过才比臣民高一辈，于是从秦汉后，"万岁"、"万岁爷"，逐步成了皇帝的代名词、专利品。万岁爷们既然把原来戴在头上的"父母"冠扔了，自然会有人捡起来，并迟早总要戴到自己头上去。清代乾隆年间著名考据家钱大昕，曾写了一则读史札记，题目就叫"父母官"，他从分析王禹偁的诗篇入手，得出明确的结论："父母官之称，宋初已有之矣。"（《十驾斋养新录》卷十六）这个结论是符合历史实际的。但是，官们被称为"父母官"，风行天下，毕竟还是明朝——特别是明中叶以后的事。宣德时，慈溪县令对百姓说："汝不闻谚云：'灭门刺史、破家县令'乎？""一父老对曰：某等只闻得'岂弟君子，民之父母'，县令闻之默然。"（杨穆：《西墅杂记》），于此我们不难看出，这里官们与父母已经画上等号。而张志淳的记载，更是一清二楚："今天下士夫皆称本府州县官为父母大人，称者以是外得忠厚之名，内取身家之利，见称者以是外托尊崇之名，内获结托之利，故交相尚而不可解矣。""父母二字……今通以加之府州县官，甚至邻州县封府，又甚至主簿典史，又甚至称府官为祖父母，称布政司为曾祖父母。"（《南园文录》卷五）称"父母官"，官们不仅被称父母，还随着权势升格为祖父母、曾祖父母，真是令人恶心。但是，当你知道明朝皇帝早已终日被人们高呼万岁、万万岁，太监被尊为公公、老公公，大太监魏忠贤被尊称九千九百岁，"父母官"们连升三级，也就不足为奇了！不过，明朝的"主簿典史"，即胥吏，也被称为"父母官"，实在是史无前例。明朝中叶、特别是明末,胥吏把持政务,贪赃枉法,流毒天下,顾炎武曾痛斥明朝的数十万胥吏"旨虎狼也";这些虎狼也成了百姓的"父母",天下苍生的凄惨命运也就可想而知,由此也就导致了必然的历史结局:李自成、张献忠等揭竿而起,天下大乱,直至把"父母官"们统统打翻在地,连同他们的主子崇祯皇帝!

在中国漫长的封建社会里,从阶级本质上说,官民是始终对立的。钱大昕说得好:"虽然天下无不爱子之父母,而却有不爱百姓之官,甚至假其势,以恣其残暴,苟有人心者,能无顾名而惭且悔乎!"这真是一针见血之论。事实上,在古代、近代、旧中国的沉沉黑夜里,真正"有人心"爱百姓,在当官期间,没做过一件对不起百姓的事,而在临死前不惭、不悔的,又有几个呢? "三年清知府,十万雪花银","火到猪头烂,钱到公事办"之类的民谚,早已作出了历史的结论。

（原载《文汇报》1990 年 4 月 25 日）

烧书考

　　高尔基曾经说过："书籍是人类进步的阶梯。"除了白痴与疯子外，人们莫不珍爱书籍，力求沿着这个"阶梯"，拾级而上，争取步入光华璀璨、知识浩瀚的"七宝楼台"。但是，人类中有一种人，如果从生理学上看，既非先天性的白痴，也非后天性的疯子，却千方百计毁坏"人类进步的阶梯"，以放火烧书为能事；这种人就是位居九五之尊、拼命推行封建专制主义的帝王，以及跟在帝王屁股后面摇尾乞怜、吠声吠影的某些文丑。

　　中国封建社会的资格之老，倒确实是世界第一。那么，作为封建专制主义的产物——烧书，始于何时？考史者说法不一。清朝著名画家、"扬州八怪"之一郑板桥断言："孔子亦烧书。"（《板桥集·家书·焦山别峰庵雨中无事书寄舍弟墨》）根据是什么？他说："《诗》（即《诗经》）三千篇，存三百一十一篇，则二千六百八十九篇，孔子亦得而烧之矣。"这种说法，纯属推测之词，恐怕难免冤枉孔老夫子。当然，这种"怪"论，也并非始于郑板桥。宋朝的孙奕，根据《左传》成公二年及《孟子·万章》中有关"非礼也勿籍"的记载，把"勿籍"，即不合礼制的事不写进史籍中去，说成是帝王烧书的开端（孙奕：《履斋示儿篇》卷十二），其实，此论与郑板桥一样，也是想当然耳。应当说，在中国历史上，大搞封建文化专制、开烧书恶劣先例的，是中国封建社会的第一个皇帝——秦始皇。他的"焚书坑儒"，今天已是妇孺皆知，这里无需赘述。

值得注意的是，烧书的丑剧，并未随着秦始皇的长眠骊山墓而告终。翻开史籍，我们可以清楚地看到，继承秦始皇衣钵的烧书名人，迭相出现；就这点而论，秦始皇的"皇泽"如此长久，实在是中华民族文化史的大不幸。

鲁迅曾经指出，有些末代帝王，"分明的感到天下已没有自己的东西，现在是在毁坏别人的东西了"，"在死前烧掉了祖宗或自己所搜集的书籍"。（《准风月谈·晨凉漫记》）这是事实。南北朝时期，公元554年，魏师入郢，江陵城陷，梁元帝悲鸣着"文武道尽"，丧心病狂地烧掉了十四万卷图书。南宋的大汉奸秦桧，窃取大权后，不但查禁野史，还放火烧书，历时达十一年之久，使当时的史家"每一思之，痛心疾首"（王明清：《挥麈后录》卷七）。而有的皇帝，虽然并非末代，但为了强化封建专制主义的统治，也竭力删书、烧书。清朝的乾隆皇帝便是一例。一方面，他通过纂修《四库全书》大量删改书籍，亦如鲁迅所言，结果"文苑中实在没有不被蹂躏的处所了"（《且介亭杂文·买〈小学大全〉记》）。"纂修《四库全书》而古书亡。"（《且介亭杂文·病后杂谈之余》）同时，他又发布禁书令，从乾隆三十九年至四十七年，连续烧书二十四回，烧掉的书达一万三千八百六十二部之多，直到乾隆五十三年，仍然下着焚书的命令，真是骇人听闻！

"一犬吠声，百犬吠影。"跟着封建帝王学步，狂吠要烧尽除了封建专制主义文化的"金科玉律"——儒学经典之外的天下群书的丑类，代不乏人，元朝的道学家吴海，就曾经专门写了一篇名叫

《书祸》的文章，叫嚷"道之不明，学害之也；学之不纯，书祸之也。今天下之书已多之矣，然《诗》、《书》、《易》、《礼》、《乐》、《春秋》、《孝经》、《论语》、《大学》、《中庸》十篇，凡六经圣贤之言，未尝多也。"那么，多的是什么呢？"所以多者，皆诸子百氏，外家杂言，异端邪说"；他更具体地说："夫扬（指扬朱）、墨（指墨子）、老（指老子）、佛（指佛经）诸书，六经（指《诗》、《书》、《礼》、《乐》、《易》、《春秋》）之贼也；管（指管子）、商（指商鞅）、申（指申不害）、韩（指韩非）诸书，治道之贼也；遗事外传，史氏之贼也；芜词蔓说，文章之贼也。"他建议最高封建统治者，全部"禁绝之"，付之一炬，并下令老百姓不得再收藏，坊市不准再刊印、发售，科场考试时如果引用，即"黜降停革"，撤职查办（吴海：《闻过斋集》卷四）。真是杀气腾腾！而清朝的道学家石韫玉，不仅猖猖狂吠"吾辈著书，不能扶翼名教，而凡遇得罪名教之书，须拉杂摧烧之"。并特地在家里设了一个书库，恶毒地取名"孽海"，搜罗儒家经典以外的群书，准备一把火烧光。有一次，他看到一本宋朝叶绍翁写的野史《四朝闻见录》，竟"拍案大怒"，迫不及待地摘下老婆戴在手腕上的金镯，跑到铺子里换了一大包铜钱，千方百计收购这部书，先后买到三百四十多部，统统烧光（法式善：《东齐脞语》）。石韫玉的这种丑恶行径，较诸吴海，堪称虽无彩凤双飞翼，却是"今古何殊貉一丘"！历代封建统治者，对于敢于触犯儒学经典、带有在不同程度上批判封建主义色彩的著作，更视为洪水猛兽，必欲烧之而后快。南宋顾禧，在诗歌中说："英雄不出世，竖子自成名"，蔑视当政的高官；并高吟"束发鄙章句，清狂天下闻"，矛头指向程、朱理学。结果，为人构陷，横遭迫害，"尽焚生平所著述，凡百余卷，无复只字存者。"（顾禧：《志道集·叙》）明朝永乐二年，江西朱季友著书批判宋儒，大学士杨士奇奏请立即销毁朱季友著作，永乐帝连忙下令将朱季友押回原籍，纠集大小官吏，严刑拷打，"尽毁其所著书"。（陈建：《学蔀通辩》引《皇明政要》；《解学士全集》卷首《年谱》）而明代后期对进步思想家李卓吾的迫害，更是为人们所熟知，李卓君当时已是七十五岁的老翁，竟被加上"挟妓女白昼同浴，勾引士人妻女"（顾炎武：《日知录》卷一十八）的罪名，真乃冤哉枉也！公元1606年，万历皇帝亲自下令将李卓吾逮捕入狱，并令地方官全部烧其已刻未刻著述。清朝前期，谢济世"注《四书》多与考亭朱子（即朱熹）不合，且诋考亭"（严有禧：《漱华随笔》卷一），对朱熹有所批评，他的著作马上被禁，连同书板一起烧光（《乾隆东华录》卷四）。至于对用革命暴力批判封建统治秩序的农民军领袖的诗文，封建统治者更视为眼中钉、肉中刺。例如，明末农民大起义的领袖张献忠，曾将自己和部下唱和的诗，在四川七曲山刻石立碑。到了清初，知县王维坤发觉后，立即将碑石砸碎（王士正：《陇蜀余闻》）。甚至对于具有进步思想倾向、对农民起义有所影响的《水浒传》等小说，也屡下毒手。早在明代，封建文化专制主义的卫道者即污蔑《水浒传》是"芜秽之谈"，叫嚣"焚之可也"（莫是龙：《笔麈》）。明末农民大起义的烈火燃起后，崇祯皇帝朱由检下令"严禁《水浒传》"，在山东，"大张榜示，凡坊间家藏《水浒传》并原板，尽令速行烧毁，不许隐匿"（《明清内阁大库史料》上册）。清初，也大肆销毁《水浒传》等小说（俞正燮：《癸巳存稿》卷九）。

但是，封建统治者用烧书愚民，毕竟是愚蠢的幻想。有两句咏秦始皇的诗说得好："诗书何苦遭焚劫，刘（邦）、项（羽）都非识字人"（袁子才：《随园诗话》卷一十四），萧泛之读《史记·秦始皇本纪》的诗说得更透彻："凄凉六籍寒灰裹，宿得咸阳一火星。"显然，秦始皇烧书的结果，在某种程度上说，不过是引火烧身;熊熊燃起的秦末农民大起义的烈火,不是很快将秦王朝化为灰烬么?

（原载《书林》1980 年第 2 期）

吹牛考

　　吹牛，又称吹牛皮。其义云何？尽人皆知，无需索解。如果有谁自称能考出世界上第一个吹牛的人，这本身就是吹牛，因为这是不可能的，实际上也无此必要。

　　不过，从语源学的角度，吹牛一词的本义，著名史学家顾颉刚先生倒是考订过。他在《史林杂识·吹牛·拍马》篇中谓：吹牛一词最早是西北方言，水深浪激的大河巨津，舟不可行，本地人遂就地取材，用若干牛皮袋吹成气囊，连结成筏，虽奔腾咆哮如黄河，牛皮筏也畅通无阻，载重竟达数千至数万斤。牛皮之功，亦可谓大矣！相传朱元璋，一说明成祖朱棣，在率兵渡淮河时，一时无船，也发挥过这种牛皮筏的威力。但是，作为虽童稚见了也皱眉的吹牛家，是与言过其实、撒谎等卑劣品质联系在一起的：他们的吹牛，贯穿着假、大、空"三字经"，与牛皮筏子可有天差地别，有百害而无一利。

　　随着人类进入阶级社会，形形色色的吹牛家——他们的总头子人称吹牛大王，真是不绝如缕。这号人物的典型，一本正经的某些正统史书的记载，远不及俗曲，民间笑话、戏文等刻画的生动、辛辣。明代嘉靖年间的作家朱载堉写过不少小曲，其中有一首叫

《说大话》（"山坡羊"）："我平生好说实话，我养了个鸡儿，赛过人家马价；我家老鼠，大似人家细狗；避鼠猫儿，比猛虎还大。头戴一个珍珠，大似一个西瓜；贯头簪儿，长似一根象牙。我昨日在岳阳楼上饮酒，昭君娘娘与我弹了一曲琵琶。我家还养了麒麟，十二个麒麟下了二十四匹战马。实话！手拿凤凰与孔雀厮打。实话！喜欢我慌了，跐一跻，跐到天上，摸了摸轰雷，几乎把我吓杀。"（《明代歌曲选》）你看，这个牛皮从地上爬的，吹到手中拿的，从人间吹到天上，吹者虽自我标榜"平生好说实话"，但说的每一句都是鬼话！清代有两个把兄弟，吹牛都是"一只鼎"。把兄对把弟说："我昨天吃了一个极大的肉包子。一百斤面，八十斤肉，二十斤菜，包了一个，煮好了，用八张方桌才放得下，二十几个人，四面转着吃，吃了一天一夜，没吃到一半，正吃得高兴，不见了两个人，到处找不着，忽然听到肉包子里有人说话，揭开一看，原来那两位钻在里头掏馅儿吃呢。你说这个包子大不大？"把弟说："我昨天吃的那个肉包子才算大呢。几十个人吃了三天三夜，还没见到馅儿，拼命朝里吃，吃出一块石碑来，上写：离肉馅还有三十里（《嘻谈续录》卷上）。此牛吹得也够大了。

　　切莫以为历史上的吹牛家，不过是胡吹一通，给人留下笑柄而已。不，在等级森严、特权充斥、尔虞我诈的封建社会里，吹牛本身就是封建机体上长出的毒菌。差不多与朱载堉同时的另一作家薛论道，在《桂枝香·盐商小伙》的小曲中写道："改爻换象，撒白调谎。姨父是吏部尚书，母舅是当朝宰相。讨几封假书，挟官索账。分明私债，胜似追赃。虚夸声势平康巷，卧柳眠花入醉乡。"（《林石逸兴》卷六）看吧，一个区区盐商小伙，使出吹牛的看家本领，信口开河地扯上几个权势显赫的大人物，说是自己的至亲，再"讨几封假书"——用今天的话说，即假的介绍信，就可以欺压平民，无所不为；狐假虎威，虐焰熏天！

这类"盐商小伙"，尽管吹牛有术，但毕竟是招摇撞骗，如果验诸冠冕堂皇的封建法典，显然也不是合法的。而在某些金碧辉煌的侯门里，吹牛家的牛皮，一打上拍马的印记，那些权奸、宦官之流，听罢没有一个不是心头蜜蜂爬过似的。聊举一例：明代正统年间，工部侍郎王祐出入把持朝政的太监王振之门，此人其貌美而无须；这是一种生理现象，当然无足称奇。但是，这位堂堂工部侍郎大人，却是吹牛能手。有一次，王振问他："尔何无须？"他答道："公无须，儿子岂敢有须！"（《菽园杂记》；《明朝小史》卷六）这不分明是吹牛吗？但王振听后，却对他更宠信了。

又岂独王振辈如此。常言道：上有所好，下必仿效。以朱元璋而论，某次，他与著名才子解缙一起在金水河中钓鱼，半天也没有钓到一条，朱元璋命解缙赋诗一首解闷，解缙应云："数尺丝纶落水中，金钩抛去永无踪，凡鱼不敢朝天子，万岁君王只钓龙。"（《解学士全集·卷首年谱》）朱元璋听了，得意洋洋。"凡鱼不敢朝天子"，这不是十足的牛皮又是什么？而截然相反的是，谁对朱元璋说真话，谁就往往倒大霉，甚至被株连不已。例如，有次他"微行京城中"，听到有位老婆婆在谈话中呼他为"老头儿"。这本来是实话，朱元璋不是小伙子嘛！但他听后，勃然大怒，"即命籍没民家甚众"。（《翦胜遗闻》）真是冤哉枉也！

俄国作家契诃夫说过："被浑蛋所称赞，不如战死在他手里。"鲁迅对此慨乎之："真是伤心而且悟道之言。"那些吹牛大王，有哪一个不是货真价实的浑蛋？遗憾的是，从历史上看，虽一代天骄的风流人物，能"悟"此"道"者，实在寥寥。这也是个悲剧！

（原载《文汇报》1980 年 5 月 13 日）

伟哥与皇帝

去年春暖花开时，我在北海公园散步，遥望故宫，龙楼凤穴，近看"五龙亭"，紧挨着一湖春水，百顷碧波，我仿佛听到明清皇帝与后妃在这里寻欢作乐的欢声笑语，看到了明朝好几个皇帝因大吃壮阳药而早死、惨死……忽发感叹：伟哥不是地里长的，皇帝倒是人养的。回味此话，觉得有点儿意思。不久，京中有个聚会，刚好与漫画大师方成翁同席，我便立即将这两句话写在纸上，给方老过目。此老是何等人哪，看后立刻一笑，说很有意思。我请他将这两句话写成条幅，寄给我。没过几天，就收到了他别具一格的墨宝，请人装裱后，挂于书斋。虽相对无言，但历史的潮水却喧闹着，从我的脑海里流过——谁要真正懂得这两句话的含义，便懂得中国历史的一半——我敢说。

伟哥是美国人的发明，传入中土后，大受有权者与有钱者的欢迎，目的只有一个：增加性消费的能力。早已处决的大贪官、原江西省副省长胡长青，被捕时搜出一包伟哥，料想岁数一大把的巨贪成克杰之流，以及虽在壮年却二奶成群的贪官，若不用伟哥，肯定是"英雄气短，难成大业"。先师陈守实（1894—1974 年）教授是梁启超弟子中唯一精通马克思主义的史学家。他曾论述过"消费大解放"的问题:贫苦农民食不果腹,经常吃糠咽菜,艰难度日。然一旦造反,声势浩大后,便洗劫官府豪绅,大饮大嚼。明末农民还编出歌谣:"吃他娘,穿他娘,开了大门迎闯王"。甚至攻下洛阳后,将福王朱常洵的血与鹿血掺在酒中,名"福禄酒",开怀畅饮(按:当然,这是野蛮行为)。守实先生的这一见解,对我们很有启示。事实上,说到人类的消费,不外乎"食、色"二字。食之大解放,已如前述;色之大解放,是与食的大解放同步的。以明末农民军而论,李自成不好色,有妻高氏,生一女,有妾邢氏,貌若天仙,无嗣,后被部将高杰勾引,投降明军。我一直怀疑,绰号"闯将"的陕北农家子李自成,恐怕那活儿缺乏闯荡能力,否则难以解释何以无子,那么漂亮的小老婆竟弃他而去。而另一位农民领袖张献忠则不同:小老婆无数,动辄更新。张靠什么药物壮阳助威的?无史料记载,不好妄加猜测,但老张将色的消费大大解放了,则是不争的事实。历代农民领袖中,夺得色消费大解放冠军者,当数太平天国领袖洪秀全。我曾两次探访过他的老家官禄布村,在原址上按原样重建的洪秀全故居,土墙茅顶,真正是蓬门陋室。可是,这样一个从茅屋走出来的贫苦农民的儿子,揭竿而起,当了首领后,马上就搞色的大解放。金田起义时即选妃 15 人,攻入南京称王后,居然有 2300 多名妇女陪侍他,无怪乎有学者著文《洪秀全在美女包围中走向灭亡》,诚哉斯言!

美国的伟哥不是地里长的,是若干原料经化学处理合成,比地里长的人参还贵。自古以来,带有中国特色的伟哥,亦即形形色色的壮阳药,当然也不是地里长的。秦汉以来,儒家鼓吹"天人合一"、"君权神授",明明皇帝也是人养的,也有七情六欲,也每天穿衣吃饭,也要打嗝放屁,却被美化为神,其实是闪着金光的马屁而已。事实上,帝王位居九五之尊,拥有食、色的最大消费权。他们的锦衣玉食自不待言，不少人为最大限度地开发自己的身体，追求极欲，更是挖空心思寻找有奇效的壮阳药。秦始皇与方士勾勾搭搭，派徐福到海上寻"长生不死之药"，我看这不过是个幌子，他明明知道人是要死的，否则早早地修陵墓干什么？不能排除，他是寻求伟哥亦未可知。中国古代的伟哥，早期无一不是从金石、汞、硫黄等成分中，经道士在炉火中提炼而成，燥热异常，毒性甚大。嘉靖皇帝朱厚熜酷好此类药物，但心中没底，往往让心腹权臣严嵩先试服，严嵩将服后的感觉逐一上奏。如嘉靖三十五年（1556年）6月10日严嵩奏曰："臣昨岁八月服丹只五十粒，乃致遍身燥痒异常，不可以忍……至冬发为痔疾，痛下淤血二碗，其热始解……伏乞圣明俯察。"（《嘉靖奏对录》卷十）严嵩身为内阁首辅，竟充当壮阳药的活试剂，君臣演出了一幕荒诞剧。嘉靖皇帝所服春药，有的是用幼童的小便在秋石上熬成，有的是用少女月经炼成，性皆燥，他常常欲火烧身，把嫔妃、宫女拉来行房，活活折腾死——这为"壬寅宫变"埋下了祸根。嘉靖二十一年（1542年）10月19日，朱厚熜正在熟睡，不堪折磨的杨金英、张金莲等16名宫女，决心将他勒死，不幸失败，统统被凌迟处死，并株连家属。朱厚熜究竟用什么手段摧残这些少女，迫使这些本来胆怯的少女铤而走险，要他的命？从明代以来，史家纷纷推测：有的说他一大早就让少女们脱掉裤子，承受露水；有的说她们有可能目睹幼女被挖掉阴部，供道士炼丹；有的说常让她们服药，使月经提前，以便取以炼丹，等等。宫闱秘辛，难明究竟，不可能有确证。但有一点是肯定的，拼命追求色的高消费的朱厚熜，没死于宫女之手，实在是他的侥幸，或说是老天爷犯糊涂了！其子隆庆皇帝朱载垕，比起乃翁有过之无不及。据明人沈德符著《万历野获编》卷二十一记载，他服了此类丹药后，"阳物昼夜不仆，遂不能视朝"。还有野史记载，他死时阳具仍未倒下,用现代医学眼光视之,是患了严重的阳亢症。有明一代,从正德到天启,皇帝都是纵欲亡身,丧其命的,都是乱七八糟的壮阳药。看来,古之土伟哥,不及今日洋伟哥远矣,因为迄今为止,还没看到服洋伟哥致死者,这大概会让时下的"国粹"派失望的。

今之伟哥,固然价格不菲;古代帝王,为制造类似伟哥的壮阳药,付出了多少巨资甚至血的代价?难以估算。想想嘉靖皇帝对少女的残暴、隆庆皇帝的一直"高举",人们还要神化皇帝吗——无论古今,"食色性也",但无论是食还是色,都不能过度消费,更不能大解放——这就是历史的结论。

(原载《同舟共进》2010 年第 4 期)

"万岁"考

　　万物有生必有死：死与生一样，不过是物质运动的一种形式。有两句古诗说："神仙不死成何事，只向西风感慨多。"可见所谓神仙者也，也还不能例外。清人赵翼有两句诗，说得很直白："古有长生今亦鬼，天如可上地无人。"（《瓯北诗抄》，七言律五）显然，人不可能长生不老。那么，稽诸史册，那些身体特别健康的人海骄子，其长寿又能达到多大限度呢？说法不一。什么"彭祖寿八百"之类，原属无稽之谈，不值一哂。明人谢肇淛谓："人寿不过百岁，数之终也。故过百二十不死，谓之失归之妖。然汉窦公，年一百八十，晋赵逸，二百岁。元魏罗结，一百七岁，总三十六曹事，精爽不衰，至一百二十乃死。洛阳李元爽，年百三十六岁。钟离人顾思远，年一百十二岁，食兼于人，头有肉角。穰城有人二百四十岁，不复食谷，惟饮曾孙妇乳。荆州上津县人张元始，一百一十六岁，膂力过人，进食不异。范明友鲜卑奴，二百五十岁……此皆正史所载。"（《五杂俎》卷五）据报载，今日之北欧，有活到两百岁以上的老人，察今知古。谢肇淛的上述长寿统计材料，不能目为虚妄。但是，正如曹孟德所言，"神龟虽寿，犹有竟时。"活到两百多岁，应当就是人生长度的极限，岂能永远健康？谁能活到百岁，就称得上是稠人中的"怪"杰，颇有点儿稀奇了。

考中国历代帝王，活到一百岁的，不但一个也没有，就是九十岁，也成了从来没有能够跨越的铁门槛。清代乾隆皇帝弘历，一生好自大，但看来他借以自鸣得意的一项资本，是历代帝王的年寿中，独占鳌头，但也不过活了区区八十九岁，可笑的是，在中国漫长的封建社会中，几乎没有一个皇帝不想活一万岁；兴师动众，求长生不死之药的秦始皇，更是其中的头号名人。从汉武帝起，"万岁"不但是皇帝的代名词，而且逐步成了专利品；这项专利品浸透了封建专制主义的汁液，其神秘、虚幻的程度，成了人们诚惶诚恐不敢仰视的七重天上的奇葩。

这真是"斯亦奇矣"！但是，封建帝王，尽管无不标榜"敬天法祖"，以古为则，而考"万岁"一词之源，这些帝王却未必是"法祖"，倒是去古远矣。

宋人许观说："万岁之称，不知始于何代，商周以来，不复可考。"（《东斋记事》、《龙威秘书》第五集）这话并不确切。商代甲骨文，因是刻在殷墟发掘出来的龟壳上，堪称信史。但现存箱满柜盈的大量甲骨文中，皆无"万岁"，亦无"万寿无疆"的记载。在西周中、晚期的金文中，每见"眉寿无疆"、"万年无疆"（与"万岁无疆"同义）并亦有"万寿"的记载，但是，它并不是专对天子的赞颂，而是一种行文款式，不妨称之为"金八股"，铸鼎者皆可用。诸如"眉寿周邦，是保其万年无疆，子孙孙，永保永享"，"乙公作万寿尊鼎，子孙孙永宝用之"。"唯黄孙子系君叔单自作鼎，其万年无疆，子孙永保享。"（《积古斋钟鼎彝器款识》卷三、卷四）如此等等，不一而足。显然，这里的"万年无疆"云云，不过是子孙常保，永远私有之意。这一信息，我们从我国最古老的诗集《诗经》中，也不难窥知。固然，《大雅·江汉》中有"天子万寿"语，表示了人们对天子"万寿"的祝福。但是，更广泛的意义，则不是这样。《豳风·七月》："跻彼公堂，称彼兕觥，万寿无疆。"《小雅·南有嘉鱼·崇丘》："南山有台，北山有叶。乐只君子，邦家之基。乐只君子，万寿无期。""南山有桑，北山有杨，乐只君子，邦家之基。乐只君子，万寿无疆。"《七月》中的"万寿无疆"，是描写年终时人们在村社的公堂中，举行欢庆仪式后，举杯痛饮，发出兴高采烈的欢呼。至于后两首，无非是见兴比赋。所谓君子，朱熹谓："指宾客也。"（《诗集传》卷八）若然，这里的"万寿无期"、"万寿无疆"都是诗人对宾客的祝福词，很可能是当时人们口头上的家常便饭。宋人高承说："万岁，考古逮周，未有此礼。"（《事物纪原》卷二）这种看法是符合历史实际的。

　　从战国到汉武帝之前，"万岁"的字眼尽管也常常在帝王和臣民的口中出现，但其用意，可分为两类，大体上仍与古法相同。其一，是说死期。如：楚王游云梦，仰天而笑曰："寡人万岁千秋后，谁与乐此矣？"安陵君泣数行而进曰："大王万岁千秋后，臣愿以身抵黄泉驱蝼蚁。"（《战国策·楚策》）刘邦定都关中后，曾说："吾虽都关中，万岁后，吾魂魄犹乐思沛。"（《史记·高祖本纪》）又，"万岁之期，近慎朝暮"。（《汉书·翟方进传》）颜师古注谓："万岁之期，谓死也。"这就清楚地表明，不管是楚王的仰天大笑说"万岁千秋"也好，还是安陵君拍马有术所说的"大王万岁千秋后"也好，或者刘邦在深情眷恋故乡时所说的"万岁后"也好，都是表明"死后"的含义，这跟普通人称死，只能说卒、逝、谢世、蚤世、不讳、不禄、陨命、捐馆舍、弃堂帐、启手足之类比较起来，虽然显得有点特别，但与后来被神圣化了的"万岁"词意，毕竟还是大相径庭的。其二，是表示欢呼，与俄语中的"乌拉"颇相似，请看事实：蔺相如手捧稀世珍宝和氏璧"奏秦王，秦王大喜，传以示美人及左右，左右皆呼万岁"。（《史记·廉颇、蔺相如列传》）孟尝君的门客冯驩焚券契的故事，是脍炙人口的。史载：冯驩至薛后，使吏招民当偿者，悉来合券……因烧其券，民称万岁。（《战国策·齐策》）田单为了麻痹燕军，"使老弱女子乘城遣使约降于燕，燕军皆呼万岁。"（《史记·田单列传》）纪信为陷入项羽大军重重包围中的刘邦定计，跑到楚军中撒谎说："'城中食尽，汉王降。'楚军皆呼万岁。"（《史记·项羽本纪》）陆贾遵刘邦之命著成《新语》，"每奏一篇，高帝未尝不称善，左右呼万岁。"（《史记·郦生、陆贾列传》）汉九年，未央宫建成，刘邦"大朝诸侯，群臣置酒未央前殿。高祖奉玉卮，起为太上皇寿曰：'始大人常以臣无赖，不能置产业，不如仲力。今某之业所就，孰与仲多？'殿上群臣，皆呼万岁，大笑为乐。"（《史记·高祖本纪》）——凡此皆充分表明，从战国到汉初，人们虽常呼"万岁"，却并非专对帝王而呼，但有开心事，即作此欢呼，亦不过如此而已！

至汉武帝时，随着儒家被皇帝定于一尊，"万岁"也被儒家定于皇帝一人，让它成为最高封建统治者的代名词。稽诸史籍，我们不难发现汉武帝精心炮制的弥天大谎。史载：元封元年（公元前110 年），"春正月，行幸缑氏。诏曰：'朕用事华山，至于中岳……翌日亲登嵩高，御史乘属，在庙旁吏卒咸闻呼万岁者三。登礼罔不答"。（《汉书·武帝纪》）看吧，汉武帝登上了嵩山之巅，吏卒都听到了向他三次大呼"万岁"的声音。谁呼的？ 荀悦注曰："万岁，山神之称也。"原来，是神灵在向汉武帝高呼"万岁"，以致敬礼；而且，汉武帝向神灵致意还礼，无不答应，也就是所谓有"登礼罔不答"。真是活灵活现！汉武帝为了进一步神化君权以强化封建专政而编造的"咸闻呼万岁者三"的神话，成了后世臣民给皇帝拜恩庆贺时三呼"万岁"——并雅称"山呼"的不典之典。十五年后，也就是太始三年（公元前94年）三月，汉武帝在制造政治谎言的道路上又高升一步，声称"幸琅玡，礼日成山。登之罘，浮大海。山称万岁。"（同上书）这一回，说得更神了：山东的芝罘山，整座山都喊他"万岁"，这样一来，就势必构成这条逻辑：神灵、石头都喊皇帝"万岁"。臣民百姓即比神灵要矮一头，又比无知的石头毕竟要高一头，不向皇帝喊"万岁"，显然是不行的。于是，从此以降，封建帝王的宝座前，"万岁"之声不绝于耳。不言自明，如果他人亦随便称"万岁"，就是僭越、谋逆、大不敬，聊举一例：史载后汉大将军窦宪，"威震天下，……会帝西祠园陵，诏宪与车驾会长安，及宪至，尚书以下议欲拜之，伏称万岁。棱正色曰：'夫上交不谄，下交不黩，礼无人臣称万岁之制'，议者皆晰而止"。（《后汉书·韩棱传》）看来，这位尚书的脑壳里恐怕糨糊不少，而韩棱的头脑还是清醒的，如果窦宪真的对"万岁"一词甘之若饴，即使侥幸脑袋不搬家，也非要吃尽苦头不可的。

　　汉武帝后，封建统治者在"万岁"上玩的花样，真是五花八门，皇帝自封自己的生日为"万寿节"，皇帝的老婆、儿子、闺女之流，降一等如法炮制，美其名曰"千寿节"，每逢此节，闹得沸沸扬扬，穷奢极侈。尤其是两个女统治者，更是别出心裁。一个是武则天，她像翻账本那样随便地多次改元，以"天册万岁"自居，在公元696年的一年中，年号迭更，一曰"万岁通天"，一曰"万岁登封"。在年号上冠以"万岁"二字，真是一大发明，另一个是秽名昭著的慈禧太后。她的尊号已经是长长一大串，有马屁精竟上奏本，建议把"万寿无疆"四个大字也摆进去。这实在也是前无古人。如果"老佛爷"地下有知，大概还在引以为傲吧？还有一个封建统治者，虽然是男人，但却曾被鲁迅讥刺为"半个女人"，此人就是人所不齿的明朝太监魏忠贤。他大权独揽，虐焰熏天，在全国遍建生祠，要人称他为九千岁。仅从蓟州的生祠来看，魏忠贤的"金像用冕旒，凡疏词一如颂圣，称以尧天舜德，至圣至神。而阁臣辄以骈语褒答，运泰迎忠贤象，五拜、三稽首……诣象前祝称：某事赖九千岁扶植"。（《廿二史札记》卷三五）九千岁比万岁，虽然还少一千岁，但也算得上准"万岁"了。这不禁使人想起鲁迅的名言："愈是无聊赖，没出息的角色，愈想长寿，想不朽。"（《华盖集续编·古书与白话》）而实际上，无论是慈禧太后还是魏忠贤，借用鲁迅的话说，"还不如一个屁臭得长久"！（《南腔北调集·林克多（苏联闻见录）》）

"万岁"既与封建最高统治者画上了等号，老百姓必须在顶礼膜拜时呼喊，否则当然就是大不敬。但是，在包括像唐律、明律、清律那样严密的封建法典中，并无此等条文。这就表明，皇帝"称万岁之制"及相应的大不敬律，是用不成文法固定下来的；而无数历史事实证明，不成文法比成文法更厉害百倍。当时的老百姓对此中奥妙也并非毫无察觉；在民间戏文中，动辄一开口就是"尊我主，万岁爷……"，甚至供上一块"当今皇上万岁万万岁"的牌位（直到 1941 年，江苏东台县的海边农村里，有的人家还"供着一个木头牌位，上面刻着双龙抢珠，并有一行字：当今皇上万岁万万岁"。见陈允豪：《征途纪实》，元昌印书馆 1952 年版，第 24 页），以表示自己对皇帝的所谓耿耿忠心，就是明证。

但是，正如清人张符骧在诗中所说的那样，"未必愚民真供佛，官家面上费庄严。"（《自长吟》卷十）因此也还有例外的情形。据清人赵翼考证，古代作为庆贺时欢的"万岁"词义，"民间口语相沿未改，故唐末犹有以为庆贺者，久之遂莫敢用也"。（《陔余丛考》卷二一，"万岁"条）就国势积弱的北宋来说，史载"澧州除夜，家家爆竹，每发声，即市人群儿环呼曰大熟，如是达旦……广南则呼万岁"。(庄季裕:《鸡肋编》卷上)"广南……呼舅为官,姑为家……女婿作驸马,皆中州所不敢言,而岁除爆竹,军民环聚,大呼万岁,尤可骇者。"(庄季裕:《鸡肋篇》卷下)其实,有何"可骇"?在广南那样远离封建统治中心的穷乡僻壤间,在人们心目中,"万岁爷"是"天高皇帝远",未见得那么神圣、可亲或可怕。因此,且不妨与皇帝来个平起平坐,把自己的女婿也称作驸马;至于这些驸马是否也可称自己的岳父大人为"万岁"? 史缺有间,不得而知。事实上,在后周、隋、唐时的民间,老百姓的名字,仍偶有称李万岁、史万岁、刁万岁的(《陔余丛考》卷二一,"万岁"条);推其意,可能类似近代人给小孩取名长庚之类,意在祝福其长命百岁,至于除夕之夜,爆竹声中,人们欢乐非凡,"大呼万岁",更无足骇;这不过是先秦时期古俗的残存而已。孔夫子谓"礼失求诸野",信然。

附　识

本文初稿草成于 1979 年 5 月 24 日—8 月 10 日,在中国社会科学院写作组主办的内部刊物第 34 期上发表。接着,我将此文作了删改,在 9 月 15 日出版的《历史研究》第 9 期公开发表;待看了该期杂志后,才知道拙稿的最后一段,被编者删去了。学术界的一些朋友们,读了《历史研究》后,都认为拙作比在内刊发表的原稿差,文字又变成干巴巴的了。而我自己,对最后一段的砍去,则感到惶然:"万岁"是个很复杂的历史现象,这一段引了《陔余丛考》中的"万岁"条,正是要表明这一点。后来果然有读者依据这条材料,来跟我商榷。最近,我将拙作的初稿翻出来,又认真读了一遍。考虑本文问世后,曾为国内、海外的数家报刊转载,影响较大。因此,此文在编入本书时,我决定按原稿发表,只在个别地方作了修改。也许本文作为当时史学风云的一页来看，这样处理更好一些。

在中国古代史上，"万岁"喊了两千年，产生过多方面的巨大影响。要彻底把"万岁"的来龙去脉研究清楚，涉及通史、文化史、宫廷史、民族史、民俗学、语言学、训诂等多方面的学科，完全可以写成一部专著。浅学如我，显然是不能胜任的。好在"砖"已抛出，我期待着"美玉"接踵而来。

"万岁"一词最早的文献记载，似为《庄子·齐物论》："参万岁而一成纯。"这里的"万岁"，词意等于万年。

《庆元条法事类》卷七三，《"刑狱门"·三·"决遣"》第4页记载："若以万岁字文刺身体（字虽不同，意涉乘舆者亦是），其在受杖处者，增改讫，论决如法。"由此可知，宋代民间还有人把"万岁"二字刺在身上，其用意想来是作为护身符，保佑自己长寿。想不到后来犯了法，沦为囚徒，在受杖时，虽刺有"万岁"字眼处，必须按律"增改"，以免犯对皇帝大不敬罪。但是，不仅照打不误，还要在皮肉上"增改"，"万岁"又哪里能保佑他呢？同书卷八〇，"杂门"，内录一条关于"杂犯"的敕令。内容是："诸辄呼万岁者徒二年，兵级配本城，再犯配五百里。"可见宋代随便乱呼"万岁"，是要吃官司、判刑的。凡此都充分表明，随着封建专制主义中央集权的强化，皇权的膨胀，"万岁"一词进一步成了帝王大辞典的"专有名词"。

1982年8月29日

万岁君王只钓龙

"万岁君王只钓龙",是明初著名才子解缙拍朱元璋马屁诗中的一句。这里,不妨权且抛开这首诗的本事,把"钓"字的含义,归结于古往今来不少人沉迷其中、乐此不疲的沽名钓誉的"钓"。若然,对于历代皇帝而言,说此辈"万岁君王只钓龙",应当是最恰当不过了:皇帝"老子天下第一"。富有四海,声名如雷贯耳,远播异域,要说钓名,他们最感兴趣的,莫过于攀龙,把自己美化成龙的化身。在万岁、万万岁的山呼声中,坐上雕着金龙的第一把交椅,鼻子朝天,君临天下。"万岁"本来是个普通名词,类似俄语中的"乌拉",人们在欢呼时,情不自禁地迸出这并不神圣的两个字。但是,秦汉以后,不对了,"万岁"与帝王画上等号,几乎成了皇帝大词典里的专有名词;除了穷乡僻壤不省世事的小民,偶尔会将小孩起名为张万岁、李万岁之类,并有极个别人,后来出了名,居然不改,如唐朝就有个武将叫史万岁的。就绝大多数人而言,对"万岁"一词谁敢僭越?除非他想屁股开花,让吃饭家伙搬家。1979年,尚属粉碎"四人帮"后的"乍暖还寒"时节,我斗胆写过一篇《"万岁"考》,就是说的帝王怎么和"万岁"贴在一起,成了让人诚惶诚恐,不敢仰视的圣物。在本文的附记里,我写过一段话:"在中国古代史上，'万岁'喊了两千年，产生过多方面的巨大影响。要彻底把'万岁'的来龙去脉研究清楚，涉及……多方面的学科，完全可以写成一部专著。浅学如我，显然是不能胜任的。好在'砖'已抛出，我期待着'美玉'接踵而来。"惭愧的是，二十多年过去了，我马齿徒长，依然浅学；但前年秋，在《百年潮》上，终于看到了一块美玉。这就是研究中国近现代史的学者雷颐先生写的《"万岁"还可以续考》。他敏锐地指出，毛泽东本来无人喊他万岁，后来则一片万岁声，到"文革"期间，更发展到万岁声不绝于耳的地步，考证其来龙去脉，显然是很有意义的。我以为雷颐先生此说极有见地。稍有近代史常识的人都知道，伟大的民主革命先行者孙中山，坚决制止别人喊他"万岁"，他很厌恶把他与封建帝王混为一谈。在中国革命胜利的前夕，也就是从西柏坡动身去北平之际，毛泽东曾对周恩来说：我们是进京赶考，不要学李自成。但在"万岁"的问题上，毛泽东显然并不了解，李自成早在西安时，名曰称王，实已称帝，当了"万岁"爷，刚刚攻破北京，百姓即称"大顺永昌皇帝万岁万万岁"（赵士锦：《甲申纪事》）。有兴趣的读者不妨参看笔者写的《李自成登极辩》、《论"四权"与明末农民战争的关系》（见拙著《明清史散论》，东方出版中心）此处不枝蔓。重提这些故事，我纯粹是为了"发思古之幽情"：前不见古人，后每见来者，念历史之相似，怎么不令人感慨！

　　我三岁记事，童年在盐阜抗日根据地长大，参加过儿童团。我清楚地记得，在 1949 年开国大典前，无论是在小学里、乡民大会上，还是新四军战士、解放军战士的集会、演出活动中，管窥所及，没有看到"毛主席万岁"的标语，也没有听到过喊"毛主席万岁"的口号。我写信询问现在盐城市定居、40 年代初参加革命，一直在盐城地区从事文化工作的家兄王荫，请他回忆并就近向一些老同志调查此事。后来他来信说，据他回忆，并请了六位老同志回忆，都说 1949 年前从未喊过"毛主席万岁"的口号。家兄还翻阅了江苏省文联在 1983 年编印出版的《江苏革命根据地文艺资料汇编》（1941 年至 1949 年）其中鼓词、说唱、戏剧等文艺作品中，从来没有出现过这个口号。但是，葛石同志说在抗战胜利前后，农村开会时，喊过这个口号，还在墙上写过，但具体时间、地点回忆不清楚。张玉良同志回忆说，他 1948 年在解放军 34 师当文书。后来在渡江前的誓师大会上，战士们已高呼此口号，但同时高呼"中国共产党万岁""朱总司令万岁"。在解放南京、上海后，战士与百姓，也喊过这三句口号。而新中国成立后，只能喊毛主席一人"万岁"了。我请著名出版家戴文葆老学长转请新四军老战士陈允豪同志回忆此事。陈老在"二战"期间，曾任《盐阜大众报》记者，也曾在游击区从事过艰苦卓绝的开辟根据地的斗争，50 年代，我即读过他的回忆录《征途纪实》，及《雪地上的血迹》。陈老很快来信说，在解放战争后期的淮阴战斗中，他随军爬城墙进城，看到民居墙上有用毛笔墨水新写的三句口号："共产党万岁！""毛主席万岁！""新四军万岁！"

我曾写信向南京军区的新四军军史专家丁星同志求教，他不但回了长信解惑，还复印了相关资料。丁老认为，"党的七大可能是个分水岭。七大以前，至少在新四军文献中从未见过'毛主席万岁'这个口号，甚至连'毛主席'这个称呼也是很后期才出现（按：抗战初作家沙汀写的《记贺龙》，即曾记述贺龙提到毛泽东时，称其为老毛），前期称'毛同志'、'毛泽东同志'，电报只称一个'毛'字。七大会议上，朱德的军事报告（即《论解放区战场》）最后有几句口号，如'中华民族解放万岁''八路军、新四军和华南抗日纵队万岁'，第二句是'我党领袖毛泽东同志万岁'。"（按：第一句口号是"党的七次代表大会胜利万岁"，第四句是"团结一切友军打败日本侵略者"，末句是"独立、自由、民主、统一与富强的新中国万岁"）丁老还在信中指出："解放战争时期，喊或书写'毛主席万岁'，在各解放区肯定已经很普遍了。我军再次解放两淮时，我就在淮安城楼上用刷子写过'毛主席万岁'。"丁老遂后还复印了一份汤洛写的《毛主席万岁！》一文的复印件，原刊于1948年2月19日晋冀鲁豫《人民日报》。此文介绍胡宗南侵犯延安后，国民党士兵将墙上的"毛主席万岁"标语，改成"蒋主席万岁"，但第二天，"蒋"字又被老百姓改成"毛"字，这样改来换去连续了几天，最后游击队员将敌人看守标语的哨兵杀死，终于保住了"毛主席万岁"这条标语。应当说，这是一个带有传奇色彩、饶有兴味的故事。丁老认为，"当年，在很大程度上，老百姓是将'毛主席万岁'作为对共产党、对解放军的拥护来表达的。这与后来特别是'文革'时期对一个人的祝颂有所不同"。

但是，"万岁"作为一种政治文化现象是相当复杂的。在不同的地点、场合，不会完全相同。老同志的回忆也会因人而异，产生差别。例如，我请教解放初曾任华南局宣传部常务副部长的曾彦修（严秀）同志，他说他30年代去延安，在延安生活、战斗过多年，在各种场合，从来没有听到"毛主席万岁"的口号，也未见过这样的标语。新中国成立后，这个口号越叫越响，而且不允许再叫朱老总万岁。理论家对我说，新中国成立后叫这样的口号，一是我国是个农民国家，农民有叫"万岁"的传统与需要；二是当时受苏联的影响非常大，叫惯了"斯大林万岁"，叫"毛主席万岁"也就似乎理所当然了。

看来，1949年的开国大典是个历史的转折点。我在上中学时读何其芳歌颂开国大典的长诗，其中说游行队伍高呼"毛主席万岁"，毛主席在天安门城楼上高呼"人民万岁"。有一次我与著名词作家乔羽先生聊天，问及此事，他说他当时在军管会工作，参加了开国大典，站在天安门城楼上，听到下面游行队伍中传来一阵阵"毛主席万岁"的口号声，相当整齐，显然是事先组织、布置好的。

看来，系统地研究"毛主席万岁"的来龙去脉是很有意义的。但以某一人之力，恐难奏效。我希望有人牵头，组织古代史学者、党史工作者、老同志、档案工作者，共同完成一部前所未有的著作——《中国"万岁"史》。不才翘足而待。

俱往矣，笑钓龙人物，出此昏招！

2001 年 3 月 30 日于京南老牛堂

浮 肿 病

　　好大喜功,乃帝王遗风。秦始皇、隋炀帝、乾隆皇帝更系大刮此风之不遗余力者,为国人所熟知。故20世纪50年代初,当民主人士张奚若批评毛泽东好大喜功时,毛泽东颇为不悦,严词驳斥,并宣称"我们就是要好社会主义之大,喜社会主义建设之功"。于是建言者只好噤若寒蝉。结果如何?什么"一大二公"、"大干快上"、"大办粮食"、"大办钢铁"、"大放卫星"……"大"字满天飞,全面"大跃进"的结果,不但无功可言,更使全国人民尝够苦果,人祸加上天灾,使无数人食不果腹,患了浮肿病,今日之中年以上者,均记忆犹新。此生理之浮肿病,实乃政治浮肿病发展之产物。前者易治,只要能吃饱饭,大体即可痊愈,而后者植根于悠久之封建专制主义文化传统,颇难根除,极易复发。某些报刊所载种种报喜报功数字,每每"水漫金山"。笔者今春在南方,某市财政局长告诉我:新任市委书记下令彻底核实全市企业实际产值,发现已上报数字中有几亿元纯属无中生有,遂如实禀报上级,要求更正,不料竟遭顶头上司严厉批评,说此数字早已上报省领导,岂能更正?在某些公仆看来,数字是越大越好,以便向上邀功。如是痼疾,时下有不断蔓延之势,一些著名企业家,即因染此沉疴而落马。如:马胜利马不停蹄地要在麾下纳进 100 家企业,结果使造纸厂破产,其他企业也日薄西山,马失前后蹄,他只有被免职,在家赋闲。习酒公司异想天开地要建百里名酒城,去年夏天,该公司总经理陈国星开枪自杀,巨人集团的史玉柱,为了"横空出世",盖神州第一高楼"巨人大厦",几乎耗尽了生物工程的流动资金,使巨人集团出现严重危机,如此等等,也许再没有比"巨人"危机更能形象、典型地表现出好大喜功之浮肿状及其严重后果矣。事实证明,上若好大喜功,下必撒谎邀功,甚至也要妄自尊大,危害百端。正是:

好大喜功恋金匾,不胖偏要打肿脸;
请君莫忘前车鉴,需知宁静方致远。

(原载《文汇读书周报》1998 年 9 月 5 日)

如此风马牛

"风马牛不相及也"——这是人们日常生活中的口头禅。可悲的是,风马牛现象却随处可见。即以文化领域而论,某些风马牛现象,真让人啼笑皆非。我家的小孩及小保姆都喜欢音乐,唱卡拉OK。近日我买了20张VCD光盘,看着看着,不禁眉头越皱越紧。《二泉吟月》分明是吟唱民间音乐家瞎子阿炳凄凉身世的,旋律也是脱胎于哀婉缠绵的《二泉映月》,但画面却是一位身穿三点装的小姐,扭扭捏捏,并不时有特写的花心跳入眼帘,分明是展示一种性文化,歌词中的"恨悠悠,失明的眼睛把黑暗看透","失"字居然错成"实"字,意思全拧了!倘阿炳地下有知,恐怕要大哭一场的。有报道说,美国第一艘人造飞船上天时,挑了世界十大名曲到太空播放,《二泉映月》是其中之一。这不仅是阿炳的殊荣,也是中国民族音乐的骄傲。谁能料到这首世界名曲,竟被光盘制作者糟蹋得如此面目全非呢!

同样令人气愤的是,自20世纪60年代以来被无数人传唱的《听妈妈讲过去的事情》,画面上居然是一个小女孩嬉皮笑脸地做着芭蕾舞的各种动作,对歌词中控诉旧社会苦难的"吃着野菜和谷糠"、"又冷又饿跌倒在雪地上"展示的辛酸意境,不啻是幸灾乐祸,公然嘲弄,实在令人扼腕难平。而《长江之歌》的画面上,居然根本没有长江,电影《上甘岭》插曲中的"一条大河……"句,画面上竟然是山间一条小溪……诸如此类,牛头不对马嘴,对少年尤其是幼儿,只能起误导的坏作用。

这种偏要风马牛的现象,完全是反文化现象。如果让此风蔓延,迟早就会产生类似明末、清末、20 世纪 40 年代后期形形色色的"古怪歌",而所有这些风马牛"古怪歌"的歌词,无一不是反社会的。

（原载《中华英才》1998 年第 12 期）

玫瑰园杂识

卖 痴 呆

旧时苏州除夕夜,小儿每唱《卖痴呆》。谣云:"卖痴呆,千贯卖汝痴,万贯卖汝呆,现买尽多送,要赊随我来!"猜其意,盖卖尽痴呆求聪明也。物换星移,不知今日姑苏尚有此俗否?冷观今日世风,令人生厌者,虽非除夕夜更非小儿出卖痴呆,让人上当受骗者又何其多也!即以出版界而论,某些介绍美国之书,往往只讲民主、法制、人权一面,而讳言不民主、破坏法制、践踏人权之另一面,使不少涉世未深青年误以为美国乃人间天堂,直至不久前以美国为首之北约悍然用导弹袭击我驻南大使馆,才使他们如梦方醒。少数学风败坏之学者,更堪称卖痴呆之老手。如有人一会儿说李自成死于通山,一会儿说李自成死于通城,一会儿说李自成在石门当和尚,实属不学无术、信口开河,居然还煞有介事地说郭沫若生前与他如何如何,不知惭愧二字。

急 急 风

戏曲舞台上有锣鼓点曰"急急风",紧锣密鼓,撼人心弦。旧时草台戏开演前，必演此锣鼓，招徕观众。此曲本应梨园有，惊叹而今落谁家？令人诧异者，每于学术界、出版界见之，岂非咄咄怪事！君不见，有人曾在某报推出某文士小传，将此君吹捧成文史哲兼通之大学者，并捏造高级职称，刊出后，舆论哗然，经了解始知，撰稿人乃此君之情妇，而实际捉刀者正是此君本人。又如某君出版一本学术水平一般的著作后，见无人喝彩，便急忙以答客问名义，在报端抛出文章，煞有介事，自问自答，自行贴金。前年曾于京中某报见书评，谓某通史如何杰出，今年又于沪上某报见书评，称此书如何优秀，而此书至今并未出版！如此急急风，又何必也。正是：

> 七宝楼台慢造，锣鼓再密无效。
> 空名虚誉何用，请君稍安毋躁。

假怀孕

据今年第三期《杂文界》披露，今年的早些时候，有些"新生代作家"在南京举行的小说创作学术研讨会上，对鲁迅先生口诛笔伐，不遗余力。什么"他的杂文谁都可以写"、"以鲁迅来衡量文学，标准太低，影响了中国文学的发展。在我们这个圈子里，鲁迅早已是个过去的话题"、"我们根本不看老一辈的作品，他们到我们这里已经死亡"，如此等等，真可谓唾沫横飞，甚嚣尘上。我对新生代作家作品，读得很少，不敢置一词。就算他们才华横溢，写过一些好作品，但有哪一篇能与鲁迅《阿Q正传》《狂人日记》《药》《祝福》《故乡》相抗衡？更遑论超过。老实说，他们也许终身也未必能写出一篇赶上鲁迅的传世之作。他们如能认真将鲁迅的作品——哪怕仅仅是其代表作——读过一遍，并读懂，就不会如此鄙薄我国新文学一代宗师鲁迅。年轻，并有点儿才气，当然是一种资本，但如果据此无限膨胀，以天下第一精神富豪自居，口出大言狂言，则未免荒唐可笑。这不禁使人想起俄国文豪高尔基批评某些狂妄青年曰：这是一种类似假怀孕的毛病；症候和真正怀孕时一模一样，但肚里却是空虚的。（《高尔基选集·文学论文选》）

（原载《中国民航报》1999 年 10 月 29 日）

虫　灾

　　笔者儿时乡居,曾见过蝗虫飞天蔽日,所过之处,庄稼全被啃光,至今每一思之,仍觉心凉。埋首书斋故纸堆中,多年不见蝗虫矣。但另一类虫灾,其猖獗状,大有超过蝗灾之势,几乎日日从眼前飞过,挥之不去。君不见,街头牛二式之"没毛大虫",欺行霸市、调戏妇女、殴打百姓事,迭相发生乎?电脑"网虫",制造出多少文化垃圾?而身为读书人、写书人,余对"书虫"更厌恶至极;对古籍乱点鸳鸯谱,见儒家有十三经,便拼凑《佛教十三经》《道教十三经》惑人耳目者有之,与书商勾结,雇几个一知半解大学生,随意剽窃、篡改他人著作,加上哗众取宠书名,投放市场者有之,而其盗版书之快,更使有司、出版社防不胜防;用商业操作伎俩,炮制"大全""大典"之类,动辄千万字,错误百出,屡见不鲜……显然,此类"虫"灾已成社会公害、顽疾,不知何日方能祛除?当然,从长远看,此辈所演闹剧、丑剧,终成过眼云烟也。词曲泰斗吴梅先生有《商调黄莺儿·题虫天图》,现节抄如下,但愿"虫"们拜读后,有所悟则幸甚——

　　俗语破天荒,"鹭鸶壳做道场"。丹青妙手画出荒唐相:蝼蛄打梆，蜣螂点香，苍蝇说法更有青蛙唱。紧提防，戒坛高处，怒臂起螳螂！

（原载《文汇读书周报》2000 年 4 月 1 日）

恶 骂

　　时下文学批评，某些人好酷评。但"酷"来"酷"去，不过流于恶骂而已。如评钱钟书小说《围城》，说"此书中什么都有，就是没有小说"，大奇。谓"鲁迅是块老石头，他的反动性是不言自明的"；痛斥郭沫若"剽窃"钱穆，"无学术道德可言"等等，令人瞠目。谩骂不等于批评，更何况恶骂乎，此常识虽童稚当亦能晓。值得注意者，自古以来，恶骂时贤，每有江湖客、骗财者混迹其中。如明代李乐《见闻杂记》卷十记载，有人痛骂王阳明，说"我吃了王守仁狗骨头的亏"，可谓几百年前阳明先生之酷评者；但此人又自称乃包拯后代，活了一百几十岁，"曾见阎王，放还"。此人是何许人也，不难想见矣。环顾时下文学界之恶骂者，虽比骂街之泼妇厉害百倍，但如炬目光之焦点，亦不过读者之钱袋而已。但愿此辈小心，切勿与前述王阳明之酷评者续上家谱。正是：

　　　　酷来酷去恶声大，岂是等闲顿足骂；
　　　　狗血喷头集大成，骗取读者出高价。

（原载《文汇读书周报》2000 年 6 月 3 日）

流　失

植被破坏,水土流失导致农田、草原荒漠化,国人已为之大吃苦头。但是,透过光隆陆离、沸鼎烹油的文化现象背后,在一些地方、某些领域,文化也在荒漠化,恐亦系不争之事实。而传统文化之逐渐流失,更使人每一思之,午夜梦回,犹觉心惊。笔者童年所见扁担戏——即一人表演之木偶戏,纵然踏破铁鞋亦难觅踪迹;返故乡,田埂上再也听不到卖饧人悠扬之铜箫声;近日去著名剧场看京剧,偌大剧场,仅坐不足三成之观众,且大部分均为旅行社引来之外宾。长此以往,剧场当门可罗雀矣。正是:

万丈长缨难系日,传统文化正流失。
待到沙暴压城时,莺歌燕舞难再得。

（原载《文汇读书周报》2000 年 5 月 6 日）

狂　甩

　　寒舍不远处,有条商业街,乃街道办事处违章建筑,因位居通衢,生意尚可。不才近日去海外一月,归后晨起散步,见此街商店纷纷用黄纸贴出大字告示:"拆迁!狂甩!赔赔赔!惨惨惨!""赔完拉倒!不干了!自认倒霉!"如此等等,大有惨不忍睹之势。然一星期过去,未见一家商店走,宣传阵势依旧。心生疑惑,遂询及卖报青年,答曰:"猫腻大了!已闹腾一个半月了,不知还能骗多久?"原来如此!由此明白,此乃商家推销商品之骗人伎俩也。

　　反观文海,亦如商海。曾被某学者讥为"戏子"的某作家,不久前接受电视台采访一个多小时,除重弹文坛批评其文与人者皆书商操纵之滥调,并再一次煞有介事地宣称"封笔"。"封笔"还是"风笔"?惯用机关枪横扫文坛的山西大汉韩石山曰:"又宣布封笔了……只要他把他的笔帽和笔杆对住,套在一起,就叫封笔。"此"封笔"一解也。其实,看看商业街"狂甩"情景,人们便可明白,"封笔了"与"不干了",何其相似乃尔?货不但天天卖,并因"惨"而一睹者更众,生意火爆。可见此君说书商如何如何,其实也是在商言商,深通商家狂甩术也。正是:

又说封笔不干了,自认晦气把霉倒;

"惨"字后面原是钱,狂甩莫道君行早!

（原载《文汇读书周报》2000 年 7 月 1 日）

怪　圈

　　20世纪80年代以来,出版社如雨后春笋涌现,时下每年全国出书数亿册。但所怪者,不受读者欢迎,甚至无人问津之书越出越多,库存积压,不知凡几;无奈充当"马路天使",若败花残柳,亦难得有客光顾。但学术品位高、有价值之书,却又遍觅不着。漫画家、杂文家方成曾对余慨乎言之:"我年年出书,但从未在新华书店内见过我的书。"不才虽不学,但亦年年出书。自信虽非上品,但绝非下流。前些时接到哈尔滨一位教授电话,说十几年来,他仅在书店中买到我一本书,其余一概未见。夫哈市乃通都大邑,尚且如此,地方小邑,读者若想购到拙著,岂非"难于上青天"乎?去年春,我接到外地学侣来信,托代购《古本聊斋》,我跑了一天书店,仅觅得一部。春末去海外,又有学者打听此书,返里后,遂致电出版社,始知书店、书商称此书已属旧书,不肯进货,出版社只好将剩余之书,统统化为纸浆。呜呼,闻之不胜心痛。正是:

　　庸书随处见,好书无处求。

　　图书入怪圈,何时是尽头?

　　　　　　　　　　　　(原载《文汇读书周报》2000年8月5日)

"错到底"

南宋时有鞋曰"错到底"。此鞋何种模样,何以名之? 询诸宋史专家王曾瑜兄,答曰待查。清代学者有谓:"当时以为时事之谶,明末时势亦然。"(秦笃辉:《读史剩言》卷三)其实,无论古今,凡独夫民贼、孤家寡人,无不一意孤行,从黑道上错到底,此点姑且不论。仅就当今文坛而言,风风雨雨,是非不断,同室操戈,聚讼纷纭。固然,有的是"秀才争闲气"? (借用清初学者评论明末士风语),有的是借酷评打知名度,有的是制造热点,促销报刊,皆不足为训。值得注意者,有的人身为教授、作家,甚至名重当世,明明自己有错,却拒不承认,执意穿着"错到底"鞋往前走,越来越被动。聊举二例:四川教中文之教授张某剽窃一位青年散文家作品,被多家报刊揭露后不但不知悔改,反而向报刊、原作者、揭发者发难,又是写信又是发传真,又是递所谓民事诉讼状(因并未经过法院),并打着"自由谈"的幌子,著文反诬揭发者在他脸上"刺下两道金印",原作者是"流娼"、"神经病",其自刑自辱,竟至于斯!

穿鞋莫穿"错到底"，海内何妨存知己。

世路万条有规则，岂能横行蛮无礼！

（原载《文汇读书周报》2000 年 9 月 2 日）

牛　汪

牛汪一词,大概除了江苏人外,外省者不知其义。犹忆童年乡居,夏日炎炎,水牛耕作归来、饮水食草之际,虻虫、苍蝇之类,即咸来叮咬,老牛虽不停摇头、打响鼻、甩尾,亦无济于事。不才素来心疼牛,况自己亦属牛,遂将老牛牵进事先挖好、约十平方米装满泥浆、牛尿、稀牛粪之塘中,老牛立即下潜,只将眼睛、鼻子露出浆外,虻虫者流,顿时傻眼,无计可施矣。老牛颇恋此塘,乐不可支。乡人均称此塘曰牛汪。

联想文坛,有牛汪情结者,似并不罕见,酷好在臭烘烘之泥浆中打滚甚至下潜,通常只将眼睛、鼻子、嘴巴露出浆外:眼观读者反映,鼻嗅文坛气候,口吐狂言——先承认自己无知,是流氓、痞子,俨然涂了一身臭泥,然后破口大骂,灭老舍,灭巴金,灭鲁迅,恨不得立即将这些文学大师全拖进牛汪,不灭顶也面目全非矣。酷评者中,先自污者少,但无一不是欲污他人,将之拖进牛汪者。当然,最终污了谁? 尽人皆知也。正是:

思量牛汪真儿戏,谁为酷评设此谋?

(原载《文汇读书周报》2000 年 11 月 4 日)

叔伯气

"生的叔伯气"云云，北方人之调侃语也，余初闻之，忍俊不禁。夫生气岂有嫡亲、叔伯之分？"叔伯气"者，甚无谓之闲气也。环顾文苑，生叔伯气者比比皆是。说稍远点，电影表演艺术大师赵丹生前一心塑造鲁迅先生、周恩来总理光辉形象，但直至临终均未能如愿。以至于他诀别人寰前，发出"管得太具体，文艺没希望"之浩叹。究其故，据悉因有司执权柄者，对20世纪30年代他与江青稔熟甚感愤愤。其实，陈年旧账，关卿底事？但"叔伯气"一生，赵丹遂含恨终古。悲夫！

说近点，文苑向来是非太多，其中有些是非，颇无谓，如周二先生知堂老人书法飘逸，某处将其宝楷悬于醒目处，遂招来非议。其实，其书法与他当过汉奸，有多大关系？甚至对鲁迅之评价，本可理性探讨，但有人却义愤填膺，必欲全面否定而后快，其中重要原因，是对当年鲁迅被神化甚厌恶。但这与鲁迅本人有何关系？凡此，皆生的叔伯气也。清初史家曾指出，明朝灭亡的原因之一，是"秀才争闲气"，可见"叔伯气"害莫大焉。正是：

莫笑口语太俚鄙，何必常生叔伯气？

丈夫有志冲霄汉，俯仰不愧天与地！

（原载《文汇读书周报》2000 年 12 月 5 日）

揣 着 明 白

常言道，"揣着明白装糊涂"。北方人对此语更耳熟能详。作为文化现象考察，对"揣着明白装糊涂"，可一分为二。就表演艺术而言，如葛优，一肚子明白，却一脸糊涂状，从而构成巨大反差，形成独特表演风格，为广大观众所称道；就绘画艺术而言，写意画尤其是抽象画，虽画面"月朦胧，鸟朦胧"，"山在虚无缥缈"中，但作者笔随心走，心里自然是明白如皎月。凡此，皆"揣着明白"之好处也。但"好事为过必为殃"。另一种"揣着明白"，则实属反文化行为，危害百端。如某两位我稔熟的先秦史专家，明知某些传说年代无法断代（按：胡绳先生生前曾说如此断代是神话），却因碍于情面及可拿到丰厚科研费而"积极"投入，如某些地方、某些部门，明知盗版犯法，却为了一己私利，对非法生产者、经销者眼开眼闭，包庇纵容，以致盗版书籍、光盘，禁而不绝，甚至愈演愈烈。如此等等，岂非某些人"揣着明白装糊涂"之过乎？正是：

"揣着明白装糊涂"，成了奸商护身符；
经营毕竟非演戏，护伞迟早被烧糊！

（原载《文汇读书周报》2000年1月6日）

钓　鱼

　　不久前，我发表过一篇反腐败文章。近日接到两份通知，一份系某社联来函，祝贺我"大作问世"，拟收入其正在编辑的一本文选中，收费500元，另一份通知系某丛书编委会来信，夸奖拙作"振聋发聩"，故"经专家推荐"，将收入其丛书中，不收费，但需订其丛书一套，计600元。看了两份通知，令我愤然。近几年来，常常接到此类通知。有的通知上，不仅抬出所谓学术大师甚至要员借以蒙人，更谓其编委会成员都是著名专家、学者，其所编书具有权威性，我的文章被选入，对于评职称将收"一登龙门，身价百倍"之效；且不说，十几年前，我已评为研究员，拿到国务院的专家津贴，他们的书对我有鸟用。就说其编委会成员，大半皆无名小卒，后经打听，不过是三五书商、七八个乳臭未干的研究生而已。此等用"姜太公钓鱼，愿者上钩"方式，以学术为名行腐败之实的丑恶行径，有愈演愈烈之势。近日报载：某业余作者，发表2000字文章，招来八家文选、文丛之类的入选通知，收费可想而知，真乃荒唐透顶。正是：

不是太公是太私，钓饵下处藏杀机。

让君口袋底朝天，此辈不是好东西！

（原载《文汇读书周报》2001 年 3 月 3 日）

假领头

我国幅员辽阔,服饰差异甚大,但曾风行一时,今已敛迹的假领头,似乎东西南北,皆此谓也。

犹忆半个世纪前,不才尚在三家村读小学,每见区政府女干部,手缝白色衬衫领头,戴在脖上,以为时髦,乡人颇觉新鲜,村姑钦羡之余,亦有仿效者。至20世纪60年代初,人祸、天灾交织,物资奇缺,布甚紧张,衬衫穿坏,换新谈何容易,只好用少量布制成假领头,权充衬衫穿上。好在外套毛式中山装,人们难窥真相,仍不失体面或革命风采也。改革开放以来,经济腾飞,商品供应逐渐供大于求,区区衬衫,谁家没有多件?假领头早已退出历史舞台,此国人大幸事也。但颇不幸者,环顾政界、学界等,别种假领头——即挂羊头卖狗肉之领导者,又何曾见少也!媒体不断揭露的东西南北之腐败分子,有谁不是该单位之领头人?但此辈不是领导群众建设"四化",而是利用职权大搞贪污腐化,大挖国家墙脚。另一类人,有终年瞎混者,居然成了学会会长;点校古籍错误千出、成为中外学者笑柄者,居然被人赞为"好同志",加上学术带头人桂冠,如此等等。往昔聊充衬衫用之假领头,虽无奈,乃包括笔者在内小民百姓自愿套在脖上也,说不戴,挥手即弃之。而政界、学界等之假领头，十之八九乃大小一言堂主看中，强加小民头上者，百姓虽不乐意，却又奈何不得。正是：

脖上假领刚挥去，头上假领套过来；
何年尽去假头领，不用庸才用英才?!

（原载《北京观察》2000 年第 1 期）

擂鼓三通

　　20 世纪 80 年代初,香港徐四民先生曾在全国政协会议上说:大陆自己也要三通,特别是中央政府的号令,地方政府必须执行,不能不通,云云。我以为徐老所言极是! 直至今日,"上有政策,下有对策",中央政府之号令,每被某些地方政府打折、扭曲,乃人所周知,固不必论矣。即以通邮论,在堂堂首都,我住石景山区时,致书家住朝阳区的红学家冯其庸先生,他居然一个月后才收到此信;我搬到方庄小区,寄稿给近在咫尺的《光明日报》《中华英才》,居然对方收不到。而外地更加不堪矣。最典型者,深圳一打工仔,中秋节寄给四川家中之月饼,一年后才收到,成了一包虫屎。再说通商,谁能说得清,地方保护主义者究竟设置了多少有形、无形关卡? 这已成为国家经济发展的一大障碍。至于通航,多年来我屡坐飞机,几乎无一次准时;而汽车、轮船的超载失事、损失惨重的现象,更每见于媒体。可见依法治国,应进一步加大执法力度,扫除此间三通障碍。时正冬日,腊鼓催春。旧小说写热闹场面,常先"擂鼓三通"。在这送旧迎新之际,我愿使尽平生力气,擂鼓三通,为真正政通人和,助威、喝道!

（原载《北京观察》2000 年第 2 期）

谈虫色变

　　不才是电脑盲,至今对"千年虫"仍不甚了了,回首世纪交替之际,全球沸腾扬扬,防范"千年虫",世人颇有谈虫色变之感。最可笑者,京中有些电梯门口贴着通告,声称为防止"千年虫"突袭,电梯暂时停开,人们无奈,只好辛苦双脚。有位老大爷闹不明白,忍不住国骂曰:"他妈的,操它个虫!"近日读报,有人著文说"千年虫"云云,乃商业欺诈行为;亦有人著文谓"核弹没有自行发射,飞机没有从天上掉下来","千年虫"者,乃世人"自己吓唬自己"也,看来,在21世纪未来日子里,"千年虫"即使捣乱,也掀不起太大风波,从这只让全球虚惊一场之"虫",不禁联想虎、狗、猪之类动物,均曾使人谈之色变。"谈虎色变",人皆知之,毋庸论矣。宋徽宗因属狗,便严禁杀狗;明武宗因觉猪、朱同音,自己又属猪,遂下禁杀令,且不许养猪,违令者"本犯并当房家小,发极边永远充军";"文革"中,余在上海师大,某曰有顽童毙死一猫,吊于树上,顿使有司失色,作为反革命事件追查……此类充斥封建专制主义之腐朽气息,不断散发,又何止是"千年虫"?正是:

世人争说千年虫,回首往事难从容;

谈猪谈狗色皆变,只缘皇帝谬称龙!

（原载《北京观察》2000 年第 3 期）

犹记风吹水上

  郭沫若因有多方面之学术成就,且位居要津,生前享有殊荣。去世后,每闻学界异议时起,余从不以为怪,盖此公已成古人,任凭后人评说可也。但近读远东出版社之《钱穆和中国文化》一书内余英时《〈十批判书〉与〈先秦诸子系年〉互校记》一文,却深感骇怪。此文乃余英时老掉牙之文,却再抛出。早在1954年秋,余英时即在香港《人生》半月刊第八卷第六、第七、第八三期连载其所作《郭沫若抄袭钱穆著作考——〈十批判书〉与〈先秦诸子系年〉互校记》,断言郭沫若的《十批评书》大量抄袭《先秦诸子系年》,从而说郭沫若"是一个完全没有学术诚实的人。这样一来,我们便不能不对他的一切学术论著都保持怀疑态度了"。余英时原以为此文出,"风乍起,吹皱一池春水",无奈他此时尚系无名小卒,《人生》乃小刊物,兼之彼时大陆甚封闭,据郭沫若生前学术秘书戎笙教授告我,郭沫若根本不知道余英时此文,故余文面世后,纯属"潮打空城寂寞回"。大概是"无语难耐凄凉",事隔37年,郭沫若、钱穆均已作古,余英时又在1991年纪念钱穆之集子《犹记风吹水上鳞》中收入该文,次年并在香港《明报月刊》10月号发表《谈郭沫若的古史研究》文,重提此所谓学术公案,再次声称郭沫若犯了"严重的抄袭罪"。不久，便将《……互校记》塞进《钱穆和中国文化》一书。郭沫若果真抄袭了钱穆著作？非也，纯属诽谤。《中国史研究》已刊出长篇学术论文《评〈十批判书〉与〈先秦诸子系年〉互校记》，以确凿事实证明，余英时对郭沫若罗织之罪名，"是没有道理和没有根据的"。余英时今日声名不小，大陆为其喝彩者实繁有徒，甚至跟其学舌，著文报端以攻讦郭沫若抄袭钱穆。最近，丁东先生在其所编《反思郭沫若》一书中，继续将余英时文编入，而《中国史研究》所刊批驳长文，则一字不提。余以为，凡此，均超出正当学术批评之外，实乃咄咄怪事也。正是：

　　郭老著作抄别人？纯属风吹水上！
　　余氏铸剑四十载，竟是烂铁镀假银。

（原载《北京观察》2000 年第 4 期）

树　殇

　　近日报载:西安市东关大新巷一棵有千年树龄、被西安市政府名列古树名木、明令保护的老槐树,近年来被人逐渐神化,大树特树,成了"树大仙"。每逢农历初一、十五就有人在树前烧香磕头,据说甚灵验,给树挂红、挂锦旗、挂匾者,实繁有徒。这不禁使我想起故乡一棵古槐的厄运。这棵古槐在古庙"广福禅院"旁,据万历年间《盐城县志》记载推测,此树树龄至少也在五百年以上。犹忆儿时,我每至高作镇,就要去"广福禅院"看佛像,并至古槐下玩耍。此树因年久,树干、树枝皆空,但枝头郁郁葱葱,槐叶翠绿欲滴。但不知从何时起,有人在树干空壳内焚香,见很多枯枝因内空而冒出香烟,竟惊诧莫名,说是神树,一传十、十传百,掀起对此树的造神运动。结果不断有人去烧香、膜拜,求医的、问吉的、求财的、求子的,络绎于途。古槐怎能经得起这样的大树特树,烟熏火燎?到20世纪50年代后期,终于枯萎而死。80年代初,我去镇文化馆参观保留的这棵古槐残存躯干,黯然神伤久之。呜呼古槐!它不是毁于风雨雷电,而是毁于人为的顶礼膜拜,这是大树特树的悲剧。南望家山,西望长安,长此以往,恐怕那棵千年古槐,离死期也不远了!对树不能大树特树,对人呢?回顾一下新中国成立后由造神运动而导致"文革"爆发的荒唐历程，洞若观火，真乃树同此理，人同此理也。正是：

> 木秀于林风必摧，何况凭空胡乱吹？
> 对人对树休大树，千万莫续树殇篇。

（原载《北京观察》2000 年第 5 期）

疯狂消费

马克思曾经指出:古代国家灭亡的标志不是生产过剩,而是达到骇人听闻和荒诞无稽的消费过度和疯狂消费。古人消费,大体可分食、色两大类。那些暴君、巨贪,妻妾如云,恨不得天下美味,尽成"五脏庙"供品,故不必论矣。值得深思者,历史上某些著名改革家,亦追求疯狂消费,结果毁身败家、断送了改革事业。如明代宰相、"一条鞭"法推行者张居正,乃中国封建社会后期赋税史上杰出改革家。但他大权在握后,酷好女色,侍寝者众,力不从心,竟大吃海狗肾之类壮阳物,致燥热难当,"以此病亡"(明·沈德符:《万历野获编》卷二十一)。这不禁使人想起晚明陈眉公《戒欲词》:"……一枝花箭,射英雄,英雄倒。"居正色乃如此,食又如何?同样过度、疯狂。其父病逝,他奉旨归葬,坐着32人抬的豪华大轿,餐时菜过百品,"居正犹以为无下箸处"(明·焦竑:《玉堂丛话》卷八)。结果死后,万历皇帝翻脸,抄其家,财产一空,家人惨遭其害,老母命归黄泉。而居正之改革举措,尽遭废除,落得个人亡政息之悲惨下场。反观时下,疯狂消费又何尝少见?与人赌气,一桌饭花去30万元者有之,用公款养数个小老婆恣情享乐者有之;利用手中权力,至豪华饭店接受吃饭、卡拉OK、桑拿、"三陪"

小姐侍候"一条龙"服务,动辄花万元者有之……如此邪风大炽,前景堪虞。正是:

疯狂消费不言丑,昏然跟着感觉走。
待到毁家亡身时,想缩手也难缩手!

（原载《北京观察》2000 年第 6 期）

"水浒气"

　　鲁迅先生曾深刻指出："中国确也还盛行着《三国演义》和《水浒传》，但这是为了社会还有三国气和水浒气的缘故。"（《且介亭杂文二集·叶紫作〈丰收〉序》）限于篇幅，此处"三国气"存而不论。何谓"水浒气"？在相当程度上说，乃霸气、盗气、匪气、流氓气也。《水浒传》中恶霸形形色色，祝家庄庄主、西门庆、蒋门神之流，虽童稚亦耳熟能详；桃花山、二龙山等山大王，分明是占山为王、打家劫舍、为害一方之强盗；混江龙李俊、船伙儿张横辈，则是驾着一叶舟，"出没风波里"，动辄将客商扔进水里喂鱼的水上土匪，而花花太岁高衙内、没毛大虫牛二之流氓行径，同样令人切齿。

　　我们是社会主义国家，但社会上还存在严重的"水浒气"，乃有目共睹之事实。君不见，曾嚣张一时的大邱庄庄主禹作敏，论权势、气焰，绝不在祝家庄庄主之下，而类似禹作敏的称霸一乡或一村之恶霸，媒体时有揭露，只是此等鼠辈名气太小，旋起旋灭而已；持枪抢劫银行的大盗、披着公仆外衣贪污百万、千万的巨盗，在千岛湖杀人放火的土匪，堪使《水浒传》中的盗、匪黯然失色；而时下横行街头之活牛二、用古老的蒙汗药骗财、杀人的诈骗团伙，我们又何尝少见？此等"水浒气"败坏社会风气，危害社会安定，并往往与权力部门腐败分子勾结，严重损害党和政府在群众中之形象。
《水浒传》及相关之影视、戏曲作品，今日依然风行天下，其负面作
用——如至今在现实中仍流毒甚广之"水浒气"，岂可等闲视之？
正是：

《水浒》读烂熟，毋忘有糟粕；
试看"水浒气"，能说不歹毒？

文坛邪风

横 扫 风

我曾经给《文学自由谈》写过两句话：文学若无自由谈，天高难问更寂寥。显然，文坛若无批评，寂寞悄无声，绝非好事。但是，我看不惯有的人手持机关枪，动不动就对文坛来一阵横扫，管他爸的青红皂白。如对余秋雨，我不喜欢他故作高深，动辄一脸文化状，用商业伎俩不断包装、炒作自己。但是，他毕竟不失为散文大家，至少有四五篇散文堪称一流。可时下有人斥其为"涂着文化口红"，其作品"像久不打扫的厨房，充满油腻"云云，怎能令人信服？对巴山鬼才魏明伦的不断弄烂古文、烂对联，不少读者嗤之以鼻，笔者亦深有同感。但窃以为，魏明伦的《巴山秀才》《潘金莲》等剧作，毕竟是成功之作，他的《致姚雪垠书》，当得上"绝妙好词"四字，故此人不失为时下文化名人。但近日有作家著文，把他贬得一钱不值，讥为"伪名人"，是"越是没文化的人越像个文化人了"。这又岂能服众？机关枪横扫虽痛快，鸡飞狗跳，但与健康的文学批评根本是南辕北辙，徒逞匹夫之勇、泄一时之愤而已。

胡 攀 风

　　对此题目，读者诸公不可望文生义，以为指胡乱攀附。熟悉文苑掌故者咸知，当年胡适先生名重当世时，有人竟公开宣称"我的朋友胡适之"如何如何，肉麻之至，从此成为著名笑柄。反观文坛，此类笑剧，又何尝一日停止上演？有人对已故著名学者，跟着假洋鬼子鹦鹉学舌，丑诋"剽窃""全无学术道德"，因深知死者绝不会从九泉之下起而抗辩。而对健在之文坛名流，则一一登门拜访，然后著文面世，说谁、谁都是他的好友，对他如何关心、如何赏识，似乎别人高尚，他也立马水涨船高，变得同样高尚。其实，明眼人一望而知，此"我的朋友胡适之"之最新版本而已，徒增新的笑柄。正是：

　　　　文坛从来邪风多，先后一波又一波。
　　　　无奈风小浑无力，旋起旋灭野山坡。

　　　　　　　　　　　　（原载《北京观察》2000 年第 8 期）

裁　判

　　运动场上，无不有裁判。其中最令人敬畏者，当属身穿黑服、俨然法官执法之足球裁判。甲、乙双方，谁是否犯规，全凭裁判哨声定音。文场竞争激烈，此点与球场相似。但作品优劣，若凭某个人充当裁判官，一人说了算，则显然荒谬。不必说得太远，"文革"中江青、康生之流，动辄以终审裁判官自居，宣布这个作品是"毒草"，那个作者是反革命，将党的"百花齐放、百家争鸣"方针践踏无遗。"文革"结束，人们痛定思痛，认定发展文艺、学术，舍"双百"方针，别无他途。新时期以来哲学、社会科学、文学艺术作品之蓬勃发展，充分证明此乃真理也。但总有个别人，官做久矣，习惯于发号施令，以个人好恶，对学术著作或文艺作品行政干预，以裁判官自居，制造风波，徒生困扰。如早几年，有位青年学者著成重论鸦片战争之史学专著，考辨翔实，议论风生，是中国近代史研究之杰作，深获史学同行好评。但某人觉得不合自己胃口，不仅点名批判，而且在作者单位评职称投票时，亲临坐镇，不准其升研究员。作者无奈调往高校，远离此人，不久即升为教授。其著作亦更受国内外读者欢迎。又如某市评文学作品奖，专家评委会一致投票《他们的岁月》应得奖，但某有司主管却无端插手，推翻评委结

论,不让此书得奖。诸如此类,皆与"双百"方针风马牛也。正是:

陈年陋习瞎指挥,"双百"方针搁一边。

岂可一人作裁判,作品任意定是非?

（原载《北京观察》2012 年第 9 期）

"老作家"

　　作家,虽今日有多如牛毛之嫌,但不断有佳作问世,且人品文品俱佳之作家,仍颇受广大读者尊重,况著作等身、德高望重之老作家乎!但本文标题打引号之"老作家",则属鼠窃狗偷之辈。明末西湖伏雌教主著《醋葫芦》第二十回写道:"我来也终是老作家手段,见有人来,就闪过一边,已从墙穴内钻出。"此"我来也",乃一贼中老手之绰号也。此处"老作家手段"云云,显属老穿窬者伎俩之同义语。大浪淘沙淘不尽,绿林豪客每相闻,故作案时每使用"老作家手段",此点无足称奇。令人称奇的是,环顾当今学术界,使用"老作家"手段者,竟大有人在。早在20世纪80年代初,一份简报上即披露南方某研究红学之教授,将所指导的研究生毕业论文,提前署上自己大名发表;90年代以来,随着商品大潮滚滚而来,某些学者(按:古人学者、作家乃同一概念。已故史学家束世徵教授,著文提及学者,最喜用作家一词代之,此乃古风也)不知检点,将商海中买空卖空、投机倒把伎俩带到学术界,败坏学风。等而下之者,已是副教授、教授、博士生导师,公然剽窃同行甚至弟子著作,媒体时有揭露。最令我肃然起敬的是,安徽社联主办的《学术界》,改版后每期均有对戴着教授、学者桂冠的"老作家"指名道姓地揭露,为学风建设不遗余力。使人瞠目的是,有的高校对此类"老作家"竟熟视无睹,以致此辈照样招摇过市。如成都某中文教授,剽窃青年散文家伍立杨文章,经几家报刊公开揭露后,不以为耻,居然反咬一口,说揭发者无端给他脸上"刺下两行金印",甚至辱骂原作者是"流娼"、"神经病"。如此拙劣表演,实际上仍为"老作家"手段;以攻为守,朝揭发者、原作者眼前撒一包石灰,泼一盆尿,然后溜之乎也,尽管他打着"自由谈"的旗号炫人耳目。作家王朔喜欢动辄"灭"了谁谁,我建议他著文"灭"了学界"老作家",那才真正是大得人心。正是:

> 大江东去浪淘沙,学界竟有"老作家";
> 鼠窃狗偷成何事,文海岂容泛沉渣!

（原载《北京观察》2000 年第 10 期;

《海南日报》2000 年 9 月 8 日）

小保姆言

我家小保姆小梅,鄂北山区人也,年方17,初中文化。近日同看电视早新闻,见郊县某村党支部书记,恣情枉法,我颇气愤,说:"这哪里还像共产党员?"小梅不以为然,说:"这个支书虽不是好东西,但看上去还人模人样,再说人家毕竟是党员,正牌子的。我家那个村的支部书记,看上去尖嘴猴腮,人模狗样,连个党员都不是,杂牌子的。"我听后大吃一惊,说:"不是党员,怎么能当党支部书记?"她说:"他倒是想入党的,但他老婆生了三个小孩,超计划生育,上头不让他入党。也不知道他通过谁,给了谁多少好处,居然当上村支书了!他小学都没毕业,开会读文件,上句不连下句,我比他强多了,还不如让我当书记呐!"她哈哈大笑,我也大笑起来,心想:不是党员,居然当上书记,真乃天下之大,无奇不有,遂将此事当奇闻说给几位书呆子听,他们都感纳闷。可是,我在发廊洗头,与来自内蒙大草原深处的打工妹小刘说起此事时,她微笑着说:"您老爷子也是少见多怪。在我们那儿,这种事一点儿不稀罕,我们村及邻村的支书,俩人都不是党员,老百姓才不管他谁是谁呢!"我问这俩人为人怎么样?她说:"不怎么样!"我立马承认是少见多怪。

我一党也不党，纯粹平头百姓一个。没想到至少在某些农村，党内竟发生这样的咄咄怪事！但转而寻思：是党员又咋的？陈希同、王宝森之流，不都曾是正经八百的党员吗！也许这就是"假作真时真亦假"？正是：

休道杂牌太孟浪，真真假假一本账；

"街前骡子学马走，到底还是驴儿样！"

（按："街前"二句是明代歌曲词句）

（原载《中外期刊文萃》2000 年第 9 期）

天高皇帝近

语曰"天高皇帝远",这当然是事实。元末台州、温州、处州谣曰:"天高皇帝远,民少相公多。一日三遍打,不反待如何!(明·黄溥:《闲中今古录》)官多如毛,吏治腐败,法纪荡然,民不聊生,最后只能是唯有一个反字了得。这是中国不知上演过多少次的历史悲剧,而细察古今,则又不难发现:天高皇帝远,遭殃的是老百姓。

清中叶学者陈其言《庸闲斋笔记》卷八载谓:"因记黔中苗人称天子为'京里老皇帝',称大小官府皆曰'皇帝',其私称官府则曰'矇'。粤西瑶人称官府曰'瞎'。噫!'矇'、'瞎'之称,殆《春秋》一字之褒与?"这条史料颇为典型。"称大小官府皆曰'皇帝'",可见土皇帝已滔滔天下皆是矣。妙的是,民之口诛,从来就是严于斧钺的。一个"矇"字与"瞎"字,可谓点出了腐败官府之要害处。试问,哪一个土皇帝或贪官污吏,不是上骗中央王朝"京中老皇帝",下骗劳苦大众,以售其奸,大肆侵贪?同样的是,他们无一不是睁眼睛:对国法视而不见,不惜以身试法;无视民瘼,全不懂"水可载舟,亦可覆舟"的自古明训。后之视今,亦若今之视古也。谁能说得清,时下究竟有多少土皇帝? 他们无一例外,同样皆是矇、瞎。刚被执行死刑的高官成克杰，在广西时，就是个实足的土皇帝。他党龄不长，资格不老，原属庸才，何以能青云直上，直至身居国家领导人之一的高位？ 无非是把矇字钻研透了，专用其能。值得注意的是，他在广西时，利用手中大权，封杀舆论监督。《广西日报》总编深入基层调查后，发现一些单位头头为升官谎报成绩，虚构产值，著文见报后，成克杰大怒，即将该总编免职。没有新闻舆论监督，只能使成克杰这样的政治骗子、巨贪横行无忌。他居然不懂，像他这样的高官，退休后岂能随便在海外定居？ 却与姘妇李平勾结，贪污千万元，梦想将来在神仙窟里作逍遥游。仅此一点，即可知此人已"瞎"到什么程度！ 正是：

嗟叹天高皇帝近，变相裂土称王病。
贪官无不瞎与矇，矇到最后丢狗命！

（按：近日传闻，成克杰判死刑后，曾向司法机关某副处长下跪，哀求"饶我一条狗命吧"！ 呸。）

（原载《深圳特区报》2000 年 11 月 19 日）

"二两半文化"

　　"二两半文化"一词,出自某电视剧中一位陕西知青批评另一位老乡之口。不才闻之,不禁莞尔。笑定沉思,感慨良多。"二两半文化",固然成了没文化或文化很少的乡民笑料。但细寻思,更可笑者,在文化界——包括吃政治文化饭者,"二两半文化"——甚至不足"二两半"者,又何尝少见? 身无长技,我只好在文史界觅食,不断与报刊、出版社的记者、编辑、主任、总编打交道。其中有不少人,无知到让人难以置信。如:名牌大学中文系毕业生不知方成、牧惠、邵燕祥是何许人也,说从来未闻其名;一位编辑问我,从北京去西安是否要经过上海;一位出版社负责人,将拙著中论及古代时"以封建皇权为核心"的"核心"改为"主事",不通之至,而且令人生疑:难道"核心"成了专有名词? 其实非也! 又如:我近日下定决心,向学术界的腐败风气宣战,首先从我最熟悉的史学界开刀,用杂文笔调,写了一篇抨击泡沫史学的评论文章,被某报主管以所谓尖锐、尖刻会得罪史学界不少人为由,妄加删改成阿痒式文章,可见讲正气、讲学习,不过是此辈挂在嘴边的空话,何尝打算贯彻? 他们会做的只有一件事:如同马克思说的,拿一把简单的尺子衡量一切。好在高水平的编者毕竟有的是,我断然抽回此稿后,全文不但已刊于国家外文局主办的网上，而且即将在另一家大报全文发表。连以专吃文化饭名噪一时的人物究竟有多少文化，也令人生疑。作家余某，不是连《古今图书集成》《永乐大典》也一无所知吗？时下某些吃政治文化饭者的水平之低，更令人瞠目。如：毛笔字简直不堪入目，还雅好乱题，某有司主管居然把"艰苦奋斗"之"奋"写成"粪"字，以致一位杂文家调侃曰："也通，掏大粪的粪斗嘛！"如此等等，形形色色的"二两半文化"者，简直不胜枚举。此类现象，果真可笑乎？否，可悲也！南宋陈世崇《随隐漫录》卷二载有《行香子》，现抄录如下，用以为文化界、政界"二两半文化"者写照，尚望读者垂鉴——

　　浙右华亭（按：今上海市松江），物价廉平，一道会买个三升。打开瓶后，滑辣光磬，教君霎时饮，霎时醉，霎时醒。听得渊明，说与刘伶：这一瓶约迭（按：大约）三斤，君还不信，把秤来称，有一斤酒，一斤水，一斤瓶。

　　　　　　　　　　　　　　（原载《北京观察》2000 年第 12 期）

龙 与 谣谚

　　龙年说龙,兴味无穷——转瞬间,龙年将至,"中华世纪龙"已运抵北京,龙文化越来越多彩多姿。但是,龙文化毕竟是个复合体,在长期的历史演变中,积淀着多种文化内涵。作为宫廷龙,从秦汉以后,龙已定型成帝王的化身,皇帝离开娘胎曰"龙诞",呜呼哀哉叫"龙驭宾天",至于龙椅、龙袍、龙旗等更是不一而足。不过,天外有天,龙外有龙。在皇宫之外的社会生活中,尤其在平民百姓的心目中,龙则另有多种形象在活动着,这在古今歌谣中,充分地显示出来。

　　龙——一种英雄形象。三国时吴王孙皓天纪中童谣谓:"阿童复阿童,衔刀浮渡江,不畏岸上虎,但畏水中龙。"这里的"水中龙",指的是名将王濬,他的小名叫阿童。晋咸宁五年(公元279年)王濬担任龙骧将军,率水军伐吴,所向披靡,后攻克石头城(今南京),吴王孙皓投降。唐朝大诗人刘禹锡的《西塞山怀古》中写道:"王濬楼船下益州,金陵王气黯然收。千寻铁锁沉江底,一片降幡出石头。"此外,晋赵王伦既僭位,洛中谣谓:"虎从北来鼻头汗,龙从南来登城看,水中西来河灌灌。"这里的"龙"实际上指的是"齐东藩而在许,故曰龙从南来",也就是与成都王、河间王共举义兵的齐王。与其类似的晋太安中童谣"五马游渡江,一马化为龙",亦英雄赞歌也。明代嘉靖初年的民谣:"好群黑头虫,一半变蛤阶,一半变人龙。"所谓"变人龙",不是指变为皇帝,而是指变为好汉、英雄。今天的口语中,有自古相传的"坐不改姓,行不改名"云云,以示光明磊落的大丈夫气概,也就是英雄气概。早在一千多年前,民谣就有"龙不隐鳞,凤不藏羽"之说。今日口语的"龙、虎、狗"之别,也是指的英雄、好汉、小人之别。

龙——血统论的象征。杜甫有诗谓:"高帝子孙尽隆准,龙种自与常人殊。"这是十分肉麻的血统论颂歌。在封建统治阶级的长期灌输下,广为流传的儿歌《麻雀》,则更典型地宣扬了血统论:"龙生龙,凤生凤,麻雀生儿飞篷篷,老鼠生儿打地洞,婢女生儿做朝奉。"这首歌谣流毒深远。在"文革"中,臭名昭著的"老子英雄儿好汉,老子反动儿混蛋"的口号,更把血统论推向极端。

龙——变化不定的形象。或为飞天者,"云从龙,风从虎";或为只见其头者,"神龙见首不见尾";或为播雨者,"人能变火,龙能变水";或为首领的象征,"群龙无首";或为童稚的玩物,"太阳出来一点红,哥哥骑马我骑龙,哥哥骑马上山去,弟弟骑龙游水中,哥哥弟弟真英雄";或为血统论的异化,"龙生九子不成龙";或为懒汉的昵称,"懒龙伸腰金不换"……真可谓"鱼龙变化",不可胜数。

显然,龙作为一种文化,内容庞杂,精华与糟粕杂陈。弘扬龙文化,我们应当批判宫廷龙及其政治肌体上附着的帝王思想、血统论之类历史沉渣,继承并发扬龙腾九天的英雄气概,龙舟竞渡时的参与意识、协作精神、一往无前的豪情,等等,为祖国的"四化"拼搏。

宋代有童谣谓:"大蜈蚣,小蜈蚣,都是人间剧毒虫。夤缘攀附有百足,若使飞天能食龙!"表达了对贪官污吏的强烈憎愤。重

　　读此谣，当不难领悟：倘若我们不把"夤缘攀附有百足"的贪污腐败分子清除出去，撕破其黑网，而让他们为所欲为，"若使飞天能食龙"，中华龙就难以腾飞。新世纪来临，愿警钟长鸣！

（原载《人民日报》2000 年 1 月 27 日）

阿 Q 的先辈与后辈

作为鲁迅先生笔下的典型形象,赫赫有名的阿 Q,不管人们喜欢还是不喜欢,应当说他活得挺滋润:家谱上名公辈出,后世绵延不绝。谁倘若因为他害过吴妈的单相思,就瞧不起他,甚至误以为他果如小尼姑所骂"断子绝孙",那肯定是太不了解阿 Q 老爷子了!

阿 Q 先辈中名气最大的,当数北宋杰出词人、以堪称千古绝唱《望海潮》《雨霖铃》鸣于世的柳永。他原名三变,字耆卿。柳永少年时到汴京应试,由于擅长词曲,为歌妓填词作曲,声名远播,更自作词云:"忍把浮名,换了浅斟低唱。"有人曾向宋仁宗推荐他,仁宗显然早已接到过什么人打的小报告,冷笑一声,批了最高指示:"此人风前月下,好去浅斟低唱,何要浮名?且去填词。"这对柳永无疑是个巨大打击。但是,他却精神抖擞地自称"奉旨填词柳三变",化失败为胜利,真乃妙不可言。

明初江南有个儒生叫孙潼,某日用黄帕包了一本书,直闯衙署,正在办公的巡抚周忱不禁一愣,问孙潼何事,孙潼自报家门后,说:我用楷书抄了一本千字文,务请巡抚大人帮我进呈朝廷,"乞公引拔"。周忱是个好官,便令驿站传送,但传到宫中,宣德皇帝看后，却下了一道圣旨："孙潼书法粗俗，令再习小楷。"要说，这道圣旨的打击可谓沉重。但孙潼却不然，照样为人写字。并把宣德爷的圣旨当作资本，凡为人写字，必定题上"钦命再习小楷孙潼"（明·都穆:《都公谭纂》卷下）。另一位江南文人吴英好喜大字，"往来徐武功之门，武功得罪，以党被逮，有司无以入其罪，坐流民，配之广西"，真是倒霉透了。但后来终于被赦回，也算不幸中之大幸。出人意料的是，吴英竟将发配广西视为无上光荣的政治资本，写大字时竟"自署纸尾曰:钦调广西民人吴英"（同上）。与柳永简直是一脉相承，正如俗语所说，不是一家人，不进一家门也。

"土木之变"，英宗被瓦剌俘虏，这是明朝历史发展中的重大政治事件。对于明廷来说，是一次大失败，丢尽脸面。但在阿Q的先辈看来，这次事件，仍属胜利，因为据说发现了瓦剌部首领也先是汉族人的外甥；这位发明者不是别人，是从成化到嘉靖，曾在内阁诰敕房供事四十余年、与其同事刘"并淹贯故实，时称二刘"（《明史》卷一百六十八）的长洲人刘綮。他煞有介事地说:英宗被掳后，"也先之母告其子曰:吾苏州人，少随父戍边，被汝父掳回，与之生汝。吾念昔居中国，为今天子臣，臣无杀君之礼。跪且泣以请，也先从之，英宗得还"（明·皇甫禄:《近峰记略》）。你看，"眼睛一眨，老母鸡变鸭"——顷刻间也先成了中土的外甥，位居九五之尊的第一把手英宗，理所当然地就成了外公！这不仅使人想起了20世纪30年代鲁迅针对民间流行的所谓乾隆皇帝是海宁陈阁老（即大学士陈元龙）之子的奇谈（按:当时冯柳堂还自费出版了《乾隆皇帝与海宁陈阁老》一书），讽刺道:"这一个满洲'英明之主'，原来竟是中国人掉的包，好不阔气，而且福气。不折一兵，不费一矢，单靠生殖机关便革了命，真是绝顶便宜。"（《花边文学·中秋二愿》）显然，关于也先之母、乾隆之父的呓语，都是精神胜利法孕育的怪胎。

正德时南京人陈镐,担任过布政使等职,并著有《金陵人物志》六卷,政绩、学问都还不错(《明史》卷一百八十七、卷九十七);但颇贪杯,其父担心他因嗜酒妨碍公务,特地写信,要他戒酒。父命难违,陈镐便拿出自己的俸金,令工匠特制一只大酒碗,能装二斤多酒,在碗内刻上八个大字:"父命戒酒,止饮三杯。"被士林传为笑谈(明·冯梦龙:《古今谭概·怪诞部第二》)。不过,在陈镐看来,尽管照样豪饮,但在大酒碗内已刻上家父戒酒之命,在精神上已取得了戒酒的胜利,完全可以心安理得了。

古人如此,今人也绝没有例外。但"萧条异代不同时",阿Q的精神胜利法,总要"跟着感觉走",打上时代的烙印。在极左的年代,许多志士仁人及无辜百姓横遭迫害,度日如年,何以卒岁?不少人正是从阿Q那里吸取精神力量,支撑自己的。"文革"中,我曾被打进"牛棚",备受凌辱。可是,一位"棚"友竟还有雅兴做诗,其中的二句居然是:"莫道牛棚天地小,人生哪得此清闲。"无怪乎诗人公刘在一篇文章中曾愤激语曰:"中国人倘若没有一点阿Q精神,还能活下去吗?"甚至连已故小麦专家金善宝教授,当百岁诞辰中央电视台记者去采访他时,询其长寿之道,老先生直言不讳,说:"我崇拜阿Q!"显然,在噩梦一般的岁月里,透过阿Q精神庇护所的背后,则是含泪的苦笑、打掉门牙和血吞的惨痛,今日每一思之,真让人怀疑当时到底是阳间还是阴间。

历史终于走进20世纪90年代。世象光怪陆离,阿Q的继承者也代不乏人。不过,比起先辈们,有些人聪明、潇洒多了。如:某作家在"文革"中,曾舞文弄墨,活跃异常,而今却摇身一变,俨然是文化鼻祖,以灵魂净化师自居,将自己置于想象中的文化、情操的顶峰,怡然陶然,似乎就永远成了精神上的"东方不败"(金庸小说中人物）。

　　如此看来，阿 Q 不万岁，也是千岁了。这究竟是国人的幸还是不幸？

（原载《寻根》2000 年第 1 期）

又见苍蝇飞一回？

近日，某院机关大院内地下室黑歌厅被执法部门查抄，经媒体曝光后，受到社会的广泛关注。这是可以理解的。此院不仅是大"庙"，无风还三尺浪呢，何况居然刮起一小股邪风。更重要的是，这里是专家学者大本营，素以建设精神文明为己任。可是，就在院部首脑眼睛鼻子底下，居然有人打起了粉红色"地道战"，这让人大吃一惊的程度，至少也肯定不亚于在某座和尚庙里，人们突然发现夹墙里窝藏着一帮卖春者那样。读过明清小说的人都知道，色胆包天、蔑视公权的恶和尚，是不时演出这幕丑剧的。当然，对比之下，昔日佛面兽心的秃驴伎俩，实在是小儿科，将女子藏入夹墙，一旦被人发现，岂不成了瓮中捉龟，手到擒来？而这里的黑歌厅，又是暗道，又是神秘开关，又是报警灯闪烁，到底不愧是生活在 21 世纪，可神了！

3 月 10 日，该院有位负责人召开新闻通气会，说法与前些时媒体所述，大相径庭，基调是承租者香港人黄某擅自开歌厅，让该院背"黑锅"。而且公安部门已经认定黑歌厅内"没有色情、卖淫嫖娼活动"。不过，看了这些说法，也许是笔者智商太低，仍感到有些迷惑不解：

黄某开办黑歌厅一年之久，该院机关职能部门，如行政管理局、保卫局，真的毫不知情？如果是这样，你们的眼睛、耳朵呢？据透露，当初黄氏"潮粤酒家"开张时，院部有关人士去吃请者非止一人，而且手提大包、小包，满载而归，堪称"潇洒走一回"，只差引吭高歌《真是乐死人》。吃人家东西嘴软，拿人家东西手短。不知道这条世俗原则，在这些已经"三讲"过的公仆身上，是否也曾起作用？

2 月 21 日，该院服务中心曾组织二十余人对黑歌厅实施查封，但黄氏组织了近三十人对抗，结果未能奏效，"准备通过法律手段解决"。奇怪的是，对黄氏的这种恶劣行径，为什么不报警？需知，次日黑歌厅被执法部门查封，并非是该院报的案。人们有理由发问：你们的葫芦里到底卖的什么药？

经过三位便衣警察事先连续几天的摸底，这家黑歌厅生意火爆，包间费高达 680 元，每位小姐的小费也高达 300 元。这里既没有色情活动，为何费用如此之高？又何必做贼心虚，搞那些报警装置通向各包间，准备一有风吹草动，就随时三十六计走为上？对私密性、隐蔽性歌厅稍有常识的人，除了呆鸟恐怕谁都难以置信。

如此等等。多年来人们看惯了往往打苍蝇不打老虎，对小单位的坏人坏事、丑闻秽闻曝光，如吃方便面；而涉及大单位，则如赴灵山会。我很疑心：这次黑歌厅风波，最终——并且很快大事化小，成了又见苍蝇飞一回！

但是，就算苍蝇飞一回吧，该院毕竟打破了一项历史纪录：历代翰林院也好，国子监也好，在其办公地点，无论是地上还是地下，从来没有发现过歌厅之类不三不四场所。这一点，即使是背的"黑锅"，也有资格背到上海"大世界"的吉尼斯纪录大全上去，这就叫作蝇过留声——虽然"嗡"啊"嗡"的，着实招人嫌。

2000 年 3 月 14 日灯下

别了，太平花

　　最近，在大雪之后，我冒着严寒重游故宫。在御花园东南隅，有个建于顺治年间的绛雪轩，轩前的琉璃花坛里，有一片高大的灌木丛，在朔风中傲立，铁干繁枝，显示出无限生机。每到初夏时节，枝干上开满了形略似桃花的白花，千百苞连缀成朵，香气袭人。这就是为治故宫史者熟知的太平花，又名太平瑞圣花。此花大有来历。据亡友刘北汜先生选编的《琐记清宫》中《金阙珍闻》一文记载：相传此花产于蜀地，于宋时始献至汴京。至何时移植大内？现在他地尚有无此种？则不可考。总之，此花为海内仅有之珍品，可断言也。另一种说法是，此花是庚子年（1900年）慈禧太后命花匠栽种的。这位所谓的老佛爷，用意无非是，乞灵于此花，保佑腐败透顶、危机四伏、"岌岌乎殆哉"的大清王朝，能够天下太平。宣统年间，隆裕太后还特地搬到绛雪轩闲住，希望太平花能给清王朝带来吉祥，改变世道太不太平的形象。然而，具有莫大讽刺意味的是，从慈禧太后到隆裕太后，太平花倒是年年盛开的，清王朝非但没有天下太平，却一步步走向灭亡。也正是这位隆裕太后，在公元1912年2月12日携当时只有四岁的小皇帝溥仪，下诏宣布退位，从此清王朝"呜呼哀哉，尚飨"。

　　这真是"隔花人近天涯远",耐人寻味。事实上,在两千多年的封建社会,太平二字,总是俨然雾里看花;即使是承平时期,包括贞观之治、康雍乾时期,天下何尝真正太平过? 且不说小股的农民起义始终没有断绝。用鲁迅的名言说,不过是"做稳了奴隶的时代",或者用我东施效颦的文章《一碗粥装得下半部历史》中的话说,是"尚有一碗稀粥喝的时代",而皇室公卿、藩王家族、八旗子弟、富商巨贾,则过着骄奢淫逸、脑满肠肥的生活。"黄金美酒万民血,玉盘佳肴百姓膏。烛泪落时民泪落,欢声到处哭声高!"这首古诗,堪称是上述太平盛世的真实写照。至今仍有人艳说"乾隆盛世""嘉道守文"云云,但生活在乾嘉年间的上海才子张南庄,却在其所著奇书《何典》中,辛辣地写道:"自从盘古皇手里开天辟地以来,便分定了上中下三个太平世界。上界是玉皇大帝领着些天神天将,向那虚无缥缈之中,造下无数空中楼阁,住在里头……中间便是今日大众所住的花花世界……奸诈盗伪……也说不尽许多。下界是阎罗王同着妖魔鬼怪所住。"从天上到地上、地下,太平世界也者,原来如此。更妙的是,此书序的作者,干脆化名"太平客人"。何谓"太平客人"? 原来民间迷信习俗,人生病后解禳送鬼,叫作"用晦气",代表鬼的纸人,就叫"太平客人"。这对乾嘉时期的所谓太平盛世,真乃是莫大的讽刺。

　　当然,历代帝王甚至包括其中一脑袋糨糊、终日昏昏然者,无一不盼望太平盛世,也几乎无一不是以天下太平的缔造者自居,指望江山永固,金銮殿宝椅不倒。故其御用工具包括朝报、臣工诗文等,总是千方百计粉饰太平,口口声声河清海晏、物阜民康、路不拾遗、夜不闭户云云,用现代口语一言以蔽之,即永远形势大好。倘谁胆敢说真话,批评天下不太平,就让他"吃不了兜着走"。君不见《水浒》里梁中书家的高级家奴谢都管,一听到杨志说"如今须不比太平时节"这句大实话,就勃然大怒,斥责杨志"你说这话该剜口割舌,今日天下怎地不太平"? 如此上下欺瞒,陶醉在太平花的迷梦里,一直闹到四处造反,八方起火,河决鱼烂,"杀尽不平方太平",封建统治集团才如梦方醒,但已经晚矣!

指望太平花来保佑天下太平,与"太平客人"一样,绝对靠不住。就此而论,应当说:别了,太平花! 但是,穿过历史的隧道,消除笼罩在太平花上的封建迷雾,初夏时,我们在太平花前徜徉,看繁花千朵,闻扑鼻清香,仍然是一件赏心乐事。

(原载《中国文化报》2000 年 2 月 15 日)

吹牛续考

20年前，我写过一篇《吹牛考》，刊于上海《文汇报》。大概是由于彼时"文革"结束不久，人们对"左"风大炽时形形色色的吹牛现象深厌之，故这篇芜文被一些报刊转载，并编入《中国新文艺大系·杂文卷》，笔者不免有受宠若惊之感。民间有句俗话说"吹牛不纳税"。此话始于何时？见于何典？待考。不过，想来年头也不会少于千儿八百了。

细想起来，吹牛作为一种文化现象来看，不见得所有的"牛"都让人讨厌。李白的名句"白发三千丈"，可以说也是一种"牛"，因为若就事论事，白发长达三丈，就是世界奇闻了，怎么可能再乘上一千倍？但这不过是李白浪漫主义的说法，故人们在高声吟哦、津津乐道之余，并不以吹牛目之。笔者童年时僻居海隅，交通闭塞，文化落后。性喜音乐，但所见乐器，只有锣鼓之类，1946年土改时，邻居孙婆赠我竹笛一根，我才知道世间居然有此宝物。后苏州的堂姐小名苏女者，托人送给我一支凤凰箫，不才更视如拱璧。于是灯前月下，学吹笛、吹箫不止。后又迷上二胡，虽初拉时噪音大作，若杀鸡然，我却乐此不疲。寒族中有位粗通文墨的长辈，微笑着告诫我说："百日笛子千日箫，尺半胡琴拉断腰。这些又不能当饭吃，何必费这么大的工夫？"这"拉断腰"一词，未免使我悚然，从此告别胡琴。现在想来，不禁为当年的稚拙哑然失笑，"拉断腰"云云，不过跟"三千丈"一样，夸张语也。

　　清代嘉庆年间青浦人王有光著有《吴下谚联》四卷。卷一"罔话三千年"条载谓："乡人饮酒，内有三老，主人以齿，最尊者首座，各使之年。其一曰：'东天日出亮赤赤，照见吾须牙雪雪白。盘古皇帝分天地，吾替伊搁曲尺。'其二曰：'东天日出亮赤赤，照见吾须牙雪雪白。王母娘娘蟠桃三千年拨一只，是吾吃过七八百。'"这二位老者吹的牛，真可谓天长地久，与日月同辉了。妙在第三位老者对他们二人的"牛"一笑置之，曰："东天日出亮赤赤，照见吾须牙雪雪白。吾亲眼见你两家头搭鸡屎，又来罔话骗吾老伯伯。"区区两个"搭（按：拾也）鸡屎"的乡间老汉，怎么可能曾经替盘古皇帝分天地时搁曲尺、吃过七八百只王母娘娘的蟠桃呢？搭鸡屎与分天地、蟠桃会的巨大反差，构成幽默，借用鲁迅翁的话说，"玩笑只当它玩笑"而已。童年时在水乡看过一出草台戏，似乎是《韩湘子出家》，戏中的丑角庄严宣称："放屁咕咕咕，一屁打到清江浦。三千人马来看戏，一屁打死二千五！"台下观众闻之，哄然大笑。何故？因果然如此，惊天动地的榴弹炮、喀秋莎之类，岂非一钱不值乎？一屁别说打死多少人马，实际上连一只蚂蚁也打不死也。这样的"牛"，如果归类，当属于灰色文学，难登大雅。好在是草台戏小丑的插科，能够使劳苦终日、胼手胝足的穷乡亲开怀一笑，很难说有什么不好的作用。

　　但是，作为商业文化、政治文化中的"牛"，则危害百端，切不可等闲视之。

　　前一种，眼前最突出的例子就是媒体纷纷报道的牟其中金融诈骗案。这个曾经名噪一时的"南德经济集团"总裁，用信用证先后诈骗 6.2 亿元人民币,致使国家财产损失 2.5 亿元,最后被判处无期徒刑,剥夺政治权利终身。牟其中诈骗及使国家财产蒙受损失的数额,如此巨大,却未判死刑,从而保住了吃饭家伙,这恐怕已体现了法外施仁。牟其中表示要上诉,我看是"可怜无补费精神"而已。牟其中的末路,事实上也是牛皮大王的破产。当年,当他因换回 4 架图 154 飞机而声誉鹊起后,曾得意忘形地对媒体说:"我经商不需要资本,我的智慧就是资本。"就使人想到这牛皮也实在吹得太大。据报载,牟其中的原顾问揭露,牟能在几十天里把自己的资产从"三亿"吹到"五十亿"。他的牛皮与金融诈骗形影不离,害国、害民、害己,正是:

首富原形毕露日,即是牛皮爆炸时!

当然,纵览当代吹牛史,区区牟其中的垮台,又何足道哉! 今天,中年以上的人,都不会忘记"大跃进"、"文革"的惨痛教训。"大跃进"时我正在大学求学,参加过校园内的土法炼钢,下过农村劳动,什么"钢铁元帅升帐"、"人有多大胆,地有多大产"的荒谬口号,至今仍在我的耳畔回响;"亩产 20 万斤"、"跑步进入共产主义"等神奇的"卫星",其实无一不是牛皮的幻影。真可谓一个个"卫星"上天,一个个牛皮吹炸。至于"文革"中大喊大叫的"中国是世界革命的中心"、"把伟大红旗插遍全世界、整个宇宙"等,口气越来越大,也不过是越来越"牛"而已。最后除了照样爆炸之外,不会有其他结果。

（原载《寻根》2000 年第 5 期）

未庄评职称的风波

——故事新编

人海风波千丈,世相无奇不有。

话说未庄自从邻村九斤老太的相公七斤闹了一场辫子风波,流风所及,庄上也曾骚动了一阵。赵太爷、钱太爷曾经把他们的比老鼠尾巴粗不了多少而且黄兮兮的辫子,盘到头顶上,但很快又放下,辫子复位后,倒也太平了几时。但不出一月,赵太爷的公子茂才先生因事进城,回到庄上后,板着面孔,俨然像块咸肉。他长叹一声,对赵老太爷说:"听白举人说,大清亡后,确实不会再有科举考试,我这个秀才再也不吃香了。"赵太爷闻之,连呼:"天丧我也,如之奈何!"说话间,正好钱太爷的大儿子假洋鬼子来访,闻得此事,不禁哈哈大笑,说:"什么举人、秀才,皆落伍矣,不合潮流。现在既已鼎革,便应咸与维新。国外讲究职称,譬如教授、讲师、助教,研究员、助研、研究实习员,高级工程师、工程师、技术员等等。有此头衔,处处受人尊崇。我看我们未庄可为天下先,立即筹建学术委员会。"赵太爷听不明白,忙皱着眉头问:"什么学术?是学岐黄术,还是学炼丹术、魔术?"假洋鬼子连连摆手,说:"No! No! 学术是学而有术之意。有大学问,并且德高望重者,才有资格进入学术委员会,有了学术委员会,便可评定职称了。"赵太爷父子均点头称是,拍掌叫好。说办就办,他们精心策划后,派赵白眼四处联络,特邀白举人任未庄学术委员会名誉主任,赵太爷任主任,假洋鬼子任副主任,并特邀鲁镇成天讲理学的老监生鲁四老爷和邻村茂源酒店的主人、居然知道黄忠表字汉升以及马超表字孟起的《三国志》专家赵七爷等人担任委员。接着,又让赵白眼拿着一摞揭帖——类似"大革文化命"年头的大字报——在四乡八镇张贴,凡学而有术者,皆可申请评定职称。国人传统的特长之一便是起哄。不少人还不明白职称是怎么回事,便纷纷提出申请。赵太爷、假洋鬼子等将名单略一过目,都不约而同地鼻子里"哼"了一声说:"真是不知天高地厚!"遂将大部分申请表扔到墙角。

第一次学术委员会如期举行。白举人摆谱,不肯到场,也只好由他。首先是评定在座诸委员职称,18 人,只要过三分之二票,即得 12 票,就算通过;各人可投自己的票。结果 16 人顺利通过,成了教授,皆大欢喜,只有假洋鬼子和赵秀才均各得 5 票,自然不能通过。何故?原来,此二人平素互相瞧不起,假洋鬼子一贯攻击赵秀才是"秀个卵脬才个屁,纯属瞎混,连 A、B、C、D 都不认识!"赵秀才则常常散布假洋鬼子不学无术,把唐人张继《枫桥夜泊》诗的头一句念成"月落鸟啼霜满天",连乌鸦和鸟都分不清,还污蔑孔夫子所以又称孔二先生,是因为他有两个球。是可忍,孰不可忍!学术委员会的多数人都觉得这二位讨人嫌,故不肯投票。但赵太爷既是主任委员,见儿子落榜,岂甘罢休?遂提议对赵秀才、假洋鬼子重新投票。不料连投四次,仍各得 5 票。假洋鬼子大怒,说:"算了! 不必再投了! 我不会打篮球,但在绍兴学堂的球场上,投了四次,也投中一个。现在诸位连投四次,却一个未中,真是活见鬼了! 我也不在乎。我不但是东洋学士,还是英国莱顿大学、美国乌托邦大学硕士，最近爪哇国还邀请我去讲老子的《发昏章》呢！"最后，还是鲁四老爷咳了一声，说："一人向隅，举座不欢。我提议委屈一下两位大名家，先当副教授，不必再投票了。"众人都说好，一场风波总算平息。

不料此波刚平，一波又起，静修庵的老尼姑申请讲师，小尼姑申请助教。讨论时，鲁四老爷多次发言，说老尼、小尼的经都念得极好，其音胜似丝竹，穿云裂石，连狗听了都竖起耳朵，一动不动。赵太爷也一再首肯，并说："据可靠消息，老尼已被内定'未庄阿弥陀佛协会'会长，没有职称说不过去。"但众人都反对，说："闻所未闻，成何体统！"不料赵太爷顿时大怒，猛拍台子说："我说她行，她就行！"众人见赵太爷认了真，觉得还不如白送人情，于是老尼、小尼皆如愿以偿。看官定然纳闷：鲁四老爷、赵太爷为何为老尼、小尼大声疾呼？原来二位老前辈儿时曾缔结金兰，有八拜之交，而老尼年轻时花容月貌，与鲁四老爷有染，并暗结珠胎，偷偷生下后代，长大了，也就成了小尼姑，评委皆本乡本土之人，对此风流掌故岂能不知？故开始均想刁难。

会议休息时，阿Q兴冲冲地闯进大门，糊里糊涂地说："我也想称一称。"假洋鬼子大怒，立即用文明棍在阿Q的头上开了两朵花，喝道："滚！"这小子吓得抱头鼠窜，走出一里地，回头见无人追来，才停下脚步，定了定神，愤愤地说："奶奶的，儿子打老子！你们算什么东西？我爷爷比你们神气多了，土谷祠就是他老人家打的谱，施的工！"边走边骂，恨声不绝。

未庄评职称的消息，传进九斤老太的耳朵，老太太震惊不已，说："评贼称？这是什么话！贼就是贼，难道要改称贼相公、老伯伯吗？真是一代不如一代，我是活够了！"正是：

职称评定乱如麻,评出多少大笑话?

教授讲师满街走,今日风波仍如昨。

（原载北京《晨报》2000 年 4 月 16 日）

稿子能这样删吗？

不久前，我模仿《魔鬼词典》写了一篇短文。其中的一个词条是："三人行必有我师焉。"我的释文是："孔夫子的神奇预言。"并举了三条例证。没想到拙文在某报发表后，三条例证都被编者删掉了，于是这一词条便成了让人莫名其妙的闷葫芦。一位老友当面问我："这一条，你想说什么啊？"一位外地的文友更打来长途电话，说："'三人行必有我师焉'，这句话尽人皆知，怎么竟成了神奇的预言呢？神奇在哪儿？"这真让我哭笑不得。说编者滥施刀斧，未免言重，但红笔一勾，实在是不费吹灰之力；可这一勾，岂不勾出麻烦来了！其实，那三条例证，足以回答孔夫子预言神奇在哪儿？谓予不信，我现在就补抄在这里：

（一）马路上三个行人中，就可能有一个是研究生导师。（二）某研究所的一、二、三把手，都是博士生导师。（三）不久，三个博士生导师中，就有一个可能是国学大师。

读者看了这三条例证，便立刻明白，我讽刺的无非是：时下研究生导师、博士生导师，未免过滥，而越来越多的国学大师，也在贬值。某大学某系，居然已有了九个博士生导师，该系的一位资深教授对我说："要我画圈，我只好闭起眼睛来画，一人向隅，举座不欢，有啥办法！"其中有些人，平生连一本专著都没有，名不见经传，无名之师亦能育高徒乎？怎不令人生疑也。例（二）确有其事的，只是不便明指。由学风推测该单位的党风、政风，可想而知。此辈竟不懂这条常识：官大未必学问大。例（三）也并非想当然。某出版社推出的国学大师列传，已经有二十几本，还要继续出下去。国学大师总不能像"忽如一夜春风来，千树万树梨花开"吧？这些怪现象是孔夫子当年做梦也想象不到的。

　　时下政府宏观调控有力，物价呈稳定趋势。但学术界的不正之风，却呈上升势头，岂能等闲视之?！

　　　　　　　　　　　（原载《北京日报》2000 年 5 月 15 日）

选秀去了，又来了……

看过戏曲《拉郎配》、电影《乔老爷上轿》的人，都不会忘记古代民间惊闻皇帝老儿选秀，吓得鸡飞狗跳，赶紧匆匆嫁娶：抢新郎、捉成对、昏昏然、闹哄哄，造成了无数闹剧、悲剧。

这些故事并非空穴来风。不必扯得太远，就以明清两朝为例，从正德到顺治年间，多种史料上均有对选秀虐政的揭露。如明人《崔鸣吾纪事》载：隆庆戊辰（1568 年）春正月，民间相传皇帝派宦官到江南选美女进宫，"于是有女者急于求售，年资长幼、家世贵贱，皆所不论。自京口（今镇江市）至苏、松、嘉、湖诸郡旬日间无分妍媸，婚配殆尽"。天启元年（1621 年），苏州盛传皇帝选秀女，"凡民家处女自十岁以上者，争先择配……举国若狂，殊可骇可笑"。直到明朝灭亡后的顺治四年（1647 年），江南又一次讹传选秀即将开始，民间便又一次赶紧"拉郎配"，当时有人写诗讽刺说："一封丹诏未为真，三杯淡酒便成亲。夜来月明楼头望，只有嫦娥未嫁人。"人们不禁要问：当时的百姓，为什么对皇帝选秀如此闻风丧胆？答曰：害怕陷阱也。他们清楚地知道，宫女一旦走进皇宫，与其说是进入天堂，还不如说进入地狱。在森严的封建等级制度下，头上闪耀着君权神授光环的皇帝，随时可以打骂、侮辱、处死宫女。成化以前，皇帝死了，宫女还要殉葬。老了，仍不准出宫，送到浣衣局去，一旦归天，则草草火化，骨灰抛到荒郊野外的"宫人斜"旱井中，真是命同草芥。因此，百姓心里透亮：选秀，乃陷阱也，千万不能陷进去，逃脱的唯一途径，便是赶紧将女儿嫁人。

随着封建社会的灭亡，噩梦般的选秀早已成了遥远的过去。然而，近日偶阅今年第 23 期的《北京电视报》，头版上赫然印着通栏大字标题："艺谋选秀一呼万应。"好家伙，张艺谋选秀来了！他在 tom.com 网站上为他的新作《幸福时光》寻觅一位女主角，全国 16 至 19 岁的少女奔走相告，报名者已逾万人，而且每天仍有不少人继续报名参选。对此，社会议论纷纷，有喝彩叫好的，也有不以为然的。我的看法是：这是文化的悲哀。

是的，张艺谋不过是位著名电影导演，至今也未见过有人称呼他是电影皇帝，更遑论别的皇帝，他的选秀，与封建皇帝的选秀，当然不可同日而语。但是，有一点应该说是一脉相承的：陷阱。则不过是，此阱非那阱，乃文化陷阱也。试想，上万名少女，成天神魂颠倒，梦想在张艺谋的麾下，一炮走红，成了巩俐、章子怡第二，这与煽动万人竞奔独木桥有何殊异？这对于她们的学习，特别是考试，将带来多么巨大的冲击？一个健全的社会，文化上应当体现多元成就感。少女也好，少男也好，如果只知道追逐站在名利最尖端的电影明星，是文化的浅薄、无知，或形象一点说，是跛足的丑小鸭。张艺谋在网上耍的这套把戏，不能不说是在导演文化的浅薄。少女们涉世未深，她们哪里知道。实际上，报名之日，就是陷进陷阱之时：充当名人张艺谋大肆商业炒作《幸福时光》的一个无名的、然而却是自告奋勇、头脑发热、手舞足蹈的过河卒而已。呜呼！

选秀去了，又来了——只要有死水在，总要不时冒出黑色泡沫的，如此而已。

（原载《中国演员报》2000 年 6 月 16 日）

谁挽强弓射色狼

　　读了《中国演员报》第 237 期头版《众少女控诉某些导演横行兽欲》一文,感到十分气愤。那几个导演、副导演,分明是披着影视工作者羊皮的色狼,人头畜鸣,衣冠禽兽,猖狂至极。值得注意的是,在堂堂首都,在建设精神文明的中心,在新一轮"扫黄打非"正向纵深发展之际,影视界的这一小撮败类竟如此嚣张,实在令人震惊。

　　这几个败类,完全玷污了中国影视的光荣传统。从无声电影到有声电影,从黑白影视到彩色影视,曾经产生过不少女明星。那些在银河光芒四射、永不凋谢的巨星,有谁听说过她们是从导演的床上调教出来的?虽已去世四十多年,至今仍让包括笔者在内的观众怀念不已的周璇,也许最为典型。她因演《马路天使》里的歌女而一炮走红,与赵丹的表演珠联璧合,成了中国电影史上的经典。据赵丹的回忆录和别的文献记载,导演袁牧之是从街头卖唱的女孩中发现周璇这位天才的。拍电影现场,有时忽然不见周璇,找来找去,发现她正在忙里偷闲,和剧组一位少年在地上打弹子玩呢。无论是导演还是剧组的其他演员,都像呵护自家的小妹妹一样呵护还不太明世事的少女周璇,终于使她成为深受广大观众喜爱的大明星。袁牧之如此，其他著名导演如马徐维邦、应云卫、蔡楚生、郑君里、谢晋、谢添等谁个又不如此？他们德艺双馨，甘做人梯。对比之下，时下利用导演、副导演权力渔色女演员、少女的无耻之徒，真该愧死矣！

早在 20 世纪 60 年代，电影表演艺术家白杨就曾经在《文汇报》上著文说，"演员站在名利的最尖端"。此话当然不错。"亿万富婆"刘晓庆也许就是个典型。但是，改革开放以来，随着影视导演中心制的确立，导演在剧组俨然是个皇帝，比演员更站在名利的最尖端。其中少数不良之徒，与制片人、副导演中的败类，狼狈为奸，把剧组变成勾引少女的陷阱，发泄兽欲的黑窝。这应当引起宣传、文化部门以及公安机关的高度重视。不能把"扫黄打非"的眼睛仅仅盯住桑拿、歌厅以及街头的暗娼、嫖客，而对这些名为导演，实为流氓、淫棍、恶霸者熟视无睹，听之任之，使其把持的黑窝点，成了无法无天的"桃花源"、寻欢场。不少老北京记忆犹新：80 年代初，中国青艺有个小有名气的演员许×，就因为以招收学员为诱饵，诱奸多名女青年，并拉皮条、组织卖淫活动，被绳之以法，处以极刑，媒体公布后，人心大快。对许×能如此，对演视圈里类似许×的流氓罪犯，为什么不能如此？朗朗乾坤，不允许有犯罪的死角安然无恙，神圣的法律之剑，不允许有不受法律约束的特殊公民存在。谁挽强弓射色狼？是到了为受骗上当少女报仇雪耻，将以身试法的导演、副导演绳之以法的时候了！千万双眼睛拭目以待。

（原载《中国演员报》2000 年 7 月 28 日）

居京微辞

城市何处有山林

所谓城市山林，就是城居乡村化、园林化。这是现代城市文明的重要标志，也是城市居民的理想境界。六年前，我从京西风尘仆仆地搬到京南定居，在很大程度上，正是为了想在城市山林的环境中陶冶情操、颐养天年。这是北京最大的住宅小区，下辖的若干楼群，分别称为某某园。这里的绿化不错，多数楼群均有草坪、花卉景观，主要通道上垂杨依依，槐花飘香，是晨昏月夕散步的好去处。虽说这里没有像样的假山，但乘电梯至高层远眺，西山群峰，历历在目。看着夕阳的余晖将大山、原野染红，然后从天际消失，心头平添了几分温馨，几分闲适。

但是，严格地说，这儿离真正的城市山林，还相距甚远。城市山林一词，见于明代中叶以后的文献。明朝中叶，随着经济的发展，城市的繁荣，园林勃兴，特别是在富庶的江南，追求都市村庄化：绿亭朱栏、小桥流水、茶酒争香、丝竹盈耳，构成中国城市史上独特的文化传统。反观我所在的住宅区，尽管著名文化人不少，但连找一处物美价廉的品茗聊天的茶馆都很困难，更遑论其他。夜总会、大饭店的灯红酒绿及卡拉 OK，几乎将园林情调淹没殆尽。显然，借鉴优秀的园林传统，提高城居的文化品位，让城市山林与我们朝夕相伴，共度年年岁岁，并非是一件多余的事。

如此近邻奈若何

常言道，远亲不如近邻。这对包括笔者在内的普通百姓来说，都是有深刻体会的。随着现代化车轮的滚滚向前，城市的面貌正日新月异地变化着，出现了很多居民住宅小区，商店林立，人来车往，煞是繁华。

可是，这些小区，往往建在市郊的城乡结合部。这是可以理解的。北京市区二环路甚至有的三环路以内地段，几乎快要寸土寸金，哪有土地建造居民住宅区？只能在市郊农田或荒地上打主意。这样，小区建起后，便有一个小区四周的小环境，也就是邻居问题。我在 1986 年迁入石景山区八角北里小区居住。这个小区的绿化很好，清洁工每天准时打扫马路，相当整洁。但与我们隔一条马路比邻而居的一条居民小街，则比较脏乱，公厕污秽得令人难以插足，居民随意将垃圾堆在马路边上，夏天群蝇乱飞，臭气逼人，直到我 1994 年搬入方庄小区之前，才稍有改进。方庄小区，是北京最大的住宅小区，总的说来，环境优美、宜人。但小区的邻居如何？看来比八角村小区邻居还不如。我家马路对面，即左安门桥南侧东边有一条长逾数百米的小街，饭店、发廊、百货铺、食品铺、水果摊、蔬菜摊等应有尽有。由于这里有大量平房出租给外地来京打工者，致使小街人满为患，颇为热闹。但使人难以置信的是，这条小街到处是积水，主要街道上更是污水横流，行人掩鼻。不久前，北京电视台播放了采访此街的新闻，《生活时报》也刊出了我呼吁整治此街的信及所摄照片，此街的面貌才有所改变。

孔子曰："德不孤，必有邻。"看来，只有郊区的有关部门主管重视精神文明，懂得红花还需绿叶扶，方庄及其他小区，才会有干净、文明的好邻居。

由此想到，如果不是城乡通力合作，倘想建设理想的文明小区，难矣。

何故深锁督师庙

我家离龙潭湖公园很近。早知园区有座纪念明末抗击后金（即清）的民族英雄袁崇焕的"袁督师庙"，很想去拜谒。但几次询问工作人员，都说不开放，无奈只好却步。最近，香港文友钟石昌先生和林耀宗先生来京，执意要参观"袁督师庙"，我便冒雨陪同前往。

当时我以为，国庆将至，许多文物古迹都修缮一新，向游人开放。"袁督师庙"是宣传爱国主义、弘扬民族精神的著名遗迹，肯定已经开放，供人参观、学习了。可是，当我们怀着崇敬的心情，步入"袁督师庙"门一看，惊讶地发现，这里依然是"雨打梨花深闭门"，一把铁锁卧双扉。向园中一位工作人员某女士打听，督师庙为何不开放？她说："这个庙太小了，没有多少好看的，没法子专门派一个工作人员在庙门口接待参观者。"这番解释，是否反映了该园领导的想法？不好妄加猜测。但这样的看法，无疑是很不妥的。

她哪里知道，这座督师庙历经沧桑，能够保存下来是多么不易！该庙建于 1916 年，是康有为弟子张伯桢捐资兴建的。门额"袁督师庙"四个大字，是康有为的尺大楷书，门旁的长联"其身世系中夏存亡，千秋享庙，死重泰山，当时乃蒙大难；闻鼙鼓思东辽将帅，一夫当关，隐若敌国，何处更得先生？"也是康有为手书。庙内还有康有为所撰写七言联："自坏长城慨今古，永留毅魄壮山河。"及《庙记》。几经风雨，庙已破烂不堪。新中国成立后，市政规划，一度欲将此庙迁出，后经名流政要上书毛主席，呼吁保存，毛主席亲笔复函，指示彭真市长"应予保存"，这才保存下来；并由崇文区政府拨款、施工，将督师庙修复。而在"文革"中，袁崇焕墓被彻底平毁，并挖地数尺，"袁督师庙"则移作他用，面目全非。直到80年代，在各方人氏奔走、呼吁下，督师庙才又重新恢复原貌，并列为北京市文物保护单位。

回顾历史，我在督师庙前徘徊良久，沉思者再。将"袁督师庙"长期深锁，实在对不起三百多年前"永留毅魄壮山河"的袁崇焕，也辜负了八十多年来诸多前辈关爱此庙的拳拳之心。督师庙应尽快敞开庙门，供人凭吊！

（原载《光明日报》2000 年 11 月 16 日）

评泡沫史学

把史学与泡沫联系在一起，不能不是一种悲哀。在我国的历史长河中，曾经涌现过不少史学大师，提到他们，就意味着坐冷板凳，两鬓霜，"步步为营"，起早摸黑在史海披沙拣金，虽九死而不悔。唯其如此，他们的作品才当得起"著书传世"四个大字，并久传不衰。可时下的某些史学作品，或浅尝辄止，或自吹自擂，或粗制滥造，或鼠窃狗偷，有的还公然大张旗鼓地宣称某著作如何横空出世，惊涛拍岸，但奈何"一声震得人方恐，回首相看已成灰"；有的虽未成灰，但化为纸浆，却是不争的事实。诸如此类，这不是泡沫史学又是什么？说真的，作为史学界渐渐垂垂老矣的一员，当我写下《评泡沫史学》这个题目时，心头是沉重的。余岂好评泡沫哉？史家良知犹存，骨鲠在喉，不吐不快也！

作为一种政治、文化现象，"假、大、空"原本是与"古道、西风、瘦马"一样久远的历史沉渣，在"左"的年代，特别是"文革"中，泛滥成灾。以隐射史学为特征的"假、大、空"帮派史学，更使史学领域成了重灾区。"四人帮"粉碎后，史学界对"假、大、空"曾经批判过，但流毒远远没有肃清。随着商品经济大潮的扑面而来，某些史学工作者目迷五色，晕头转向，导致"假、大、空"去了，又来了！就以"大"来说，中国的百姓曾经为这个字大吃苦头。《红楼梦》里绝顶聪明、一度出任管家婆的凤辣子，曾不无感叹地谈到学习这个字的深刻体会："大有大的难处。"可是近几年来，史学界的某些人士，连没文化的凤姐都不如，一味贪大。史学著作及史料编纂，从几十万字、几百万字、几千万字，甚至上亿字，一路向上飙升，俨然坐直升机，直薄蓝天。但越大就越好吗？某部通史，够大的了，但在清朝卷，没有文化的章、节，难道清王朝的二百多年间，一直是文化沙漠吗？岂有此理。一套据称可珍藏传世、永葆永享的大书，有人对其中的某些典籍妄加整理、阐述，说到画家典故，更是风马牛不相及也。在前几年整理史籍、古文今译的热潮中，被肢解、歪曲的古籍知多少？无人晓。现在出书动辄冠以大典、大全、集成之类闪光字眼。但检读之后，往往发现问题成堆。其中的一个原因，是某些在史学冷板凳上屁股还没坐热的朋友，如有位史家所形容的那样，"学问不大，能量很大，胆子更大"。居然出现了所谓"野战军"、"兵团"，在一个月甚至一周内攻克一座城堡，也就是编成一部书，甚至几部大书。无怪乎有人戏曰：莫道史学炮声隆，批量生产毛毛虫。毛毛虫生命的短促，是尽人皆知的。

请原谅我对史学界某些青年学人缺乏"温柔敦厚之旨"。说句公道话，某些已不年轻，甚至比我还年长的史学家，包括名声像滚雪球般越滚越大的著名历史学家，与史学泡沫又何尝脱得了干系？有的刚过五旬的史家，本来基础甚好，论文、著作都呈上升势头。但近几年，随着当了教授、研究员，当上博导、学官之类，竟虽过知命年，却不知"今夕是何年"。有的所写学术论文，浮光掠影，被行家讥为"武功已废"；有的点校古籍，居然从错误百出竿头又高升一大步，成了错误千出，打破了古籍整理中的荒谬纪录。何以如此？一个重要原因，是对学术史未真正下过功夫。如《仪礼》，当年的大儒韩愈,即"苦《仪礼》难读",况后生小子乎。以是故,清代嘉道时著名学者梁章钜,年轻时即喜读《仪礼》,潜研其中,"大作读《仪礼》之想,偶辑成《仪礼节本》四卷……偶以示同年老友王陆亭广文大经,则以为中多疏舛,不足以示后学。于是又毁其稿,而自知其困苦难成也"。(《归田琐记》卷六)曾国藩,亦大儒也。但读其《求阙斋日记类钞》云"秉烛之明,始读此经"可知,他只到晚年,才开始读《仪礼》。有学者对此恭维曰:"名臣之不自讳如此,胸襟究与常人有别,读者当知其故矣。"(《苌楚斋五笔》卷七)这自然是谀词。其实,"其故"无他,《仪礼》这块硬骨头,不好啃也。也唯其如此,近代著名学者、对经学有很高造诣的王闿运,虽然"最精《仪礼》之学,平生不谈《仪礼》,人有以《仪礼》问者,王曰:未尝学问也。黄季刚曰:王壬老(按:王闿运字壬秋,故称壬老)善匿其所长,如拳棒教师,留下最后一手"(刘禺生:《世载堂杂忆》),而有人显然是低估了治《仪礼》之艰难,率而操觚,怎能不一败涂地? 这里,我愿坦露心迹:我曾经两度恭听经学史专家周予同教授的《中国经学史》课程,也曾参加他主编的《中国历史文选》上册注释工作,自问对经学尚略知一二,但要是有人敦请我点校《仪礼》,打死我也不敢干也!

有的史学家,年纪一大把,因各种原因,名声显赫。但在所著书的注文中,竟谓"见于《日知录》《明实录》",前者已是厚书,后者更卷帙浩繁,连卷数都不注明,更遑论页数,令读者如坠五里云雾。有人为其主编的《李自成终归何处》(三秦出版社)写的"前言"中,竟有这样的话:"当他的面我也说过:'我佩服你的三分才气,但我看不惯你的某些作风。'我从来都是当面锣,对面鼓,不藏不揣,因而得了个不雅的绰号!"试问:这是学术吗? 在这里,史学成了泄私愤的工具,真是不知寒碜。最近有刊物登出对某史家的长篇采访记，恭维其为这个家、那个家，"学贯中西"，令人目眩，固且不论。令人称奇者，竟谓"作文从不打草稿，想到哪儿写到哪儿"。如此跟着感觉走势的写作，是写小说、散文的作家，言必有据、需要不断查对史料的史学家，安能如此？又谓"听他的演讲是一种艺术享受"，"令学生听得如醉如痴"云云。这样的史学家，恐怕打着灯笼、火把也无处找。老实说，我也接受过类似的采访。只要被采访者不制造神话般的史学泡沫，采访者恐怕是难以编造得如此活灵活现的。史学常识告诉我们，原则上说，传说时期的一些年代是难以认定的。现在竟然出现了让专家举手表决断年限的咄咄怪事，这又不是小学生选班长、工会选小组长，岂能如此行事？王观堂、董彦堂、郭鼎堂在天堂里闻此，真不知作何感想！

近日有消息说，金大侠庸先生继当上浙大人文学院院长后，又有新的捷报传来：当上隋唐史、中西交通史博士生导师，心疼弟子，开参考书时，说《资治通鉴》太长，看看《史记》《汉书》就行了。笔者闻此甚感诧异。难道隋唐史、中西交通史已纳入武侠小说范围，否则史学圈外的金庸先生岂能摇身一变，当上博导？忝为友人，我愿向金先生进一言——大哥听禀：您怎么哪壶不开提哪壶？依小弟愚见，秋光正好，还不如到西子湖畔看碧波万顷，闻桂香十里，何必像煞有介事当博导，侬看哪能？

有部电影叫《与狼共舞》。史学机构均设在城内，当然看不到狼的踪迹。但说来真令英雄气短的是，史学界的鼠类有日益猖獗之势。报刊对剽窃者的揭露，时有所闻。令人气闷的是，鼠辈副教授、教授照当不误，有的东窗事发后，竟然私下调解，无声无息了事，继续蒙骗读者。史学界的反扒专家太少。值得称道的是，安徽的《学术界》自改版以来，几乎每期都有对剽窃者的无情揭露。希望史学界多出几个强有力的狙击手。否则听任鼠们孳生，哼着

"真是乐死人"的小曲,哪里还有史学的尊严?

亡友杨廷福教授有诗曰:"学林探索贵涉远,无人迹处有奇观。"史学界拿什么奉献给新的世纪? 我以为,第一件要做的事就是:让泡沫史学见鬼去吧!

（原载"中国互联网新闻中心·权威论坛"2000 年
10 月 31 日;《北京日报》2000 年 11 月 13 日;《文汇
读书周报》11 月 25 日;《大公报》也刊出此文）

女娲长得啥模样

千古文章一大抄。况乎不才忝为史家之列,抄史料原是我辈觅食的基本功。清代学者郝懿行著《晒书堂笔录》卷六"模"条谓:"余少小时族中各房奴仆猥多,后以主贫,渐放出户,俾各营生。其游手之徒,多充役隶,余年壮以还,放散略尽,顾主奴形迹,几至不甚分明,然亦听之而已。余与牟默人居趾接近,每访之,须过县署,门奴辈共人杂坐,值余过其前,初不欲起,乃作勉强之色,余每迂道避之,或望见县门,低头趋过,率以为常……又有王某者,亦奴子也,尝被酒登门喧呼,置不问。由是家人被以模(原注:俗作模糊)之名,余笑而颔之。"相信读过此书原刻本者,除小可之类佣书者外,不会很多。但几十年前,周二先生知堂老人曾在小品文中引出此条,20世纪80年代以来,大印特印知堂小品,成为一时风尚,郝懿行老夫子之"模糊"论,遂不胫而走。应当说,此老极世故,深通人生三昧。夫人生苦短,即使寿至期颐,回眸来时路,亦不过转瞬之间耳,若事事针尖对麦芒,非要争个水落石出,你死我活,岂不要累得虽生犹死乎?人生经验如此。若推而广之,与近代数学之"模糊论"接轨,并进而用之演绎艺术哲学,则更有大寓意存焉。若绘画,一目了然的广告画、招贴画制作人,文化衫上画些女人黑眼睛、红嘴唇之类的设计者,有谁成为饮誉海内外的大师?而毕加索那些亦真亦幻,在潇潇春雨浸润下"月朦胧,鸟朦胧……"模模糊糊、音在弦外、奥妙无穷的绘画作品,则成了全人类刮目相看的珍品。联想中国画,感触良多。仅就人物造像而言,譬如女娲老祖太究竟长的啥模样?犹忆儿时看小人书,坊间画匠所做女娲插图,乃戏曲舞台青衣形象;近年国画、动画片上之女娲形象,则长发飞动,双乳高耸,活脱脱当代摩登女郎之翻版也,压根儿是风马牛。其实,在不才看来,理想的画法应当是女娲似有似无;似为从双腿间的"不二法门"附近爬出如鲁迅翁在短篇小说《补天》中所形容的叫着"Nga!Nga!"的"那些小东西";又似乎俨然明清笔记上常常见到的"太岁"——偶被人从地下挖出,满身血色,混沌一团……女娲乃上古神话传说中之人物,除了骗子,谁也没见过,如画得眉目传情,乃至诸毛毕现,岂非见鬼乎?更不必画出女娲补天状。诚然,从自然科学史的角度看来,女娲补天与杞人忧天的传说一样,包涵了上古先民对宇宙膨胀理论的原始猜想,自有一份价值在;但是,倘从政治史的角度观之,在特定象征意义上说,女娲又何尝不是补封建社会之天的始作俑者?读过鲁迅杂文者都不会忘记,从悲悯终日的三闾大夫屈原,到《红楼梦》里整天骂骂咧咧的焦大,都是唯恐封建专制主义的天塌下来,而辛苦恣睢的补天者。其实,恐怕《红楼梦》的作者伟大作家曹雪芹也概莫能外。那么,小民百姓对天的态度又如何呢?多数人浑浑噩噩俯伏在老天爷的脚下,祈求"做稳奴隶"(鲁迅语)唯恐天有漏洞塌下来砸了泥饭碗,遂于正月十九日(或二十日、二十四日、三十日)定为"天穿节"。要言之,是以红线系饼投屋上,谓之补天,故古诗曰"一枚煎饼补天穿"。欲知详情,请看清人俞正燮的名著《癸巳存稿》卷十一"天穿节"条(丛书集成初编本),以省却俺老汉抄书的功夫。但是，这些也仅仅是承平时期也就是"做稳奴隶"时期的故事。到了各种社会矛盾尖锐爆发的末年，天下大乱，揭竿而起的小民，嘴里嘟囔着："老天爷，你年纪大，耳又聋来眼又花……你不会做天，你塌了吧！"手里举着"龙飞九五，重开混沌之天"的旗帜，恨不得一箭就将天射个稀里哗啦，故明末陕北农民起义的首领之一李万庆即诨号"射塌天"、刘国能诨号"闯塌天"。当然，这时平素虚无缥缈的"天"的实际含义，在"射塌天"辈的心目中，不过是指崇祯老儿的天下罢了！

　　再抄一回书。清初笔炼阁主人著《五色石》"序言"谓："《五色石》何为而作也？学女娲氏之补天而作也。客问予曰：'天可补乎？'予曰：'不可。轻清为天，何补之有！'客曰：'然则女娲炼石之说何居？'予曰：'……昔人妄言之，而子姑妄听之云尔。然而女娲所补之天，有形之天也；吾今日所补之天，无形之天也。有形之天曰天象，无形之天曰天道。天象之缺不必补，天道之缺则深有待补。'"呜呼，何谓天道？孔孟之道而已，"天不变，道亦不变"的封建专制主义的道统而已。自古以来，这样的补天道者不绝如缕，是中国历史走向进步的绊脚石，这实在是国人的悲哀。

　　　　　　　（原载《中华读书报》2000 年 11 月 29 日；《杂文
　　　　　　　月刊》2001 年第 1 期，易题曰《补天乎？补天
　　　　　　　道乎？》）

月有阴晴圆缺

在这世纪之交,回顾百年来的文化,展望下一世纪的文化,我想起了苏东坡《水调歌头》中的名句:"月有阴晴圆缺"。如果把文化比喻为月亮,"月有阴晴圆缺",真个是月色迷蒙启深思。

在 20 世纪初叶,有人刚剪掉拖在脑后猪尾巴似的辫子,在美国喝了一些洋墨水后,便昏昏然,"不知今夕是何年",惊叹"月亮还是美国的圆"。从此,这句忘乎所以的话,成为西方文化至上论、甚至是"全盘西化论"形象的代名词。但是,所有那些俯伏在西方文明脚下的梦幻者,一枕黄粱后,仰望所谓美国的月亮,不过是"影徒随我身"而已。何以故? 近百年的中国历史,浸透了西方列强侵略、宰割中国时千千万万华夏儿女的斑斑血泪;载满了华夏儿女英勇反抗、前仆后继、万折不挠的呐喊、厮杀、凯歌。其实,对于某些洋奴来说,西方的主子,何尝向他们提供过平静的舞台,让他们恣情演唱无人喝彩的"月亮颂"? 百年历史证明,西方文化至上论不过是少数人的梦呓。应当指出,这种谬论的前提,是民族文化虚无主义。我们有五千年的文明史,雄立于世界民族文化之林。对于数典忘祖者,不值一驳。

但是,百年历史同样证明,东方文化至上论也是历史的绊脚石。不错,按照著名的中国科技史专家李约瑟博士的说法,如果把中国古代科技成就中的世界第一,按英文字母的顺序来排列,26个字母根本不够用。如果没有中国的四大发明,世界文明史将会黯然失色。何况我国在数学、丝绸、冶金、铸造、燃料、工程、造船、航海、建筑等方面,在当时的世界都有称得上是"大拇指"的发明创造。也许正是这些炎黄族谱中最光彩的一页,使一些国粹派、东方文化至上论者悠然、陶然。同样在 20 世纪初叶,每当有人介绍西方一种新的科学知识,就会有人鼻子里"哼"的一声说:这有什么稀奇,我们的老祖宗早就发明了! 你说飞机了不起,他就会说墨子早就发明了飞行器,甚至说夏商时有穷氏早已坐过飞船;你说原子理论,他就会说,老子早发明了,"道生一,一生二,二生三,三生万物"的"道",就是原子,如此等等。这一类人,不过是躺在先人光荣簿上说梦话罢了,他们哪里知道,我们早已落在西方人的后面了! 最重要的是,西方资产阶级差不多花了五百多年时间,终于战胜了封建主,建立起一个新的制度;而我国仍然在封建专制主义的参天老树下,坐着"敬天法祖"的旧梦,直至西方列强坐着军舰,用洋枪、洋炮杀来了……往事如烟,已随风逝。近几年来,又有人出来宣称:下个世纪,西方文化将全面衰落,以儒学为代表的东方文化将领导世界文化,也就是"西方不亮东方亮"。这不过是东方文化至上论的新版本而已,所幸同样无人喝彩。

东西方文化,互有长短,彼此应当取长补短。20 世纪已经证明、下世纪还将证明:二种"至上论"都是历史的残梦。让我们还是高声吟哦:"月有阴晴圆缺",面对历史,走向未来。

（原载《光明日报》2000 年 12 月 27 日）

杂坛人物琐录

著者按：去年秋，广东人民出版社出版了由我主编的《南腔北调丛书》（原名《说三道四丛书》）。在每位杂文家（包括评论家、随笔家）的书末，我分别作了一篇短跋，写下我对作者及其作品的零碎印象。承蒙常大林先生、李焱女士的雅意，将这些跋连同小丁（聪）老爷子给作者画的漫画像，分别在《博览群书》第 8 期、第 9 期刊出，冠以《杂坛人物琐录》的标题。现在一并列于此。我自己的，当然属于老王卖瓜，也在后刊出。

方　成

"方成，不知何许人也……自谓姓方，但其父其子都是姓孙的……以画为业……但宣读论文是在中国化学学会。终生从事政治讽刺画，因不关心政治屡受批评。"以上文字，节引自方成写的连标点符号在内也不过一百个字的自传。我相信这是中国传记文学中最短却最精彩的篇章之一，幽默风趣，如见其人。

　　我读初中时，即知方成大名，那时他与钟灵合作，经常在《人民日报》上发表政治漫画，被时人称为中国的库克雷尼克塞（按：原苏联著名的漫画家，乃三人合作的笔名）。待我认识方成，成了文友，不过是近几年的事。他至少比我年长二十岁，当然是位前辈。但正如著名画家戴敦邦评价他的十六字真言那样，"多才多艺，平易近人，青春不老，幽默补膏"。他是漫画家，也是杂文家。有一次，画家黄永厚赏饭，方成、我、伍立杨揩油。永厚与我说了几则笑话，荤素不挡，方成听了呵呵大笑。他也说了一个："有位男士，坐公共汽车，始终举起右手，伸开五指，作微握状，车厢内再拥挤，他的右手五指，形状不变，下车时仍如此。一乘客甚惊讶，问何故作此状？此公答曰：我给太太买乳罩，刚在家里量过，我怕一动尺寸就不对，买了不适合！"永厚听后笑道："不是太太，是小姨子。"方成连连夸奖："你改得好！小姨子比太太好！"我听后大笑，觉得眼前的方成，真是个好老头，甚至是老顽童。他至今仍能爬泰山，身体之好可想而知。他倘若活不到一百岁，那肯定是老天爷犯糊涂了。正是：

　　　　待到期颐举杯日，寿星方成更开颜。

何　满　子

　　回想起来，我读高小时，偶尔看到一本上海一家书店出版的袖珍成语词典，署名何满子编，觉得这个名字很有趣。说老实话，当时寒家僻居海隅，连《唐诗三百首》也未见过。我不知道这位编成语小词典的何满子，是否就是现在名重当世的中国古典文学专家、杂文家何满子？说来惭愧，尽管我年年去上海，却与何老缘吝一面。再去上海时，我一定登门向他求教，而且我自信，同在壕沟，一定谈得来。其实，早在20世纪80年代，我们就通过信，一次是为有关金圣叹的一条史料问题，一次是为我主编《古今掌故》，请他赐稿，他很快就将大作寄来了。我和杂文界一些"瞎操心"的朋友不时说到何老，大家都很佩服：年过八旬，杂文却年年增产，不受气候影响，什么水灾、旱灾，都不影响他的丰收，而且越写"火气"越大。这应当为中国杂文界额手称庆。我有次跟严秀老开玩笑说："您是我们杂文界的大元帅，可要多保重啊！"他连连摆手说："哪里，哪里，我不行，何满子的杂文，影响比我大多了！"严老对何老的敬重，于此可见一斑，况他人乎！近来文坛对金庸议论纷纷。这使我想起前些年有人对"五四"以来的作家排座次，鲁迅、郭沫若、茅盾名落孙山，金庸、张爱玲等却雄踞榜中。满子先生在一篇杂文中，对此评论道："这使我想起了乡间的大仙庙，黄鼠狼、刺猬都登了仙班。"（大意）这是何等的精辟、幽默。正是：

　　一声何满子，杂文到眼前！

李　普

　　初次见到李普先生，但见其白发苍苍，脸上老斑点点，觉得这位新闻界的前辈、著名记者，真个是廉颇老矣。但是交谈之后，尤其是读了他的杂文、随笔之后，觉得此老不老，又岂止是尚能健饭也！在中共十一届三中全会后，伴随着解放思想的新启蒙运动，李老对党史作了深刻的反思，写了不少很有影响的文章，近几年来写的杂文、随笔，也以其思想锋芒，直刺假左、假道学、愚昧，使之原形毕露，无所遁形，而为人称道。20 世纪 60 年代，有首歌说"革命人永远是年轻"。这话当然不错。但也要看什么样的"革命人"革谁的命？例如，时下就有一种人，革命的资格不可谓不老，却大吹老掉牙的法螺，要人们"反对资本主义复辟""把反修斗争进行到底"，无异于堂·吉诃德手持长矛，跟风车作殊死搏斗。这样的"革命人"，心劳日拙，能说"永远是年轻"吗？思想者不老。李普正是这样的不老者。我在电话中与他商量其大作的书名，他先起名《老来俏》，后又更名《老来少》，我觉得都很好，其实，不俏不少，不少不俏，对于老人来说，只有思想跟上时代的潮流，才能越活越俏，也就是越活越少。反过来，如背道而驰，就有可能成为老厌物，虽活犹死。画家黄永厚曾给李普画过一张漫画像：在检阅台上满面春风，举手致礼，俨然是位大元帅，而被检阅的对象，都是重得不能再重的重量级人物，说出来也许会把神经衰弱者吓死，故这厢不说也罢。看了这幅漫画，我在忍俊不禁之余，颇有几分嫉妒，瞧李老那神气劲，多么少，多么俏！正是：

反思之人春常在，老笔常开五色花。

牧　惠

新时期以来，牧惠的杂文如庐山瀑布，"飞流直下三千尺"，奔涌不息。我真佩服他的才思敏捷。戴有色眼镜者憎恨他的杂文，公开点名大批判，我认为那不过是对牧惠的名誉投资，使他拥有更多的读者。我视他为杂文界的老大哥，他也确实是位忠厚长者，虽然是粤中纵队的老战士，也曾官拜《求是》杂志文教部主任，杂文著作等身，但他从不摆谱，为人随和，有求必应。他本名林文山。有次聚会，我跟他开玩笑，说："古有文文山，今有林文山。"他立刻说："你是要我学文天祥绝食而死啊？"闻者均为之捧腹。1998年冬天，承蒙《海南日报》邀请，作家陈四益带队，我们一行人在海南岛游览。我有幸与牧惠、黄永厚二位老哥同车。我是个口无遮拦、言必及义（牧惠语录）者，永厚也有几分这种臭德性，因此常在车中拿老牧开涮。一次我故意抬高声音，一本正经地说："老牧同志各个方面的工作能力都是很强的。请注意，我说的是各个方面！"没想到他的反应简直是闪电般的速度，立刻微笑着说："不，某一方面肯定是永垂不朽了！"并加上一句："永垂不朽，用在这里最恰当不过了！"我和永厚听了都笑得前仰后合。为了编套杂文丛书，我给他打电话，建议先想个书名报给出版社，以后有了更好的可以随时更换。他不假思索地说："我住在沙滩，就叫《沙滩羊》吧。"我为此书名拍手称快。事实上，时下杂文家挖空心思笔耕状，不正形同沙滩上放羊吗？正是：

苏武牧羊北海边，牧惠牧羊在沙滩。
风霜雨雪何所惧，只盼春光照人间。

舒　展

文学界谁不知道舒展先生？他真个是赫赫有名。但虽同在北京，而且从我家到他家，打车至多也不过半小时，至今我只见过这位杂文界的老哥两回。一次是在《生活时报》虎年元宵文化名人座谈会上,再一次就是 1999 年冬天广东人民出版社在京举行的午宴上。文友们常常念叨他,但谁也不忍心去登门打扰。何以故?原来他这几年因高血压引起肾衰竭,困苦可想而知。可是,这几年他写的杂文并不少,而且锋芒丝毫未减。有位朋友曾感慨地跟我说:"舒展的身体越来越差,杂文却写得越来越尖锐,真不易!"我常常想:环顾海内文坛,以生命为代价写杂文、赌明天者,除了舒展,我不知道还有谁。倘若没有强烈的传统人文的忧患意识,没有对祖国、人民及四化事业的赤子之情,舒展又何必以衰病之身,继续坚忍不拔地在杂文界拼搏!

承蒙舒展送我几本他的大作。其中的一本是《调侃集》,由他的老友方成作序。方老在序中写道:"舒展的杂文,涉及面广,引征事例,像是信手拈来,头头是道,使读者不得不佩服他学识之博。"我以为这是至论,也确实是舒展杂文的特色。时下某些杂文,形同白开水一杯,过目即忘。何以故? 还不是"不读书之过也(《红楼梦》贾政语录)"。胸无墨水,必然肤浅。

1999 年冬天,我给舒展打电话,立刻觉得他精神焕发,声音洪亮,与以前的病夫子判若两人。原来他得到一个机会,换了肾,而且手术很成功。他欣然由夫人陪同来赴宴,签订出版合同。朋友们都非常高兴,觉得他能恢复健康,乃杂文界之大幸,欣何如也! 正是:

　　堪喜舒卷又如云,大展身手惊鬼神!

朱　正

久闻朱正先生大名,他是以考证鲁迅生平事迹、学风谨严鸣于时的。第一次见他，是在严秀老人家中，俄罗斯文学翻译家蓝英年先生也在座。见面不如闻名，闻名不如见面，这对朱先生来说，我以为都很合适。我们很谈得来，一见如故。聊天时，他娓娓道来，真乃谦谦君子也。他著述不少，我最偏爱的，还是他的《1957年的夏季：从百家争鸣到两家争鸣》，此书45.6万字，第一版就印了3万册，受到读者的广泛瞩目。我很欣赏他在《后记》中的这一段话："写作此书，我与其说像个著作家，不如说更像一个节目主持人。我把当年这些人物，不论被认为左派还是右派的，都一个一个请来，让他们走到前台，各自说各自的话。希望这样能够在一定程度上再现当年的场景。"读了本书，我以为他的目的完全实现了。这需要有敏锐的思想洞察力、扎实的史学功底、深厚的文学修养，才能办到。老实说，在当今史学界，还没有这样的学者，故至今也未能写出像样的1957年反右史，而让文学界的朱正独占鳌头，我身为史学界一员，真是感到惭愧。

朱正是个重视友情的人。四年前，我替东方出版中心主编《当代中国学者随笔丛书》，收有他的《思想的风景》一书。这对我来说，原本是小事一桩，不足挂齿。但他却几次说起此事，表示谢意。足见其人之敦厚也。正是：

南望长沙写作界，正是朱家秉烛时；
寄语文友湘夫子，笔下又在剥画皮？

邵 燕 祥

记得好几年前，北大吴小如教授在《文汇读书周报》上著文说邵先生燕祥，在读中学时已在京中报上发表文学作品了，真乃神童也。中国有句老话说：十岁的神童，二十岁的才子，三十岁的老而不死。我曾经写过《说神童》《再说神童》，指出历史上神童不少，但事业上有成就者寥寥，或者说得高雅一点：寥若晨星。但燕祥无疑有足够的资格，名列晨星。他在诗歌、杂文创作上的成就，读者有目共睹，无需我饶舌。他历经劫波终不悔，现在年纪已经是"三十岁的老而不死"一倍还多，但霜欺雪压见精神，老而弥坚，依然笔耕不辍。有次牧惠老哥跟我说："燕祥很善良。"1999 年读《文学自由谈》第 3 期诗人肖沉写的妙文，用门捷列夫周期表上的化学元素作为符号，一一介绍诗坛好手，将燕祥列入"33，砷……旧称砒霜，剧毒"，不禁令我大怒，但接着读下去，又立刻转怒为喜："此乃京都名编邵大爷，针砭时弊，句句不离后脑勺；方志托物，篇篇贴着热血心。对官僚买办而言，自然毒素太多；而于国民则多多益善。"真乃妙语连珠，洵为至论。燕祥的诗越写越少，杂文越写越多。我以为，当今中国文苑，更需要杂文。我将坡翁的两句诗顺手牵羊，稍加点篡，凑成一联，拟赠予燕祥；有善字者乎？求一发挥——

　　　诗人老去杂文在，燕子归来说梦心。

（按："说梦忙"三字的版权属于陈四益）

何 西 来

有次我因事给《生活时报》副刊编辑何笑聪小姐写信，信末附语："请向你的从西而来的老爹致意。"这位笑聪，就是本书的作者

之一丛小荷。她的父亲,就是著名文学评论家何西来。我说她的
老爹从西而来,不完全是戏言。他是典型的关中大汉,"高头大
马",开会发言时,声若洪钟,语惊四座。他的出生地,离秦始皇兵
马俑出土处只有几步路。兵马俑乃国宝,震惊世界。西来虽然未
震惊世界,但说他享誉中国文坛,特别是文学批评界,当是不争的
事实。1999 年 10 月,在深圳召开的一次作品研讨会上,深圳作协
主席林雨纯介绍西来说:"我们共和国的文学评论家何西来先生"
云云,恐怕并非调侃。可见出兵马俑的地方,出了一个何西来,真
乃有非常之地,有非常之人也。

西来的非常之处,在童年时就已显山露水:顽皮到极点。以至
于他的祖父不得不惊呼:"该把这个小土匪管起来了!"怎么管?
上学去! 不才在儿时也很淘气,曾先后栽到河里、跌进粪坑。但还
没达到"小土匪"的水平,故至今偶尔客串写文学评论,不逮西来
远矣,想来还是童年时"匪"气不足,惭愧,惭愧。

有一次我在电话里与笑聪闲聊,说起先是冯其庸先生、李希凡
先生介绍,后来又有陈荒煤前辈亲自推荐,才加入中国作家协会,而
我第一次申请参加中国作协竟遭拒绝,说"还不具备入会条件"。

笑聪听后大怒,说:"我看他们是×了眼!"好闺女! 虎父焉有
犬女? 信然。

这是西来父女合著的第一本书,我希望今后还会有第二、第三
本。需知,我泱泱大国,自古以来,父女合著者,又有几人哉? 忝为
友人,我特别寄厚望于西来、笑聪父女。

朱 铁 志

1998 年,我已届耳顺,远在美国华盛顿定居的小姨子三平打

来电话，问起近况，我不无感叹地说："我老了！"她一听就纠正道："您怎么老了？按照美国标准，60岁至70岁是中年，70岁以上才是老年。"照此标准，铁志不仅是青年，而且应当说是小青年。我很欣赏小丁老先生给他画的漫画像，睿智纽细，神形兼备。

铁志虽年轻，但他的杂文创作，已经取得了丰硕的成果。这不仅在于他已出版了六本杂文集，更在于他的杂文有思想深度，善用逆向思维，每能振聋发聩，而为读者注目。他的杂文常被报刊转载，多次获奖，可谓实至名归。

铁志不仅写杂文，而且在繁忙的工作之余，挤出时间，编辑杂文选，这对杂文的发展，无疑起了有益的促进作用。这不是年轻的杂文家都愿做及能做的事。因为这要耗费很多宝贵的时间，熟悉老、中、青杂文家的作品，铁志为人热情、谦和，与杂文界不少老少爷们都很要好，这也不是一般青年杂文家所能做到的。

我与青年作家很少联系。有来往并保持友谊的，基本上只有朱铁志、伍立杨。他俩分别是杂文、散文的翘楚。在这套杂文丛书的著者中，铁志是唯一的青年。但是我敢担保，他与包括俺老汉在内的杂文界老头站在一起，不但不逊色，因其年轻俊俏，而更受人瞩目。

2000年9月

老王卖瓜

——《续封神》小传·序·跋

小　传

　　王春瑜,1937年4月9日生于苏州桃花坞尚义桥街,因避日寇战火,在建湖水乡长大。有幸与唐伯虎同里,惜未沾上才气,至今只好在老牛堂耕田。1963年毕业于复旦大学历史系研究生班。奉命参加搞不清的"四清"后,又在"大革文化命"中期因参与策划炮打张春桥被名字打上红叉的大字报墨葬七年,还魂后在中国社科院历史所治史,当上研究员,享受国务院政府特殊津贴。治史之余,开杂文铺,零售兼批发,得到中国作协认可。治学弄文,力求打通古今,贯穿文史。已出版的史学专著、杂文、散文、主编的文史丛书,珍本史科整理等,逾千万字。主编的《中国反贪史》获中国图书奖,《中国反贪通史》将由人民出版社出版。担任新闻出版署国家出版基金评审专家、中国出版集团学术顾问。刻闲章四枚:"鲁迅门下走狗""王三爷""王保长""政界学界活死人掘墓人",不亦快哉!

代　序

童年时读《封神榜》，觉得热闹、有趣，及长重读，觉得荒诞无稽，翻阅数回即止，最近老来重读，顿悟事实上人间在不断变相封神，古虽有之，于今为烈，方知《封神演义》演不完，与《大浪淘沙》淘不尽一样，乃国人之悲哀也，足见《封神榜》有大寓意存焉。神有两种：一为血食一方，让人顶礼膜拜；二为虽不受香火，却神乎其神，俨然是菩萨一尊。且第二种神，除被他人所封外，居然亦有自封者。聊举数例：梁启超、王国维、陈寅恪、胡适皆国学大师也，备受学人景仰。岂料近年来，国学大师竟然有雨后春笋之势，某出版社一口气已封二十余位，且将续封，令文苑瞠目，如许国学大师驾祥云而来，莫非天有漏洞乎？又如，某地将某人封为"明史学界最高权威"，"权威"而又"最高"，莫非欲将其胡扯变成"最高"指示乎？显然，此乃徒增笑柄而已。再如，某研究所领导班子，近日摇身一变，除一人向隅外，余均成了博士生导师，自封之速度，何其惊人也！正是：

> 莫道《封神》化烟尘，人间至今犹封神；
> 阿猫阿狗登仙班，死活不做老实人！

跋

我用《续封神》这篇短文作为这本杂文、随笔集的书名，并代序。从政治文化角度来看，回顾我国的两千年史，在相当程度上说，就是一部造神或封神史。"文革"去今未远，把个人神化的恶果，我们更是记忆犹新。古典小说《封神演义》很好看，但在现实生活中，无论是封大神还是小神都很丑陋，有悖于时代潮流。可以说：

　　　　消除封神阴影日，方是中华腾飞时！

　　三年多来，我用真名及笔名金生叹、毛三爷先后在北京、上海、湖北等报刊上办过专栏，以《文汇读书周报》《中华英才》的"新世说""老牛堂随笔"时间最久，现在仍未驻笔。有些读者猜测金生叹是何满子，毛三爷是湘潭人。岂敢！他们现在终于真相大白，失望吗？

明清神化皇帝一瞥

随着在"大革文化命"年头中国最后一个皇帝溥仪先生的郁郁而终,中国的历代皇帝似乎已经是一个遥远的梦。其实,就拿明清两朝来说,自从明成祖朱棣将首都从南京迁到北京,共计有24个皇帝先后在故宫里称孤道寡、叱咤风云、悲欢离合、生老病死。其中的少数皇帝,如永乐皇帝、弘治皇帝、崇祯皇帝,以及康熙皇帝、雍正皇帝、乾隆皇帝这几位,头脑还比较清醒,其余的,多半生活在梦中。虽然他们也吃喝拉撒,但头上闪耀着不管是人眼还是狗眼谁也看不见,却又神乎其神、圣乎其圣的"君权神授"的光圈,于是在很长时期内,皇帝成了神,让人诚惶诚恐,不敢仰视。

就拿明太祖朱元璋来说吧。本来他家穷得上无片瓦、下无寸土、几乎连裤子也穿不上,是个讨饭的困难户,朱元璋小时为混口饭吃,只好替大户人家放牛,后来干脆到皇觉寺这座庙里当了小和尚,苦度光阴,是再凄惶不过的小民百姓了!可是,等到他率领一帮子穷哥们,把脑袋别在裤腰带上,参加红巾军造反,推翻了元朝,一个筋斗翻到天上,一屁股坐到大明王朝的第一把交椅上,当上了开国皇帝后,很快就被人大大神化起来。常言道:"泥菩萨越涂越亮,老母猪越吹越壮。"据明朝嘉靖年间王文禄写的《龙兴慈记》这本书记载,明朝初年就掀起了造神运动,一会儿说朱元璋离开娘胎时,"屋上红光烛天",皇觉寺的和尚看了大吃一惊,以为是失火了,第二天才知道是朱元璋出世;一会儿说朱元璋当了小和尚后,不知道是患了多动症,还是别的臭毛病作怪,经常捅娄子,当家和尚忍无可忍,下令把他捆起来,丢在台阶下。没想到朱元璋居然做了一首诗,大声念道:"天为罗帐地为毡,日月星辰伴我眠。夜间不敢长伸脚,恐踏山河社稷穿。"其实,这时候的朱元璋,斗大的字也不识几个,怎能做诗? 不过是造神的吹鼓手编造的牛皮而已。甘蔗越嚼越甜,神话越编越玄。又说朱元璋当放牛娃时,人小胆大,公然杀掉一条小牛,煮熟吃了,却把牛尾巴插在地上,骗主人说:地上突然裂了一条缝,小牛陷进去了,主人拔牛尾巴,结果尾巴陷入地中,主人深信不疑。更神的是,朱元璋当上小和尚后,在庙里打扫卫生,用扫帚敲敲伽蓝像,说:缩脚! 让我扫地。伽蓝立刻就把脚缩起来。老鼠啃了佛像前的蜡烛,朱元璋大怒,责怪保驾护航的护法神伽蓝光受香火不管事,在他的背上写了"发去三千里"几个字,夜里老和尚梦见伽蓝来辞行,说:"当今新皇上发配我三千里。"老和尚第二天早上,见伽蓝背上有字,追问朱元璋,朱元璋说:"我是开玩笑的。现在我把伽蓝放了!"晚上,老和尚又梦见伽蓝来道谢,感谢朱元璋的宽大发落。同样神乎其神的是,当时江淮大地上流言四起,盛传要接新天子,朱元璋好奇,也站在一块倒在地上的石碑趺石龟背上眺望远方,石龟居然向前爬了十几步! 如此等等,不断涂、不断吹的结果,朱元璋也就由人变成神,成了人间活菩萨,并且越来越亮,越来越壮。

皇帝被神化的一个重要标志,是成了龙,穿着绣有张牙舞爪金龙的袍子叫龙袍,坐的刻上龙的椅子叫龙椅,皇帝哈哈一乐叫龙颜大悦,皇帝绷紧老脸叫龙颜大怒,皇帝见阎王老子去了叫龙驭上宾,甚至干脆把朝廷就叫作龙廷。虽然,把皇帝与龙画上等号的把戏,秦汉就开始了,但这套把戏耍得最熟练、达到登峰造极水平的,还是明清两朝的皇帝。

说不尽的朱元璋。他坐了龙廷后,曾亲自写了一篇《周颠仙人传》(见丛书《纪录汇编》卷六),把一个疯和尚周颠说得比济公活佛还神。此人神神叨叨,到处"告太平"。朱元璋当年攻打南昌时,周颠也来"告太平",唠唠叨叨,朱元璋听烦了,叫人拿缸把他盖住,用柴火围住放火烧,烧了三次,掀开缸看,周颠只出了一点汗。以后打九江,攻安庆,周颠说胜就胜,要风有风,简直是诸葛亮第二。更叫人佩服的是,十多年后,朱元璋害了热病,差点儿死了,后来吃了周颠仙和叫天眼尊者的道士送来的药,服下去,当晚病就好了。您瞧,这多神,多灵!皇帝的话是一句顶一万句的,何况他亲自写的文章?朱元璋的文章一发表,周仙人的名字就家喻户晓了。而很快另一个神话又沸沸扬扬传开了:说朱元璋生病,派人到匡庐天池山顶上找到周颠仙要他遍查天上二十八星宿的办公室,都有人,只有一个星宿的屋子里空无一人,有条蛟龙,耷拉着头,无精打采,还流着血。周颠仙说,"此世主也"(见王文禄:《龙兴慈记》),也就是说这是朱元璋,原来人家是天上的蛟龙下凡的!明清皇帝虽不同,但是无人不称龙。故宫太和殿里形形色色的龙,一共有多少?恐怕谁也数不清!据不完全统计,太和殿内外的龙纹、龙雕等各种各样的龙,有一万三千八百四十四条之多,群龙飞舞,真让人眼花缭乱。而每当皇帝上朝时,乐声大作,香烟袅袅,万岁之声,不绝于耳。这一切都显示,皇帝是真龙天子,是神不是人!

但是,一切神都是人造的幻影,何况区区皇帝。什么龙裔凤胄,龙子龙孙,都是扯淡。常言道:"皇帝也是人养的。"一样的肉眼凡胎,一样的七情六欲。与常人不同的是,他们手中握有至高无上的绝对权力，而且绝对不容分割，总想把家天下一代一代传下去，重复做着秦始皇的千年皇帝梦。为此，他们不惜制造冤狱，株连九族，切人头如切西瓜。朱元璋在明朝初年，为纠正元末社会积弊，不惜矫枉过正，实行恐怖政策，大搞法外法，滥施酷刑，剥皮、抽筋、钩肠、火烙、水煮、凌迟——也就是千刀万剐，无所不用其极。据野史记载，开国名将常遇春之妻是个醋婆子，不让丈夫与朱元璋所赐的两个宫女同房，朱元璋知道后大怒，派人将其妻杀死，剁成一块一块，分赐功臣，并写上"悍妇之肉"。常遇春知道后，惊恐成疾，得了癫痫这个不治之症。（见王文禄：《龙兴慈记》）朱元璋更"炮打功臣楼"，把开国元勋、功臣宿将，几乎一巴掌全打下去。最荒谬的是，朱元璋将封为韩国公的左丞相李善长强拉硬扯到宰相胡惟庸的大案中，诬陷他谋反，杀了他，并将他的妻女弟侄家七十余人统统杀死，而可怜李善长已经是七十七岁的老人！（潘柽章：《国史考异》卷三）事后，深得朱元璋赏识的著名才子解缙，曾上书为李善长喊冤辩诬，驳得朱元璋哑口无言，但李善长一家，早已是"血污游魂归不得"了！廷杖——动不动用大棒把大臣的屁股打得皮开肉烂，甚至当场打死，虽然前朝就有，但到了明朝中叶，几乎成了朝廷的家常便饭，充分暴露了皇帝的残忍歹毒。不过，最能反映皇帝心狠手辣的，还是凌迟的酷刑。按照规定，凌迟刀数为3357刀，头一天先剐357刀，剐出的内片如大指甲般大小。第二天再剐，如果犯人提前死了，就要反坐刽子手。明武宗时的大宦官刘瑾就是这样被处死的，真个是让他不得好死。据明朝人张文麟写的《端岩公年谱》记载，刘瑾先一天被割了357刀后，便押回牢中，还能喝一碗粥，第二天又押赴刑场再割，直至痛苦到极点，一命呜呼，真是太不人道了！清朝顺治十八年，江南兴起政治大案，叫"哭庙案"，著名才子金圣叹等十八位知识分子，被强加谋逆的罪名,统统处死。处死的方式,除了砍头外,还有令人毛骨悚然的腰斩。有位先生被腰斩后,仍挣扎着以手沾血,在地上大书"惨、惨、惨"三字,真是惨绝人寰。康熙二年,康熙皇帝下令将发生在顺治十八年的湖州庄廷鑨著明史案结案,杀了七十余人,遇难者中的吴炎,才华横溢,被凌迟而死。临刑前一天,他对前来诀别的弟弟说:"我们一定会受到极刑,尸体血肉模糊,怎么辨认? 你来收尸时,看到两股上各有一个火字,就是我的尸体。"(清·钮琇:《觚剩》正编卷一"吴觚"上)听到此话的人,无不痛哭流涕。至今我国民间仍流行雍正皇帝用"血滴子"杀人的故事。这种豆棚瓜架下的传闻,似乎不必当真。但是,雍正皇帝的的确确曾经派人到南方去寻求毒药及解毒之方,有关的朱批谕旨,至今在国家档案馆里保存完好,真是铁证如山。例如,雍正三年(1725 年),他就曾密谕广西巡抚李绂,对流行在贵州苗族中的毒药及解药,派人"密密遍处访询","写明乘驿奏闻"。他寻访毒药的目的何在? 无非是用来迫害政敌,翦除异己。用毒药害人的皇帝,自五代以来,雍正最为突出,可见民间的种种传闻,也并非完全是空穴来风。

明朝有首歌曲说:"一日南面坐天下,又想神仙下象棋。洞宾与他把棋下,又问哪是上天梯。上天梯子未做下,阎王发牌鬼来催。若非此人大限到,上到天上还嫌低!"(明·朱载堉:《醒世词》)几乎没有一个皇帝不想长生不老、"万寿无疆",嘉靖皇帝更是个典型。他在童年时就迷信道教,当了皇帝后,更是大张旗鼓地求神拜仙,大炼丹药,一心成仙,把大量少女弄到宫中,用她们初来的月经和别的药、石,加在一起,炼成所谓的金丹。嘉靖二十一年(1542 年)十月,宫女杨金英等肯定是目睹了少女们被摧残的悲惨景象,加上她们自己也常常遭到毒打,有的人被活活打死,遂逼上梁山,趁世宗熟睡之际,用黄绒绳勒其颈部,差点儿把他勒死。清朝的顺治皇帝，一度想出家当和尚，据史学大师陈垣先生考订，他曾剃了光头，与进宫看他的一位大和尚"相视而笑"。这也是坐在皇帝位子上不耐烦，想当佛爷而已。他的重孙子乾隆皇帝更妙，在香山碧云寺塑罗汉像时，下令把自己也塑进去，成了一位在世的活罗汉，真是吃饱了撑的！

有两句古诗说，"神仙不死成何事，泣向西风感慨多"。其实，皇帝们心里透亮：他们即使是神，最后却不得不与任何凡人一样，难免一死。因此，当了皇帝的头等大事，就是修自己的陵墓，好把生前的荣华富贵，尽量在一命呜呼后，搬到坟里去，继续享乐。看一看明代十三陵，以及清东陵、西陵，耗费天下多少民脂民膏！

皇帝是人不是神。1962 年，随着溥仪的被特赦，重新结婚成家，初步治好了少年时就阳痿、多少年不能过夫妻生活的老毛病，开始过一个普通人的正常生活，可以说给历代皇帝的造神运动画上了句号。

2001 年 2 月 9 日于方庄老牛堂

古代贪官污吏一瞥

贪污是腐败的核心，也是其主要表现形式。我国以历史悠久屹立于世界民族之林。无奈的是，我国贪污犯的资格之老，在全世界有文字记载的历史中，也是数一数二的。夏、商、西周，号称"三代"，建立在广大奴隶血泪、枯骨之上的家天下政权，就其国家机器的完备来说，一代强似一代。但是，远在夏朝末年，贪贿风气已很严重。据《荀子·大略》记载，当时成汤求雨的祷词中，提问六件失政之事，三项都是贪贿问题。这是他鉴于夏朝骄奢淫逸、横征暴敛导致灭亡的教训，而有所警惕的表现。可是，到了商末，恶名昭著的帝辛——也就是殷纣王，大肆聚敛，奸佞费仲、恶来都是大贪污犯。文王被囚于羑里监狱时，周人正是通过费仲，向纣王贿赂珍宝、美女、良马，纣王大悦，释放了文王，放虎归山的结果，最终导致殷商王朝的崩溃。与其相类似的是，春秋时，吴国太宰嚭受贿亡国，其教训也是广为人知的。被吴国打得"败鳞残甲满天飞"、岌岌乎殆哉的越国，"饰美女八人，纳之太宰嚭"。并进而煽情地说："你若肯帮助，还有更美于此者。"帮助什么？求和也。太宰嚭贪污了八位美女，并指望笑纳"更上一层楼"的越国漂亮姐，便鼓其如簧之舌，说服吴王夫差许越求和，从而吞下了致命的苦果：养虎遗患,越兴吴灭。

古汉语中有"贪墨"一词。墨,古义是不洁之称。历代贪官当然都是些一屁股屎,心黑如墨之徒。他们的贪婪峻刻、残民以逞,有时真出乎常人想象之外,简单成了笑话。据《五代史补》记载,五代时赵在礼在宋州做官,贪暴至极,百姓苦不堪言。后调往他处,百姓互相祝贺,说:"拔掉眼中钉了!"不料消息传到赵在礼耳朵里,他向上司要求,仍调回宋州,每岁户口,不论主客,都征钱一千,名曰"拔钉钱",宋州父老哭笑不得。值得指出的是,有些贪官虽然心狠手辣,却满脸精神文明,俨然一尘不染,实际上,就像鹭鸶一样,"飞来疑似鹤,下处却寻鱼。"明朝有个贪官更堪称典型。明明想大捞一把,却装成分文不取,刚上任时,煞有介事地向神发誓说:"左手要钱,烂了左手,右手要钱,烂了右手。"但不久,有人送来百金行贿,他假惺惺地不收,说我对神发过誓。他的手下人当然知道这位顶头上司葫芦里卖的什么药,赶忙凑上去说:"请以此金纳官人袖中,便烂也只烂了袖子。"这个贪官立即采纳部下的建议,赶忙将银子装进袖里,从此来者不拒,照收不误。(明·冰华生:《雪涛小书》)可见贪官是多么卑劣!

而某些贪官的胃口之大,伸手之勤、远、宽,用"疯狂"二字,也不足以形容。

据《旧唐书》卷八十二《李义府传》记载,此人"貌状温恭,与人语必嬉怡微笑",亦即不笑不开口者;但对那些稍微对他有点儿抵触情绪的人,便动辄加以陷害,故当时人们说他"笑中有刀。又以其柔而害物,亦谓之'李猫'"。这便是成语"笑里藏刀"的由来,李义府真是永臭不朽矣。但"李猫"也好,"笑中有刀"也好,李义府绝非仅系猫态狼心、迫害政敌之笑面虎而已。更令人发指的是,他当上宰相后,贪污受贿,卖官鬻爵,连其母、妻、诸子、女婿,无不卖官，"其门如市"，"倾动朝野"。（《资治通鉴》卷二百）呜呼，此"猫"，此"刀"，又何其毒也！现代国人对日寇的"三光"政策记忆犹新。但谁能想到，我国古人中竟有人实行过"四光"政策；不过，当时叫"四尽"。此人就是梁武帝时历任南谯、盱眙、竟陵太守的大贪官鱼弘。他常常得意忘形地对人说，"我为郡，所谓四尽：水中鱼鳖尽，山中麋鹿尽，田中米谷尽，村里民庶尽"。他娶了一百多个小老婆，"不胜金翠，服玩车马，皆穷一时之绝"（《梁书》卷二十八《鱼弘传》）。

不过，这些贪官比起封建社会后期权倾朝野的大贪官——如明朝的刘瑾、严嵩、魏忠贤，清朝的和珅来，又是小巫见大巫了。

刘瑾被称为"立的皇帝"（明·徐应秋：《玉芝堂谈荟》卷三），简直有与坐的皇帝正德爷并驾齐驱之势，其权力之大，可想而知。百官见他即不觉下跪，甚至有个叫邵二泉的无锡人，和同官某因公事往见刘瑾，刘瑾怒斥此人时，邵二泉竟吓得两腿发软，站立不住，尿都吓出来了（明·何良俊：《四友斋丛说·史四》）。对于贪官来说，权力与贪贿是成正比的。权力越大，贪得越多。刘瑾垮台后，所抄家产的数字，据明代高岱《鸿猷录》记载，计：金二十四万锭又五万七千八百两；银元宝五百万锭又一百五十八万三千六百两；宝石两斗；金甲二；金钩三千；金银汤鼎五百；蟒衣四百七十袭；玉带四千一百六十束；等等。这不能不说是个惊人的数字！但是，倘若您读一读《天水冰山录》——也就是嘉靖时的权相严嵩倒台后的抄家物资清单，您就更会大吃一惊！其中黄金一万三千一百七十一两六钱五分，纯金器皿三千一百八十五件，重一万一千零三十三两三钱一分，金嵌珠宝器册共三百六十七件，重一千八百零二两七钱二分，更有价值连城的古今名画手卷册页达三千二百零一轴卷册……真个令人眼花缭乱。至于明末恶名昭著的人称九千九百岁的大宦官魏忠贤，被崇祯皇帝扳倒后的抄家数字，因为崇祯皇帝未予公布，至今仍是个谜。但是，据《明史·樊玉衡传》记载，时人估计"籍还太府，可裕九边数岁之饷"。又有人估计，刘瑾贪污所得，折成银子是五百万锭，而忠贤赃七百万锭！（清·褚人穫：《坚瓠集·广集·刘魏合辙》）需要指出的是，明代俸银不多，用现代的口语说，是低工资。洪武中定内外文武官员俸饷时，正一品月俸米八十七石，而宦官月俸米只有一石。以后大体成为定制，纵然有所增加，数量毕竟有限，他们的贪污所得，比起工资收入，不啻是个天文数字。至于和珅，野史传闻他被抄家的财物，达白银八亿两以上，这无疑是夸大了。据当代史家研究，和珅除了珍藏的文物字画难以估算，其他的财产，"当在一二千万两之谱"。（冯佐哲：《和珅评传》，第 301 页）这同样也是个惊人的数字，难怪当时有人说他"富可敌国"。

清初思想家顾炎武曾经指出："百官者虚名，而柄国者吏胥而已。"（《日知录》卷八《吏胥》）打一个形象的比喻，官是蟹壳，胥吏是蟹脚，没有蟹脚，岂能横行？吏治的好坏，不仅事关朝廷形象，甚至关系到王朝的兴亡。三国时东吴末年，吏治大坏，百姓怨声载道，恨不得吴政权立刻垮台。故晋军伐吴时，孙吴军迅速土崩瓦解。晋人葛洪在总结吴国灭亡的教训时说："用者不贤，贤者不用，不开律令之篇卷，而窃大理之位；不识几案之所置，而处机要之职；不知五经之名目，而飧儒官之禄。"（《抱朴子·吴失篇》）呜呼！吴国的官也吏也，竟一塌糊涂到这种地步，吴国又岂能不呜呼哀哉！就连一脑袋糨糊的昏君孙皓在临降前，也哀叹"不守者，非粮不足，非城不固，兵将背战耳！"（《三国志·吴书·孙皓传》）这是人心丧尽的必然结果。其实，早有史家指出，我国第一个大一统的封建王朝秦王朝，是亡于"刀笔之吏"，以后历代王朝的灭亡，都与此痼疾有关。明代胥吏多而滥，顾炎武曾痛斥曰"养百万虎狼于民间"（《亭林文集》卷一《郡县论八》）。有此百万虎狼在民间虎吼狼嗥、茹毛饮血，百姓在死亡线上的呻吟、呼号，可想而知矣！

（按：这是笔者主编的《中国反贪史》［上册、下册，2000 年 6 月由四川人民出版社出版］写的长序的第一部分，下面的《走出清官时代》《赃乱死多门》，则为第二、第三部分，《走出轮回》则为余论。由于此书出版后，社会反响很大，这篇序言曾先后被《文汇读书周报》《中华读书报》《北京日报》《深圳特区报》《中国演员报》《中国兵工报》《炎黄春秋》《学术界》《中国党政干部论坛》及《大公报》等报刊刊载）

走出清官时代

　　翻翻二十四史，人们就会明白，有名有姓并且货真价实的清官不过几十位。明末清初优秀的文学家、史学家张岱，在所著《夜航船》卷七"清廉类"，扳着指头数了很久，也不过只找出四十位清官。物以稀为贵，况人乎！这些清官的相关事迹，大部分都很感人。如：北齐彭城王高攸自沧州召还，老百姓纷纷拿着食物欢送他，说："您在沧州，只饮这里的水，从未尝过百姓的饭菜，今天我们谨献上粗茶淡饭。"高攸很感动，但也仅吃一口，不愿占百姓的便宜。又如：隋朝赵轨在齐州做官，后入京，父老送别，说："公清如水，请饮一杯水，以代替我们献钱。"赵轨愉快地一饮而尽。20世纪80年代，有一出京剧《徐九经升官记》，后拍成电影，轰动一时。徐九经是确有其人的。他在江南句容当县令，任满后调走，百姓恋恋不舍，说："公幸训我！"徐九经答道："唯俭与勤及忍这三个大字。"他曾经在大堂上画了一棵菜，上题："民不可有此色，士不可无此味。"徐九经走后，百姓将他画的菜刻在石上，并写下勤、俭、忍三字，称为"徐公三字经"。这三个字，在中国政治史上实在是可圈可点。不能甘于清贫淡泊，当不了清官。战国时魏国的邺令西门豹，"清刻洁愨，秋毫之端无私利"（《韩非子·外储说左下》）。真是难得。他的治水投巫、破除"河伯娶妇"恶俗的故事，至今仍广为流传。"披鳞直夺比干心，苦节还同孤竹清。龙隐海天云万里，鹤归华表月三更。萧条棺外无余物，冷落灵前有草根。说与旁人浑不信，山人亲见泪如倾。"（清·赵吉士：《寄园寄所寄》卷二引《座右编》）——这是明代苏州人朱良写的歌颂海瑞的诗。这与一般的颂诗不可同日而语。这是因为：万历十五年（1587年）十月，七十四岁的海瑞以老病之身卒于官舍后，他的同乡苏民怀检点其遗物，只有竹笼一只，内有俸金八两，旧衣数件而已。时人王世贞以九字评之："不怕死，不爱钱，不立党。"（明·周晖：《金陵琐事》卷一）朱良亲眼目睹海瑞如此简朴的行囊，以及士大夫凑钱为海瑞买棺的情景，感慨万分，唯恐后世人不相信有这等事，特地写下这首吊海瑞诗，以期与山河作证，让海瑞的两袖清风长留人间。事实上，海瑞生前生活俭朴到一般人难以置信的地步。他的私章用泥巴刻成，夏天睡在一张破席上，盖着夫人的旧裙，以至于有道学家攻击他是"伪"，这无疑是对海瑞的污蔑，这种人是无法理解海瑞的。清官少的原因之一，是难过家庭关。清官张玮曾经慨而言之："为清官甚难！必妻子奴仆皆肯为清官，而后清官可为，不必则败其守矣。"（清·余怀：《东山谈苑》卷三）难得的是，张玮家人都理解、支持他。张玮病殁京师后，其棺运抵毗陵（今常州），因无钱下葬，只能停于荒寺。家中没有一件像样的家具，其妻患病，无钱抓药，后竟饥寒而死。唯其如此，不甘沉沦于腐败泥淖者，不得不挖空心思安抚子女。明代前期陕西三原人王恕，历任刑部侍郎、左都御史、吏部尚书等职，掌权五十余年，寿至九十三岁。他为人刚正清严，始终一致。他的儿子见他两手空空，面露难色。王恕对他说："你怕穷是不？咱家历来有积蓄，不需要做官时像粮仓里的老鼠那样。"他引其子到后宅，指一处说："这里是藏金的地方，有一窖金。"指另一处说:"这里是藏银的地方,有一窖银。"他死后,其子去挖掘,"皆空窖也"(明·李中馥:《原李耳载》卷上)。王恕为保持清廉品节,真是煞费苦心。事实上,历史上的著名清官,其妻、子无一不是甘于清贫者,有的人还能与其夫或父互相砥砺。如婺源人江一麟,在地方做官有廉声,被调至京中任部郎。其妻便能常常"善善相规,施德于民"(清·龚炜:《巢林笔谈》卷二)。而反过来,倘若高官之妻儿、部下,成天念叨好吃好喝,穿金戴银,并与他人比较,说某人仅为七品小官,现已置下粮田千顷,某某仅为县主簿(相当于今之秘书科长),已置下绸缎铺、当铺、木材行;僚属则动辄说有权不用,过时作废,过了这村,便无此店,赶紧能捞则捞,反正天知地知,你知我知,天网虽大,毕竟多漏。在这样的氛围中,为官欲冰清玉洁,又谈何容易!

清官的精神风貌,还不止于清廉自守。他们不惜丢掉乌纱帽,毁了所谓锦绣前程,甚至不惜牺牲身家性命,与贪官污吏、豪强权贵抗争;更有甚者,有的清官敢于批逆鳞,犯颜直谏,抨击皇帝的误国政策、荒唐行为,这又多么需要无私无畏! 如宋代的包拯,进谏时"反复数百言,言吐愤疾",溅了仁宗皇帝赵祯一脸唾沫星,直到他将错误任命"罢之"为止(宋·朱弁:《曲洧旧闻》卷一)。这样的刚正不阿,难怪当时京师吏民畏服,称颂"关节不到,有阎罗包老"(宋·司马光:《涑水记闻》卷十)。又如明代,随着封建专制主义的高度发展,皇帝被进一步神化导致群臣隔阂,大臣见皇帝,竟以召对为可怪,一逢召对,便手足无措,只知道连呼万岁,赶紧磕头。而至明中叶后,某些大臣觐见时简直坐如针毡,甚至当场吓得昏死过去,大小便失禁(明·沈德符:《万历野获编》卷一)。但是,偏有不怕死的清官,敢在"太岁头上动土",批所谓龙(皇帝也)身上的逆鳞。海端骂了嘉靖皇帝后,备好棺木,诀别妻子,准备慷慨赴死，已为人们熟知；天启二年（1622年）四月，御史帅众在奏疏中竟然敢于批评"内外朝万岁呼声聒耳，乃巫祝之忠"，这又需要何等的胆识！果然，天启皇帝阅疏后大怒，说："帅众不许朕呼万岁，无人臣礼！"（明·叶向高：《蘧编》卷十二）幸亏首辅叶向高多方保护，帅众才幸免于难。这种大无畏的气概，是"杀身成仁，舍生取义"的生动表现。封建社会的官吏，几乎无官不贪，枉法者不可胜数。海瑞等人能不贪赃枉法，仅此一条，已堪称出污泥而不染，香清溢远，流芳百世了。

但是，历史已进入21世纪，如果进一步用现代眼光审视清官，用一位著名史学家的话来说，"清官乃不祥之物"。当百姓手中无权，"人为刀俎，我为鱼肉"时，才会在绝望中盼救星，呼唤青天大老爷能爱民如子。因此，最好的清官，仍然是老爷，最好的百姓，不过是儿子。什么地方百姓大呼包青天之日，一定是他们已经被侮辱、被欺凌之时。显然，清官是封建时代茫茫黑夜里的昨夜星辰，他们绝不代表未来。在健全的法制社会里，人们凭借法律来保护自己，而无需乞灵于清官。愿早日走出清官时代！

赃乱死多门

中国历史上有不少名垂青史的改革家，但其中有些人，结局悲惨。一个很重要的原因，就在于他们出污泥而有染，忘记赃乱死多门。他们一方面从事政治、经济改革，另一方面自己又以权谋私，贪污受贿，从而授人以柄，为反改革派的反攻倒算，打开了缺口。如西汉著名政治家、经济改革家桑弘羊，其盐铁官营专卖、设立平准、均输机构等一系列经济思想和措施，对以后我国封建工商业的发展，有着巨大影响。但是，他居功自傲，处心积虑为自己的兄弟谋取高官厚禄，名将霍光反对这样干，他怀恨在心。贪欲恶性膨胀的结果，最后竟与上官桀等人勾结谋反，败露后被杀并灭族（《汉书》卷二十四下）。又如唐中叶著名经济改革家、两税法的主要创始人杨炎，对唐代乃至后世的封建经济的发展，作出了重要贡献。但是，他的儿子杨弘业，在其庇护伞下，多次犯法，接受贿赂，走后门，通关节。杨炎本人，更利用宰相职权，仗势强压下属官员买卖私人宅第，高价估价，低价结算，从中谋利，当时的御史们认为，杨炎用权力谋来的差价就是赃物。他被罢官，贬至崖州，还没到达，就又被唐德宗派人处死。

明代改革家张居正的悲剧，更具有典型意义。

张居正的政治、经济改革，是以半途而废告终的。他病死不久，政局即迅速逆转：其官秩被追夺，家产被查抄，当政时起用的主要官员"斥削殆尽"，改革派的政治力量受到毁灭性的打击，他呕心沥血实行的改革，基本上被一笔勾销。"出师未捷身先死，长使英雄泪满襟。"这是中国封建社会后期的一场政治大悲剧，其历史教训是多方面的，深刻地警示后人，勿重蹈覆辙。

教训之一，是张居正固然也惩治腐败，但未持之以恒；而更重要的是，在反对别人腐败的同时，自己却也在腐败。

明朝中叶后，政风十分腐败，贪官污吏横行不法，民脂民膏尽入私囊。严嵩垮台被抄家时，竟抄出黄金三十万两，白银二百万两，其他珍宝多得不可胜数。"私家日富，公室日贫"的结果，国家财政捉襟见肘，嘉靖末年，太仓存银竟不到十万两，真是岌岌乎殆哉。

作为一个杰出的改革家，张居正当然看到了腐败的严重性。他在隆庆年间所上著名奏疏《陈六事疏》中，即尖锐地指出，"当民穷财尽之时，若不痛加省节，恐不能救也"，"凡不急工程，无益征办，一切停免"，极力倡导廉政。同时，他认为必须惩治贪污，并将惩贪与巩固边防相结合。他建议："其贪污显著者，严限追赃，押发各边，自行输纳，完日发遣、发落，不但惩贪，亦可为实边之一助。"（《张太岳集》卷三十六）在他主政后，不仅一再强调"吏治不清，贪官为害"，大力整顿吏治。而且还抓了重大腐败案件，严肃查处。云南黔国公沐朝弼，谋害亲子，与嫂通奸，"视人命如草菅，通夷、占军、谋财、夺产，贻害地方，不止一端"（《明神宗实录》卷四）。对这样一个罪恶多端的腐败分子，本当早该逮捕法办，但朝中官员感到他是开国功臣西平侯沐英的后代，不敢下手。张居正断然"驰使缚之"（《明史》卷二百一十三《张居正传》），绳之以法。辽王朱宪的荒淫歹毒，更令人发指。他公然"淫乱从姑及叔祖等妾，逼奸妇女，或生置棺中烧死，或手刃剔其臂肉……用炮烙剥等非刑剜人目，炙人面，人耳……"（徐学聚：《国朝典汇》卷十三）张居正明知这是皇亲国戚，老虎屁股摸不得，但还是与朱宪进行了斗争，尽管其中情节复杂，后来张居正为此招来严重祸害，但对朱宪毕竟是个沉重的打击。

但是，张居正在改革的后期，几乎把全部精力用于经济领域的改革，在全国推行"一条鞭"法，这是赋税制度史上划时代的变革。而在廉政肃贪、惩治腐败方面，并未持之以恒，一抓到底。对赋税改革的先驱、刚正不阿、与贪官污吏势不两立的海瑞，张居正反而觉得他过激，始终不予起用。《明史·海瑞传》说："居正惮瑞峭直，中外交荐，卒不召。"而更令人难以容忍的是，他自己不但行贿，也受贿。大宦官冯保是他的政治盟友、靠山，所谓"居正固有才，其所以得委任专国柄者，由保为之左右也"（《明史》卷三百五《冯保传》）。冯保贪财好货，张居正让其子张简修送到冯保家中名琴七张，夜明珠九颗，珍珠帘五副，金三万两，银十万两，"其他珍玩尤多"（佚名：《天水冰山灵》附录《籍没张居正数》）。需要指出的是，张居正在做官前，家中不过有田数十亩，家中余粮甚少，遑论金银；他当了内阁首辅后，虽是一品官，月俸也不过八十七石米，即使将他一辈子的官俸加在一起，至多不过折银两万余两。显然，他送给冯保那么多的金银财宝从何而来，是不言而喻的。而冯保后来垮台的主要罪状之一，便是贪污，说他家中所藏，抵得上天下贡赋一年的收入，后来也确实在他家抄出金银百余万两，大量奇珍异宝。张居正依靠冯保这样的贪赃枉法者作为自己改革的政治盟友，无疑是授反改革的保守、顽固势力以把柄，成为他们打击改革派、扼杀改革事业的突破口。万历皇帝在没收了冯保的财产后，怀疑张居正也有大量财宝，"益心艳之"，这也是抄张居正家的重要原因。令人失望的是，从张居正家虽未抄出如万历皇帝想象的甚至超过冯保的巨额家产，但毕竟也有大量财富，折价约金银 19.58万两，另有良田八万余顷。这绝不是张居正的区区薪俸所能置办的，若非贪污受贿，怎能有如此家底！张居正的个人生活也很奢侈、糜烂。其父病逝，他奉旨归葬，坐着三十二人抬的豪华大轿，吃饭时菜肴过百品，"居正犹以为无下箸处"（明·焦竑：《玉堂丛话》卷八）；甚至大吃海狗肾，"竟以此病亡"（明·沈德符：《万历野获编》卷二十一）。张居正的这种腐败行为，不但给自己抹黑，更重要的是，给改革事业抹黑。很难设想，一个自身腐败的改革家能够把改革事业进行到底。

　　明朝前期的经济改革家夏原吉说过一句发人深省的话："君子不以冥冥堕行。"（《明史》卷一百四十九）改革家更不应当稀里糊涂地自行堕落、腐败，从而被顽固、腐朽的政治势力，像"一群陷沙鬼将他先前的光荣和死尸一同拖入烂泥的深渊"（鲁迅：《且介亭杂文·忆刘半农君》）。

我曾在一篇文章中说:要看为官清不清,就看宦囊轻不轻。同样是改革家的北宋范仲淹,位居要津后,若无宾客登门,吃饭仅有一种荤菜,妻儿的衣食,仅能基本自足(《宋史》卷三百一十四本传),他的"先天下之忧而忧,后天下之乐而乐"的原则,不是仅仅用以教育别人的,自身就是个"吾道一以贯之"的忠实实行者。北宋的另一位大改革家王安石,生活更十分俭朴,穿着普通服装,吃着家常便饭,衣服脏了不洗,脸有污垢未净,他都无所谓(《宋史》卷三百二十七本传)。守旧派攻击他是所谓"伪",但休想捞到一根王安石贪污腐化的稻草。前述改革家夏原吉也曾蒙冤入狱,被抄家,但除了"自赐钞外,惟布衣瓦器"(《明史》卷一百四十九本传)。他们的高风亮节,永远是后世效法的楷模。

2000 年 2 月 26 日

走 出 轮 回

　　《中国反贪史》各章的末尾都有一节"反贪启示录",总结王朝灭亡的原因和反贪的经验教训。如秦汉:"秦汉大帝国,作为中国传统政治体制走向成熟的开端,无论是辉煌的事功和灿烂的文化,还是繁荣发达的社会经济,都达到了一个后代王朝长期难以企及的高度……然而,贪污腐败的问题就像帝国的孪生姊妹一样始终随着帝国的行程。尽管秦汉帝国都在力所能及的范围对反贪和澄清吏治进行了较大的努力,也曾取得了相当成就,但却无法从根本上扼制贪污腐败的愈演愈烈,最终导致了吏治崩溃和政权瓦解的悲剧。"如魏晋南北朝:"一个政权的吏治清明与否关系到它的兴衰存亡……魏晋南北朝的历史再次证明了这一真理。"隋唐、两宋、元、明、清,虽然灭亡的原因并不完全相同,但是贪污腐败,如蚁啮柱,久而久之,柱朽如渣,华屋遂轰然倒塌。王朝初年狠抓反贪斗争——王朝中叶后反贪斗争渐渐有名无实——王朝末年贪污腐败猖獗,民不聊生,王朝灭亡——"新"王朝初年狠抓反贪斗争——"新"王朝中叶后……成了走不出的轮回。这样的周期率,正是历代王朝兴亡周期率的主要表现形式。今天,我们已进入 21 世纪,总结历代反贪斗争的成败得失,把反对贪污腐败的斗争进行到底,走出轮回,这是炎黄子孙的神圣使命。历史的警钟在长鸣!

（2000 年 2 月 26 日于京南老牛堂）

居高声自远

"居高声自远，非是借秋风。"近读著名学者白钢主编、人民出版社出版的十卷本四百余万字的《中国政治制度通史》，我不禁想起了这两句古诗。纵观时下学术界，"居高"者不乏其人，但有虚、实之分。有的凭借有权、有钱者的"秋风"，炒作大书，舆论呼啦啦吹过林梢，越过山坡，飘然而至，俨然是高水平的著作，"当惊世界殊"；但经行家审视，吹来的不过是流俗学者与权、钱交易的不正之风，彼辈哪里懂得"高处不胜寒"，"大有大的难处"！此谓虚，也就是假也。另一种著作，是货真价实居于高水平线上，《中国政治制度通史》就是这样一部值得刮目相看的优秀著作。

我以为，《中国政治制度通史》能否成为高水平的学术著作，取决于三个条件：著者必须对政治学研究有素；对断代史的研究在史学界居于领先地位；由简入繁，不可一步就"跃上葱茏四百旋"。这里，我们就不妨用这三条标准来衡量本书。

白钢本来是研究历史的，后攻政治学，可谓由史"从政"。把政治学引进史学研究领域，在我国起步很晚，因为严格地说，政治学作为一门独立学科的恢复、重建，不过是十几年前的事。难能可贵的是，白钢没有像有的学人那样，仅仅接过政治学的模式、术语，去简单化地模拟中国政治制度史的逻辑架构；老实说，那样做，不过是徒有其表，"换汤不换药"而已。白钢在设计本书的学术思想体系和总体结构时，没有从概念出发，而是从中国历史实际出发，对政治制度史的内涵进行严格的政治学规范，把研究的重点放在对历代元首制度、中央决策体制和政体运行机制的探索上，并以此为轴心，铺陈各单项政治制度，力求能比较准确地反映出历代政治体制运行机制的特点。通览全书，这个题旨贯彻始终，构成特色，是运用政治学去剖析政治制度史的成功范例。

我曾经在一篇文章中说，专史必须立足于断代史的深入研究上。令人欣慰的是，本书各卷的著者都是饱学之士，而且多数人与我稔熟，因此我敢说他们是史学界的一流学者。如殷商史、先秦史专家王宇信、杨升南研究员；秦汉史、魏晋南北朝史专家孟祥才、黄惠贤教授；宋、辽、金史专家朱瑞熙、白滨、李锡厚研究员；清史专家郭松义研究员及清史学界后起之秀杨珍副研究员等。事实证明，他们名不虚传。

1992 年春天，我在刊于《人民日报》的《评〈中国政治制度史〉》一文中说："全书 70 万字。我以为，这是迄今为止，学术界奉献给读者的最有分量的中国政治制度史，值得一读。"这本书的主编也是白钢，而且作者都是断代史及专门史的专家。正是在这个基础上，经过专家们的不懈努力，以及白钢的精心筹划，数经寒暑，才产生了百尺竿头更进一步的《中国政治制度通史》。由简而繁、逐步深入，是本书一项成功的经验。从中我们不难得到这样的启示：与其相反的是，想一鸣惊人、一步登天，以字数多、分量大取胜者，绝非成功之道。

（原载《光明日报》1997 年 6 月 21 日）

又是合欢花开时

　　入夏以来,我一直埋首在一堆书稿里。审完全部书稿,如释重负。时正雨后,空气清新,遂至室外散步。不远处,有五株合欢树,枝繁叶茂,翠绿欲滴;重重叠叠、开满树冠的合欢花,更似秀丽清纯的少女,一个个绽开笑脸,伴着微风在轻歌曼舞。我伫立在合欢花下,深深感受到像春雨润物,像和风拂柳,合欢轻抚着我的心田,使我神情怡然,一身轻松。

　　我国古代先民非常喜爱合欢,晋代崔豹的《古今注》,即已指出:你想给谁消气,就送他一枝合欢。稽康的名篇《养生论》也有类似记载。明代的杰出药物学家李时珍,在《本草纲目》中更指出合欢是很好的一帖药,能"安五脏,和心志,令人欢乐无忧"。孤陋寡闻如我,真不知道世界上还有哪一种植物,能与合欢媲美?见了心旷神怡,服后心平气和。这是大自然送给人类的一件多么好的礼品!

　　更为难得的是,合欢"自是天上多情种,不是人间富贵花"。它昼开夜合,象征着夫妻恩爱,甚至成了洞房花烛的代名词。月白风清夜,夫妻销魂时。这是人生至乐,也是人类永恒的追求。故大诗人李白在名作《佳人》中即高声吟哦:"合昏(按:即合欢)尚知时，鸳鸯不独宿。"《红楼梦》作者曹雪芹的祖父曹寅也曾深情地写道："晚凉轻剪玉，心拟合欢花。"这几年来，我国古代儒家的"天人合一"哲学思想，越来越受到国内外学者的重视，人与自然、人与植物等之间的种种关系、奥秘，正被重新解说，或揭开真谛。以合欢花而论，它特别喜欢长在小院中、卧房侧，似乎与人"心有灵犀一点通"，在默默地注视着夫妻的起居，祝福他们如鱼得水，白头偕老。这一点，三百多年前的著名作家李渔，就已敏锐地觉察到了。他经过多次试验，得出结论说："常以男女同浴之水，隔一宿而浇其根，则花之芳妍，较常加倍。"这是多么的神奇！合欢竟是这样与人类息息相通，不能不说是人类的福分。

又是合欢花开时！愿花开年年，开遍庭前屋后，海角天涯，祝福人们的生活，能像合欢那样灿如明霞，美丽温馨。

（原载《西南兵工报》1999 年 11 月 26 日）

天涯谁是酒同僚

前几天，有人著文批评"酒文化"的提法，认为酒与文化根本沾不上边，"不能把文化当成筐，什么都朝里装"。在我看来，固然不能将文化的概念任意延伸，如"猪文化"、"麻将文化"之类。但是，"酒文化"一词，不但无任何不妥，而且有深入研究，大力提倡的必要。

应当看到，世界上没有一个国家的酒文化传统有我国这样悠久、丰富。如果把中国各个断代的专家请来，写一部高水平的《中国酒史》或《中国酒文化》，100万字也不过是简本。五千年来，我国酒的生产、消费，与经济、政治、军事、文化的发展，息息相关，史料记载，不绝如缕。有的学者认为，我国汉代就有了药酒，用以治病。明朝大医学家李时珍（1518—1593年）的药学巨著《本草纲目》，记载药酒75种，其中的五加皮酒、当归酒、人参酒、蚺蛇酒、虎骨酒、鹿茸酒等，或去风湿、坚筋骨、补中益气，或治诸风痛痹、臂胫疼痛、阳虚痿弱，不知解除了多少病人的痛苦。《水浒》中的蒙汗药酒，经学者研究，是用曼陀罗花制成的，20世纪70年代，医学界曾用作临床麻醉药，为病人施行手术，从而使这古老而又神秘的药酒，重放异彩。

　　我国古代的先辈，重视酒品，反对劣质酒、假酒。更十分重视酒德，反对以酒虐人，即强灌强饮；对于大声喧哗、沾酒淋漓、发人阴私、纵饮如牛、醉后失态、狼藉满地等丑陋现象，皆斥为"酒之辱"，也就是缺乏酒德的表现。而反观时下，无论是公、私宴席上，这种令人摇头的"酒之辱"，却屡见不鲜。尤为触目惊心的是，有的地方吃喜酒，贺客居然起哄，迫使新郎喝下过量烧酒，当场醉死，酿成悲剧。

　　"天涯谁是酒同僚？"这是明末杭州诗人沈嵊的感慨，今天读来，仍有现实感。只有重视酒文化的人在一起饮酒，才不会长叹息，叹寂寥。

（原载《中华英才》1999 年第 14 期）

辋川胜境梦里寻

　　凡是读过一些唐诗的人,谁不眷恋大诗人王维笔下辋川的青松、明月、幽篁、琴声,特别是川上流淌不息的水声,及踏着夕阳归去的渔帆呢?前年冬天,我游蓝田,途经辋川,特下车寻访当年王维在辋川的遗迹。航天部四院的文友告诉我,此间原有王维庙,"文革"中被毁,但王维手植的白果树风采依旧。遂驱车至白果树下,但见树身巍然,屹立在黄土上、寒风中。俯视弯弯曲曲、唐朝时可从长安乘船来此的辋川,河床干涸,乱石嶙峋,偶见几处小水塘,俨然是饱经沧桑的老者的几滴枯泪。是的,辋川名称依旧,但昔日的滋润早已随风而逝。我在白果树下徘徊良久,不胜怅然。最近,阳春三月,我去西安,再访辋川。本来以为,春雨潇潇,辋川可能河水淙淙,草木华滋。可是,到了王维当年别墅遗址附近一看,川中滴水皆无,河床已沦为麦田,麦苗郁郁葱葱。当地农民想当然地搭了一间茅舍,说是王维故居;屋旁有几蓬稀疏的桃花,寂寞开无主,两株瘦小的竹子,在春风里摇曳。想起王维当年在此写下的"独坐幽篁里,弹琴复长啸。深林人不知,明月来相照""寒山转苍翠,秋水日潺湲……渡头余落日,墟里上孤烟""漠漠水田飞白鹭,阴阴夏木啭黄鹂"等描写辋川山水美不胜收的醉人诗句,对照眼前的干涸、落寞，辋川胜境只能梦里寻了！最近，商务印书馆创办《新东方》杂志，向包括笔者在内的一些学者、作家征集梦想 21 世纪的一两句话。我已写了一句，这里借此再补充一句：重现辋川胜境。愿我的子孙记住：

　　辋川激水飞舟日，家祭毋忘告乃翁！

（原载《中国旅游报》2000 年 1 月 6 日）

读罢古今头飞雪

　　说来惭愧，史学上的今与古这个似乎再简单不过的问题，曾经在很长时期内，使我感到迷惘、困惑，甚至是痛苦。

　　"回首当年浑似梦，都随风雨到心头。"童年时，正值抗战军兴，我随母亲、长兄从苏州逃亡至原籍乡间。在穷乡僻壤，最早给我留下古的模糊概念的，是搭草台演出的江淮戏。记得有一年初冬时节，在一个叫吕老舍的村庄，我头一次看淮戏，随着《活捉张三郎》《三击掌》剧情的发展，我不禁困惑起来：这是什么时候的事呢？问大人，谁也不知道。回去问母亲，她正在做饭，一边用火叉拨着炉膛里的柴草，一边微笑着说："咳，管那个做啥呀？反正是古时候的事罢了！"从此，在我的心目中，古的概念，像遥远的夜空，神奇而又迷茫。大约又隔了两年，这时我已经在小学读了两年书了，因病卧床，偶然得到村邻借阅的连环画《隋唐演义》，这可说是我平生阅读的头一本通俗史学读物。我反反复复看了好几遍，真是爱不释手。但是，读着，读着，问题又来了：隋唐离现在有多远？为什么现在看不见李元霸、秦叔宝、程咬金、史大奈这类人呢？这一回，我向老师请教，他和颜悦色地告诉我："不知道离现在到底多少年，反正有千把年了吧！秦叔宝、程咬金这些人是古人，是大英雄，今天的人都平平常常的，当然找不到这类人了。"这是我第一次有了"往事越千年"的概念，比起过去的混沌一片，时空上总算有了比较明晰的轮廓。

我写这一些，绝不是未老先衰，离题万里，要读者跟我一起去怀旧，重拾童年的残梦。不，我只是想说，童年时我在今、古上的幼稚、朦胧、困惑，成了我后来习史的起点，产生了难以磨灭的影响，这是我在多梦的童年、少年时代始所未料的。

也许更使我惭愧的是，等我长大，在复旦历史系读了五年书，又念完了研究生的元明清史专业，虽然有时依然如"童梦幻成真"，思索史学研究中的今与古问题，但并没有深入地、刻苦地研究与思考，以粗知太史公的"究天人之际，通古今之变"为满足，并抄下来，贴在床头。至于如何"通古今之变"？实际上根本茫然不知。尽管在求学期间，政治运动不断，但我珍惜放牛娃出身，父兄的汗水钱来之不易，仍然读了大量的书，我的借书证，换过好几本。不过，我几乎完全埋首在具体的史实里，对今——现实，对古——过去，很少甚至没有作连贯的纵向思考，及横向的比较、剖析，其结果，必然是既不知今，也不知古。因此，在此期间，我不仅在史学上没有像样的成绩可言，更重要的是——而且痛心疾首的是，很快在政治上栽了大筋斗。当"文革"的红色狂飙从神州大地上呼啸而起时，曾有朋友告诫我说："别参加，肯定要秋后算账的！1957年的教训，不能忘记。"但我没听进去，更没有去回顾中国政治史，特别是中国封建专制主义的发展史，却怀着对已被打着新旗号的造神运动捧成"红太阳"的赤诚，深深卷进"文革"，落个当了近七年的"反革命"、家破人亡的境地。1968年春、秋，1970年冬，我曾三次身陷囹圄。在丧失自由的痛苦日子里，我在心中重温历史，认识现实，也就是把古与今紧密地联系在一起，苦苦探索，终于在今古之间，混沌初开。1977年4月，我终于由上海市公安局彻底平反。我重新拿起了笔。

我妻过校元女士（1937—1970年）是一位年轻的物理学者，就是因我而受株连被迫害致死的。难道还有比自己的亲人死于非命更惨痛的吗？怀着悲愤，我写出了《"株连九族"考》。在这篇文章的结尾，我写道："明清之际有句俗话说：'从死地走一回，胜学道三十年。'血的历史教训启示我们：必须坚决荡涤封建专制主义，健全社会主义法制。应当把'株连九族'这具封建僵尸，永远深埋在历史的坟墓之中！"显然，倘若我未在"文革"中"从死地走一回"，就不会对"株连九族"的历史及现状，有这样深切的认识。我参加打倒别人的大会，跟着大家一起高呼"万岁，万岁，万万岁！"，此起彼伏；在打倒我的大会上，也是一片"万岁"声，如歌如潮。在这场批斗会上，有人斥责我："你怎么不跟着喊'万岁'？!"而在另一场批斗会上，又有人训斥我："你是反革命分子，有什么资格喊'万岁'？!"呜呼，这时我才懂得了，"万岁"，"万岁"，"思不出其位"。1978年下半年至1979年春天，我陆陆续续搜集历史上"万岁"的资料，考察"万岁"的来龙去脉，终于写出了曾产生较大社会影响的《"万岁"考》，不仅不少省的内刊转载了这篇文章，后来《新华文摘》及海外的《大公报》等报刊也转载了此文。继《"万岁"考》之后，我又陆续地写了《烧书考》《吹牛考》《语录考》《说"天地君亲师"》等文章，社会反响是好的，以后这些文章收入《"土地庙"随笔》，从《光明日报》《文汇报》《北京日报》《大公报》的书评看来，读者最感兴趣的，仍然是这些文章。

当然，这些文章都不过是读史札记，或历史杂文，对史料的搜集、诠释，远非尽善尽美。但重要的是，我写出了我心中的话，写出了今人迫切想了解古代有关此类问题的知识，写出了一些史家想说又不敢说的话。就此而论，我觉得没有在史学界白活，没有对不起中国古代史这个饭碗。

在实践中，我终于逐渐明白，作为史学家，如何处理今与古的关系？结论应当是：今古何妨一线牵。事实上，这些年来我出版的专著、小册子，发表的论文、读史札记、随笔、杂文，大体上都贯穿了这条线索。在相当程度上，都是在清理封建专制主义的精神垃圾，深挖其历史与现实的土壤。有的文章从标题上就可看出内容，如《阿Q先辈考略》，而大多数的著述，有心人自能从中领悟到我对现实中种种历史流毒的针砭。

显然，不学如我，今古何妨一线牵，不过是跟在史学大师身后学步、描红而已。虽然学无成，鬓已秋，但聊堪自慰的是：自知只有中人之智，治史未敢偷懒，文章不论长短，皆心血之痕，从不掺水；在现实生活中，从未头插风向标，曲学阿世；深知良心不能论斤两，否则有何资格评说古人；坚持史学研究的理性、科学性，坚决摒弃"四人帮"的大狗牙"梁效"、"罗思鼎"那种混淆古今，既歪曲古，也歪曲今的帮派史学。

该结束本文了，依然心潮难平。忽然想起南宋词人蒋捷的《虞美人·听雨》，似有所悟，现活剥一首，用以述怀，自属"油坊"出品，平仄非所计也——

少年闻史戏台上，古今糊涂账。壮年读史忧患中，浦江呜咽神州泣西风。而今治史燕山下，鬓已染霜花。千古兴亡总无情，一线贯穿历历看分明！

（原载《北京日报》2000年2月28日）

语文守望

　　该胡开第先生的《语文守望》,翻罢目录,不禁勾起我对几十年前短暂的语文教学的回忆。那是1954年秋,我读了高二后,因病辍学,乡居寂寞,特别是阅读书报太困难,便去母校建湖初中代了十个月的课,教过历史、美术、体育,也教过语文。当时,我才十七岁,学生有的跟我同龄,甚至也有比我还大的。但是,我从未在课堂上出乖露丑过,也没有被问倒过。诚然,四十多年前该校大部分为农家子弟的初中生,知识、见解当然不如现在的初中生,思想更远不及现在的少年活跃。而我虽年轻,深知"老师"二字的分量,教初二语文时,每天都备课至夜深。冬夜,苏北平原寒风凛冽,滴水成冰,教员办公室、宿舍,均无取暖设备,真乃虽低处亦不胜寒也。但我查找资料,分析课文,解释词语,批改作文,未敢稍有懈怠,确实辛苦备尝。次年秋,我考取复旦大学历史系,从此告别了中学的教席。1976年10月,粉碎"四人帮"后,百废待兴。亡友谢天佑教授,时任上海师大历史系中国古代史教研组主任,几次敦请我开"历史文选"课,虽然我的专长是明清史,但盛情难却,只好硬着头皮答应下来。其实,天佑兄找我来开这门课,也是事出有因的:我在复旦读研究生时,曾参加周予同教授主编的《中国历史文选》（高校统一教材）的解题、注释工作。教历史文选，不仅要教给学生版本目录学知识、史学史脉络、经籍基础，更重要的是，经过十年动乱，文化沙漠无处不在，不少学生的古汉语知识几乎等于零。因此，课堂上还得说文解字，解释什么是古音，吴音与古音的关系，以及何谓双声叠韵之类。这部分讲课内容，其实仍属于高中语文教学的范畴。当时，我获平反不久，学殖荒废多年，岂敢不认真备课？好在家住复旦大学教工宿舍，去复旦历史系资料室或校图书馆阅览室查书都很方便。不久，我奉调至京工作，这门课程便只好请了一位老先生继续教下去。回顾我这两次与语文教学直接、间接有关的往事，我深深知道，面对莘莘学子，守望语文教学的讲台，育人、树人，实在是重任在肩，其中的甘苦，非局外人所能道也。

胡开第先生是位很称职的语文讲台的守望者。他的这部著作便是最好的证明。冬来暑往，月圆月缺，他已在这个讲台上守望了38 年，可以说，他把锦绣年华都献给了语文教学事业。他的学历不算高，也无缘拜师于王力、吕叔湘、张世禄等著名学者门下，蒙教诲，受指导；襄樊图书馆的藏书，亦相当有限。然而，这些因素丝毫未妨碍胡开第先生对语文教学的研究、探索。他在繁忙的教学与行政工作之余，刻苦研读，潜心思索，写出一篇又一篇的教学札记、备课札记、学术论文、学术随笔，有些已经发表过，但多数还未发表。现在他将这些文章选出 45 篇，结集成书，我认为可喜可贺。说可喜，是他多年来的教学心得，辛勤笔耕，终于在一本书中充分反映出来了，而且凝固在铅字中，得以保存、流传；说可贺，对于一度从事过语文教学、平素又性喜杂览、文友中也不乏这方面的专家学者的我而言，完全可以实事求是地说，这是一本富有学术价值的著作。作者多年积累的教学经验，固然难能可贵，而更可贵的是他的那些从字义入手，旁征博引，探讨词语的文章。其中，有的是对前贤的补充，有的则发前贤所未发，也有的是对前贤的纠谬，或提出商榷。我不敢说他的每篇文章都尽善尽美，每一个论点都无懈可击。但是，他的学风是严谨的，言必有据，逻辑严密，文字也很简洁。有几篇，即使名牌大学中文系的讲师、副教授，恐怕也未必写得出来。显然，这本书是值得高中学生、中学语文老师一读的，也值得大学中文系有关教师参考。为此嘉惠士林，不亦乐乎！

　　论同堂，未必尽茂材异等，望中原，怕没有锦绣前程。读书人猜不透官场性，还是种桃李遍江城。便一盘苜蓿也值得通儒饱，三径蓬蒿只落得处士清。休争兢，待他年凭高北极，话旧南京。

　　——这是词曲泰斗吴梅教授六十多年前写的《仙吕解三酲·示南雍诸生》。他的淡泊明志、甘种桃李的精神，虽百代之下，也仍值得后人师法。这里，我抄下此曲，借花献佛，赠给胡开第先生和所有在中学语文讲台上的守望者们。他们虽然未必能听到、看到掌声如雷、沸鼎烹油的壮景，但能年年看到桃李芬芳，秋实满枝，这就足以令人羡慕了。

（原载《湖北日报》2000 年 5 月 20 日）

台北闻琴

　　儿时乡居，初不知古琴为何物。读小学五年级时，偶从邻人孙二哥处借得《今古奇观》，读了《俞伯牙摔琴谢知音》这回书，被俞伯牙、钟子期的真挚友谊感动得热泪盈眶之余，对奥妙无穷的古琴，不禁心向往之。但直到多年后，上大学时，才有机会看到古琴。亡友谢孝苹先生，曾师从古琴大师查阜西，藏有明琴。单位节日联欢时，每请谢兄演奏，但闻琴声悠悠，似从太古而来，穿过月下，越过林梢，直叩心扉。三年前，谢兄故去，人亡琴杳，我再没有听到古琴声了。

　　想不到最近在台北，有机会亲闻二位古琴家的演奏，真是幸何如也。

　　5月4日，多雨的台北终于放晴，阳光明媚。我与内地及海外的一些学者，应邀参观了台湾最大的私人博物馆"鸿禧博物馆"。馆中珍藏着数十架唐、宋以来的古琴，琳琅满目，美不胜收。感谢该馆的厚爱，特邀台北"瀛洲琴社"的古琴家陈庆灿先生、李筠女士为我们演奏古琴。演奏的地点很别致：在展览大厅内，闹中取静，布置了一个雅致的江南庭院。屏风正中是园门，左右各有二门。屏风后植芭蕉、金橘，花木扶疏。海棠开得正艳，有几枝伸出墙外,似在笑迎来客。净室内有小几,几上万年青翠绿欲滴。壁上挂着郑板桥的对联:吟余掷笔听啼鸟,棋罢推窗看落花。环顾小院,窗明几净,暗香浮动。正是在这令人心旷神怡的一角天地中,陈、李二位古琴家,用几百年前的明朝琴,先后为我们演奏了《平沙落雁》《高山》《欸乃》《梅花三弄》等古曲。

我在读中学时,即很迷恋这些古曲,并不时用笛吹奏《梅花三弄》,用箫吹奏《高山》(又名《高山流水》),在课间休息时,在夏夜星空下,在冬日烛影摇红际。此次听陈、李二位的演奏,尘念尽扫,心灵净化,又岂止是"余音绕梁,三日不绝"。我们中国人,历来赞美梅花"霜欺雪压见精神"的傲骨,崇尚纯真的友情,似伯牙、子期,高山流水,川流不息。我坚信,不管台湾岛上有什么样的风雨,都泯灭不了这些琴曲所讴歌的民族精神,因为世世代代,它一直是我们炎黄子孙心中共同的歌。

(原载《海南日报》2000 年 6 月 30 日)

我与"老牛堂"

身为读书人、写书人，拥有一间书房是我多年的梦想。童年乡居，家贫，年年搬家，靠租别人家的茅舍栖身，固不必论矣。我自己的小家，建于 1961 年。当时我正在复旦历史系读研究生，全靠研究物理学的亡妻过校元女士（1937—1970 年），费尽九牛二虎之力，分到复旦教工宿舍的一间不足 12 平方米的房间，在这里起居、研究、写作、育儿。偶尔与人说起书房，颇有"山在虚无缥缈间"之感。经过十年浩劫，我从上海调到中国社科院历史所工作。很多已在所工作多年的研究人员都无住房，挤在研究室里过日子，何况我是新来的外来户？不过，所办公室对我倒不见外。1976 年大地震时，他们自己动手，在楼下盖了个简易值班室，不足十平方米，外形极像乡间的小土地庙。有一天，我住了进去。晚上听到室外过路者惊奇地说："咦，土地庙里有灯了，看来有神有香火了！"这自然是笑谈。20 世纪 80 年代初，我的一些文章，包括较有社会影响的《"万岁"考》《论八旗子弟的盛衰》、与姚雪垠先生的笔墨官司等，都是在"庙"中炮制的。美国一位史学家来访，大吃一惊，说"没想到你住在这样的斗室里！"后来，我在出版第一本杂文随笔集时，就起名《"土地庙"随笔》，难忘

"庙"门灯火时也。

1986 年，我终于在古城八角村北里，分到一套小三居室。我把最大的一间，用做书房兼餐厅、会客室。读书、写作疲倦时，遥望窗外，蓝天上的朵朵白云冉冉飞去，每每牵起我的童年梦、故园情，以及想天涯、思海角的绵绵情愫……从这时起，我往往在文末署上某月、日于"老牛堂"，表明我的书斋已由"土地庙"升格为"老牛堂"矣，联想封建社会称朝廷曰"庙堂"，我一介书生，居然亦"庙"亦"堂"，不禁暗自好笑。1989 年深秋，台湾历史学家、掌故大家苏同炳（笔名庄练）先生来京旅游，光临寒舍，一见如故。在他的介绍下，我给台湾《自由时报》《大成报》写文史随笔，并在《中央日报》副刊"长河"版上开辟专栏，说文谈史，弘扬中华民族传统文化。我深信，这是祖国大陆与宝岛台湾统一的根系。这个专栏维持了一年多。我在台湾《历史月刊》、香港《大公报》以及美国《世界日报》等报刊上著文时，也常常标出"老牛堂"。可以说，"老牛堂"不仅在此间渐露眉目，而且跨出国门，漂洋过海，似乎比中国足球幸运多了。1993 年冬，我在团结出版社出版了一本随笔集《阿 Q 的祖先——老牛堂随笔》。该社总编张宏儒先生见我的书名居然是"老牛堂随笔"，不仅哈哈大笑，问为什么起这么个古怪的书名？我说"老牛堂"是我书斋的名字，他才疑团冰释。其实，我将书斋命名为"老牛堂"，是有几层涵义的。1994 年早春，我给后来由成都出版社出版的杂文集《牛屋杂俎》作序时，写道："不才属牛。童年乡居，随先父恒祥公、母亲曹孺人耕读，与牛同居一室（敝乡称牛屋），至今每一思之，老牛之反刍声、叹息声，犹在耳畔回响；'文革'中遭迫害，蹲'牛棚'达七年之久；近年言寒斋曰'老牛堂'；不才与牛真可谓拴在一个桩上矣。""老牛堂"者，原来如此也。

　　我在北角村的住所是相当安静的。白天，只有我一人在"老牛堂"里研读、写作。我喜欢音乐，古今中外，雅的俗的，都能在我的心灵深处兼收并蓄，亡妻故里的《二泉映月》，更是千听不厌。每年夏、秋，从"老牛堂"中会传出蝈蝈声，午夜梦回，其声更是凄楚、激越，一阵阵叩我心扉，在夜风中轻轻飘散。我曾写过一篇《蝈蝈声声秋梦回》，刊于《光明日报》，这是"老牛堂"中温馨的一页。1994年1月7日，从这天起，平静的"老牛堂"再也不平静：女儿天天（芃芃）出世了！她爱哭，嗓门又特大，三个月时，她一哭，六层楼的邻居无不相闻。说来不无自豪的是，天天呱呱坠地后，我即将此喜讯告知远在澳洲定居的长子宇轮，分别在墨西哥、美国定居的小姨子二平、三平，在我这个"寻常百姓家"，居然爆出一条"国际新闻"，不亦快哉！这年的夏天，也就是天天七个月时，经《光明日报》高级记者肖黎先生介绍，《中华英才》的编辑张安惠老大姐，特邀《光明日报》史学版记者马宝珠女士采访我，她写成《老牛堂主人——王春瑜》，刊于《中华英才》第99期。文内配有我与天天的合影。我的坎坷经历、在书斋中对文史的执著追求，引起了读者的注意。中央人民广播电台的"午间半小时"，曾将此文全文广播。这是"老牛堂"的福分。

　　1994年年底，我用古城的小三居室和刘家窑的小一居室，换得方庄的大二居室、一居室各一套。我将一居装修一新，窗明几净，摆上花草，插架数千册，从此有了真正名副其实的书房。知足常乐——我相信，包括自己在内的中国绝大多数知识分子，在生活上，历来是容易满足的，曾在"土地庙"那样的陋室里笔耕不辍的我，现在居然有了独门独户、只属于我一个人的小天地——书房，心中的愉悦，可想而知。我拿起毛笔，在宣纸上写下"老牛堂"三个大字，置于镜框，悬在门额，直到如今。1995年年底，我

编成随笔集《喘息的年轮》，后由上海东方出版中心出版；1996
年春，著成《交谊志》，后由上海人民出版社出版；1997年暮春，
编成随笔集《老牛堂三记》，后由山西古籍出版社出版；同年盛
夏，评点完金庸小说《碧血剑》，后由文化艺术出版社出版；1998
年年初，编成杂文、随笔集《漂泊古今天地间》，后由百花文艺出
版社出版；1999年冬，我策划、主编了一套《南腔北调丛书》（原
名《说三道四丛书》），计十二本，收有方成、何满子、牧惠、舒展、
朱正、邵燕祥、蓝英年、阎纲、何西来及丛小荷、陈四益、朱铁志等
杂文家、文艺评论家的集子，其中也有我的一本《续封神》，均已
由广东人民出版社出版；今年春天我编成的《老牛堂札记》，也已
作为广东人民出版社的《手记、札记丛书》之一种面世……我性
也愚（至多只有中人之资，读中学时数学常不及格，足以说明），
但不抽烟，不会下棋、打扑克、搓麻，也不泡茶馆、咖啡馆，主要精
力都消磨在“老牛堂”的书海里、写字台上。我在刚出版自勺
《续封神》作者小传里有谓："1937年4月9日生于苏州桃花坞
尚义桥街，与唐伯虎同里，惜未沾上才气，至今只好在老牛堂耕
田。"这并非戏言，乃实情也。我从放牛娃成长为学者、作家，别
无长技，只会读书、写作，倘一日不读书、写作，岂不是愧对“老牛
堂”乎？

　　莫道牛屋天地小，位卑犹存忧国心。在我的历史著作及杂文、
随笔中，差不多都贯穿着一根主线：批判封建专制主义及在现实中
的种种流毒。1992年，我曾写过一篇“夫子自道”式的文章《今古
何妨一线牵》，刊于《光明日报》及广东人民出版社的《我的史学
观》一书中。文内有谓，我的著述“在相当程度上，都是在清理封
建专制主义的精神垃圾，深挖其历史与现实的土壤”。应当说，这
是“老牛堂”的基调。封建专制主义的遗毒是历史步伐的绊脚石。

从 20 世纪 80 年代后期以来，我越来越强烈地感到，附着在党和国家肌体上贪污、腐败的毒瘤，有越长越大、不断扩散之势。这是党和国家的大患，百姓对此深恶痛绝。每当我看到腐败分子丧心病狂地将扶贫款、救灾款这些百姓的活命钱中饱私囊，以及高官厚禄的陈希同之流也吞食民脂民膏，胸中顿时燃起怒火万丈。我先后花了差不多四年工夫，没有向国家有关部门申请过一分钱、一张稿纸的补助，主编（并参与撰稿）了一套 90 万字的《中国反贪史》，现已由四川人民出版社出版。我希望本书能给当前的反腐败斗争提供历史的鉴戒，走出中国封建社会两千年间反腐败的悲剧轮回。愿历史的警钟长鸣！可以说，"老牛堂"传出的不仅有蝈蝈声、我的笛声、箫声……更有历史的警钟声。我愿在此向读者坦露心迹：有时候真想请一位擅狂草的书法家，写一幅"悲怆老牛堂"，悬于素壁。

"莫放春秋佳日过，最难风雨故人来。"儿孙从国外归来，在"老牛堂"小住，畅叙天伦，固然是赏心乐事。与来访的文友在"堂"内谈天说地、衡文角艺、话历史兴亡轨迹，更足慰平生。史学、文学、新闻出版界等众多学侣、文友不时来此品茗、交流，使"老牛堂"蓬荜生辉。独学无朋则不乐。倘若一个读书、写书人，既不问世事，又离群索居，终日枯坐书斋，即使能够做点儿死学问，又有多少人生乐趣？

我爱"老牛堂"。牛年那年，我写《老牛堂三记》序文时说："我喜欢辛辛苦苦、踏踏实实独自牵磨、拉车、耕田的牛，但不喜欢成群结队打打闹闹的牛，更不喜欢被人拿着鞭子在屁股后面吆喝、鞭打，无奈只好连大气也不敢喘、低着头走成系列的牛……正是：抬头忽见夕阳天，转瞬又是本命年。且喜和风吹绿柳，抖擞精神再耕田。"今后咋样？俺老牛在"老牛堂"的笔耕依旧呗！

　　愿"老牛堂"与风雨、雷电、冰雪同在，与新世纪的春花秋月同在……

2000 年 9 月 10 日于京南方庄老牛堂

（原载《中华英才》2000 年第 24 期；

《开卷》2000 年 2 月第 2 卷）

血浓于水

初夏时节,我接到台湾史学同行张琏博士打来的长途电话,说起她的女儿就读于台北"华冈艺术学校",学戏剧表演,因此她成了这个学校的家长会长。校长丁勇庆女士,原籍镇江,在美国、加拿大多年,返台出任"华冈"校长后,重视文化交流,扩大学生眼界。校长与她商议,7月中旬,学校放假后,将率领师生三十人来北京旅游,想乘便访问中央戏剧学院、中央音乐学院、北京电影学院,不知道三院的院长能否接待他们?"华冈"的学生,平均年龄只有十七岁,这些少年对祖国大陆的这三座著名高校,心向往之,其中有些人,很想毕业后来报考——虽然,我与三大学院的领导素无往来,但是,我在电话中,毫不犹豫地答应张琏女士:我看没问题,我帮你们联系。为了"华冈"师生的来访,我先后打了几十次电话。朋友们的热情相助,三大学院院长及相关领导的诚挚接待都给我留下了难忘的印象。

我打电话给文友、著名漫画家方成先生,问他中央音乐学院是否有熟人,他想了一下,说该院指挥系的李华德教授,是广东中山县的老乡,曾应邀一起返乡参加过联谊活动。他放下电话,找出李教授的名片,给他打了电话,介绍了我,随即又给我打来电话,说你直接给李教授打电话好了。李教授接到我的电话后，非常热情，说他应邀赴维也纳担任国际音乐比赛的评委，日内就启程，但走之前，一定帮我联系院部，安排好。晚上，他就打来电话，说王次熠院长表示欢迎"华冈"师生来访。此后，我在《光明日报》文艺部副主任单三娅女士、《中国演员报》总编陈牧先生、文化艺术出版社副社长卜键先生等好友的帮助下，并得到了"中国国际文化交流中心"的支持，逐一落实了相关事宜。7月25日，酷热难当。"华冈"师生上午拜访了中央音乐学院，王次熠院长详细介绍了该院情况，说到几乎每天都有音乐学院的人在世界各地交流，每天也都有国外的音乐人来音乐学院交流，"华冈"师生深表钦佩。在中央戏剧学院、北京电影学院，王永德院长、王凤生院长，介绍著名演员姜文、巩俐、李保田、赵薇等在校学习时的情况，强调人品、艺德的重要性，都给"华冈"少年很大激励。王凤生院长深情地说："赵薇刚毕业，是我亲自把毕业证发给她的。赵薇是个好孩子，毕业论文做得不错，人很善良。有个外地十岁小女孩，跑到北京，在我院传达室沙发上住了一个星期，说不见到赵薇不走。我去动员她走，她也不听。后来真把赵薇等到了，小赵认真开导她，要她回去好好学习，还给了她一笔盘缠钱，女孩终于走了。"这则赵薇的故事，引起"华冈"师生的浓厚兴趣。

　　有朋自远方来，不亦乐乎，更何况血浓于水。感谢三院领导的热情接待，祝福"华冈"蓬勃发展，少年们茁壮成长。

（原载《海南日报》2000年8月16日）

别了，老虎屎

林雨纯、郭洪义著《天地男儿》（人民日报出版社出版），是一部令人精神振奋的好书。

但它首先是一部令人灵魂战栗的书！作为特别理性的历史学家、杂文家，我向来有泪不轻弹。可是当我读了此书的第二章《天堂在哪里》，禁不住老泪纵横。请看四十多年前由于人祸、天灾交织造成大饥馑年代里不堪回首的一页：随着深圳逃港狂潮的呼啸而起，南岭村有三分之一的人也涌向边境，演出了一幕又一幕的悲剧。在公社紧急召开的反"偷渡"现场批斗会上，南岭村邻村的两位有"村花"之称的姐妹俩，被捆绑着押了上来，姐姐的脸上留有两道长长的爪痕，裤子裂开了长长一个口；妹妹肩膀上的衣服已被撕开。这是碰上边防军的狼狗了！她们的父母都在香港，怎不想偎依在双亲膝下过上幸福的日子？无路可走，选择偷渡；被抓回来，是断喝声、怒吼声震耳欲聋的批斗。批斗会后，这对美丽的少女感到无路可走了，服毒自尽。而历年为赴香港而在山上、海中冻死、饿死，甚至被同伴谋财害命或为争夺一点儿余粮相互残杀而失去年轻生命的偷渡者，恐怕历史学家绞尽脑汁也难以考证清楚。呜呼！令我惊异的是，当时南岭村的民兵排长张春年，听说大狼狗怕老虎屎，特地托人到广州动物园辗转买来一块巴掌大的虎屎，揣在怀中，在夜幕下，闯过了闻到虎屎气味立即丧魂落魄的大狼狗的"狗门关"，跑到香港。自古以来，作为百兽之王，老虎有太多的传说、掌故，晚明时江南松江名士陈眉公著有《虎荟》一书，堪称洋洋大观。但是，此书却无虎屎能令狼狗闻风而逃的记载，眉公更做梦也不会想到，三百多年后，区区虎屎，竟然有此等妙用，这不能不是历史的悲哀。

香港曾被很多人、特别是当年的偷渡者视为人间天堂。几千年来，我们的在沧桑古道上挣扎、喘息、呻吟的贫穷先辈，做过多少富贵、安定的人间天堂梦？然而，从来没有，也不可能实现过；即使有少数人梦醒了，也无路可走。是党的改革、开放的政策，改变了南岭村的历史命运，铸就了张伟基为首的天地男儿，使千年梦想成为活生生的现实。逃港的噩梦，已被埋在历史的深处。曾被妙用的虎屎无用了，不亦快哉！

2000 年 11 月 13 日于老牛堂

牛屋笔耕又一年

潮涨潮落等闲过,牛屋笔耕又一年。何谓牛屋?读过拙著《老牛堂随笔》《牛屋杂俎》《老牛堂三记》之类杂文、随笔集的朋友,都知道,这是我的书斋"老牛堂"的简称。不才童年时乡居,曾与老水牛朝夕相伴,敝乡俗称老牛的栖身之所,即为牛屋。自知天资不敏,既不能下海经商,又不会炒股,甚至连自行车也不会骑,因此即使想跑单帮,倒腾一些真假难辨、稀奇古怪的水货,也无能为力。所幸天可怜见,佑我薄技在身:在牛屋笔耕,脚踩文史两只船,将稀松平常的文字,换成杖头青蚨。

当然,我的笔耕绝非仅仅是在江湖觅食。传统文化赋予的忧患意识,坎坷经历磨炼出来的战士品格,驱使我时刻关注民族的前程、人民的命运。4年前,我开始策划主编《中国反贪史》。经过几年的努力,在史学界十多位断代史专家、学者的共同参与下,一部上、下册逾90万字的《中国反贪史》,去年6月已由四川人民出版社隆重推出。去年入夏以来,我的主要精力差不多都花在这部书上了:一是宣传。全国已有三十多家报刊、网站对此书作了报导,并发表了书评,或重刊我为本书写的前言、后记,也有几家报刊、网站,对我作了专题采访。中央电视台的《读书时间》前几天还播出了就《中国反贪史》对我的专题采访。二是出版海外繁体字本。现在，经过签约，台湾远景出版公司出版的《中国反贪史》已进入三校，行将面世。三是出版 25 万字的简明本《中国反贪史》，让普通民众也能买得起，看得懂。鉴于《中国反贪史》初版 3000 部已快售罄，还要尽快出版修订本。好在这些工作，正在有条不紊地运作中。而目的只有一个：为当前的反腐败斗争提供历史的鉴戒，尽一个历史学家的应尽之责。我正计划由我独自完成一部反腐败的著作，书名暂时保密。我的本行毕竟是研究明史的。现在我没有时间去写一篇又一篇的明史论文，但由我主编的《明史论丛》，正准备出版第二辑，以后会不定期地继续出下去。借此机会，我愿向大力支持明史研究的文化艺术出版社常务副社长、副总编卜键先生深表谢忱。

　　散文——包括杂文、随笔，是我的副业，但也是我乐此不疲、笔耕不止的园地。我正在替京中一家出版社主编《饮食男女随笔丛书》《帆影随笔丛书》，可望今年推出。而我自己在去年发表的杂文、随笔，加盟由何满子先生主编、将由福建人民出版社今年出版的《瞻顾文丛》，我的这本集子，取名《铁线草》。

　　日出而作，日入而不息，在牛屋辛勤笔耕，这就是我生活的主要部分。去年是这样，今年是这样，明年以及明年的明年，也还是"涛声依旧"。

（原载《天津日报》2001 年 1 月 5 日）

编辑学者化

现在的出版物，问题成堆。其中的一个重要原因，是某些编辑素质偏低，甚至是太低。

有的编辑，被人讥为吃里扒外，拿本单位的工资，却私下大干别的出版社、杂志社的活，与书商联手，倒卖书号，挣大钱。指望这样的编辑能编出好书、好文章，岂不是白日做梦？更让人忧心的是，曾被"文革"贻误的一代人，二十多年过去，其中为数不少者在新闻出版界成了骨干，甚至位居要津。但他们的知识实在不足以胜任。我有位好友是著名杂文随笔家，本来某出版社出版的一套随笔丛书中收有他的一本集子，但到了总编最后审阅时，竟说他有些文章"存在以古讽今的倾向"，将他的集子以退稿论处。呜呼，"以古讽今"居然又成了一大罪状！看来，他对党的十一届三中全会的决议，及意识形态里的拨乱反正一无所知。我在某著名学者处，碰到一位某省学术刊物的负责人，年近五十。闲话时，谈及所谓"胡风反革命集团"冤案，他颇为震惊，问："这事与毛主席有关系吗？"无知到这种程度，令人吃惊。

回顾现代新闻出版史，很多著名学者都主持过出版社、报刊，当过编辑，从而留下了不少光辉篇章，及种种佳话。"百年河汉望明星"，期望在新的世纪里，能涌现出一批优秀的编辑。关键在于：编辑必须学者化。法乎其上，得乎其中。即使成不了学者，至少在其所编的书籍、文章中，不至于再弄得错误迭出，甚至闹出大笑话来。

（原载《文汇读书周报》2001 年 1 月 6 日）

好书不厌千回读

我是 20 世纪 30 年代后期出生的,五岁入小学,读书至今,真是捧着书本,陪伴着 20 世纪的一半。读书分精读、泛读两种。作为一名史学家,我需要读大量的史籍,这里不必说了。作为一名性喜博涉的学者、作家,不管见到什么书,我都喜欢随便翻翻——事实上,这不仅是鲁迅先生的教导,也是我读大学时周予同老师的教诲。

尽管如此,有几种书,我是经常读、反复读,并要永远读下去,直至老到读不动为止。这就是:《史记》《日知录》《十驾斋养新录》《文选》《古文观止》《唐诗三百首》《绝妙好词》《元人杂剧选》《元曲选》《红楼梦》《西厢记》《水浒传》《鲁迅全集》(特别是其中的小说卷、杂文卷)。每当我出远门时,一想起这些书,真是魂牵梦萦。而晨昏月夕,每当我在静静的书斋"老牛堂"中重新展读这些书,如见故人,喜不自胜。值此世纪交替之际,我希望年轻的文史爱好者,也能常读这些书。好书不厌千回读! 我坚信,这些书将薪火相传,与山河共存。

(原载《海南日报》2001 年 1 月 7 日)

二 泉 映 月

很久以来,我一直想写首歌献给阿梅,自己作词、作曲。阿梅是谁? 她首先是亡妻过校元女士,无锡人,毕业于复旦大学物理系,先从事计算机研究,后研究红外线。"文革"中受我株连,遭政治迫害,不幸于 1970 年春去世,年仅 32 岁。我们在复旦求学期间相识、相恋,后结婚、生子。她对我恩重如山。1960 年,全国饥馑蔓延,我根本吃不饱。我们在食堂吃饭时,她常常将碗里的饭拨一些给我。她读了三年大学,就因参加我国第一台模拟电子计算机的试制,提前毕业工作了。我后三年的学费都是她负担的。她省吃俭用,从微薄的工资中每月给我 18 元。她喜欢梅花,喜欢我用手指画的红梅。现在,她静静地长眠在无锡梅园附近的公墓中。每年清明,我去扫墓,反复放着她故乡的乐曲《二泉映月》,禁不住热泪长流,心头在滴血⋯⋯

我将阿炳的千古绝唱"二泉映月"的旋律,取其一段,稍加改编,填了五段词,如下:

今宵月正圆,月光如水水连天。风儿轻轻吹,吹来二泉长流水,点点滴滴到心田。

今宵月正圆，月光如水水连天。月儿呀，我问你：今晚阿梅在哪里？几多牵挂，几多思念。

今宵月正圆，月光如水水连天。轻声叫阿梅：我有万语千言，祝福你明天更美丽。

今宵月正圆，月光如水水连天。请明月代留言：但愿年年共婵娟，珍重此生他生缘。

今宵月正圆，月光如水水连天。风儿轻轻吹，吹来二泉长流水，点点滴滴在心田。

我把这首歌也献给天下所有至情至性、虽九死而无悔的善良人们。

（原载《湖北日报》2001 年 1 月 13 日）

（按：承蒙文友乔羽先生将文中的歌词推荐给《词刊》编者，已于今年第 2 期刊出。有二位作曲者读后，还谱了曲，寄给我。乔老将第三段歌词末二句改为"我在默默祝福你，更何须万语千言"，真是点铁成金！书此致谢）

考拉之墓

随着 2000 年奥运会及残疾人奥运会在悉尼的相继召开,南太平洋的美丽国家澳大利亚,备受世人的广泛瞩目。电视上频频传来的掌声、鲜花、绿茵、大海,每每勾起我对澳洲的深切怀念,重温游踪,如梦如画的思绪,纷至沓来。

前几年,我曾应澳洲亚洲学会的邀请,访问该国,并顺道去看望在墨尔本定居的儿子。我儿及其好友,一有空便开着车,带我在市区、远郊,甚至颇为遥远的风景名胜区游览。一天,我们去看世界闻名的小企鹅,途经一个小岛。上岛不久,便在路口看到用一截粗树制成的墓碑,碑的上方刻了四个耀眼的大字:考拉之墓。下面的两行小字是:"1985 年夏天傍晚,有人开车上岛,在此压死一只考拉。如果我们的爱心更多一些,开车更小心一些,就不会发生这样的悲剧。"这小小的墓碑,感人的碑文,令我怦然心动。考拉是澳洲的国宝,就像熊猫是我们的国宝一样。它吃食很挑剔,专爱吃几种桉树的叶子,而这些叶子中,据澳洲学者告诉我,含有催眠成分,故考拉吃饭后,成天蹲在树巅,高高在上打瞌睡,做白日梦,一动不动。一次,我们在一棵桉树下等了很久,也不见树梢上沉睡的考拉有任何动静。日暮时分,我们在另一处考拉的聚集地,守望在桉树下,等待考拉醒来,一展尊容。真是考拉不负有心人,半个小时后,考拉居然从树上慢慢爬下,在我们面前的一根横木上悠闲、从容地走着,俨然是位散步的绅士。我们都大喜过望,猜测"千呼万唤始出来"的考拉,将会有什么样优雅的举动？但转眼之间,我们便笑出声来:原来,考拉撒了一泡尿！方便后,便又踱着方步,用它的黑溜溜的小眼,瞪了我们几下,爬上树,继续做它的好梦去了。这是多么逗人喜爱的小动物啊！联想小岛上不幸遭遇车祸丧生的考拉,怎不使人痛惜。岛上居民特地为这个小动物立下墓碑,昭示游人,希望不要再发生类似悲剧,这份爱护小动物的拳拳之心、博爱胸怀,堪称世人楷模。事实上,澳洲人对动物的保护,对自然环境的爱护,在全世界都屈指可数,所以才风景那边特好。

（原载《盐阜大众报》2001 年 1 月 29 日）

明沙带雪惊寒夜

前年夏天，电影导演彭小莲女士在电话中与我再次谈起她母亲朱微明的《往事札记》。当时，我正积极与出版社联系，争取正式出版这本书。我说，等出版社定下来后，你请王元化先生作序，我写跋，而且题目我都想好了，叫《明沙带雪惊寒夜》。小莲颇颖慧，马上就兴奋地说："太好了！这个题目正暗含我妈妈的名字朱微明。"说真的，我本来并未想到这一点，经她点破，不免额手称庆。其实，"明沙带雪惊寒夜"是句古诗，出自清初著名盐城爱国诗人宋曹的《吊司石磐墓》（按：司石磐是抗清殉难烈士），全诗为："击鼓天门剑气收，淮阴一死自炎刘。明沙带雪惊寒夜，白骨披星逼素秋。怀抱独龙为帝宅，指挥精卫复神邱。应怜中土成荒塞，万里长风吹古愁。"诗句悲壮、苍凉、感人肺腑。我想用"明沙带雪惊寒夜"这句诗来为朱微明老大姐的集子作跋，是用以描述在极左年代里——特别是"文革"的漫长寒夜里，在霜欺雪压下，朱微明及其一家，如何俨然成了一小堆黄沙，横遭践踏，在非人的生活环境中挣扎、喘息。所谓的"胡风反革命集团"案是个惊天冤案，但又是千真万确从"天"上掉下来的；而在这起震惊全国、流毒深广尤其让知识分子不寒而栗的大冤案中，朱微明的丈夫彭柏山，时任中共上海市委宣传部长，是所谓"胡风分子"中职位最高的人，所受迫害之深也就可想而知。因此，当今年春天小莲写的《他们的岁月》出版后，我写的书评，用了《彭家风雨动神州》的标题，那是丝毫也没有夸大的。

《往事札记》终于面世。广东人民出版社的本书责编林秀珏小姐打来电话，说："这本书的软件都做好了，您的跋还没写呢，请快点写好，传真过来。"这真使我惭愧。成天忙忙碌碌，竟然将作跋的事搁到一边去了。王元化先生虽然因忙未遑作序，而年近九十的胡风夫人梅志先生却在病中强打精神，早已作好序，并已先行在《新民晚报》上发表，老人的序写得深沉、感人，很受好评。我赶紧提笔写这篇跋。我在电话中建议小林将拙作《彭家风雨动神州》附在书末，因此这篇书评中说过的话，我不想再重复。

令我深感遗憾的是，我在上海生活过 25 年，小莲的哥哥在上海师院物理系读书时，我正在该院政史系执教。但是，却无缘结识朱微明一家人。看着她的遗像，使我想起童年时在盐阜抗日根据地见过的那些新四军的大姐们。朱大姐一生奋斗，半生坎坷，一生辛劳。倘若她地下有知，得知她的遗著出版，当会感到些许安慰吧！我坚信，虽然明天的大地、征途上，还会有冰雪、寒风、冷气，但"明沙带雪惊寒夜"的日子毕竟是一去不复返了！任何人想开历史的倒车，都不过是白日做梦。这正是彭柏山、朱微明夫妇生前的期望。愿他俩英魂归来，微笑着审视神州大地的沧桑巨变。

非常感谢广东人民出版社出于对朱微明这位《大公报》老记者、新四军老战士的尊敬，将她的遗著收入"手记·札记"丛书中。我作为本书的推荐者，真是倍感欣慰。

（原载《湖北日报》2001 年 2 月 21 日；《解放日报》
2001 年 3 月 6 日；《中华读书报》2001 年 3 月 21 日）

万里长风吹古愁

　　读了作家刘庆林先生的大著《倾斜的年轮》，我不禁想起了清初爱国诗人宋曹的悲壮诗篇《吊司石磐墓》中的两句诗："应怜中土成荒塞，万里长风吹古愁。"现在对年轻一代说"文革"往事，真有"白头宫女说玄宗"之感。这不能不是一种历史的悲哀！虽说结束"文革"，至今不过24年。但由于种种原因，十年"文革"对中华民族在政治、经济、文化方面的浩劫——特别是对人性的摧残，在出版物、尤其是新闻媒介上，成了"破帽遮颜过闹市"，"欲说还休"。这就不可避免地形成这样一种局面：在25岁左右的年轻人的脑海里，"文革"惨祸，基本上是一片空白。他们哪里知道，"应怜中土成荒塞"——十年间，偌大的赤县神州，居然成了除"红海洋"、"样板戏"外一无所有的文化沙漠，他们何尝晓得，"万里长风吹古愁"——被呼啸着铺天盖地红色狂飙裹挟而来的，是古老的封建专制主义僵尸的大出崇："万寿无疆"之声不绝于耳，和尚念经式的"语录"读个没完，带有宗教色彩的"早请示，晚汇报"伴随着亿万人的晨昏月夕，在所谓神圣的、庄严的"最最革命"的口号下，多少人被迫害，遭凌辱，"株连九族"的惨剧在人间无数次地重演……

　　古今中外的历史经验早已证明：不管哪个国家，倘若国民忘记历史上最为沉重、惨痛的一页，那么这页历史就可能重演。所幸环顾国内文坛，一些有识之士已经清醒地认识到这一点，正在拿起笔，写下他们在"文革"中的切身经历，以及对这场浩劫的理性思考。刘庆林正是其中佼佼者之一。

　　我曾经在一篇文章中说，"文革"期间，骤然缩短了古与今的距离，现实俨然定格到古代去了。例如，朱元璋当了皇帝后，曾经残酷迫害知识分子，给一代鸿儒韦素挂黑牌，开了十年动乱中给知识分子挂黑牌游街、斗争的恶劣先河。请看刘庆林忠实记录下来的批斗武汉大学校长、中国共产党的创始人之一、对宣传毛泽东思想立下汗马功劳的李达教授的惨景："老校长（时年 76 岁）被人押送到武汉大学的小操场……在'打倒叛徒、特务、反革命修正主义分子、地主分子'的狂吼乱叫中，台上的学生强行按下他的头颅，要他低头认罪……他愤怒地大声呼喊：'我不是反革命！我是中国共产党党员！我拥护毛主席！……'一伙人蜂拥而上，有的按他的头，有的打他的嘴，一个女同学居然挥拳在他的光头上猛击……被打倒后，学校卫生科就停止了他的公费医疗，在病危的情况下也没实施抢救……两天后，他就惨死在一间普通病房里。周围没有一个亲人和学生。死者的姓名写的是'李三'，就那么草草地拖出去火化了。他去世后，稿费被冻结，夫人石曼华没有工作，还抱养了一个小女孩，失去了生存的依靠，在校园内边挨批斗边拖板车艰难度日。"呜呼，这就是李达的悲惨下场！连李达都难逃厄运，刘庆林及其同学，被赶到湖边的沙滩、沼泽地去变相劳改，接受体力、精神上的折磨，有的被投入监狱，有的被整死，以及他儿时的伙伴，遭迫害时，居然肩胛骨上被穿上铁丝，牛马都不如……书中记录的青年知识分子的坎坷命运，也就可想而知了！

　　作者在大学读的是哲学系。哲人的眼光，使他比常人"更上一层楼"，思考"文革"中发生的一切。在"文革"初期曾经势不两立、斗个你死我活的造反派、保守派，实际上不过是被人愚弄的掌上玩偶。他在第四章写道："有趣的是，我们这个班由顶尖儿的造反派和顶尖儿的保守派组成。大哥不说二哥，癞痢莫说光脑壳，两派各打五十大板。笑着的哲学家与哭着的哲学家没有什么两样，同样的情况使人笑，也使人哭。我们双方都饱尝了受愚弄的苦果。"必须指出，现在的不少单位中"文革"的派性残余仍然存在，在用人、评职称等方面往往会明显地暴露出来。这些人至今仍然没有从"文革"的噩梦中完全醒来，实在是可怜可笑更可悲。更发人深省的是，作者在本书的结尾大声疾呼："要让我们的子子孙孙了解并读懂这一页历史，从中汲取经验教训，再也不能像狗一样舔人、咬人、吃人或被人吃，再也不能逆来顺受，甘当软骨虫或狗尾巴草，要有坚定的理想和信念，保持做人的正直和良心。唯其如此，我们的民族才有希望。"事实上，这正是作者写作此书的目的所在，也是本书的价值所在。

　　"江东子弟今犹在。"严峻的现实表明，充分揭露"文革"的历史真相，警示当代、后代，是多么重要！最近，我应邀参加中央文史馆、上海文史馆联合召开的《新世纪》杂志座谈会。我在会上建议：要重视口述历史，鼓励历史知情人把自己在本世纪的切身经历，口述（或自己笔录，或请人笔录）下来，留给后世。现在看来，"文革"的知情人中，1966 年的大学红卫兵都已年过半百，将近 60 岁了，忠实地记录下"文革"中发生的一切，留下信史，教育当代、后代青年，避免历史悲剧重演，显得尤其迫切。

　　我们中华民族有五千年的文明史。在任何一种社会里，人民的道德主流毕竟是好的。否则就难以解释我们的文明史，为什么总能断而相续。"衣冠不论纲常事，付予齐民一担挑。"刘庆林在书中写下的普通百姓的崇高品德——善良真挚，以及作者的亲情、友情都是很感人的。作者作为哲人，特别理眭，但他又是个感情丰富、散文功底深厚的作家，文字如行云流水，这就使本书更增加了可读性、感染力。

愿更多的"文革"亲历者，能写出像《倾斜的年轮》这样好的亲历记来，文坛幸甚，国人幸甚！

2001 年 1 月 4 日于京南老牛堂

有志者事竟成

　　编这本给中学生看的历史读本，不禁使我想起青年时代的一些往事。按照出版社的要求，这是给中学生看的辅助读物。1954年秋，我因病辍学，乡居寂寞，便回母校建湖初级中学代课近一年，教过多门课程，其中包括历史课。当时我才十七岁，刚开始上课时，面对我的基本上是同龄人的学生，实在有些胆怯。这并非我生性懦弱、怯场。不，在"二战"期间，我参加过儿童团，在区乡民大会上作为小学生代表上台演讲，还参加过演出，见生人从不发憷。而当我走上讲台时，就立刻感到自己仅修完了高中二年级课程，知识远远不够，而可供备课的参考资料，除了南京教师进修学院编的一本外，几乎找不到其他资料。学生想看历史课外的参考书籍，更是难上加难了。一年后，我以社会青年的身份，考取了复旦大学历史系。倍感欣慰的是，著名经学史专家、教育家周予同教授给我们上《中国历史文选》课。当时还没有统一的教材，由他亲自编讲义，发给我们。事实上，这本讲义差不多等于历史专业的辅导教材，不仅使我们从中获得了中国历史学发展的脉络，更提高了我们阅读古籍的能力，也就是阅读古文的能力。

　　岁月悠悠，如江河不舍昼夜。弹指间，四十六七年过去了！承蒙山西教育出版社不弃,邀我来编这本历史课外读本,前述往事,一直在我的脑际萦回。是的,现在每年出版的书有几亿册,真可谓汗牛充栋,其中历史学的书籍,连篇累牍,谁也说不清楚究竟有多少。姑且不论那些粗制滥造的"假冒伪劣"作品。即使正经八百的著述,能引起中学生阅读兴趣的,恐怕打着灯笼火把也难以寻觅到几本。事实上,作为一种社会弊端,这些年来,历史教育被严重削弱,很多青少年对历史知识的无知程度,已经到了令人惊诧的地步,又怎么可能有像样的历史读本问世? 因此,编一本这样的书,确实很有必要。但是,怎么编? 我想起了先师周予同先生的《中国历史文选》。他给我们上这门课时,不仅仅是说文解字,单纯地讲解古文,而是不断介绍中国史学的演变。这一点,对我现在来编这本书,很有启迪。当然,20世纪50年代的讲课也好,编教材也好,无论是历史学、文学、经济学等,都不能不打上那个时期特定的烙印:"左",简单化。就历史著作而论,无论是通史,还是专史,差不多都突出政治史,强调阶级斗争,后来则发展到以农民战争史为核心,把纷繁复杂、千姿百态的历史,强行阉割了。80年代以来,史学界的有识之士,逐步在扭转被歪曲的历史学,重视了经济史、文化史、特别是社会生活史的研究,取得了不少成就,使我们从中看到了历史的本来面貌。因此,我在编这本历史读本时,充分考虑到当前史学的最新进展。

　　我把本书分成"政治篇"、"经济篇"、"军事篇"、"文化篇"。我希望中学生读了"政治篇",脑海中对中国政治史有个简要的轮廓,特别是对皇权卵翼下的腐败、封建专制主义的危害、友谊的重要性,有所了解;读了"经济篇",尤其是如能读懂"食货志",对古代的国计民生,也就大体上有了初步的印象;读了"军事篇",对于历史上的开疆拓土、争夺地盘的战争,以及近代人民揭竿而起反侵略的斗争，有所了解；读了"文化篇"，在欣赏优秀的文学作品之余，能够了解古人的衣、食、住、行，以及社会生活的方方面面。我不知道我的目的能否实现？这就有待于实践的检验了。

编辑这样一本书，需要对中国历史有深厚的学养。尽管学术界熟悉我的朋友知道，我治史、读史的范围比较宽，但自知学力仍远远不够。兼之太忙，匆匆编出本书，未免诚惶诚恐。在编书过程中，参考了周予同老师主编的《中国历史文选》、朱东润老师主编的《古文鉴赏辞典》）。这两位母校德高望重、学术造诣颇为学林景仰的老前辈，已谢世多年，重读他们的著作，怎能不临风怀想！我还参考了多本时贤的相关著作，谨此深表谢意、敬意。

鉴于本书的重要目的是提高阅读古文的能力。这里，我愿向中学生朋友介绍我的经验之谈：阅读古文要有耐心，除了查工具书外，主要是多读，读多了，揣摩上下文的文义，也就能明白它的意思了。我在童年时，家境贫寒，连一本小词典都没有。但是，我从读《三国演义》，到读《聊斋志异》，古文水平也就慢慢水涨船高了。我上了大学后，主要是读《史记》，并不感到阅读有多大困难。朋友，请记住这句老生常谈：有志者事竟成。干任何事业是这样，阅读古文，又何尝不是这样？

辛巳年春三月末于京南方庄老牛堂

（本文是笔者编撰的《通才中学生历史读本》导言。此书由山西教育出版社出版）

日落紫禁城

[实景]浓雾蔽天。山川、城郭、街市均一片朦胧。远方传来沉重的钟声。救命车呼啸而过,一路留下刺耳的警笛声……

[实景]浓雾渐渐散去,在晨光微曦中,万里长城的烽火台巍然屹立,不断延伸的城墙,苍苍横翠微。高速公路上车流滚滚。李自成塑像。[字幕:这是明末农民大起义领袖李自成。崇祯十七年三月十五日,他率军过居庸关,由此进京。借用毛泽东幽默的说法,是"进京赶考"。]

[实景]正阳门。雄伟的天安门前,国旗护卫队正踏着雄健的步伐,走出金水桥。[画外音]北京,我们伟大祖国的首都。她的建城历史,已经有三千多年。

[实景]侯仁之先生接受采访。[字幕]北京大学侯仁之教授。

[实景]侯仁之先生说:[同时打出字幕。画外音]北京的历史非常悠久。倘从"北京人"的出现算起,至今已约七十万年。自西周以来,北京先为燕国都邑,秦汉时期,成为统一的中原王朝的北方重镇。至金代的中都,北京第一次成为皇都。在元、明、清三代,北京更发展成为高度集权的封建专制王朝的政治中心,也是经济中心、文化中心。这在世界名都中,都是屈指可数的。

[实景]太阳渐渐升起。紫禁城城墙上人称九梁八柱七十二条脊的角楼,亭亭玉立。神武门的彩绘,熠熠生辉。"故宫博物院"几个大字,映入眼帘。从空中俯瞰故宫全景:殿宇辉煌,栉比鳞次,重门深宫,松柏森森,金水河水面如镜,河边杨柳依依……[画外音]这就是闻名世界的故宫。占地75万平方米,建筑面积15万平方米,有房屋9000余间。故宫的正门是午门。从午门到神武门之间南北长961米,东西宽753米,护城河宽达52米,深6米。午门之内就是宫城紫禁城。[人物采访。字幕打出:故宫博物院副院长朱诚如研究员][画外音,同时出现字幕]朱诚如:北京故宫是明朝永乐皇帝决定从南京迁都北京后开始规划和建设的。永乐十五年(1417年)正式动工,永乐十八年(1420年)基本竣工。北京故宫是以明初南京故宫为蓝图建造的,气势恢宏。背靠金山,前临金水河,负阴抱阳,体现了中国传统的阴阳观念。皇宫位于北京城中心的中轴线上,显示了皇帝是至高无上的权力中心,虎视天下,威风八面。

[实景]太和殿。[画外音]太和殿曾称奉天殿、皇极殿,俗称金銮殿,几乎妇孺皆知。这是故宫外朝中心建筑,也是故宫主体建筑三大殿之一,是三殿中最重要的大殿。始建于永乐十八年(1420年),以后多次重修、重建,清代乾隆三十年(1765年)重修,至今完好如初。明、清两代的皇帝,登基、朝会、庆寿等重大仪式都在这里举行。

[实景]中和殿。[画外音]中和殿是三大殿之一,始建于永乐十八年(1420年),以后多次重建、重修,现存建筑仍为明代所建。原名华盖殿,清顺治二年(1645年)改今名。皇帝驾临太和殿前,先在这里接受执事官员朝拜。

[实景]保和殿。[画外音]这是故宫三大殿之一保和殿。始

建于永乐十八年（1420 年），初名谨身殿。后多次重建、重修，至今仍为明代建筑。清顺治二年（1645 年）改称今名。明代大典前皇帝在此更衣。清代顺治、康熙皇帝曾一度住在这里。［采访周苏琴］［字幕：故宫古建部副研究员周苏琴］周苏琴：［字幕、画外音］以三大殿为代表的故宫建筑，它综合形体上的壮丽、工程上的完美、布局上的庄严恢宏，成为一组最优异、辉煌的建筑纪念物，是全世界建筑史上璀璨的瑰宝。

［图片］故宫全图。［画外音］这龙楼凤阁，九重丹阙，一砖一瓦，一木一石，无不散发着以皇权为核心的封建专制主义气息。中国古代天文学家将天上的星宿分成若干区域，如三垣、二十八宿等。三垣的中心区域叫紫微垣，是天帝的处所。因此，紫禁城就是紫微垣在人间的翻版，皇帝是天子，是代表天的意志，主宰人间的，享有至高无上的权力。

［实景］太和殿。［画外音］以太和殿而论，达十一间之多，而按照封建等级制的规定，即使是官居一品，宅第通常也只是三间。再看屋顶，使用了等级最高的重檐庑殿顶，以显示其无比的崇高。殿中的六根金柱，全部沥粉贴金。倘若民间建房，有谁敢哪怕是模仿故宫的一招一式，就是犯了僭越大罪，被扣上图谋不轨的大帽子，而遭到杀戮甚至株连九族。

［实景］内阁大堂。［画外音］内阁大堂，又称大学士堂。在午门内东庑外，门朝西，阁南向三间为大学士办事之所。清代的内阁大学士，相当于秦汉至明朝初期的宰相，是中央王朝政府中十分重要的职务。但是，他的办公室，竟是这区区三间平房！

［实景］军机处值房。［画外音］军机处值房，就是军机大臣值班室，是事关国家安危的最高军事机密所在，但也只有七间平房。与内阁大堂一样，比起宫中的其他殿堂，真有天上地下、华屋鸡舍

之别！［图片：林徽因遗像（1905—1955 年）］［字幕：杰出的建筑师、一代才女林徽因先生］［图片：《林徽因文集·建筑卷》］［画外音］正如林徽因先生在《我们的首都·故宫》一文中所说，"威名煊赫的'南书房'和'军机处'等宰相大臣办公的地方，实际上只是乾清门旁边几间廊庑房舍。军机处还不如上驷院里一排马厩！"可惜这排马厩今天已经见不到了。在封建社会，君臣关系是主子、奴才关系，清代满人官员更干脆称皇帝主子、老主子。在主子的眼睛里，给奴才几间平房住，已经是龙恩浩荡了！

［实景］太和殿里皇帝的宝座。［画外音］这是太和殿里皇帝的宝座，是用楠木制成的，有二米多高。坐在上面，不仅是高高在上，而且是至高无上！您看这些精美绝伦的摆设：象、骆驼、仙鹤以及其他神兽，都是铜胎嵌丝珐琅制成的。过去，廊下还摆着金钟、玉磬等乐器。皇帝上朝时，乐声大作，香烟袅袅，万岁之声，不绝于耳，充满神秘气氛。儒家的君权神授、天人合一学说，把皇帝由人变为神，实在是荒谬绝伦。请仔细端详这宝座吧！这是封建王朝的第一把交椅。从政治学的角度来看，五百多年来故宫的历史，很大程度上就是争夺这把交椅的历史，演出了一幕又一幕惊心动魄的悲剧。

［实景］景山寿皇亭，崇祯皇帝自缢处。［画外音］崇祯十七年三月十八日，李自成的农民起义军打进北京。次日清晨，"呼啦啦似大厦倾，昏惨惨似油灯尽"，见大势已去、"血污游魂归不得"了！

明朝有首歌曲说："一日南面坐天下，又想神仙下象棋。洞宾与他把棋下，又问那是上天梯。上天梯子未做下，阎王发牌鬼来催。若非此人大限到，上到天上还嫌低！"（明·朱载堉：《醒世词》）几乎没有一个皇帝不想长生不老、"万寿无疆"。嘉靖皇帝更是个典型。他在童年时就迷信道教，当了皇帝后，更是大张旗鼓地求神拜仙，大炼丹药，一心成仙。慈禧太后命花匠在这里栽了一棵太平花，希望花儿常开，天下太平，江山永固。宣统年间，隆裕太后特地搬到绛雪轩闲住，希望太平花能给清王朝带来吉祥。但是，"隔花人近天涯远"，腐朽、没落的清王朝，终于被辛亥革命推翻。[图片：隆裕太后照片]正是这位隆裕太后，在宣统三年十二月二十五日（1912年2月12日）携四岁的小皇帝溥仪，下诏宣布退位，结束了清王朝的统治史，也结束了中国两千多年封建专制王朝的历史。说来也怪，在清朝常常不开花的太平花，从此倒年年开花了！

　　[实景]红日西沉，夜幕渐渐降临故宫。[画外音]紫禁城的太阳，终于落下……

2000年1月22日草于牛屋

　　（按：去年冬，京中一家电视台的制片人、导演找我，为他们拍的《故宫》写说明词。我写出一部分，该剧组即不知去向。好在当时商定，说明词可以带一点杂文笔调，批判封建专制主义。现在略加修改，刊于此）

"他是我们的人"

　　密布在伊拉克上空的战云,已渐渐散去。但在美英联军炮火下升起的一颗全球瞩目的明星,至今人们仍记忆犹新。我说的是萨哈夫。他是伊拉克军方错误信息的忠实传播者,用一句俗话说,简直是睁了眼睛说瞎话,牛皮吹得海了去! 美军的坦克已出现在巴格达街头,他还说巴格达是安全的。更有甚者,他嘲笑"布莱尔的英语还没有我说得好";"我们伊拉克已经出现了灿烂的古代文明,而布什、布莱尔的老祖宗,还披着兽皮,在山洞里涂鸦"。他甚至破口大骂"白宫是妓院"。然而,布什对萨哈夫的表演,不但未大发雷霆,反而在电视里看得津津有味,笑着说:"他是我们的人!"美英联军占领伊拉克后,萨哈夫曾向美军自首,但很快就被释放。就此——我要强调说就此——而言,应当说布什作为超级大国的首脑,显示了政治家的雅量。这在很大程度上,是美国政治文化造就的。

　　咱中国的政治家如何呢? 今人不好说,且说古人吧。有雅量的,如李世民对于魏征的谏净、武则天对于骆宾王的讨伐;没雅量的,如秦始皇、刘邦、朱元璋对于知识分子、功臣宿将的迫害;差不多妇孺皆知,自然无需在下再炒冷饭。其实,作为老子天下第一的国君，若一点政治雅量都没有，恐怕不是发昏——诸如厉行暴政被人推翻而死，就是因遭披逆鳞，差点儿被气死。明朝的万历皇帝朱翊钧及其宝贝孙子天启皇帝朱由校，都是比较差的主儿。前者贪财好货，几乎三十年不上朝，真是懒到极点，极有可能与鸦片为伴；后者好弄小巧，以制作木工活为至乐，凡事委诸宦官。但是，他们在政治上都有几分雅量。万历十七年（1589年），大理寺评事雒于仁上疏，指出朱翊钧"酒色财气"，病入膏肓，并对症下药，贡献箴言，确实触到了朱翊钧的痛处。朱翊钧阅疏后大怒，"以至肝火复发"，虽拒谏饰非，发狠"朕气他不过，必须重处"。但在老臣申时行等的劝说下，也仅对雒于仁革职了事。天启二年（1622年）四月，御史帅众上疏，说朝内朝外，成天呼万岁万岁万万岁，像巫师的祝词，很无聊。朱由校阅疏后很生气，说"帅众不许朕呼万岁，无人臣礼"。下旨对帅众廷杖并降级、调外任。但经内阁首辅叶向高的劝说，朱由校总算没有再发作。咱不妨假设，这两件事如果发生在洪武年间，朱元璋肯定将雒于仁、帅众"剥皮揎草"；如果发生在嘉靖年间，他二位肯定屁股被廷仗至皮开肉绽，然后捉到诏狱里等死。雒于仁、帅众居然能得善终，老死田园，幸何如也！

　　从中国历史上看，凡小肚鸡肠的皇帝，结局都不妙，或为后世诟病。如崇祯皇帝朱由检，执政17年间，竟换了50个宰相，形同走马灯，最后在煤山的一棵歪脖子树上自缢，了却残生。乾隆皇帝一生好大喜功，专做表面文章，他爷爷、老子定的案，他常常要翻掉。如曾静，因散布攻击雍正皇帝的言论，案发后，经雍正亲自审问，对他百般丑诋、戏弄，并编《大义觉迷录》颁行天下，然后将曾静打发回家了事。乾隆上台后，却又重提此案，处死曾静，纯属多此一举。对比之下，他的气量比起老爸差远了！

　　"他是我们的人"——如果政治家面对批评自己甚至不大敬

者,如能说出这句不无幽默感的话,或虽没说,却有此等胸襟,于国于民,肯定是善莫大焉。

（原载《教师报》2003 年 9 月 17 日）

话说焦大爷

可怜寂寞身后名——我说的是《红楼梦》里的老奴才焦大，他自称焦大爷，由于写这篇文章的原因，我也很乐意叫他一声焦大爷。咱们远的不说，"抄近路"，就拿近二十年来说，红学的冷饭，被炒得鼎沸油喷，大红大紫，仅论述宝哥哥、林妹妹的长短论文——呵，多少人就凭这样的敲门砖，敲开了博士、教授、博导、著名的学家、著名学者的大门，活得圆滚滋润，风光无限——如编成文集，恐怕比伟人的选集还要厚。而论焦大爷的文章，虽然在下并不孤陋寡闻，见到的，实在少之又少。原本在贾府就寂寞难耐的焦大爷，身后竟如此寂寞，真是不幸何如也。

当然，焦大爷有时还是会被人——甚至是名人想起。19年前，我曾召集由我主编的《古今掌故丛书》约稿座谈会。文史界的名流吴世昌、冯其庸、黄宗江、李凌、苏双碧、周雷诸先生应邀到会。黄宗江发言说，他曾请俞平伯老先生给他题焦大故居四个字，俞老给他题了。黄宗江讲了这个绝妙的掌故后，哈哈大笑说："焦大居然还有故居!"与会者皆忍俊不禁。但是，黄宗江请俞老题焦大故居四个字，是仅仅兴之所至，开个玩笑，还是以焦大爷自况，别具怀抱? 他没有说，我当场没有问，事后也没有问，故不得而知。反正在黄宗江心目中,他没有忘记焦大爷,至少在二十年前,还曾为这位老同志心血来潮过。

其实,我们是不应该忘记焦大爷的。谁能懂得焦大爷,就懂得中国政治史的一半。早在七十一年前,也就是1933年,鲁迅先生即发表了《言论自由的界限》一文,指出:"看《红楼梦》,觉得贾府上是言论颇不自由的地方。焦大以奴才的身份,仗着酒醉,从主子骂起,直到别的一切奴才……结果是主子深恶,奴才痛嫉,给他塞了一嘴马粪。""其实是,焦大的骂,并非要打倒贾府,倒是要贾府好,不过说主奴如此,贾府就要弄不下去罢了……所以这焦大,实在是贾府的屈原,假使他能做文章,我想,恐怕也会有一篇《离骚》之类。"何满子先生曾说,一百年以后,再看鲁迅,会发现鲁迅更深刻、伟大。我很赞同这个看法。即以前引鲁迅论焦大爷的话看来,七十年后的今天,无论是纵观历史,还是横看现实,我越发感受到鲁迅洞烛幽微、鞭辟入里的深刻性。

封建时代皇帝与臣子的关系是主子与奴才的关系。文曲星的包拯,赤裸裸地说"俺便是看家的恶狗",活脱脱地画出了几千年来忠臣——尤其是清官、谏官的尊容。其实,这也是秉承祖训。汉高祖刘邦称孤道寡后,不是直言不讳地将开国良将,称为"功狗"吗?到了大清,臣下动辄奴才不离口,至今我们仍可从充斥于电视屏幕的清代戏中,充分感受到这种奴气、"狗"气。明乎此,我们就可以知道:包拯向宋仁宗进谏,唾沫星溅到他的脸上,痛陈时弊,大骂贪官污吏,不就是宋代朝廷里的焦大吗?明代上骂嘉靖皇帝、下骂庸臣的海瑞,以及后来大骂万历皇帝"酒色财气"、贪财好货的大理寺评事雒于仁,痛骂天启皇帝搞鸡奸、成天满足于万岁盈耳实乃"巫祝之忠"的御史帅众等等他们一不是想打倒皇帝,二不是想将群臣统统打倒,不过是希望主子能洁身自好,政治清明,清除不尽职尤其是捣乱搞腐败的奴才,保王朝不垮,江山永固。他们扮演的角色无一不是贾府里的屈原:也就是焦大爷也。包拯比较幸运,而海瑞、雒于仁、帅众,无不深受迫害,比焦大嘴里被塞了沙土、马粪,要灾难深重百倍。

最近我在某部召开的一次座谈会上,坦诚地说:"杂文家忧国忧民,代表了社会的良知。他们著文抨击时弊,鞭笞腐败,目的是改善党的领导,而不是推翻党的领导。按理说,杂文家应被视为党和国家的宝贵财富,但实际情况是,在某些人眼里,杂文家被视为异己分子。"我的这番感慨,是有充分根据的。就拿著名杂文家牧惠来说吧。他不幸于今年6月8日去世,可以盖棺论定了。"四人帮"粉碎以来,他写了大量杂文,抨击时政的占了很大一部分,已出版杂文集四十余种,一直写到临终。他对党的政治肌体上滋生的腐败毒瘤,痛心疾首,必欲尽快除之而后快。但对于党,但是深以自己是位一具有五十五年党龄的老布尔什维克而自豪的。但是,不时总有阴风传来,说牧惠是搞自由化的、反党的,上了什么部门的黑名单,《中流》杂志曾对他公开点名革命大批判;甚至在他去世后,某报疑神疑鬼,不敢发表他的讣告,另一家大报在发表一位杂文家悼念他的文章前,还特地打电话到他的所在单位,问他到底犯错误没有?在某些人的眼睛里,牧惠成了对党怀有二心的危险人物。其实,如果把牧惠的杂文看成是骂骂咧咧,那也不过是焦大爷式的骂罢了,可以说,牧惠是党内的焦大,也就是党内的屈原。《求是》杂志给牧惠的遗体覆盖党旗,堪称乃知牧惠者。

我不知道那些党内或党外的杂文家,如何看待焦大,如何看待自己。就我而论,忝为杂文家之列,如果有人说:"王三爷(按:本人行三,小时在家乡,家人、邻人皆以三爷呼之,并非不才坐大,自称三爷也),你也是焦大爷!"我是不会见外的。"文革"中期,我被打倒,戴上"现行反革命分子"的帽子监督劳动。罪状大得吓人,有数条,最后一条也是总罪状,是"妄图颠覆无产阶级专政"。其实,我的罪状只有一条,即参加策划炮打张春桥的活动。当时,我拟了一条标语"打倒张春桥,保卫毛主席"。尽管现在看来,三十七年前的我,是何等幼稚,甚至荒唐。但就从这条标语来看,足以表明当时我对毛泽东的耿耿忠心,对党的一片赤诚;我对张春桥及御用写作班子的揭露、声讨,与焦大爷的开骂贾府,实在是大同小异。结果,我被劳改近七年,直到"四人帮"粉碎,获得平反。我妻——一位年轻的物理学者,因受我株连而被迫害身亡。对比之下,焦大爷仅被塞了一嘴沙土、马粪,送到田庄上去养老,已不啻是享如天之福了。

只要产生焦大的政治土壤在,就一定会有焦大爷们拼搏着。哪一天政界、杂文界的焦大爷们完全消失了,中国政治史将翻开全新一页。

愿我的孙子——至多是他的孙子,能看到这一天到来!

（原载《教师报》2004 年 10 月 20 日）

英格兰铁匠乔的那顶礼帽

　　老来忆旧,往事依稀。但某些事,因为印象特别深刻,至今仍记忆犹新。20世纪50年代末,我在复旦大学求学时,曾在大礼堂(登辉堂)看过译制片《孤星血泪》,颇受感动。弹指间四十多年过去了,片中的不少情节模模糊糊。但有个情节却宛然就在眼前:孤儿匹普在他曾施过援手、后来发迹的逃犯威克威的赞助下,跻身上流社会,过着阔少的生活。他的姐夫——一位老实巴交的乡间铁匠乔,穿着一身土里土气的外套,到伦敦匹普的公馆探望。进得门来,他立刻脱下礼帽,但不知往哪儿放,后来竟小心翼翼地搁在壁炉的边框上。这只有几个指头宽的所在,哪里是搁礼帽之处?一会儿,它就掉到地上了。乔赶紧捡起来,再耐心地放上去,但一会儿又掉了,并掉到桌上的果盘上,引起匹普不快。乔一脸无奈,只好躬身辞别匹普,默默地踏上归程。我清楚地记得,所有的观众并未因乔的似乎可笑的举动发出笑声,倒是有人——包括笔者在内,发出叹息声。显然,随着匹普身份的改变,在他和贫穷的乡巴佬姐夫铁匠乔之间,已经横堵着一道无边的墙,将他俩隔开,难以逾越。那顶三置三落的礼帽,生动地显示:这是隔膜的悲哀。

　　其实,匹普虽因威克威的慷慨解囊,手头阔绰,但并无权势,而在乔的眼睛里，他似乎已属于另一个世界了，因此见了，才惶惶如手足无措。在这古今中外有着多多少少类似乔的经历的小百姓中，不知多少次重复着昨天的故事！鲁迅小说《故乡》中的闰土，面对留着两撇东洋胡子的儿时伙伴迅哥儿，不是立刻改口叫老爷吗？对门的老邻居"豆腐西施"，还立马断定他已坐了八人大轿呢。闰土、"豆腐西施"与迅哥的隔膜，比起乔与匹普，有过之无不及。这种现象在文学作品中，可以说比比皆是。这是社会分成等级后留下的一声叹息，令人感喟。

但此类一声叹息，毕竟不过是一声叹息而已，对社会并无大碍。倘若在特定时期，因社会角色迅速转换为显贵，甚至是最高统治者与小民、臣民，则险象环生矣。秦末农民大起义的领袖陈胜造反称王后，几个老乡壮着胆子去看他，眼见满屋子的珠光宝气，不禁伸出舌头惊叹道："夥颐！涉之为王沉沉哉！"翻译成今天的白话文，就是："哎呀！陈胜称王后，有这么多好东西啊！"陈胜听后反应如何？《史记·陈涉世家》没有记载，不得而知。但有一点应当是肯定的：陈胜不久就失败了，如果他真的坐稳了王位，甚至一统江山，坐在皇帝老儿的龙椅上，那几个乡巴佬，不会有机会与他见面，即使万一见面了，如果发出前述的大惊小怪，肯定让他吃不了兜着走！最好的历史注脚，便是苏州老太太遭遇朱元璋的一段故事。据明代大画家唐伯虎的好友徐祯卿著《剪胜遗闻》记载，朱元璋造反夺权，当了皇帝后微服私访，与苏州一位老太太聊天，这位老太太误以为这个老头跟她一样，是小民百姓，言下不仅流露出对吴王张士诚的怀念之情，而且径直呼朱元璋为"老头子"，引起这个"老头子"勃然大怒，后下令将这条街都抄了，"籍没民家甚众"。在两千多年的封建社会中，百姓与皇帝之间，隔膜之深，不啻相距千山万水。新的皇帝上台了，老百姓总是望眼欲穿，以为新政来临,出现盛世。结果总是让他们失望。仍以朱元璋为例。在御用文人的鼓噪下,他成了真命天子,百姓欢声雷动。然而,盛世没有看见,倒不时看到了剥皮、抽筋,看到人们像和尚念经似地背诵他的语录《大诰》,后来他的家乡凤阳叫花子唱的花鼓词,终于揭了他的老底:"说凤阳,道凤阳,凤阳本是好地方。自从出了个朱皇帝,十年倒有九年荒!"明中叶后,随着君权的进一步被神化,即使在经常见面的大臣和皇帝之间,也不啻隔着关山千万重。有的大臣上朝时,一看到皇帝,竟吓得浑身发抖,大小便失禁。明朝的最后一个皇帝亡国之君朱由检,执政的十七年间,竟像走马灯似的换了几十个宰相,在相当程度上说,也是君臣隔膜太深所致。当然,大臣毕竟是少数人。从历史上看,最让人遗憾的还是亿万百姓眼巴巴地盼望新政,结果是竹篮打水一场空,给他们带来幻灭般的悲哀。最典型的是清末"光绪新政"光绪皇帝在"百日维新"期间,一共下过一百一十一道诏书,一天最多下过十几道诏书,声言要革除这,革除那,实行新法,修铁路,办学校等,可惜都不过是一纸空文。内容虽新鲜,但没有一条能保鲜!以慈禧太后代表的皇权为核心的封建制度没有任何改变,"敬天法祖"的封建意识形态没有丝毫改变,借用鲁迅的一句话来形容,不过是"改革一两,反动十斤"而已。最后慈禧老婆子一巴掌便把"新政"打个烟消云散,百姓唯有仰天长叹。

新中国成立后,怎么样?历史已经证明,仍然有太多的"死的抓住活的"(马克思语)痛苦,山一程,水一程,隔膜时相闻。1962年,国内饥馑蔓延,多少人患了浮肿痛,多少人被活活饿死!我有位老同学,家在淮北,他的大哥——头戴地主分子帽子,一家五口,全部饿死,绝了户。在四川省委机关大院内,有些同志挖开草坪,种蔬菜、粮食,可是中共西南局兼四川省委第一书记李井泉看到后,竟在大会上严厉批评:"种什么粮食? 我一个月 20 斤粮食还吃不完呢!"他忘了,凭着特权,他家的鱼、肉、鸡蛋依然一样不缺,自然无需吃多少粮食。真是饱汉不知饿汉饥! 他如果生在遥远的古代,大概多半也要闹出"何不食肉糜"那样令饥民欲哭无泪的笑话的。这时另一位老领导、因说真话被罢了官、打成反党分子的彭德怀元帅,又在说些什么呢? 据彭总夫人浦安修告诉家兄(《彭德怀在三线》一书的著者)王春才,在挂甲屯闭门思过的彭德怀,有次感叹地说:"毛主席是伟大的,他的功绩是百分之九十九点九,他的缺点是百分之零点一。"他直至临终,也未必真正认识毛泽东。一代元戎、与毛泽东共事过几十年的彭德怀,对毛泽东尚且如此隔膜,更何况包括我在内的亿万百姓。明乎此,在祸国殃民的"文革"妖风在中华大地上呼啸而起时,我们曾经疯魔一般高呼"万岁,万岁,万万岁!"热烈地赞扬过,起哄过。没有亿万人的盲从,"文革"岂能乱到那种地步?

悠悠往事说不尽,人间隔膜亦何多。《孤星血泪》中乔的那顶礼帽,启迪我追古思今,想了很多。当然,倘就事论事,乔的礼帽未能放好,又区区何足。道哉? 最发人深省的是最高统治者与人民之间的严重隔膜。借用鲁迅的一句名言,并改头换面,便是:不在隔膜中爆发,就在隔膜中灭亡。仅以明末、清末为例,严峻的历史,不早已清楚地表明了这一点吗?

（原载《教师报》2005 年 7 月 13 日）

哀马慧珍

这些年来,我写过不少怀念已故亲人、老师、朋友的文章,虽然伤感,甚至流泪——忆母亲的万字长文,更使我痛哭失声。但总的说来,写作时我的心头是平静的。但最近我去盐城、阜宁,调查了我曾经叫过她马大姐的淮剧名伶马慧珍(1933—1974年)的惨痛经历后,下笔时,满腔悲愤,扼腕难平。

作为一个文化人,淮剧实在是我童年、少年时的文化启蒙老师,老来忆往,我对优秀的淮剧前辈,心中充满了感激之情。马慧珍就是其中的佼佼者之一。她生于苏州,出身淮剧世家,母家许桂芳与有"淮剧梅兰芳"之称的表演艺术家筱文艳,是师姐妹。马慧珍工花旦、青衣,也演刀马旦。我第一次看她的戏是1953年夏天,在盐城人民剧场,她饰演《孟丽君》中女扮男装的皇甫少年。那时淮戏还演的是幕表戏,没有剧本、导演,演员的唱词、表演,全靠现场发挥。马慧珍扮相俊美,举手投足,满台生风。那一代淮剧艺人,都没文化,但马慧珍的唱词朗朗上口。58年过去了,我还能背出她当时的一段唱词:"尊我主,万岁爷,且听为臣奏上一本:她黄、孟二家说我郦明堂不是男子汉,倒是女红妆,若是番邦知道了,岂不是说我中原没有一个保国的忠良!"

《孟丽君》也确实成了她的拿手好戏，在阜宁县久演不衰。该县盛产棉花。1958年前后，棉农往往扛一袋棉花，到阜宁城内卖后，一家人都看马慧珍主演的《孟丽君》。其中有位女青年，深深被她扮演的小生皇甫少年吸引，她跟父母提出，一心要嫁给这位英俊男子。父母一再劝她，说那是戏中人，马慧珍是女的，她反串小生。但这位女孩就是不信，在家中闹腾不休。父母无奈，在城里摆了一桌酒席，托人请马慧珍赴宴。马慧珍这时不但名动江淮，还是阜宁淮剧团团长，兼阜宁艺校校长，行政十七级，在阜宁县堪称位居要津。但当她知道设宴者的本意后，在其老父陪同下，欣然赴宴。那位女孩一见马慧珍果然是位女的，顿时就醒悟了。

家兄王荫是抗日时期参加革命的老同志，离休前，一直从事盐阜地区文化艺术的领导工作，与马慧珍稔熟。他已九十高龄，对我原原本本地讲述了这段逸事后，感叹地说："这是淮剧史上的佳话。一个演员能如此打动人心，实在罕见。"事实上，阜宁痴迷马慧珍的男女粉丝，实繁有徒。为了减少不必要的麻烦，有人放出风声：马慧珍是个大麻子，上台看不见，下台看不得。谣言不胫而走，很多人还真信了。马慧珍的三儿子小孙告诉我，直到现在，有些老人得知他是马慧珍之子，还好奇地问他：你妈真是大麻子吗？真让人啼笑皆非。

就连我，看到卸了妆的马慧珍，也要到1954年秋天。这时，我读完盐城中学高二，患了严重的鼻窦炎，必须到南京鼓楼医院去动手术。刚好江苏省文化局组织全省戏曲会演，选拔优秀剧目参加华东区戏曲会演。家兄时任盐城专区实验淮剧团指导员兼团长，他关照赴省参加会演的领队，把我也顺便带去好照顾我。到南京后，我跟演员们吃住在一起。马慧珍是代表之一，饰演《打金枝》中的东宫娘娘。

马慧珍虽聪明绝顶,但没有上过学,看不懂信,更甭说写作了。我在家中行三,盐城淮剧演员都是家兄部下,从俗喊我三爷。一次,马慧珍把我叫到她的宿舍说:"三爷,我想求你帮个忙,帮我写封信。"我打量着面前的她:并不很漂亮,但端庄,没有任何化妆,穿着普通的白衬衫、蓝裤子。此时她每月拿近200元的工资(当时的小学教师、店员月薪才18元),却如此朴素,让我心存感动。我感受到,坐在对面的不是著名演员,而是邻家大姐。

所谓写信,无非是她口授,我笔录。信写完后,我对她说:"你火气这样大,寄出去不好吧?"她断然说:"我还怕他们? 就这样寄出去!"原来阜宁淮剧团有人抓住纯属她个人生活的事,借题发挥,想把她整垮,取而代之,她岂甘罢休? 信中全是痛斥。由此我感到她性格的刚强。

她不排戏时,也会找我聊天。有一次她微笑着问我:"你多大了?"我说:"18岁(虚岁)。"她说:"你有文化,多好! 我看你长相、身材都不错,要是学戏,很快能成为一流的小生。"我说:"我明年就要考大学,想当文学家。"她听后,也许是感到南辕北辙,沉默不语。这就是隔膜吧。我先后帮她写过四封信,有一封是给县文教局领导的,每封信都是义正词严。后来,我转往上海第一医院动手术,告别了马慧珍等朝夕相处的淮剧演员们。

转眼就是那年的11月。我因在上海手术后,休养了三个月,办了停学手续,到建湖县初中当了代课教师,打算一边教书,一边复习,来年考大学。一天,在县镇上看到大幅海报:"马慧珍率团隆重演出《钗头凤》",心生欢喜,便到剧场后台看她。显然是我已为人师,重视礼貌,叫了一声"马大姐!"她立即笑了。几个月前,在南京时,她叫我三爷,我也不过对她直呼其名,她亏大了。我发现她双手仍都是灰指甲,说:"怎么还不治呢?"她说:"成天演戏,哪有时间治啊?"(她一心献身艺术,怀第二个儿子时,已 7 个月,还在上海演《虹桥赠珠》,开打时,一个劈叉,竟当场生下早产儿。)我告知近况后,她送我两张戏票。当晚,我与一位语文老师一起看了戏,剧场爆满,她演的唐婉,在沈园邂逅陆游时的凄然欲绝,"伤心桥下春波绿",令我感动落泪。她的水袖功夫,更几臻化境。近几年,我曾两次在绍兴访沈园,马大姐演的唐婉倩影仍清晰地浮现在我的眼前。谁能料到,这竟然是我见马慧珍的最后一面。

十年浩劫开始,马慧珍作为阜宁名人,首当其冲,被揪出来,在城内游行。一小撮造反狂徒,不仅给她挂上写着"美女蛇"的黑牌,还极其卑鄙地制作了一条美女蛇,缠绕其身,在她的头顶上伸出蛇头,吐出毒舌。这是何等的凌辱! 此后,残酷的迫害接踵而至。刚强的性格支撑着她在苦难中活下去。值得一提的是,她的丈夫孙建泉,关键时刻挺身而出。他是京剧武生,一身功夫。马慧珍游行时,他身藏片刀,跟在人群中,谁要是打她,他立刻上去拼命。剧团批斗她,他每场批斗必到,先放话:批斗她,我没的说。谁要是打她,我就打谁。没人敢跟他较劲,使马慧珍免了皮肉之苦。谁说"夫妻本是同林鸟,大难来时各自飞?"且着这位孙兄,铁骨铮铮,大丈夫也!

苦难毕竟有尽头。1973 年,马慧珍经过多年审查,并无问题。她是共产党员,恢复了组织生活。令人愤慨的是,按理她应该回剧团工作,恢复每月 100 元工资。但阜宁领导却让她到农药厂去看仓库,每月只发 36 元工资。低劣农药的有害气体,终于损害了她的健康,患了不治之症白血病,于 1974 年 11 月 12 日去世,年仅 42 岁。1980 年,阜宁县召开全县大会,为在"文革"中深受迫害的前阜宁县委书记、马慧珍等四位阜宁名人平反昭雪,将马慧珍的骨灰盒暂放烈士陵园,准备给她单独修建大墓。

马慧珍如地下有知，当含笑九泉。然而，她岂能含笑九泉！今年5月20日上午，我在马慧珍儿子小孙及县文化界二位友人陪同下，去烈士陵园凭吊马慧珍时，小孙发现盒内骨灰已不翼而飞。我的心悲凉至极。中午，县内有位干部告诉我：这里有盗墓贼专盗骨灰，然后致电有钱人家，说你妈骨灰在我们手中，拿10万元来赎，不然我们就扔到河里去。如此敲诈，人头畜鸣，丧尽天良！

走笔至此，我不禁掷笔长吁：马大姐，你身前曾遭凌辱，死后却又再受凌辱。此刻你的芳魂漂泊何处？问苍天，天无语。呜呼！朗朗乾坤，承平世界，夫复何言。

（原载《检察日报》2011年6月10日）

人文精神，魂兮归来

近读胡守钧大著《文明之双翼——关于科学精神与人文精神的对话》，再次引发我对科学精神与人文精神的思考。

三年前，我曾应邀在南昌大学胡平教授主持的学术课堂上，作题为《当前人文科学领域的反人文倾向》的演讲，稍后又应老友上师大人文学院院长孙逊教授之邀，做过同样的演讲。我以为，科学精神是人文精神的基础，并相辅相成。对人文科学而言，实事求是是科学精神的核心，坚持人的尊严——说得更具体一点，坚持学者的人格尊严，及其所从事的学术尊严，应当是人文精神的支柱。令人遗憾的是，放眼当前人文科学领域，反人文倾向比比皆是，有的已达到可笑、荒唐，甚至卑劣无耻的程度。

曾被媒体炒得轰轰烈烈的"夏商周断代工程"，从一开始，我即持怀疑态度。夏朝是中国历史的传说时代，因为还没有文字出现，一代又一代老爷爷、老奶奶的口述历史，本来就相当模糊，低劣的物质条件，更难以保证它不走样地传承下去。商代虽有了甲骨文，但毕竟没有完备的史书，有相当大的历史时空认识空白，难以做实。这是历史常识。但这是一个长官意志的工程，其首席科学家显然没有"说大人则藐之"的气魄，也没有对巨大经济利益弃为敝帚的决心，结果只能是硬着头皮上马。逾千万的工程资金，吸引了一些学者的眼球。这个工程断来断去，弄出一些具体年代，相关专家难以置信，意见没法统一，最后居然举手表决。

世纪之交，我在刊于《大公报》《北京日报》《文汇读书周报》上的《评泡沫史学》一文中，针对此举评曰："这又不是小学选班长，工会选小组长，怎能用举手表决！"事实上，当时在场的一位考古学家，后来在安阳和我聊天时，完全是当作一个笑话讲给我听的。时任中国社科院院长的胡绳先生亦说："对传说年代进行断代，这件事本身就是个神话。"人民出版社原社长、党委书记，也是中国杂文界的老前辈曾彦修先生更尖锐地指出："中国 20 世纪末最大的文化丑闻，就是夏商周断代工程。"毫无疑问，这个工程对学者人格的尊严、学术的尊严都是负面的。钱虽拿了不少，人文精神却流失得更多。

同样，我看应当给文物鉴定行当下达一份死亡通知书，或稍微客气一点，下达患了绝症的通知书。十年前，湖南石门一青年农民伪造了一个铜牌"奉天玉诏"，国家级文物鉴定部门的有关所谓专家居然将它鉴定为国家二级文物。后来当地知情者给我来电、来信，揭发此事，并说制作这样一个铜牌，只需要半个小时。石门有司及明史学会中的所谓头面人物，竟对铜牌视为瑰宝，不知其学术良心何在？

更有甚者，法院一审已被判无期徒刑的湖州奸商谢根荣，伪造了金缕玉衣，国家文物鉴定委员会有关专家等，签名鉴定为国家级珍贵文物，居然隔着玻璃说价值 24 个亿，使谢根荣从银行骗贷 6 亿余元用于个人挥霍。

我认为，有必要大声疾呼：人文精神，魂兮归来！

（原载《社会科学报》2011 年 10 月 13 日）

道学一落千丈考

　　现在一提起道学、道学家，人们就难免要皱眉头。其实，从历史的眼光来看，这未免有点对不起道学的老祖宗。

　　道学也曾经有过显赫的一页。即以道学发轫之初的宋代周敦颐、张载、程颢、程颐、朱熹、陆九渊辈而论，他们对传统文化、外来文化（主要是隋唐佛学）兼收并蓄，对于孔子高足"不可得而闻"的"性与天道"大力探讨，从而把儒学推进到一个新的发展阶段。诚然，道学内部在世界观、方法论上都有分歧，但双方并没有势如水火，更未如乌眼鸡，恨不得一口啄死对方，而是反复辩论，各抒己见，"鹅湖之会"成为中国思想史上的佳话。"墟墓兴衰宗庙钦，斯人千古不磨心"；"易简功夫终久大，支离事业竟浮沉"；"旧学商量加邃密，新知培养转深沉"。透过这些双方的辩论诗句，我们强烈感受到恢宏气象，心窗八面来风。特别是南宋理学的代表人物朱熹，对经学、哲学、易学、史学、文学都有深入的研究，著作等身，堪称博大精深。他的《观书有感》诗："半亩方塘一鉴开，天光云影共徘徊。问渠那得清如许，为有源头活水来。"虽千载之下，学人都能从中领悟到治学的不二法门。

　　然而，从元代到明代、清代，道学发展的趋势，是一代不如一代；特别是从明末起，道学更是一落千丈。此何以故？令人深思。

道学的衰落，固然有种种原因。就其自身而论，假道学的盛行，宛如白蚁啮枢，久而久之，终于使枢有千疮，大厦支离。这是道学没落的一个重要原因。

假道学的根本特征，是挂羊头卖狗肉，正如明朝小曲所揭露的那样，"一个个兔赶獐，一个个卖狗悬羊"。早在嘉靖年间，袁袠即一针见血地指出："今之伪者……其所诵读，周孔之诗书也……其所行者，则桀纣之所不为也。假道学之美名，以济其饕餮穷奇之欲，剿圣贤之格言，以文其肤浅悠谬之论，翕翕訾訾，如沸如狂。创书院以聚徒，而学校几废，著语录以惑世，而经史不讲。"（《世纬》卷下）一不讲经，二不讲史，只能造就不学无术之徒。而越是不学无术，越是要画地为牢，排斥异己，甚至不惜与知识为敌，叫嚣烧书。元朝的吴海，就专门写过一篇《书祸》，倡言对儒家经典以外的书，全部"禁绝之"，一把火烧个干净，百姓不得再收藏，坊市不准再刊印，科场考试时有胆敢引用者，即"黜降停革"（《闻过斋集》卷四），撤职查办。清朝的石韫玉，不仅狂言"凡遇得罪名教之书，须拉杂摧烧之"，并特地在家中设一书库，取名"孽海"。除儒家经典外，见书就购，拟付之一炬；甚至不惜摘下其妻手腕上的金镯，千方百计买到 340 多部《四朝闻见录》，统统烧光（法式善：《东齐脞语》）。对于民间野史，竟然仇恨到如此地步！至于假道学的卖友求荣，如清初李光地出卖陈梦雷，在公文上做手脚，如熊赐履批错上疏，却毁灭证据，栽赃陷害他人；不择手段捞取政治资本，如厚着脸皮替老子请谥的尹嘉铨；诸如此类，都使他们自剥画皮，成了人所不齿的"名教罪人"——这在当时，实在与狗屎堆几乎同价了。显然，道学闹到这步田地，前景也就可想而知。到了清末，道学差不多"呜呼哀哉，尚飨"了。诚然，还有不识时务者想开历史倒车，重振假道学，如民国初年，仍有遗老重刊尹嘉铨的《小学大全》，哀叹"世风不古若矣，愿读是书者，有以转移之"。这当然是徒劳的。"庙门灯火尽，徘徊独多时。"还能得到什么呢？

从思想发展史来看，不管哪一种思想体系，如果发展到似是而非的地步，则岌岌乎殆哉。清初思想家颜元在批判道学时，曾指出："天下宁有异学，不可有假学。异学能乱正学，而不能灭正学；有似而非之学，乃灭之矣。"（《颜习斋先生年谱》卷下）假道学正是典型的似是而非之学，它的危害性是不可低估的。

1994 年 6 月 2 日于八角村

猿啼鹤鸣一样亲

　　自从由猿进化成人，人便是作为社会群体而存在的。很难设想，一个离群索居，脱离了社会的人，能够长久地生活下去。因此，从本质上说，人的概念是抽象空泛的，人类的概念才是具体鲜活的。但是，人类无论是在茹毛饮血的野蛮时代，或是在如同经典作家所说"披上温情脉脉面纱"的中世纪漫漫长夜，还是在今天可以登上月球、在太空遨游的高度文明的时代，人类孤立的个人家庭，甚至是一个小的群体部落，面对变化莫测的大自然、"人海阔，无日不风波"的社会，力量是渺小的，这就需要别人的帮助，因而也就产生了人与人的交往，从而出现了交谊。我国古代的儒学信徒，曾经长期争论人性善恶的问题，这就是：人之初，性本善？还是性本恶？各执一词，聚讼纷纭。笔者作为后生小子，又何敢置一词。但是，举手的权利毕竟还是明摆着的，因此，我拥护这样的说法：人之初，性本善。人类的本质应当是善良的，至于后天的"近朱者赤，近墨者黑"，固然也是重要的，但毕竟是第二位的因素。人类的绝大多数，都是善良的，乐于助人的，这是人类得以交往、结成友谊的共同基础。

　　作为礼仪之邦，我国有五千年的中华文明。"有朋自远方来，不亦乐乎"，"仁者爱人"，"四海之内皆兄弟也"，这些儒学名言，世世代代在国人的精神生活中打上深深烙印，对形成国人具有仁爱之心、重视友谊的优良传统，具有重要作用。汉朝人有诗曰："采葵莫伤根，伤根葵不生。结交莫羞贫，羞贫友不成。"（《古诗源》卷四）反映了人们对不论贫富、真挚友谊的向往。但是，从总体上看来，这样的向往毕竟是一种梦想。

何以故？一句古老的民谚，早已作出了回答：穷在近邻无人问，富在深山有远亲。在阶级社会，人类的交往，终究要打上阶级的烙印。"物以类聚，人以群分。"人类的各种群体是由不同阶级、阶层、不同利益群体、不同政治圈、文化圈等组成的，他们的交谊，往往涂上各种色彩的政治油漆，印上了特殊标记。因此，若细说古往今来各色人等的交谊，正像一句俗话所说的那样：一部廿四史，不知从何说起！但是，倘我们仔细观察就不难发现：若宏观地从交谊的角度来看廿四史，无非是一些人一阔脸就变，一些人未阔脸已变，一些人阔了脸不变，大多数人从未阔过，也无所谓变脸的历史。第一种人，某些封建帝王为典型。其中颇有些流氓气的汉高祖刘邦，以及少年时当过小和尚、浪迹江湖时沾染上游民阶层恶习、当了皇帝老子又处处学刘邦样的明太祖朱元璋，堪称是其中极坏的榜样。遥想当年，这两位和穷哥们把脑袋别在裤腰里打江山时，是何等意气风发，义薄云天，真个是出生入死，同甘共苦，情同手足。可是，曾几何时，当他们打下江山，坐稳了第一把交椅，很快就脸色大变，把弟兄们看成是"功狗"；你看，一进入"狗"类，可不是好兆头："狡兔死，走狗烹！"事实正是这样。刘邦和他的管家婆吕后，残酷杀害了多少功臣！我至今不信韩信谋反的鬼话。他要谋反的话，早在兵权重握时就反了。说梁王彭越谋反，更是冤哉枉也。然而，韩信被"夷三族"，彭越竟被制成肉酱，遍赐诸侯，何其毒也！

至于朱元璋的炮打功臣楼，更是人们耳熟能详；他把77岁的老元勋李善长牵扯到胡惟庸冤案中，杀了李善长和妻女弟侄家口七十余人，这是何等令人扼腕不平！由此可见，在刘邦、朱元璋之流的大字典里，所谓交谊二字，不过是利用、屠戮而已。至于第二种人。历代的文痞、走卒最为典型。每当统治者要迫害忠良时，总会有一帮子人"一犬吠影，百犬吠声"，卖友求荣。而第三种人，如苏轼，名满天下后，依然为人随和，与和尚、道士、妓女、乡下百姓往来如初，其中有些人还成了他的莫逆之交；又如鲁迅，成为新文学的旗手、一代青年的导师后，甘心做青年的"人梯"，与他们交友，给他们以帮助，甚至与学生一起外出旅行时，替学生捆行李，打铺盖，被他的学生比喻为耶稣替门徒洗脚。这是何等崇高的品格！而最后一种人，也就是小民百姓，他们之中绝大多数人的友谊是纯真无私的。"衣冠不论纲常事，付与齐民一担挑。"这两句古诗，不妨改为"昏君不论交谊事，付与齐民一担挑"。当然，这也是大体而论——大体！且看本书大西南穷山沟里、荒岭野寺中那些蚩蚩小民，许多人一字不识，却满腔热忱地招待徐霞客，为他解决种种困难。应当说，自古以来，人民大众才是交谊的主体。即使从交谊这个角度，称他们是"民族的脊梁"，也是当之无愧的。

回顾国人的传统交谊，其最大特点应是：宽容。古人有"猿鹤相亲"之说。这特别耐人寻味。猿与鹤，分属不同种类，但它们却能在蔚蓝的晴空下、苍松翠柏间，相安无事，甚至猿啼鹤鸣，状甚亲密。人群之中，又何尝无此现象？清初大儒、思想家顾炎武，很有民族气节，明朝灭亡后，他始终不仕清朝，以遗民布衣之身，终老山西曲沃。但是，这并不妨碍他曾经十八次进北京，与他的三个外甥、清朝的新贵徐乾学、徐秉义、徐元文往来，也不妨碍他与别的清朝官员往来。更有甚者，顾炎武与在明朝任御史、投降清朝后又做御史、广东布政使、山西按察副使等高官、名声不佳①、后来入《清史》贰臣传的曹溶（1613—1685 年），频繁往来，聚会香山、共游雁门、同饮大名等，保持了二十年的友谊。顾炎武逝世后，曹溶作《哀顾宁人殁于华阴》诗："朔风栗冽未曾停，吹落关南处士星。车马未酬秦筑愤，文章足浣瘅云腥。贞心慢世冰花洁，异物摧人鹏鸟灵。幽魄故园招未得，祗随华岳斗青荧。"深情厚谊，溢于言表②。虽然顾炎武在自己的诗文集中，不收与曹溶往来的书信唱和的诗句，但他与曹溶的二十年深交，却是不争的事实。又如冒襄，也拒绝与清王朝合作，晚年甚为贫困，但他广泛交结的朋友中，也有不少清朝高官。再以近人而论，陈独秀与胡适在五四运动后分道扬镳，政治立场完全不同，但陈独秀被国民党逮捕入狱后，胡适也曾积极关心、帮助过陈独秀。凡此都足以表明，不同政治色彩的人，也可以往来、交友，只要不干共谋有损于国家、民族的坏事，彼此往来，绝对不等于同流合污，更无需划清界限。由此可知，极左年代里的"六亲不认"、"划清阶级界限"、"站稳阶级立场"云云，实在有悖于中华民族交谊的优良传统，而一人落难，家属立刻遭殃，则不过是封建帝王"株连九族"的翻版而已，更与国人的交谊传统格格不入。

---

① 乾隆时即有人指责曹溶与钱牧斋、吴梅村、龚鼎孳、李清、陈素庵"为江浙五不肖"。见谢国桢：《增订晚明史籍考》，上海古籍出版社 1982 年版，第 594、596 页。

② 最近美籍华人学者谢正光根据稀见本曹溶诗集《静惕堂诗集》和其他史料，作《顾炎武·曹溶论交始末——明遗民与清初大吏交游初探》，（刊于香港中文大学《中国文化研究所学报》1995 年新第 4 期）言此事甚详。足见传统的顾炎武北上秘密抗清说，无异痴人说梦。

论"口袋运动"

　　世界上有各种各样的口袋,倘若以用途来划分,无非是两大类:装钱、装物。不才少见多怪,生平所见口袋中,给我留下特别印象的有二:一是童年时所见新四军战士所背米袋,常常未能装满,看上去有点儿"松松垮垮";二是四十年前,在复旦大学求学时,中文系的赵宋庆先生给我们上文学史,此老留着贝多芬式的长发,身穿长衫,走上讲座后,手伸进裤袋掏东西,身子渐成四十五度状,掏了好一会儿,才掏出一支粉笔。我很惊异他的口袋怎么会那样深?而且掏之良久,亦仅粉笔一支而已。如此看来,似乎口袋并无文章可作。其实,绝非如此。倘若形象一点说,中国历史就是一只"剪不断,理还乱",举世无双的大口袋,只要你钻进去稍稍翻动一下,就会发现口袋是太有说头了。

　　不必去考证是谁发明了口袋。事实上,即使是国学大师,倘若考证此事,也肯定是"枉抛心力做英雄"。从某种意义上说,一部二十四史,就是口袋运动史。对广大蚩蚩小民来说,口袋足,知荣辱。这里所说的口袋足,是指最低意义而言,即尚能饣胡口,风雪年关时,杨白劳们、喜儿们,还能有两升白面、两尺头绳。而反过来,如果他们口袋里一个铜板也没有,锅灶上结了蜘蛛网,就会揭竿而起,吃大户,抢官府,用暴力手段争取自己的口袋也能鼓起来,这差不多就是历代农民造反史的缩影。而另一类人,不过是为了夺取黄绫袋里的金印,最终目的也还是为了使自己口袋里的财富永远装不完,甚至富甲天下或富有天下,并妄图"子孙永葆永享"。第一类人,令人同情,第二类人,令人憎恶;因为正是后者的巧取豪夺,才使前者的口袋空无一物。

回顾历代口袋运动史,耐人寻味。而从根本上说,封建统治者很难吸取历史教训。每个王朝前期尚能注意前朝被口袋运动覆亡的教训,中叶后即弃之脑后,真乃"靡不有初,鲜克有终"。五代梁时,浙江奉化有位布袋和尚,经常拿一只布袋,见物即讨,然后又在人前倒出来,说"看看"。显然,他颇有透明度,收入、支出,毫无隐秘。临终前说偈,有谓"时时示世人,世人自不识"。对横征暴敛、贪赃枉法者而言,当然永远是"自不识"。据徐祯卿《翦胜野闻》记载,明初有人在破庙里的墙上,画一布袋和尚,并题诗曰:"大千世界浩茫茫,收拾都将一袋藏,毕竟有收还有放,放宽些子又何妨!"微服私访的朱元璋看到此画时,墨迹新鲜,但庙内空无一人,也许是知情者特意画给他看的。中国封建社会的政治家,真正能悟此诗真谛,恐怕为数寥寥。而几乎无官不贪的众多官员,倘若翻开其中绝大多数人的口袋,绝对不会像赵宋庆老师那样,只有一支粉笔,则是毫无疑义的。中国历史上真正袋中如洗的清官,只有几十人,为数之少,足可说明一切。据《濯缨亭笔记》载,明中叶后,"人皆志于富贵,位卑者所求益劳,位高者所得愈广……时人语曰:'知县是扫帚,太守是畚斗,布政是叉袋口'。"可见贪污成风,权越大,贪欲越大,口袋也越大。但是,取之不义,终难避免垮台。"千层浪里翻身,万丈崖颠失足,猢狲裹在布里,老鼠走在牛角。"(明·屠隆:《娑罗馆逸稿》卷二)落得这样的下场,悔之晚矣!

遥想古人，寄语世人：如能想到新四军战士——当然还有八路军及他们的前身红军战士的米袋，恒念创业艰难，又当如何？让我们还是回到布袋和尚的话题上来。岳飞之孙岳珂曾有诗曰："行也布袋，坐也布袋，放下布袋，何等自在！"不知贪心甚炽者读此诗，能从中有所悟否？

1991 年秋于八角北里

好 青 年

最近北京大学、清华大学等校十名博士发文，声言"要将反对于丹之流进行到底"。虽然窃以为何必称于丹辈为"之流"，因习惯上一入"之流"，便意味着"流"人不三不四甚至反面人物一伙。即以于丹女士而论，虽绝对非美女，但聪明过人，伶牙俐齿，若拜吴宗宪、窦文涛为师，在央视主持脱口秀节目，肯定能迷倒众粉丝；亦不赞成文中某些贬斥过分语言，须知，对女性尤宜"温柔敦厚"也。但是，于丹所讲《论语》，不过是将《论语》当戏台，在台上唱念做打，作秀而已，于《论语》本身，尚未入门。《论语》也好，《庄子》也好，均系传统文化在特定历史时期产物，倘不潜心研究历史、经学史、经典，随心所欲解读，把古人现代化、摩登化，只能是糟蹋经典，败坏学风，使文化进一步低俗化、文盲化。近日凤凰卫视节目某女士竟肉麻吹捧于丹是"两千五百年来第一人"，实在是无知者无畏之典型。于丹式妄解儒学经典者，何代无之？20世纪20年代，山西一青年宣称已通晓《易经》奥秘，出版《易明灯》一书，媒体一时间沸沸扬扬，但行家指出，此书狗屁不通，不久即无人问津。曩年某曾整理李平心先生书目，得观此书，哑然失笑。于丹之书，大体亦不过《易明灯》之类而已。时下博士满天飞，勤奋治学，敢于抵制不良学风者，能有几人哉？一些人著文攻击十博士是"吃不到葡萄"心理作怪，某看此辈是以己之心度君子之腹，"燕雀安知鸿鹄之志"！某虽不才，且老矣，但敢为十博士——好青年喝彩！正是：

转眼麋鹿成骆驼，
沐猴而冠响破锣。
堪笑起哄捧场者，
胡将岁月空空消磨！

（《文汇读书周报》2007 年 3 月 30 日）

吉星文与卢沟桥

今天的年轻一代,对于吉星文其人,恐怕知之者甚少。他是位英雄人物,但也是位悲剧人物。说他是英雄,是因为在 1937 年 7 月 7 日爆发的卢沟桥事变中,他作为坚守宛平的驻军团长,曾奋起抗日,为了保卫卢沟桥,保卫中华民族的尊严,身先士卒,浴血奋战,在抗战史上写下了光辉的一页。

常言道:将门出虎子。吉星文是抗日名将吉鸿昌的侄子。1934 年 11 月 24 日,吉鸿昌在北平英勇就义,不能不使吉星文感到悲愤交加。吉鸿昌何罪? 罪在坚持抗日。成了奉行"攘外必先安内"误国政策的蒋介石的眼中钉。必欲除之而后快。吉鸿昌的爱国、牺牲精神深深感染了吉星文。卢沟桥保卫战表明,他不愧是吉鸿昌的后代。

当时,吉星文是宋哲元任军长的二十九军所属第一一〇旅(旅长是名将何基沣)第二一九团团长,驻守宛平。事变发生后的次日下午,吉星文严正拒绝了日军限令于当晚 7 时前投降的通牒,奋起反抗,下令官兵:"坚守阵地,坚决回击。坚持抗战到底。"在吉星文的指挥下,守卫卢沟桥上一连战士,与日军发生激烈战斗,英勇惨烈。一位青年战士用大刀砍死砍伤日军 13 人,自己壮烈殉国。守卫大桥北面的一连战士奋不顾身，殊死战斗，最后全连仅剩下 4 人，其余都为国捐躯了。从 11 日起，日军以大炮猛烈轰击宛平县城及附近一带，吉星文亦负伤。但他仍继续指挥战斗，并指挥城内居民向城外安全地带疏散。当日军的迫击炮弹落在发放赈粮的人群周围时，吉星文大喊："赶快散开！　隐蔽！"与百姓生死与共。唯其如此，日军对吉星文恨之入骨。他们提出所谓停战会商的条件之一就是撤换卢沟桥守军，并指名道姓，要"接替吉团防务"。这当然被我方断然拒绝。

7 月 30 日晚，吉星文团官兵挥泪告别宛平父老，撤退到长辛店，卢沟桥旋即沦陷。但是，保卫卢沟桥的壮举，揭开了中国抗日战争的序幕。吉星文也从此英名远播，作为抗日英雄，受到人们的赞颂。戏剧大师田汉曾专门写了话剧《保卫卢沟桥》，在各地上演，其中的吉星文团长是用真名实姓出现在舞台上的。当人们看到北平学生跪在吉星文面前，痛哭失声地要他保卫卢沟桥，他被感动得热泪盈眶，当即表示要誓死抵抗日军，下令战士开枪回击时，无不为之动容。吉星文也就更加名震华夏。庄严的历史是有情的。

但是，历史有情也无情。随着斗转星移，岁月无声逐逝波，在保卫卢沟桥的 20 年后，即 1958 年在人民解放军万炮震金门的战斗中，第一炮就击中了金门国民党守军的司令部，其副司令被当场炸死，此人不是别人，正是吉星文将军。当年的抗日英雄，竟这样永别人寰，对他个人来说，不能不是个悲剧。其中的历史教训是值得人们回味的。

当年吉星文之所以能血战卢沟桥，彪炳史册，很重要的原因，是受了华北抗日救亡运动的影响。战斗打响的第二天，北平各界组织起"北平各界抗敌后援会"，并派人直接与吉星文取得联系，增强其奋勇杀敌、至死不退的决心。慰劳品、救援物资更是源源而至。可以说，这是国、共两党携手，全民抗战，团结御侮的先声。吉星文顺应了这一历史潮流。才在卢沟桥演出了可歌可泣的一幕。可惜的是，他没有能够顺着这个潮流一直走下去。

国共合作，曾经赢得抗日战争的伟大胜利，造就了包括吉星文在内的无数抗日英雄儿女。

今天，我们西望卢沟晓月，东听宝岛涛声。衷心祝愿：为振兴我中华，国共两党能再度携手。若然，吉星文式的悲剧也就永远不会重演。

1991 年 7 月 6 日于八角村

增长知识·阅读历史

——答《中国图书评论》记者于瑾

主持人：最近这一段时间流行历史剧，不仅像《康熙微服私访》这样的戏说可以拍到第四部，就像《雍正王朝》这样的正剧，收视率也居高不下，还有唐浩明的历史小说也一直常销不衰。这说明人们对历史还是很感兴趣的，而且希望能深入了解，但无论是历史题材的电视剧还是历史小说，都是经过演绎了的，想真正了解历史还是要去读史书。史书浩如烟海，对于普通读者来说，应该从何入手呢？

王春瑜：首先我想说，现在的历史剧充斥银幕，有泛滥成灾之势，真可谓鱼龙混杂、泥沙俱下。称得上龙的不是没有，如陈加林导演的《武则天》，比较接近历史真实，他请了我的一位同事当历史顾问，很尊重史学家的意见。这部大戏中，主要人物艺术形象的塑造也是成功的。又如最近的《走向共和》，一扫过去中国史学界研究领域及相关文艺创作的左腔左调、庸俗陈腐，非常成功地艺术再现了推翻封建专制的清王朝、走向共和国的艰难历程。在银幕上，慈禧太后不再仅仅是个毫无人性的老妖婆，李鸿章也不再仅仅是个卖国求荣的权奸，袁世凯也不仅仅是个荒唐可笑的窃国大盗。任何一个在历史舞台上活动着的政治人物，无一不是"正邪一统"

的体现者。《走向共和》的主要人物，在这一点上体现得相当成功。而这部戏对国体、政体、立宪制、共和制知识的普及，超过历史学、政治学普及功能的不知多少倍，对于国人具有重要的启蒙意义。但是，多数的历史电视剧或全部戏说，或戏说掺杂其中，甚至所占比重极大，都是对历史的严重歪曲。对于缺乏历史知识的人，尤其是青少年，起了误导作用，以为这就是中国历史，这就是我们列祖列宗的历史，那么必然后患无穷。清宫戏尤其糟糕。清史专家故宫博物院的单士元先生生前曾说过："清宫戏，我一概不看，太胡编乱造了！"我也深有同感。历史小说的创作比历史剧的创作要稍好些。如唐浩明的《张之洞》、熊召政的《张居正》，在相当程度上体现了历史、艺术创作的有机结合及完美的统一。我是研究明史的，我敢说《张居正》是以明史为体裁创作的历史小说中最成功的一部。而很多历史小说离历史真实太远。对于历史，怎可随心所欲地编造？

　　因此，要想获得真正的历史知识，还是需要读史。对于普通读者来说，读史可由简入繁。倘若要知道最起码的中国历史常识，可先读蒲风的《两千年间》。蒲风是胡绳的笔名。此书写于新中国成立前，20世纪80年代初曾重印。这是一本小册子，但历史脉络清晰，文字通俗，分析透彻。如想了解更多的历史知识，不妨读一读北京出版社、中国青年出版社相继出版的《中国史话》。不一定是每册都看，对哪一朝历史有兴趣就翻哪一册。如果仍然嫌这类史书缺乏可读性，干脆去看蔡东藩写的《中国历史演义》。虽说这是章回体的历史小说，却与流俗的等而下之的历史演义不可同日而语。蔡著演义几乎十之八九都取材于正史、野史，可谓引用有据，艺术虚构的部分很少，从不信口开河。倘有志于读中国通史，不妨看尚钺主编的《中国历史纲要》，或范文澜主编的《中国通史》

先秦到隋唐部分,这部分史实丰富、准确,经过范老修改、润饰文字后,文笔清新可读。再以后的部分,则不逮远矣。如果读者还想进一步了解历史,不妨读些稗官野史,如宋代大诗人陆游的《老学庵笔记》、元朝末年文人叶子奇的《草木子》、明朝中叶江南学者郎瑛的《七修类稿》、清中叶学者陈其元的《庸闲斋笔记》等。如果有谁能把中华书局的《历代史料笔记丛刊》认真地通读一遍,并能融会贯通,肯定已称得上是半个历史学家了。

主持人:做学生的时候,老师要求我们从三皇五帝的远古直至"文革"时期这一过程中发生的大事件和其时间、地点都要一一掌握,好像记不住公元 1234 年蒙古灭金,就是不知道历史。以至于对大部分学生来说,历史就是串在时间上的一些独立事件,历史就是死记硬背。读史一定要从时间、地点、事件开始吗?

王春瑜:读史切不可、也根本没有必要死记硬背。我曾在大学历史系教过历史,也曾在若干场合做过历史学的演讲,我从来未曾要求青年去死背历史年代、地点等。我的记性不错,但能记住的历史年代也不过是 1644 年清兵入关、1840 年鸦片战争、1949 年中华人民共和国成立之类区区几条。当然,我在研究、写作过程中,会不时翻检万国鼎编的《中国历史纪年表》。我认为,读史不一定要从太具体的时间、地点、事件开始,如果从小处着眼,很可能会觉得历史索然无味。当然,历史毕竟是在具体的时间、空间中进行的,读者对于先秦时期、秦汉时期、魏晋隋唐、宋元明清这些重要的历史时期,以及安阳、长安、洛阳、开封、杭州、北京、南京等主要都城,以及重大历史事件发生的时间、地点,如玄武门之变、淝水之战、赤壁之战、崖山之役等,都应该有个明晰的概念,否则脑子里的历史知识就会稀里糊涂了。

主持人:对于希望读史书的读者来说,佶屈聱牙的文言一直都是难以逾越的障碍，可是要学好文言是需要花大工夫的，这未免有点顾此失彼，如何突破文字关，走进史书呢？

王春瑜：依我的经验来看，过文言关主要是多看。我的童年是在乡间度过的。先看《三国演义》，不太懂，硬着头皮看下去，看完全书，一些文言句子也就懂了。读中学时，看《聊斋志异》，这比《三国演义》艰深多了，但书里的狐仙、女鬼太吸引人，边读边揣摩一些词句、典故的含义，不懂就让它去，再读下去。在另一些故事里可能又碰到这些词句、典故，往往就懂了。当然，也不妨查查字典、辞海之类的工具书，但主要是多看。我阅读文言文的能力是靠读古典小说及反复阅读《古文观止》打下的基础。有些青年为解决阅读文言的困难，首先去钻研古汉语语法，或一开始就读《史记》，我以为不可取。事实上，如能读懂《聊斋志异》，读《史记》之类的史书并不会感到有多大困难。

主持人：我看过黄仁宇的《万历十五年》，黄先生从万历十五年的一天，空穴来风的午朝事件为切入点，引出之前万历册封他的皇三子母亲郑氏为皇贵妃，后来居上。引发朝中官员的异议，而这一小小的插曲竟是一场影响深远的政治斗争的契机，导致了今后数十年皇帝与臣僚的对立，而且涉及整个帝国。这本书读起来很有趣味，作者从毫不起眼的小事入手，娓娓道来，最终揭示了明朝走向衰亡的历史原因。在我看过的有关明史的书中，明朝走向灭亡的起点显然不是这样的。史学家都把揭示历史真相作为自己的职责，对于黄仁宇所描述的万历十五年阳历的三月二日发生的午朝事件是不是确有其事，是一定要经过考证的。但在黄仁宇的书中，这些小事所反映的明朝政治、经济状况和社会问题，却是经过严格推论的。对于这类史书，您怎样看？我们又该如何去读它？

王春瑜：我认识黄仁宇先生。他比我年长，是位老前辈。但是他经历复杂，从军多年，后来才治史。经过十年"文革"，史学很凋零。不久，《万历十五年》即被译成中文出版（按：黄仁宇先生的中文水平并不高明，此书文字是经高手润饰过的），使不少读者——主要是青年学子、文学界人士眼睛一亮，觉得很新鲜。其实，这本书的写作方法在西方史学界并不罕见。我也看过《万历十五年》，老实说，我并不觉得此书有多么了不起。我秉承的治史方法是传统的"步步为营"，在广泛搜集史料并严格考证的基础上谨慎立论，我觉得黄仁宇先生有点"天马行空"，《万历十五年》引用的史料离丰富二字差远了。美国一些史学家，尤其是研究经济史的，往往采取史实不足证，就用后来甚至当代社会的一些资料来推论，这与中国传统史学方法格格不入。我本人认为这种方法不可能揭示历史真相。黄仁宇先生也喜欢采用这种方法，我同样不敢苟同。他的有些论文，如《从〈三言〉看晚明商人》下了功夫，有学术分量。而很多文章都是放谈史论，我不认为这些文章有多大学术价值。他的所谓大历史观，什么五百年一大历史变局论，根本脱离中国历史实际，有建树的中国史学家、明史专家，从来就无人喝彩过。前一段大炒黄仁宇的书，显然是过分了。

主持人：有人说读史应该系统，从通史开始读起。有些人仅对某个时间段的历史感兴趣，比如有人看过《万历十五年》后，对明史有了解的愿望，那么读史是否可以从断代史开始读起呢？您有什么好的建议？

王春瑜：我看多数人读史，不过是业余爱好罢了。不必求系统，对哪位历史人物、哪个历史事件或哪朝历史有兴趣，便找来相关的书翻翻，觉得无意思便可丢在一边。如果真对明史有兴趣，便从认真读《明史》开始，好好地读若干相关史料、著作。从一个断代跳到别的断代，甚至于整个通史，泛泛而读，浮光掠影，不会有多大收获。

主持人：以史为鉴，读史可以经世，因此我国历朝历代都注重修史，以期从中吸取治国安邦的经验。对于普通读者来说，这种愿望显得有些遥远，那么读史可以给我们带来什么实实在在的好处呢？

王春瑜：也就是增加些知识，多一点本钱而已。当然，从根本上说，读史能使人聪明，堂堂正正地做人。最近，胡锦涛同志号召弘扬民族精神，这无疑是很重要的。如果对历史一无所知，对民族精神就会一脸茫然。而懂得一点中国通史常识，知道民族英雄岳飞、文天祥、陆秀夫的壮烈事迹，就能理解民族精神中反征服、反压迫的光荣传统。去年夏天，方庄小区的居委会在广场放电影《紫日》，招待居民，我也去看了。当日寇用刺刀杀戮中国的老太太时，我身后有三四个十八九岁的青年竟哈哈大笑。这使我十分震惊、悲哀。他们如果懂得日寇侵华史，能笑得起来吗？对历史的无知会使一些人丧失人性。我以为，年轻一代尤其要懂得中国近代、现代史，否则就不可能珍惜今天社会稳定、经济发展的大好局面，也不可能懂得加速改革的重要性。读史明志，鉴古知今，这对任何一位普通人都是适用的。

主持人：最后您能否给读者推荐几本好书？

王春瑜：可以，我想推荐这样几本书，供读者一阅：

《鲁迅全集》第1、第6卷人民文学出版社；陈登原的《国史旧闻》中华书局；王元化的《九十年代反思录》上海古籍出版社；王曾瑜的《荒淫无道宋高宗》河北大学出版社；杨珍的《康熙皇帝一家》学苑出版社。

2003年夏

陆文夫泼向瞎子阿炳的狗血

恕我孤陋寡闻，从未听说过冬苗其人。读了近期《杂文月刊》刊出他写的《陆文夫与瞎子阿炳》，我很吃惊，陆文夫竟公然造谣，污蔑天才的民间音乐家阿炳。当然，陆文夫2005年遽归道山，死无对证，冬苗文中引述的陆文夫的话，是否确为其原话，无从得知。但按常理判断，冬苗既为陆之好友，应不会编造陆文夫的话。应当说，我与无锡有很深的情缘。亡妻过校元（1937—1970年）女士，家居无锡西门复兴巷，毕业于无锡一女中，后毕业于复旦大学物理系，是年青的物理学者、红外线专家，"文革"中死于政治迫害。我非常敬重、视为长兄的好友学术大师冯其庸教授，是无锡前洲镇人，担任过一女中的教导主任，我至今保存着校元的高中成绩单，上有冯先生的盖章。不过，不久他就调往中国人民大学执教了。我的姻兄过念祖先生是企业家，过念芳先生是银行职员，他们生前告我，都曾多次见过阿炳在街头拉琴，包括夜晚，他从不开口讨钱，都是听者主动给他的，也有人家将剩下的饭菜，送给他，他也欢迎。我非常欣赏《二泉映月》，可谓千听不厌。回想起来，我第一次听到《二泉映月》是1955年春天，中央人民广播电台多次播出阿炳的胡琴曲《二泉映月》，及二胡演奏家蒋风之拉的《二泉映月》。听后，心灵受到很大震撼，世界上竟有这样优美的胡琴曲，让人低回三叹，感叹着世事的沧桑，人生艰难，如泣如诉，但并非是对人生的绝望，而是对人生的眷恋，对生活的憧憬。同时，新华书店发售《二泉映月》的唱片。从此，《二泉映月》风靡天下，并传至国外。据说，美国第一艘人造宇宙飞船升天后，播放世界十大名曲，其中一首便是《二泉映月》。若传言非虚，自是阿炳的荣耀，也是国人的荣耀。事实上，音乐界早已指出，全世界华人居住区，只要有井水的地方，就一定有人在唱王洛宾的《在那遥远的地方》，听阿炳的《二泉映月》。诚哉斯言！《二泉映月》风靡天下后，中央音乐学院及江苏的音乐家，也有人曾怀疑此曲不是阿炳创作，可能是来源于道教音乐，但翻遍相关资料，连影子都没有。陆文夫居然说，《二泉映月》"源出风月场中婊子和嫖客调情时，唱的淫曲《知心客》"，完全是一派胡言！《知心客》又名《四季游春》小调，在江苏很流行，我至今还会唱，根本不是淫曲。陆文夫还说，"阿炳拉胡琴并非勤学苦练，只靠悟性，同一曲子，每次拉都不一样，任凭他即兴发挥！"这也是胡说。冯其庸先生写过《我所认识的瞎子阿炳》（载王春瑜主编《古今掌故》第二辑，四川省社会科学院出版社1987年版）一文，我认为这是了解阿炳身世的第一手资料，很重要，现摘要如下：

> 1943年，正是抗战的时期，我好不容易考进了无锡工专，学的是织染科。有一次，学生会组织一场音乐会，最后一个节目，就是瞎子阿炳的二胡和琵琶演奏。演奏的曲子，就是他的名作《二泉映月》和《昭君出塞》……一曲二胡独奏《二泉映月》，郁勃悲凉的琴声，似乎是在向听众倾诉他的坎坷遭遇，也似乎是在倾诉当时人们普遍的苦难……阿炳从不伸手向人要

钱，……人们给他钱，或把钱放在他的衣兜里，他才拿……有一次，碰上大雷雨，他在大街上被奔着躲雨的人力车撞倒了，琵琶碎了……一位小女孩牵着他要饭……说起来这是多么令人痛心的事啊！

阿炳的死，记得是 1953 年，他的住处，离我工作的无锡市一女中较近。一天早晨，我们一位杨志仁老师从家里来学校，走进办公室，就告诉我说，瞎子阿炳昨晚死了，是吐血死的。因为他家就靠近阿炳的住处。

冯其庸先生名重当世，他的这些关于阿炳的切身见闻，足以证明陆文夫关于阿炳的种种不实之词，特别是污蔑阿炳是上吊自杀的，不是道听途说，就是纯属臆测，是自身阴暗、丑陋心理的流露。我年年去无锡青龙山公墓，为亡妻扫墓，在无锡小住期间，也一定会去阿炳故居凭吊，看着那破旧的小屋，阿炳生前简陋的用品，他和同居者董氏的遗照，听着他拉的《二泉映月》录音，令我不胜唏嘘。但是，这间小屋，已被列为国务院重点文物保护单位，永久受到保护，在小屋旁，是包括他出家当过道士的雷尊殿在内的"阿炳纪念馆"。阿炳享此殊荣，如地下有知，当不断在天堂里纵声大笑。

走笔至此，不禁想起我与陆文夫的一面缘。中国作家协会召开第六次代表大会时，我是中国社科院十几位作家推出的代表之一，住京西宾馆，胸口挂着代表证。一次我在一楼大堂门口，看陆文夫坐在沙发上。我出身苏州，后因躲避日寇战火，在盐城水乡建湖县长大。我知道陆文夫是泰州人，但长期生活在苏州，便与陆文夫寒暄几句，但没说完三句话，他站起身，不打一声招呼，扬长而去，如此狂妄！且不说，我是会议代表，他也是，都是作家，应当是平等的,何况我是国内有声誉的历史学家、明史专家、杂文家,他那样的不屑一顾的神情,丑态毕露,何其荒唐可笑也。

2013 年夏

出 版 大 家

　　最近,京中三联书店正式恢复生活书店,出版大家邹韬奋先生在三十年代创办、曾在文化界产生重大影响之书店重新面世。韬奋先生乃著名记者、学者,商务印书馆去年曾重印其名著《小知识》,汪洋恣肆,实乃大知识也。先师周予同教授,乃历史学家、经学史专家,曾任开明书店襄理,亦出版家也,出版过多种优秀学术著作。反观时下,屡见有人被冠以出版家、出版大家,其实乃浪得虚名之书商,唯利是图而已。前年,广西某著名出版社老总来访,女会计随行,谈及我拟出版珍本文化史料丛刊,她用计算器一算,说出版此书我们会亏本,否决,实文化白丁也。我将杂文集《牛屋杂文》目录交此老总,他说回出版社后,会尽快答复我,但从此杳如黄鹤。《牛屋杂文》后交人民出版社,很快以东方出版社名义出版,上述《丛刊》年内亦将面世。比起前述邹、周二公,及不才亡友范用、戴文葆先生,仍健在之曾彦修前辈,书商辈能无愧乎! 正是:

　　　　出版前贤已往矣,
　　　　空余书商跳加官。

只知招财进宝事，

撑破钱袋日夜欢。

2014 年 7 月 24 日于参观军博抗日文物展后

通榆河纪事碑文

　　盐城汉时称盐渎,地处苏北里下河,地势低洼,形若锅底,旱时汲水甚艰,涝时排水尤难,故历代水旱频仍,地脊民贫。清道光时林则徐关心民瘼,亲至盐城主持修河,囿于时艰,难成大业。新中国建立后,政府虽重视水利,终因规划不力,财力匮乏,苏北水、旱灾仍迭发,1954年大水,千里绿野顿成泽国。20世纪60年代,盐城人民即痛感兴修通榆运河之必要,至80年代,省市政府更深知发展经济,通榆河乃命脉也。经时任江苏省副省长陈克天多方奔走呼吁,国务院于1991年批准工程立项,复经振兴盐城北京咨询委员会执行主任王俊,鼎力支持,获日本一百一十五亿贷款,使兴修通榆河最困难之资金问题,迎刃而解。九经寒暑,南起南通九圩港,北达连云港赣榆县之通榆河工程,于1999年告竣,全长四百一十五公里,流经盐城境内二百一十三公里。从此引长江水人通榆河,对苏北饮水、灌溉、排涝、航运等,厥功至伟,民皆颂之。赞曰:

　　　　大河流淌,碧水天长。
　　　　先民宏愿,终成华章。

前贤大德，后世毋忘。

风正帆悬，前程辉煌。

庚寅孟春三月二十一日

责任编辑:王世勇
装帧设计:周涛勇

图书在版编目(CIP)数据

王春瑜杂文精选:全 2 册/王春瑜 著. -北京:人民出版社,2016.1
ISBN 978－7－01－015512－8

Ⅰ.①王…　Ⅱ.①王…　Ⅲ.①杂文集-中国-当代　Ⅳ.①I267.1

中国版本图书馆 CIP 数据核字(2015)第 274612 号

王春瑜杂文精选
WANGCHUNYU ZAWEN JINGXUAN
(上、下册)

王春瑜　著

人民出版社 出版发行
(100706　北京市东城区隆福寺街 99 号)

北京汇林印务有限公司印刷　新华书店经销

2016 年 1 月第 1 版　2016 年 1 月北京第 1 次印刷
开本:710 毫米×1000 毫米 1/16　印张:34.5
字数:401 千字　印数:0,001-4,000 册

ISBN 978－7－01－015512－8　定价:78.00 元(上、下册)

邮购地址 100706　北京市东城区隆福寺街 99 号
人民东方图书销售中心　电话 (010)65250042　65289539

版权所有·侵权必究
凡购买本社图书,如有印制质量问题,我社负责调换。
服务电话:(010)65250042

王春瑜／著

王春瑜杂文精选 下册

人民出版社